Julie Garwood

Auteur de best-sellers classés parmi les meilleures ventes du *New York Times*, Julie Garwood est un auteur incontournable. Après avoir écrit deux romans pour adolescents, elle se lance en 1985 dans la romance historique, en particulier écossaise. Elle écrit également de la romance contemporaine. Ses talents de conteuse lui valent d'être récompensée par de nombreux prix comme le Rita Award avec *Sur ordre du roi*. Elle met au cœur de son œuvre trois valeurs qui lui sont chères : la famille, l'honneur et la loyauté.

Le maître chanteur

Du même auteur
aux Éditions J'ai lu

Sur ordre du roi
N° 3019
Un ange diabolique
N° 3092
Un cadeau empoisonné
N° 3219
Désir rebelle
N° 3286
La fiancée offerte
N° 3346
Le secret de Judith
N° 3467
Un mari féroce
N° 3662
Le voile et la vertu
N° 3796
Prince charmant
N° 4087
Une lady en haillons
N° 4372
Un ravisseur sans scrupules
N° 4548
Les frères Clayborne
N° 5505
Le dernier des Clayborne
N° 5666
La splendeur de l'honneur
n° 10613
Les roses rouges du passé
N° 10788

JULIE

GARWOOD

Le maître chanteur

Traduit de l'anglais (États-Unis)
par Daniel Garcia

J'ai lu

POUR elle

Titre original
RANSOM
Éditeur original
Published by Pocket Books,
a division of Simon & Schuster Inc., New York

À toi, Bryan Michael Garwood

Prologue

En Angleterre, sous le règne du roi Richard Ier

La mère de Gillian mourut aux heures les plus noires d'une nuit d'hiver, alors qu'elle luttait pour mettre au monde son troisième enfant. Une jeune servante un peu écervelée s'empressa de réveiller Gillian et sa sœur aînée, pour être sûre d'être la première à leur annoncer la funeste nouvelle. Deux nuits plus tard, les fillettes furent à nouveau tirées du sommeil par la même domestique : le petit Ranulf, à qui l'on avait donné le prénom de leur père, venait à son tour de mourir. Né deux mois avant terme, il n'avait pas survécu.

Gillian avait toujours eu peur du noir. Cette nuit-là, elle attendit que la servante eût quitté sa chambre avant de sortir de son lit. Alors, elle courut pieds nus jusqu'au passage dérobé qui communiquait avec la chambre de sa sœur. La fillette se faufila derrière le bahut que son père avait placé devant l'ouverture du mur pour décourager ses filles de l'emprunter. Il leur avait maintes fois expliqué qu'il s'agissait d'un passage qui ne devait être utilisé qu'en des circonstances exceptionnelles, et en aucun cas pour jouer.

Du reste, la plupart des domestiques du château ignoraient l'existence de ce réseau parallèle de couloirs qui reliait les chambres entre elles, puis débouchait sur une volée de marches raides et se terminait par un tunnel qui passait sous les cuisines. Ranulf craignait que ses filles, en s'aventurant dans les couloirs, ne se rompent le cou dans l'escalier, tant celui-ci était étroit et abrupt. Aussi les avait-il menacées de leur donner la fessée si elles tentaient quand même de braver l'interdit.

Mais, en cette terrible nuit, Gillian se moquait bien de s'attirer les foudres paternelles. Elle avait besoin de trouver un peu de réconfort auprès de sa grande sœur, Christen, et le passage dérobé lui permettrait d'arriver plus vite dans sa chambre. Christen, réveillée elle aussi, l'invita aussitôt à la rejoindre sous les couvertures. Blotties l'une contre l'autre, les deux fillettes pleurèrent longuement, tandis que les lamentations déchirantes de leur père résonnaient dans tout le château. Tel un fauve blessé, le pauvre homme hurlait le nom de sa femme. La mort était entrée dans leur paisible demeure, traînant avec elle son cortège de douleur et de chagrin.

Hélas, le pire restait encore à venir. Les démons nocturnes semblaient s'acharner sur leur famille. Quelques semaines plus tard, au beau milieu de la nuit, leurs ennemis assaillirent le château.

Cette fois, ce fut son père qui réveilla Gillian. Ses plus fidèles soldats, William – celui que Gillian préférait, car il lui donnait des bonbons dès que son père avait le dos tourné –, Lawrence, Tom et Spencer l'accompagnaient. Tous avaient l'air grave. Gillian se redressa dans son lit et se frotta les yeux. Son père, qui avait confié Christen à Lawrence, paraissait accablé de tristesse.

— Maman est morte une deuxième fois ? demanda Gillian d'une voix inquiète.

Son père eut l'air perplexe.

— Non, Gillian, répondit-il finalement.

— Alors, elle va bientôt revenir à la maison ?

Son père secoua la tête.

— Ta maman ne reviendra pas. Les morts partent pour toujours. Maman est au ciel, maintenant. Tu comprends, ma chérie ?

— Oui, papa, murmura la fillette.

Des cris assourdis provenaient du rez-de-chaussée, et Gillian remarqua soudain que son père portait sa cotte de mailles.

— Tu vas te battre, papa ?

— Oui. Mais je veux d'abord vous mettre en sécurité.

Il attrapa les habits que Lisa, la servante de Gillian, avait préparés pour le lendemain et entreprit de vêtir sa fille, tandis que William s'agenouillait devant elle pour lui enfiler ses chaussures.

C'était la première fois que son père l'habillait, et Gillian comprit que la situation était grave.

— Est-ce qu'il fait encore noir, dehors ? demanda-t-elle.

— Oui, ma chérie.

— Je vais être obligée de sortir dans la nuit ?

Son père essaya de la rassurer.

— Tu ne seras pas toute seule. Et des torches éclaireront le chemin.

— Mais tu viens avec nous, hein, papa ?

— Non, il ne vient pas, intervint Christen. Il doit rester ici pour livrer bataille à nos ennemis.

La sœur de Gillian avait presque crié, car elle se trouvait à l'autre bout de la pièce. Lawrence lui fit signe de parler moins fort.

— Il ne faut pas qu'on remarque votre départ, lui rappela-t-il.

La fillette hocha la tête, penaude.

— Je serai prudente, la prochaine fois, promit-elle à voix basse.

William prit Gillian dans ses bras et la porta jusqu'à la chambre de son père. Lawrence les suivait avec Christen. Spencer et Tom ouvraient le chemin, tenant des candélabres pour éclairer le couloir. Les chandelles projetaient de grandes ombres mouvantes sur les murs en pierres. Gillian, effrayée, nicha sa tête contre l'épaule de William.

— Je n'aime pas les ombres, gémit-elle.

— Elles ne te feront pas de mal, assura le soldat.

— Je voudrais voir ma maman, William.

— Je sais, petite oursonne.

En entendant le surnom affectueux dont le soldat la gratifiait de temps en temps, la fillette sourit et oublia sa peur.

Dès qu'ils furent dans la chambre, Tom et Spencer déplacèrent la lourde armoire qui bloquait l'entrée du passage secret. Le vieux meuble grinça sur le plancher avec un bruit de sanglier en colère.

Lawrence et William posèrent les deux fillettes à terre. Elles se précipitèrent aussitôt vers leur père. Celui-ci était penché au-dessus d'une grande malle qu'il venait d'ouvrir.

— Qu'est-ce que tu cherches, papa ? demanda Christen.

— Ceci, déclara-t-il, tout en tirant de la malle un coffret incrusté de pierreries.

— Comme c'est beau ! s'exclama Christen. Tu me le donnes ?

— Moi aussi, je le veux ! intervint Gillian.

— Non, répondit leur père. Ce coffret appartient au prince Jean.

Puis, prenant Christen par le bras, il ajouta :

— Ma chérie, j'aimerais que tu m'écoutes très attentivement.

— Oui, papa.

— Parfait, fit-il en souriant. Tu emporteras ce coffret avec toi. Lawrence te protégera et t'aidera à cacher ce trésor jusqu'à ce que je puisse vous rejoindre pour aller rendre le coffret au prince Jean. En attendant, il ne faut parler à personne de tout cela, Christen.

— Je ne dirai rien, promit la fillette.

— Moi non plus, je ne dirai rien, renchérit Gillian avec un hochement de tête solennel.

Mais Ranulf ignora sa cadette et continua à s'adresser à Christen.

— Personne ne doit savoir que tu détiens ce coffret, ma chérie. Maintenant, je vais l'envelopper dans une tunique.

— Pour qu'on ne puisse pas le voir, suggéra Christen.

— Exactement. Pour qu'on ne puisse pas le voir.

— Mais moi, je l'ai vu, papa, protesta Gillian.

— Je sais, ma chérie, répondit-il.

Il leva les yeux vers Lawrence et soupira.

— Elle est trop jeune. Je lui en demande trop. Mon Dieu, pourquoi suis-je obligé de laisser partir mes filles ?

Lawrence avança d'un pas.

— Je protégerai lady Christen de mon mieux, monseigneur. Et je veillerai à ce que personne ne remarque le coffret.

William ajouta :

— Rien n'arrivera à lady Gillian, baron Ranulf, soyez-en sûr.

Le soutien de ses hommes réconforta Ranulf. Il hocha gravement la tête, puis enveloppa le coffret dans l'une de ses tuniques et le tendit à Christen. Gillian battit des mains, se réjouissant déjà à l'idée de recevoir un cadeau à son tour. Bien que Christen eût trois ans de plus qu'elle, leur père n'avait jamais fait preuve du moindre favoritisme à son égard. Il donnait toujours scrupuleusement la même chose à chacune de ses filles.

Gillian réprima son impatience tandis que leur père soulevait Christen du sol et l'embrassait tendrement.

— N'oublie jamais ton papa, ma chérie, lui murmura-t-il à l'oreille.

Dès qu'il eut reposé son aînée à terre, Gillian se précipita dans ses bras.

— Tu m'offres aussi une jolie boîte, papa ?

— Non, mon ange. Tu vas suivre bien sagement William, maintenant. Donne-lui la main et…

— Mais, papa, je veux une boîte, comme Christen !

— Ce coffret n'est pas un cadeau, Gillian.

— Mais, papa…

— Je t'aime, mon ange, coupa son père, bouleversé par l'émotion.

— C'est pas juste ! protesta Gillian, outrée. Pourquoi j'ai pas de boîte ?

Hector, un des gardes du château, surgit tout à coup dans la pièce. Son entrée fracassante surprit Christen, qui laissa échapper le trésor. La boîte glissa de la tunique dans laquelle elle était enveloppée et roula sur le sol. À la lumière des torches, les rubis, saphirs et émeraudes incrustés dans le bois précieux scintillaient comme des étoiles tombées du ciel.

Hector s'était figé, hypnotisé par le trésor qui brillait à ses pieds.

— Que se passe-t-il, Hector ? interrogea Ranulf.

Avant de répondre, Hector ramassa le coffret et le tendit à Lawrence.

— Monseigneur, le capitaine Bryant vous fait dire qu'Alford le Rouge et ses hommes ont creusé une brèche dans le mur d'enceinte.

— Le baron Alford accompagne-t-il ses troupes ou continue-t-il à se cacher ? demanda Ranulf.

— Je l'ignore, avoua Hector. Le capitaine Bryant vous fait également dire que vos soldats vous réclament, monseigneur.

— J'arrive tout de suite, répondit le baron.

Il désigna la porte à Hector et lui emboîta le pas. Avant de quitter la chambre, il se retourna pour contempler une dernière fois ses deux filles adorées : Christen, avec ses boucles blondes et ses joues de chérubin, et la petite Gillian, qui avait hérité des yeux verts de sa mère.

— Partez, maintenant, leur ordonna-t-il. Et que Dieu vous garde.

La seconde d'après, il avait disparu. Aussitôt, les soldats se ruèrent vers le passage dérobé. Tom ouvrait la marche, son épée brandie devant lui au cas où un ennemi croiserait leur route. Lawrence tenait Christen par la main et portait une torche. Gillian suivait sa sœur, sa main agrippée à celle de William. Spencer, enfin, fermait la marche. C'était lui qui avait replacé l'armoire devant l'ouverture du passage.

Gillian tira sur la manche de William pour attirer son attention.

— On va où ? lui demanda-t-elle.

— Tu le sauras plus tard, fillette, répondit le soldat. Pour l'instant, prends garde à ne pas me lâcher. Nous allons bientôt atteindre l'escalier.

Gillian jeta un regard inquiet aux ombres qui se dessinaicnt sur le mur, puis reporta son attention sur sa sœur. Christen serrait le coffret sur sa poitrine, mais un bout de la tunique pendait sous son bras. Gillian ne put résister à l'envie de l'attraper.

— Papa a dit que ce serait chacune notre tour de garder la boîte, déclara-t-elle.

— Il a jamais dit ça ! rétorqua Christen, indignée.

Elle releva le bout de la tunique, avant d'ajouter :

— C'est à moi qu'il l'a confiée. Pas à toi.

Mais Gillian refusait de s'avouer vaincue aussi facilement.

— Si, papa l'a dit ! insista-t-elle.

Elle tendait le bras pour attraper à nouveau un bout de la tunique, quand un bruit derrière elle la fit sursauter. Elle se retourna, mais l'obscurité était trop dense pour qu'elle pût distinguer quoi que ce soit. Elle était cependant persuadée qu'un monstre les suivait, peut-être même un dragon.

— J'ai peur ! dit-elle à William. Portez-moi dans vos bras.

Ils étaient arrivés en haut de l'escalier qui menait au tunnel. Celui-ci s'enfonçait sous les cuisines, pour resurgir ensuite à l'extérieur du mur d'enceinte. L'humidité qui suintait des murs rendait les marches glissantes. Comme William se penchait vers elle, Gillian, terrifiée, poussa un cri d'effroi, échappa au soldat et dérapa sur une des premières marches. Ne trouvant rien à quoi se raccrocher, elle tomba sur sa sœur, l'entraînant dans sa chute. William et Lawrence, déséquilibrés à leur tour, roulèrent eux aussi jusqu'au bas de l'escalier.

William fit de son mieux pour protéger Gillian, mais il ne put empêcher le menton de la fillette de heurter le rebord d'une marche, juste au moment où ils arrivaient en bas de l'escalier. Hébétée par le choc, la fillette resta un instant assise. Du sang coulait sur sa robe. Quand elle vit que ses mains étaient également tachées de sang, elle fondit en larmes. Sa sœur gisait à côté d'elle, face contre terre, parfaitement silencieuse.

— Christen, réveille-toi, sanglota Gillian. Réveille-toi, s'il te plaît !

William la prit dans ses bras et commença à courir dans le tunnel.

— Calme-toi, fillette, lui murmurait-il sans cesse à l'oreille.

Lawrence les suivait avec Christen, qui se remettait peu à peu.

Alors qu'ils atteignaient l'issue du tunnel, William distribua ses ordres.

— Lawrence et Tom, vous allez conduire lady Christen au bord de la rivière. Je vous retrouverai là-bas, avec Spencer.

— Pourquoi ne viens-tu pas tout de suite ? demanda Lawrence.

— Lady Gillian a le menton ouvert. Il faut d'abord la soigner, expliqua William. Dépêchez-vous, nous vous rejoindrons plus tard.

— Christen ! gémit Gillian. Christen, ne pars pas sans moi !

Avant de sortir du tunnel, William plaqua la main sur la bouche de la fillette et la supplia de se taire. Puis, Spencer sur ses talons, il se dirigea vers la tannerie, où Maud, l'épouse du tanneur, saurait recoudre la blessure de Gillian.

Les deux soldats maintinrent solidement la fillette sur une chaise tandis que Maud s'occupait d'elle. La tannerie était accolée au mur d'enceinte du château, aussi entendaient-ils les échos de la bataille qui faisait rage de l'autre côté de la muraille. Le bruit était si fort qu'ils étaient obligés de crier pour se parler.

— Dépêchez-vous ! ordonna William à Maud. Nous devons mettre lady Gillian en sécurité.

Maud termina de recoudre la blessure et posa un bandage tout autour du menton de la fillette. Pendant ce temps, William s'approcha de la porte de la tannerie pour monter la garde. Dès que Maud eut fini de soigner Gillian, Spencer prit l'enfant dans ses bras, et ils coururent tous les deux vers la rivière, où les attendaient leurs camarades et leurs montures.

Ils avaient parcouru la moitié du chemin lorsqu'un détachement ennemi leur coupa soudain la route. Toute fuite était impossible, mais les deux braves soldats accomplirent leur mission jusqu'au bout. Gillian abritée entre leurs jambes, ils livrèrent la dernière bataille de leur vie. Et ils moururent comme ils avaient vécu, avec l'honneur et le courage de ceux qui protègent les innocents.

L'un des hommes d'Alford, reconnaissant l'enfant, la conduisit jusqu'au château. Lisa, la servante de Gillian, apercevant la fillette, s'échappa du groupe de domestiques parqués dans un coin de la cour sous la garde d'un soldat. Elle expliqua qu'elle avait la charge de la fillette et demanda la permission de rester auprès d'elle. Fort heureusement, l'homme qui avait amené Gillian fut ravi de se débarrasser d'elle. Il ordonna à Lisa de rentrer à l'intérieur du château avec la fillette et partit aussitôt rejoindre ses compagnons.

Gillian était trop choquée pour réagir. Lisa la prit par la main et l'entraîna à sa suite. La servante voulait emmener la fillette dans sa chambre pour la tenir à l'écart du massacre. Mais, alors qu'elles couraient dans la galerie qui surplombait le grand hall, les combattants pénétrèrent dans la demeure du baron Ranulf. En l'espace de quelques secondes, une mêlée indescriptible avait envahi le hall.

Gillian, reconnaissant son père parmi les guerriers, se précipita vers la balustrade qui longeait la galerie.

— Papa… murmura-t-elle.

Puis elle vit un inconnu enfoncer son épée dans le ventre de son père.

— Papa ! cria-t-elle.

Ce furent ses dernières paroles. À partir de cet instant, Gillian se mura dans le silence.

Deux semaines plus tard, le jeune seigneur qui avait pris le contrôle du château, le baron Alford de Lockmiere, la convoqua pour décider de son sort.

L'estomac noué par l'appréhension, Lisa emmena Gillian à cette audience, la main de la fillette serrée dans la sienne. Alford avait à peine vingt ans, et pas assez de barbe au menton pour avoir l'air d'un homme. Pourtant, c'était un démon, une brute sanguinaire qui ignorait la pitié. Lisa savait que, d'un simple mouvement de tête, il pouvait ordonner leur mort à toutes les deux.

Alford dînait en compagnie de quelques fidèles. Gillian lâcha la main de Lisa et avança, seule, jusqu'au bout de la table où se tenait le baron. Elle s'immobilisa et le considéra d'un œil étrangement vide. Alford dévorait une cuisse de faisan. Son menton luisait de graisse. Il continua à manger, sans paraître remarquer la présence de la fillette, et ne la regarda qu'après avoir jeté l'os de faisan par-dessus son épaule.

— Quel âge as-tu, Gillian ? demanda-t-il.

Comme elle ne répondait pas, il grommela d'une voix impatiente :

— Je t'ai posé une question.

— À mon avis, elle n'a pas plus de quatre ans, suggéra un des compagnons de table du baron.

— Moi, je dirais qu'elle a dépassé les cinq ans, intervint un autre. Bien qu'elle soit petite, elle pourrait même avoir six ans.

Alford leva la main pour réclamer le silence.

— Je t'ai posé une question toute simple, répéta-t-il à Gillian. Tu as intérêt à me répondre. Mon confesseur est convaincu que tu ne parles plus parce que le diable s'est emparé de ton âme. Il n'attend que mon autorisation pour te libérer du démon. Mais ses méthodes sont très déplaisantes, je te préviens. Alors, si tu ne veux pas rester enchaînée à une table pendant que mon confesseur te torturera, tu ferais mieux de me dire ton âge. Et vite.

Gillian lui opposa le même silence glacé. Alford voyait bien que ses menaces n'intimidaient pas la fillette. Était-elle simple d'esprit ? Après tout, elle tenait peut-être de son père. Et Ranulf avait été assez bête pour croire aux protestations d'amitié d'Alford.

— Sans doute ne connaît-elle pas son âge, tout simplement, déclara un invité. Demandez-lui plutôt où est le coffret.

Alford opina du chef.

— Écoute, Gillian, reprit-il d'une voix doucereuse, ton père avait volé un coffret au prince Jean, et j'aimerais le lui rendre. C'était un coffret serti de pierres précieuses. Si tu l'as vu, tu dois t'en souvenir. Alors ? As-tu vu ce coffret ? Ton père l'a-t-il caché quelque part ?

Gillian demeura impassible. On eût dit qu'elle n'avait même pas entendu les questions du baron. Mais son regard exprimait à présent une haine si intense qu'Alford en eut la chair de poule.

Furieux de s'être laissé impressionner par une gamine qui sortait à peine du berceau, le baron retrouva rapidement sa cruauté habituelle.

— Tu es une vilaine fillette, avec ta peau blanche et tes cheveux noirs. Ta sœur était beaucoup plus jolie que toi, n'est-ce pas ? Avoue que tu la jalousais,

Gillian. C'est pour cela que tu l'as poussée dans l'escalier ? La femme qui t'a recousu le menton m'a tout raconté. Le soldat qui t'escortait lui a expliqué comment vous étiez tombés dans l'escalier. Christen est morte, maintenant, et c'est ta faute.

Il se pencha et pointa sur elle un index accusateur.

— Tu vivras toute ta vie avec cet horrible péché sur la conscience. En attendant que je statue sur ton sort, j'ai décidé de t'expédier tout au nord de l'Angleterre, là où l'été est aussi froid que l'hiver. À présent, disparais de ma vue. Tu me dégoûtes.

Lisa, tremblant de peur, avança d'un pas.

— Monseigneur, puis-je accompagner cette enfant ?

Alford se tourna vers la domestique et eut un rire méprisant.

— Fais comme tu veux, femme. Je me moque que tu restes ou non au château. Mais déguerpissez toutes les deux de cette salle. Vous gâchez mon dîner.

Emporté par sa rage, Alford attrapa un verre qu'il lança à la figure de Gillian. Le verre passa au-dessus de la tête de la fillette, la manquant de peu, mais l'enfant ne cilla même pas. Dans ses yeux verts brillait toujours la haine.

Alford eut soudain l'impression qu'elle contemplait son âme.

— Dehors ! cria-t-il. Dehors, tout de suite !

Lisa se précipita vers Gillian, lui prit la main et l'entraîna avec elle.

Dès qu'elles furent dans le couloir, elle étreignit la fillette.

— C'est fini, murmura-t-elle. Nous serons bientôt loin de cet endroit maudit. Tu ne verras plus jamais l'assassin de ton père. Quant à moi, je n'aurai plus à croiser le regard de mon mari. Nous commencerons une nouvelle vie et, avec l'aide de Dieu, nous connaîtrons peut-être encore le bonheur.

Lisa était résolue à partir le plus tôt possible, de crainte que le baron Alford ne change d'avis. La décision du baron signifiait qu'elle pouvait enfin quitter son mari. Depuis l'attaque du château, Hector n'était plus qu'un pauvre fou. Sa couardise lui avait laissé la vie sauve, mais le Seigneur avait puni sa lâcheté en lui ôtant la raison. Le jour, Hector parcourait sans relâche les collines qui entouraient le château, en serrant contre lui une besace remplie de cailloux qu'il appelait son trésor. À ceux qui le croisaient, il répétait qu'il allait bientôt devenir très riche, aussi riche que le roi en personne. Le soir, il faisait son lit dans un coin de l'écurie, où il affrontait seul ses cauchemars. Même ses yeux semblaient fous. Les soldats d'Alford avaient renoncé à le tuer, tant ils redoutaient de libérer le démon qui s'était emparé de son esprit. Ils préféraient s'écarter sur son passage et esquissaient invariablement un signe de croix dans son dos.

Lisa n'était pas mécontente que le destin la conduise à se séparer de son époux. Pendant les sept années qu'avait duré leur mariage, Hector ne lui avait jamais adressé un seul mot tendre, ni témoigné la moindre affection. À ses yeux, une bonne épouse devait se soumettre humblement, sans rien attendre de son mari.

Mais il y avait pire encore : sa lâcheté. Pendant l'attaque du château, Hector s'était caché. Lorsque les soldats l'avaient découvert, il avait feint d'être mort. Lisa en avait éprouvé une telle honte qu'elle ne pouvait plus penser à son mari sans ressentir une haine irrépressible. Certes, elle avait conscience que mépriser à ce point une créature de Dieu constituait vraisemblablement un péché. Dieu, cependant, s'était montré assez clément pour lui donner une deuxième chance.

Le matin de leur départ, Lisa se rendit avec Gillian dans l'écurie. Elle désirait faire ses adieux à Hector, mais voulait surtout s'assurer qu'il ne lui prendrait pas l'envie de les suivre. Quand elle arriva devant son mari, celui-ci serra contre lui sa besace remplie de cailloux.

— Pauvre fou ! lança-t-elle. Personne ne songe à te voler ces malheureuses pierres. Je suis venue t'annoncer que je quittais Dunhanshire avec lady Gillian. J'espère bien ne plus jamais te revoir. En tout cas, ne t'avise pas de nous suivre.

Hector roulait les yeux en marmonnant des paroles incompréhensibles. Gillian, apeurée, se réfugia dans les jupes de Lisa.

— N'aie pas peur, dit celle-ci. Je ne le laisserai pas te faire de mal.

Puis, reportant son attention sur son mari, elle reprit :

— Je te le répète, Hector, ne t'avise pas de nous suivre. Sinon, je n'hésiterai pas à te tuer.

Il ne semblait même pas l'avoir entendue.

— Je toucherai bientôt ma récompense… Tout pour moi… Un trésor de roi… récitait-il d'une voix hachée. Je l'ai bien mérité… Un trésor de roi…

Lisa tira Gillian par la manche et plongea les yeux dans ceux de la fillette.

— N'oublie jamais ce spectacle, mon enfant. Voilà ce que la lâcheté fait d'un homme.

Sur ces mots, Lisa partit sans se retourner.

Le baron Alford avait refusé que ses hommes escortent les deux voyageuses. L'idée qu'elles seraient obligées de marcher l'avait beaucoup amusé. Mais les deux fils Hathaway, Waldo et Henry, dont le père avait été un des métayers du baron Ranulf, offrirent de les accompagner. Ils installèrent Lisa et Gillian dans leur charrette tirée par deux chevaux de trait. Chacun des frères était solidement armé, au cas où ils rencontreraient en chemin des bandits s'attaquant aux voyageurs sans défense.

Heureusement, le trajet s'effectua sans le moindre incident. Quelques jours plus tard, Lisa et Gillian arrivèrent au château du baron Morgan Chapman. Le baron, un oncle de Gillian, vivait là en reclus. Bien qu'il fût en bons termes avec la famille royale, il n'était que très rarement invité à la cour. On le considérait un peu comme un étranger, surtout à cause du sang écossais qui coulait dans ses veines.

De prime abord, le baron n'inspirait guère la sympathie. C'était un géant aux cheveux noirs frisés qui semblait perpétuellement de mauvaise humeur. Pourtant, si Alford avait pensé punir Gillian en l'expédiant chez ce parent qu'elle ne connaissait pas, il s'était bien trompé. Cet exil aux confins de l'Angleterre sauva la fillette. Car son oncle, sous ses dehors sévères, cachait un cœur d'or et l'âme d'un saint. Le jour de leur arrivée, il expliqua à Lisa qu'il ne laisserait pas la fillette troubler son existence paisible, mais se contredit rapidement en consacrant tout son temps à Gillian. Dès ce premier jour, il l'aima comme un père et s'évertua à l'aider à reparler. Devant le mutisme de sa nièce, il finit toutefois par se demander si ses efforts seraient jamais récompensés.

De son côté, Lisa fit de son mieux pour que Gillian surmonte la tragédie qui avait détruit sa famille. Mais, après des mois et des mois de soins constants, la malheureuse servante commençait elle aussi à désespérer. Elle dormait dans la même chambre que l'enfant, de manière à pouvoir la calmer quand ses cauchemars la plongeaient dans des crises de larmes.

Presque chaque nuit, la fillette revivait les heures terribles qui avaient précédé la mort de son père. Son jeune âge l'empêchait de faire la distinction entre la vérité et son imagination, mais elle se rappelait clairement avoir tiré sur la tunique enroulée autour du coffret, puis avoir bousculé accidentellement sa sœur, l'entraînant avec elle au bas de l'escalier. La cicatrice qu'elle portait sous le menton prouvait, du reste, qu'elle était réellement tombée. Mais, après cette chute, ses souvenirs devenaient plus confus. Dans ses rêves, des monstres hideux aux grands yeux rouges les poursuivaient, elle et sa sœur, et tuaient Christen.

Une nuit d'orage, alors que le tonnerre grondait au-dehors avec un fracas assourdissant, Gillian recouvra finalement l'usage de la parole. Lisa l'avait tirée de son cauchemar et enveloppée dans un plaid pour la bercer devant le feu.

— Comme tu es étrange, Gillian ! murmura la servante. Le jour, tu ne prononces pas un mot mais, la nuit, tu hurles à la mort comme un loup solitaire. J'aimerais tellement connaître tes pensées…

Lisa ne s'attendait pas que la fillette réponde. Aussi fut-elle stupéfaite d'entendre la fillette bredouiller quelques mots.

— Qu'as-tu dit ? s'exclama-t-elle d'une voix presque hystérique.

— Je ne voulais pas tuer Christen. Je ne le voulais pas.

Lisa fondit en larmes.

— Enfin, Gillian, tu n'as pas tué Christen ! Je te l'ai déjà répété cent fois. Je sais bien que le baron Alford a essayé de t'en convaincre, mais rappelle-toi : dès que nous l'avons quitté, je t'ai expliqué qu'il mentait. Pourquoi ne m'as-tu pas crue ? Alford s'amusait seulement à te terroriser.

— Elle est morte.

— Non, ta sœur n'est pas morte, Gillian.

La fillette releva la tête et scruta le regard de Lisa, comme pour chercher dans ses yeux la confirmation de ses paroles. Elle avait désespérément besoin de la croire.

— Christen est vivante, reprit Lisa. Je te jure que jamais je ne te mentirais, si terrible que puisse être la vérité.

— Mais je la vois saigner.

— Dans tes cauchemars ?

Gillian hocha la tête.

— J'ai poussé Christen dans l'escalier. Papa me tenait la main. Quand il m'a lâchée, j'ai poussé Christen.

— Tu as tout mélangé dans ta tête, ma chérie. Ton père n'était pas avec toi, à ce moment-là. Il ne pouvait pas te tenir la main.

— Vous étiez dans le tunnel avec nous ?

— Non. Mais je sais ce qui est arrivé. Pendant que Maud recousait ta blessure, un des soldats qui t'accompagnait dans le tunnel lui a tout raconté. On vous avait réveillées en pleine nuit, Christen et toi, et emmenées dans la chambre de votre père.

— C'est William qui me tenait la main.

— Oui.

— Et il faisait tout noir, dehors, ajouta Gillian en frissonnant.

Lisa la serra contre elle.

— Oui. Cela s'est passé au beau milieu de la nuit. Alford et ses hommes venaient d'ouvrir une brèche dans le mur d'enceinte du château.

— Je me souviens du passage secret, dans la chambre de papa.

— Il aboutissait au bord de la rivière, de l'autre côté du mur d'enceinte. Quatre hommes vous escortaient, ta sœur et toi, quatre des plus valeureux soldats de ton père. Tu les connaissais tous, Gillian. Il y avait Tom, Spencer, Lawrence et William.

— Papa ne me tenait pas la main, alors ? insista Gillian.

— Non. Il ne vous avait pas suivis dans le tunnel. Ce n'aurait pas été honorable de sa part de se dérober à son devoir pendant que la bataille faisait rage. Or ton père était un homme d'honneur. Il est resté avec ses soldats.

— J'ai poussé Christen dans l'escalier. Après, elle n'a plus rien dit. Elle était morte.

Lisa soupira.

— Je sais que tu es trop jeune pour comprendre, mais écoute-moi, Gillian : Christen et toi êtes tombées ensemble, avec les soldats. Les marches étaient humides et glissantes. Et William a eu l'impression que quelqu'un l'avait poussé dans le dos.

— C'était peut-être moi, suggéra la fillette d'une voix inquiète.

— Non ! Tu es bien trop petite pour déséquilibrer un grand gaillard comme l'était William.

— Mais je...

— Tu n'es responsable de rien et tu n'as rien à te reprocher, coupa Lisa. En tombant, tu t'étais blessée au menton, et il fallait te recoudre. Alors, William et Spencer t'ont conduite chez Maud. C'est en sortant de chez elle qu'ils ont été tués par les hommes d'Alford. Ceux-ci t'ont capturée et ramenée au château.

— Christen aussi a été capturée ?

— Non, elle a réussi à s'échapper avant que sa fuite ne soit découverte.

— Où est-elle, maintenant ?

— Je l'ignore, avoua Lisa. Mais peut-être que ton oncle Morgan le sait, lui. Tu pourrais lui demander demain matin. Il t'aime comme sa propre fille, Gillian. Je suis convaincue qu'il t'aidera à retrouver ta sœur.

— Christen est peut-être perdue ?

— Non, elle n'est pas perdue.

— Mais si elle est perdue, elle doit avoir très peur.

— Ma chérie, ta sœur n'est pas perdue. Elle se trouve quelque part, en sécurité. Crois-moi, je t'en prie. Ta sœur est bien vivante.

Gillian hocha la tête.

— Je vous crois, dit-elle.

Elle bâilla, puis ajouta :

— Est-ce que papa va bientôt venir me chercher ?

Lisa faillit à nouveau se mettre à pleurer.

— Hélas, ma chérie, ton papa ne viendra pas. Il est mort. C'est Alford qui l'a tué.

— Il a enfoncé une épée dans le ventre de papa.

— Mon Dieu ! Tu as donc tout vu ?

— Papa n'a pas crié.

— Oh, ma pauvre, pauvre chérie…

— Maud pourrait peut-être recoudre papa ? Comme ça, il viendrait me chercher, après.

— Non, c'est impossible, Gillian. Les morts ne reviennent jamais.

La fillette hocha la tête d'un air songeur.

— Est-ce que papa est monté au ciel rejoindre maman ?

— Oui, ma chérie.

— Je veux monter au ciel, moi aussi.

— Ce n'est pas encore ton heure, Gillian. Une longue vie t'attend d'abord. Ensuite, ce sera ton tour de les rejoindre.

Gillian ferma les yeux. Lisa aurait juré qu'elle retenait ses larmes.

— Papa est mort pendant la nuit, dit-elle.

— Oui.

Après un long silence, la fillette murmura :

— Je n'aime pas la nuit.

1

En Écosse, quatorze ans plus tard

Désormais, le destin du clan des MacPherson était entre les mains de lord Ramsey Sinclair.

Les MacPherson traversaient une mauvaise passe. Leur chef, un vieillard nommé Lochlan, était mort l'année précédente – et par sa propre main, Dieu le pardonne. Ses compagnons avaient été si choqués par son acte qu'ils n'osaient toujours pas l'évoquer ouvertement. Après ce drame, aucun des jeunes guerriers du clan n'avait demandé à prendre la succession de Lochlan. La plupart craignaient en effet d'endosser une responsabilité rendue maudite par le suicide de leur ancien chef. Il fallait que Lochlan eût été fou pour se donner la mort, car il passerait à présent l'éternité à brûler en enfer pour expier son péché.

Faute de successeur, les deux doyens du clan, Brisbane Andrews et Otis MacPherson, avaient accepté de présider aux destinées des MacPherson, mais seulement à titre temporaire. Brisbane et Otis étaient âgés et fatigués par des années de luttes incessantes contre les clans rivaux du leur. Ces conflits s'étaient du reste aggravés après la mort de Lochlan, leurs ennemis cherchant à profiter de la vulnérabilité des MacPherson après la disparition de leur chef. La situation devenait désespérée, et il fallait trouver une solution de toute urgence. Voilà pourquoi Brisbane et Otis, avec l'accord de l'ensemble du clan, décidèrent de parler à lord Sinclair au cours du traditionnel festival de printemps. C'était l'occasion idéale pour présenter leur requête, car la coutume voulait que chaque clan oublie ses querelles durant ces deux semaines de réjouissances et d'affrontements sportifs. Le festival permettait de raffermir certaines amitiés, parfois même de réconcilier des ennemis. Plus important encore, la plupart des mariages se scellaient durant cette période de trêve.

Comme les terres des Sinclair bordaient celles des MacPherson à leur extrémité sud, Ramsey crut d'abord que Brisbane et Otis désiraient lui proposer une alliance. Mais il s'aperçut rapidement que les deux vieillards espéraient beaucoup plus. Ils rêvaient d'une union entre les deux clans et se disaient prêts à renoncer à leur autorité, si Ramsey leur promettait solennellement que chaque MacPherson serait traité comme un Sinclair.

Pour le festival, les clans campaient dans une immense prairie. La tente de Ramsey était assez vaste pour accueillir tous les participants aux négociations. Autour de la grande table se réunirent les deux représentants des MacPherson, Ramsey lui-même, Jason, son bras droit, ainsi que deux de ses guerriers les plus fidèles, Anthony et Foster. Le petit frère de Ramsey, Michael, âgé de six ans, assistait lui aussi à l'entrevue, réfugié dans un coin de la tente.

Brisbane Andrews, le regard perçant et la voix profonde malgré son grand âge, expliqua pourquoi les MacPherson souhaitaient cette alliance.

— Nous ne manquons pas de jeunes guerriers, dit-il, mais ils sont mal entraînés et ne sauraient pas défendre nos femmes et nos enfants contre des agresseurs mieux préparés. Nous avons besoin de vous pour garder l'ennemi hors de nos terres.

Otis MacPherson, renommé dans les Highlands pour ses nombreux exploits de jeunesse, désigna Michael du regard.

— Monseigneur, peut-être devriez-vous demander à votre jeune frère de sortir. Les enfants répètent souvent les secrets par imprudence, et je n'aimerais pas qu'on apprenne le sujet de nos discussions avant que nous ayons abouti à un accord.

Ramsey hocha la tête et se tourna vers l'enfant.

— Qu'as-tu envie de faire, Michael ?

Le petit garçon était très intimidé par son grand frère, qu'il connaissait à peine. Ramsey avait en effet passé de nombreuses années à parcourir les Highlands, avant d'être rappelé sur ses terres par son père, au moment où celui-ci avait senti la mort venir. Aussi les deux frères étaient-ils presque des étrangers l'un pour l'autre. Mais Ramsey était déterminé à ce que cela change rapidement.

— Mes amis sont partis à la pêche, répondit Michael, les yeux baissés. Puis-je les rejoindre ?

— Regarde-moi quand tu me parles, ordonna Ramsey.

Michael s'exécuta promptement et répéta sa question, y ajoutant cette fois un « s'il vous plaît » poli.

Ramsey était conscient que son frère avait peur de lui et se demandait combien de temps il faudrait à Michael pour s'habituer à lui. Le petit garçon pleurait encore leur père, et Ramsey devinait qu'il devait se sentir abandonné. Michael n'avait pas connu sa mère, qui était morte quelques mois après sa naissance. En revanche, il avait été très proche de son père et ne s'était toujours pas remis de sa disparition. Ramsey espérait qu'avec du temps et de la patience il réussirait à gagner sa confiance et, avec un peu de chance, à ramener le sourire sur son jeune visage.

— Ne t'approche pas des rapides, et je veux que tu sois de retour avant le coucher du soleil, lui dit-il.

— Promis, fit Michael. Je peux partir tout de suite ?

— Oui, répondit Ramsey.

Dans sa hâte à rejoindre ses amis, l'enfant renversa une chaise vide sur son passage. Ramsey réprima le juron qui lui venait aux lèvres.

— Michael ! appela-t-il avant que son frère ne quitte la tente. N'as-tu pas oublié quelque chose ?

L'enfant parut décontenancé, jusqu'à ce que Ramsey, discrètement, lui désigne leurs visiteurs du regard. Michael revint aussitôt sur ses pas pour s'incliner devant les deux vieillards.

— M'autorisez-vous à prendre congé ?

Otis et Brisbane lui donnèrent la permission qu'il attendait et le regardèrent s'esquiver en souriant.

— Ce garçon vous ressemble, monseigneur, commenta Brisbane. C'est même votre portrait craché. J'ai l'impression de vous revoir lorsque vous étiez enfant. Si Dieu le veut, Michael deviendra aussi un fier guerrier et un meneur d'hommes.

— Oui, approuva Otis. Il a l'étoffe d'un grand chef. Cependant, je n'ai pas pu m'empêcher de remarquer qu'il semblait vous craindre, monseigneur. Comment expliquez-vous cela ?

Ramsey ne s'offusqua pas de la question. Le vieillard, après tout, se contentait de constater une évidence.

— Pour lui, je ne suis qu'un étranger. Mais, avec le temps, il apprendra à me faire confiance.

— Je me rappelle le jour où votre père m'a annoncé son intention de se remarier, déclara Brisbane. J'ai été très surpris. Je pensais qu'Alisdair était trop vieux et trop habitué à sa solitude pour prendre une nouvelle femme. Votre mère était morte depuis plus de dix ans. Avez-vous connu Glynnes, sa seconde femme ?

— J'ai assisté à leur mariage, répondit Ramsey. Glynnes était bien plus jeune que lui, aussi était-il persuadé de mourir avant elle. Il l'a épousée pour s'assurer qu'elle ne serait pas dans le besoin.

— Vous auriez pu avoir peur pour votre héritage, remarqua Otis.

— C'était mon père, répliqua Ramsey. Je trouvais normal de m'incliner devant ses volontés.

Otis adressa un regard entendu à Brisbane.

— Je savais que lord Sinclair était un homme de devoir, dit-il.

Ramsey fronça les sourcils. À ses yeux, ils ne s'étaient déjà que trop écartés du sujet de leur discussion.

— Vous dites désirer ma protection, reprit-il, mais que voulez-vous exactement ?

— Nous pourrions nous contenter de conclure une alliance qui engagerait vos guerriers à patrouiller jour et nuit le long de nos frontières. Mais ils finiraient fatalement par se lasser de cette tâche. En revanche, si vous possédiez nos terres…

— Oui, acquiesça Brisbane. Si les Sinclair devenaient propriétaires de nos terres, nous…

Brisbane s'interrompit en voyant Ramsey verser du vin dans leurs verres. Il fut si stupéfait par ce geste, qu'il en perdit le fil de ses pensées.

— Vous… vous êtes lord et vous nous servez comme si nous étions vos égaux !

Ramsey s'amusa de l'étonnement des deux vieillards.

— Ici, sous ma tente, vous êtes mes invités, expliqua-t-il. Et vous êtes aussi mes aînés. J'estime qu'il est de mon devoir de veiller à votre confort.

Cette réponse ravit ses deux visiteurs.

— Vous avez la bonté d'âme de votre père, déclara Otis. C'est une joie de voir Alisdair revivre dans son fils.

Ramsey hocha la tête.

— Merci, fit-il. Donc, vous disiez que si je possédais vos terres…

— … vous auriez plus à cœur de les défendre, acheva Otis. De plus, vous y gagneriez. Nos champs sont fertiles, nos lacs poissonneux, et nos moulins regorgent de blé.

— C'est d'ailleurs pour cela que nous sommes régulièrement attaqués par les Campbell, les Hamilton et les Boswell. Ils convoitent nos richesses.

Ramsey ne répondit pas tout de suite. Il se leva de table et se mit à faire les cent pas sous la tente, les mains croisées dans le dos.

— M'autorisez-vous à leur poser quelques questions, monseigneur ? demanda Jason.

— Si tu veux.

Jason se tourna vers Otis.

— De combien de guerriers les MacPherson disposent-ils ?

— Presque deux cents, répondit le vieillard. Mais, comme Brisbane l'a dit tout à l'heure, ils n'ont pas été correctement entraînés.

— Notre clan compte également une centaine d'adolescents qui seront bientôt en âge de porter les armes, ajouta Brisbane. Avec l'aide de lord Sinclair, ils pourraient devenir aussi invincibles que les soldats de Brodick Buchanan.

— Brodick Buchanan est mon ami, intervint Ramsey. Je le considère comme un frère.

— Nous le savons, lord Sinclair, répondit Otis avec empressement. Nous savons aussi que Brodick Buchanan et vous avez eu le même maître d'armes, Ian Maitland.

— C'est exact.

— Lord Maitland dirige son clan avec sagesse, commenta Brisbane.

Otis hocha vigoureusement la tête.

— Lord Buchanan dirige le sien avec flamme. Quant à vous, lord Sinclair, vous possédez un sens aigu de la justice. Vous êtes un homme compatissant, monseigneur. Prenez pitié de nous, implora-t-il.

— Je ne suis à la tête des Sinclair que depuis six mois, répliqua Ramsey. Comment pouvez-vous déjà juger mon caractère ?

— Vos actes parlent pour vous, monseigneur, dit Brisbane. Jason, Anthony et Foster gouvernaient le clan des Sinclair pendant la maladie de votre père. Après sa mort, vous n'avez pas fait ce qu'un autre héritier aurait fait à votre place.

— Et qu'aurait-il fait ?

— Remplacer ces trois hommes par d'autres dont il aurait été sûr de la loyauté.

— Nous sommes loyaux envers notre seigneur ! s'écria Jason, offensé. Oseriez-vous prétendre le contraire ?

— Non, bien sûr que non ! répondit aussitôt Brisbane. Je voulais simplement dire qu'un autre que lord Sinclair se serait montré moins... confiant et qu'il aurait préféré se séparer d'hommes qu'il pouvait considérer comme des rivaux potentiels. C'est tout. Lord Sinclair a témoigné de son sens de la justice en vous permettant de garder vos postes prestigieux.

— Comme je viens de vous l'expliquer, je n'ai hérité du titre que depuis six mois, reprit Ramsey. Je dois d'abord m'assurer qu'il n'y a pas de problèmes au sein de mon propre clan. Je crois que le moment n'est pas très bien choisi pour...

— Nous ne pouvons pas attendre davantage, monseigneur. Les Boswell nous ont déclaré la guerre, et la rumeur court qu'ils projettent de s'allier aux Hamilton. Si cela se produisait, les MacPherson seraient purement et simplement anéantis.

— Qu'en pensent vos guerriers ? Accepteront-ils de jurer allégeance à lord Sinclair ? demanda Jason.

— Sans la moindre hésitation, assura Otis.

— Tous autant qu'ils sont ? insista Jason. Il n'y aura pas de dissident ?

Otis et Brisbane échangèrent un regard, avant que le premier n'avoue :

— Quelques-uns de nos hommes se sont prononcés contre cette union. Avant de vous soumettre notre offre, nous avons procédé à un vote. Tout le monde s'est exprimé, y compris les femmes.

— Vous laissez vos femmes voter ? fit Jason, étonné.

Otis lui sourit.

— Oui. Cela nous semblait normal, puisque nos femmes seront aussi concernées que nous par cette alliance.

— Combien de vos guerriers s'opposent à cette union ? demanda Ramsey.

— Une soixantaine, répondit Otis. La plupart sont jeunes, voire très jeunes.

— La fierté a faussé leur jugement, suggéra Brisbane.

— Ils ont surtout été entraînés par un entêté du nom de Proster. Mais tous les autres ont voté en faveur de l'alliance. À une large majorité.

— Est-il possible que les dissidents reviennent sur leur position ? s'enquit Ramsey.

— Proster fera tout pour les en empêcher, admit Otis. Cependant, il existe un moyen de gagner leur loyauté. Un moyen très simple…

— Lequel ?

— Que vous épousiez Meggan MacPherson, déclara Brisbane.

— La petite-fille de Lochlan ?

— Pensez aux avantages que ce mariage pourrait vous apporter, ajouta Otis.

— Mais si je refuse d'épouser Meggan ?

— Eh bien, j'essaierai de vous faire changer d'avis, répliqua tranquillement Otis. Ce mariage serait le plus sûr moyen de renforcer notre alliance. Nous avons cruellement besoin de votre protection, lord Sinclair. Il y a deux semaines, David et Lucy Douglas ont été assassinés. Leur seul crime était de s'être un peu éloignés de nos terres. Ils venaient tout juste de se marier.

— Si vous n'intervenez pas, même nos enfants seront tués, renchérit Brisbane.

Ramsey comprenait l'inquiétude des deux vieillards. Il savait que les Boswell étaient prêts à tout pour agrandir leur territoire. Leurs guerriers n'hésiteraient pas une seconde à tuer des enfants.

— Les Boswell sont des chacals, marmonna-t-il.

Jason, qui connaissait bien son maître, devinait que Ramsey s'apprêtait à accepter l'offre de leurs visiteurs.

— Ne préféreriez-vous pas réfléchir à votre décision avant de la rendre publique, monseigneur ? suggéra-t-il prudemment.

Ramsey hocha la tête, puis se tourna de nouveau vers les MacPherson.

— Messieurs, je vous donnerai ma réponse demain. Cela vous convient-il ?

Otis opina du chef et se leva.

— Avec votre permission, nous reviendrons donc demain pour que vous nous annonciez votre décision.

Brisbane retint son compagnon par le bras.

— Tu as oublié de lui parler de la compétition.

— Quelle compétition ? s'enquit Jason.

Otis s'empourpra légèrement.

— Nous avons pensé que… hum… pour ménager la fierté de nos guerriers, lord Sinclair pourrait concourir dans une série d'épreuves. Il serait plus simple de renoncer à notre nom si les Sinclair nous battaient, loyalement, au cours de joutes sportives.

— Et si les MacPherson gagnaient ? objecta Jason.

— Oh, ce n'est guère probable ! répondit Otis.

— Mais si cela arrivait quand même ? insista Jason.

— Dans ce cas, les Sinclair devraient renoncer à leur nom. Lord Sinclair conserverait son titre, mais il deviendrait un MacPherson.

Jason était outré. Ramsey, en revanche, ne semblait pas trouver cette proposition choquante.

— Le nom des Sinclair est sacré, répliqua-t-il calmement. Mais, pour ménager la fierté de vos guerriers, nous pourrions organiser des compétitions entre vos hommes et les miens. Les MacPherson, qui auront prouvé leur force et leur courage, gagneront le droit d'avoir des responsabilités dans mon armée.

Otis acquiesça.

— Nous reviendrons demain pour connaître votre réponse, dit-il.

— Que Dieu guide votre décision, ajouta Brisbane, avant de suivre son compagnon hors de la tente.

Après leur départ, Ramsey donna libre cours à son amusement.

— Cet Otis est un vieux renard. Il aurait voulu gagner sur les deux tableaux : garder son nom, mais bénéficier de ma protection.

Jason ne partageait pas sa bonne humeur.

— Ils réclament votre aide, mais ils se permettent de poser leurs conditions. C'est scandaleux.

— Qu'en penses-tu, Anthony ? demanda Ramsey.

— Je n'approuve pas cette union, répondit le soldat. Un homme prêt à renoncer à son nom ne m'inspire que du dégoût.

— Je suis d'accord avec Anthony, intervint Foster d'une voix pleine de colère. Otis et Brisbane sont méprisables.

— Non, rétorqua Ramsey. Ce ne sont que deux vieillards habiles qui essaient de sauver leur clan. Je me doutais depuis un moment qu'ils viendraient solliciter mon aide et j'avais déjà réfléchi à la question. Et toi, Jason, es-tu favorable à cette alliance ?

— Je sais que vous l'êtes, monseigneur, répondit Jason. Votre cœur s'est laissé attendrir. Quant à moi, je vois surtout les problèmes que cette alliance entraînerait.

— Moi aussi, répliqua Ramsey. Cependant, Otis a raison : ils nous offrent beaucoup en contrepartie. Et puis, leur appel à l'aide est sincère. Peut-on l'ignorer ?

Jason secoua la tête.

— Les Boswell n'hésiteront pas à les massacrer jusqu'au dernier. Toutefois, l'attitude de ce Proster et des autres dissidents m'inquiète.

— Peut-être finiront-ils par changer d'avis. Quoi qu'il en soit, nous les surveillerons de près.

— Autrement dit, vous avez déjà pris votre décision...

— Oui, admit Ramsey.

— La réaction de nos propres guerriers m'inquiète également.

Ramsey donna une tape amicale sur l'épaule de son compagnon.

— Nous nous en occuperons en temps voulu. Pour l'instant, l'heure est aux réjouissances. Ian et Judith Maitland sont arrivés hier, et je n'ai pas encore eu l'occasion de les saluer. Allons les voir tout de suite.

— Il y a une affaire plus urgente à régler, objecta Jason.

Ramsey congédia Anthony et Foster avant de répondre à son bras droit.

— À en juger par ton sourire, cette affaire n'est pas d'une extrême gravité, je me trompe ?

— Pour Dunstan Forbes, si. Il aimerait épouser Bridgid KirkConnell.

Ramsey haussa les sourcils.

— Nous en sommes à combien, désormais ?

Jason éclata de rire.

— En comptant la mienne, j'ai recensé sept demandes en mariage. Mais Douglas prétend qu'il y en a déjà eu huit.

Ramsey se rassit et étendit ses jambes devant lui.

— Bridgid connaît-elle les sentiments de Dunstan ?

— Pas encore, répondit Jason. Mais j'ai pris la liberté de la convoquer. Elle attend dehors.

— Merci du cadeau.

Jason rit à nouveau.

— Bridgid est une très belle femme, et j'avoue que j'ai plaisir à la regarder. De plus, elle ne manque pas d'esprit. Hélas, elle est à peu près aussi têtue qu'un Buchanan. Tout bien considéré, je me félicite aujourd'hui qu'elle ait repoussé mon offre. Je n'aurais pas aimé vivre avec une épouse aussi difficile.

— Bien entendu, elle va également refuser d'épouser Dunstan...

— Oui. Je crains que le malheureux ne rejoigne bientôt la cohorte des cœurs brisés.

— Tout cela est la faute de mon père. Il avait donné sa parole au père de Bridgid qu'elle pourrait choisir son mari. Je trouve incroyable qu'il lui ait accordé le droit de décider seule de son avenir.

— Quoi qu'il en soit, vous n'avez guère le choix, répliqua Jason. Vous êtes lié par le serment de votre père. Le père de Bridgid fut un vaillant guerrier et il arracha cette promesse à notre seigneur sur son lit de mort. Probablement ne se doutait-il pas de l'obstination que mettrait sa fille à repousser tous les prétendants.

Ramsey se releva et fit signe à Jason d'inviter Bridgid à entrer sous la tente.

— Et arrête de sourire, s'il te plaît. Pour Dunstan, c'est une affaire sérieuse, et nous allons la traiter comme telle. Après tout, Bridgid acceptera peut-être celui-là.

— Oui, quand les poules auront des dents, rétorqua Jason.

Il souleva la porte de la tente, sembla hésiter et se retourna finalement vers son maître.

— Avez-vous déjà été ébloui par une femme ? demanda-t-il.

— Jamais.

— Eh bien, préparez-vous à l'être.

Lorsque Bridgid KirkConnell pénétra sous sa tente, quelques secondes plus tard, Ramsey admit en lui-même que Jason avait eu raison de le mettre en garde. Bridgid était une jeune femme d'une rare beauté, avec de longs cheveux couleur de miel, des yeux étincelants et des courbes parfaites. Ramsey était presque surpris qu'elle n'ait encore reçu que sept demandes en mariage.

Elle esquissa une révérence et lui sourit.

— Bonjour, lord Sinclair.

Ramsey la salua d'un signe de tête.

— Nous nous rencontrons enfin, Bridgid KirkConnell. À cause de votre entêtement, j'ai dû briser le cœur de plusieurs de mes guerriers. Jusqu'ici, je ne savais pas pourquoi ces valeureux hommes étaient si désireux de vous épouser. Maintenant, je les comprends mieux.

La jeune femme le regarda gravement.

— En réalité, nous nous sommes déjà rencontrés.

Ramsey secoua la tête.

— Je vous assure que si je vous avais déjà vue, je ne l'aurais pas oublié.

— Pourtant, nous nous sommes déjà rencontrés, je vous le jure, insista Bridgid. Et je m'en souviens comme si c'était hier. Vous étiez venu à la maison pour le mariage de votre cousin. Pendant que mes parents assistaient au banquet, j'avais décidé d'aller nager dans le lac qui borde nos terres. C'est vous qui m'avez repêchée.

— Et pourquoi vous aurais-je repêchée ?

— Parce que je coulais.

— Vous ne saviez donc pas nager ? intervint Jason.

— Non, à ma grande surprise.

Elle sourit à nouveau, et Ramsey sentit son cœur s'emballer. Sa réaction l'étonna lui-même. Certes, la jeune femme était particulièrement jolie, mais il n'était plus un gamin. Et il avait déjà connu d'autres femmes tout aussi belles. Sans doute le charme irrésistible de Bridgid tenait-il à son sourire étrangement innocent et sensuel...

— Si vous ne saviez pas nager, pourquoi avoir plongé dans le lac ? demanda Jason, perplexe.

Elle haussa les épaules.

— Nager ne me semblait pas si difficile que cela, et j'étais persuadée de pouvoir me débrouiller. Malheureusement, je m'étais trompée.

— Vous étiez intrépide, commenta Jason.

— Non. J'étais simplement inconsciente.

— Vous n'étiez qu'une enfant, dit Ramsey à son tour.

Bridgid se tourna vers lui.

— Je comprends pourquoi vous ne vous souvenez pas de moi. J'ai beaucoup changé en grandissant. Cela dit, je ne suis pas entêtée, contrairement à ce que vous prétendez.

— Vous devriez être mariée depuis longtemps, rétorqua Ramsey. Mais vous avez fait la difficile en repoussant tous les candidats qui se sont proposés. Il s'agissait pourtant de bons et valeureux guerriers.

— Je n'en doute pas.

Ramsey avança d'un pas vers elle. La jeune femme recula aussitôt. Il réprima un sourire. Son refus de se marier était presque comique.

— Un autre guerrier a demandé votre main, annonça-t-il. Il s'appelle Dunstan Forbes. Le connaissez-vous ?

Elle secoua la tête.

— C'est un homme d'honneur, et je suis convaincu qu'il vous traiterait bien.

— Pourquoi ? fit-elle.

— Pourquoi quoi ?

— Pourquoi veut-il m'épouser ? A-t-il donné une raison ?

Ramsey s'adressa à Jason :

— T'a-t-il donné une raison ?

Jason hocha la tête.

— Il vous trouve merveilleuse.

À l'hésitation de Jason, Ramsey comprit que celui-ci n'avait pas révélé l'entière vérité.

— Répète-nous ses paroles exactes, lui ordonna-t-il.

Jason s'empourpra.

— Bridgid ne souhaite certainement pas les entendre, monseigneur.

— Je suis sûr que si, répliqua Ramsey. Du reste, Dunstan attend de nous que nous parlions à sa place.

Le soldat, embarrassé, toussota.

— Eh bien… hum… Dunstan jure qu'il vous adore. Il admire votre beauté et vénère même le sol que vous foulez. Dieu m'est témoin que ce sont ses véritables paroles.

Ramsey sourit. Bridgid, elle, ne partageait pas son amusement. Elle se sentait blessée, mais s'obligea à n'en rien laisser paraître. Comment lord Sinclair aurait-il pu deviner le secret qu'elle cachait dans son cœur ?

— J'ai du mal à y croire, déclara-t-elle. Je ne connais même pas cet homme, et il dit m'aimer !

— Dunstan est quelqu'un de respectable, répondit Jason. Je suis persuadé qu'il n'a pas fait sa demande à la légère.

— En tout cas, il s'est entiché de vous, intervint Ramsey. Acceptez-vous au moins de réfléchir à sa proposition ? Peut-être qu'en le rencontrant et en discutant avec lui, vous…

— Non, coupa la jeune femme. Je ne veux pas le rencontrer et je n'ai nul besoin de réfléchir à sa proposition. Dites à Dunstan que je le remercie, mais…

— Mais quoi ? demanda Jason.

— Mais je refuse de l'épouser.

— Pourquoi ? s'enquit Ramsey, un peu irrité.

— Parce que je ne l'aime pas.

— L'amour et le mariage sont deux choses différentes. De toute façon, vous pourriez apprendre à l'aimer.

— J'aimerai l'homme que j'épouserai ou je ne marierai pas du tout, répliqua Bridgid avec véhémence, avant de reculer à nouveau d'un pas.

— Quelle bêtise ! Comment veux-tu discuter avec une femme aussi peu rationnelle ? dit Ramsey à Jason.

— Impossible, monseigneur. Je me demande où elle a bien pu pêcher des idées pareilles.

Voir les deux hommes parler d'elle comme si elle n'avait pas été là ulcéra Bridgid, mais elle réprima son mécontentement. Lord Sinclair était son seigneur, et elle lui devait respect et obéissance.

— Vous ne changerez pas d'avis sur Dunstan ? lui demanda Ramsey.

Elle secoua la tête.

— Non.

— Décidément, vous vous comportez en enfant gâtée, Bridgid.

Cette fois, la jeune femme donna libre cours à sa colère.

— Je suis là depuis moins de dix minutes, et vous avez déjà trouvé le moyen de dire que j'étais entêtée, que je faisais la difficile et que je me comportais en enfant gâtée. Si vous ne m'avez convoquée que pour m'insulter, j'aime autant aller rejoindre mon oncle et ma tante.

Ramsey en resta bouche bée. C'était la première femme qui osait lui parler sur un ton pareil. En temps normal, il l'aurait punie pour son insolence, mais il songea soudain qu'elle n'était pas vraiment à blâmer. Il s'était effectivement montré insultant à son égard.

— Vous ne devez pas manquer de respect à votre seigneur, déclara Jason d'un ton sévère. Votre père se retournerait dans sa tombe, s'il vous entendait.

Bridgid baissa la tête, mais Ramsey eut le temps de voir que des larmes perlaient à ses paupières.

— Laisse son père en dehors de cette affaire, dit-il à Jason.

— Mais elle pourrait au moins s'excuser, monseigneur !

— Pourquoi ? Je l'ai insultée sans le vouloir. C'est moi qui lui dois des excuses.

La jeune femme redressa la tête.

— Vous vous excusez ?

— Oui.

Elle se détendit et lui adressa un sourire radieux.

— Dans ce cas, je regrette de m'être emportée.

Sur ces mots, elle esquissa une révérence et quitta précipitamment la tente.

— Ce n'est pas une femme facile, commenta Jason après son départ. Je plains celui qui finira par l'épouser. Leur mariage ne sera pas de tout repos.

Ramsey s'esclaffa.

— Oui, mais certaines bagarres sont excitantes.

Jason parut étonné.

— Auriez-vous l'intention de…

Un cri interrompit sa question. Jason se tourna vers la porte, juste au moment où un jeune guerrier pénétrait en trombe sous la tente. C'était le fils d'Emmet MacPherson, Alan. Il semblait si bouleversé qu'on aurait juré qu'il venait de croiser le fantôme de son père.

— Monseigneur, il y a eu… un terrible accident… aux rapides… balbutia-t-il. Votre frère… Michael…

Ramsey s'était déjà rué hors de la tente lorsque Alan termina sa phrase :

— Michael est mort.

2

En Angleterre, sous le règne du roi Jean

Son équilibre était précaire. Dans sa hâte à fuir ses ravisseurs, l'enfant avait enroulé autour d'un gros rocher le bout de corde qu'il avait pris dans un coin de l'écurie, puis il avait confectionné un nœud solide, comme son oncle Ennis le lui avait appris. Ensuite, il avait commencé à se laisser glisser le long de la falaise, la corde accrochée à son poignet gauche. Il s'était souvenu, mais trop tard, qu'il aurait également dû attacher la corde autour de sa taille et se servir de ses pieds pour descendre, comme il avait vu des guerriers le faire le long des falaises de Huntley.

Mais il n'avait pas le temps de remonter pour mieux s'encorder. Les rochers étaient aussi coupants que des lames, et son ventre et ses bras étaient déjà écorchés en de multiples endroits. Le petit garçon devinait qu'il sortirait de cette épreuve couvert de cicatrices, ce qui ferait de lui un vrai guerrier. Cette idée le réjouissait d'avance, mais il aurait quand même préféré arriver au même résultat en ayant moins mal.

Malgré tout, il se promit de ne pas pleurer, quelle que soit la douleur qu'il devrait endurer. Mais, à mesure qu'il descendait la falaise, les rochers se tachaient de son sang, et la perspective d'une chute mortelle l'angoissait de plus en plus. Si son père était apparu maintenant, il l'aurait sans doute grondé pour son imprudence, mais il l'aurait aidé à se tirer de ce mauvais pas.

— Oh, papa, j'aimerais tellement que tu sois là… gémit-il à voix haute.

Ses yeux s'emplirent de larmes, et il comprit qu'il allait pleurer comme un bébé. Il aurait voulu se réfugier sur les genoux de sa mère, pour qu'elle le serre très fort contre lui et qu'elle lui murmure des paroles de réconfort en lui ébouriffant tendrement les cheveux.

Penser à ses parents le rendit encore plus malheureux, et il ne put retenir ses premiers sanglots. Son bras gauche, qui tenait la corde, s'ankylosait, son ventre le brûlait, mais il refoula la panique qui menaçait de s'emparer de lui. Ses ravisseurs, là-haut, s'étaient sûrement lancés à sa poursuite.

Descendre au fond de la gorge se révélait plus compliqué qu'il ne l'avait cru. Pourtant, il continua sa progression, n'osant pas trop regarder le vide qui s'ouvrait sous ses pieds. Pour se donner du courage, il essaya de s'imaginer qu'il descendait seulement le long d'un des grands chênes du domaine familial. Son père lui avait dit qu'il était très doué pour grimper aux arbres, même plus doué que Graham, son grand frère.

À bout de forces, il s'arrêta un moment pour se reposer. Il jeta un coup d'œil au-dessus de sa tête et constata avec fierté qu'il avait déjà parcouru une bonne distance. Puis il se rendit compte que la corde commençait à s'effilocher par endroits, et sa fierté se changea en effroi. À présent, il était certain de ne plus jamais revoir ses parents.

Quand lady Gillian retrouva enfin l'enfant, sa poitrine la brûlait et le souffle lui manquait. Elle avait suivi la trace du petit garçon à travers la forêt, courant aussi vite que ses jambes le lui permettaient. Lorsqu'elle avait atteint la falaise et entendu ses gémissements, elle était tombée à genoux de soulagement. Grâce à Dieu, l'enfant vivait encore.

Mais sa joie fut de courte durée : au moment où elle voulut tirer sur la corde pour le remonter, elle s'aperçut que le chanvre s'était effiloché. La corde pouvait se rompre à tout instant. Elle n'osa même pas la toucher, de peur que le moindre frottement contre les rochers ne la fasse céder.

Elle cria à l'enfant de ne plus bouger et s'allongea au bord de la falaise pour évaluer la situation. Le simple fait de regarder en bas lui donna le vertige. Comment, dans ces conditions, allait-elle sauver le gamin ? Retourner au château prendre une corde demanderait trop de temps. De plus, elle risquait d'être surprise par un des soldats d'Alford. En revanche, plusieurs pierres saillaient de la paroi rocheuse. N'importe quel grimpeur expérimenté aurait pu facilement descendre cette falaise.

Mais Gillian n'était ni expérimentée ni particulièrement agile, et son vertige accroissait encore la difficulté d'une telle entreprise. Cependant, elle refusait d'abandonner l'enfant. Si elle n'agissait pas rapidement, la corde se romprait et le petit garçon plongerait dans le vide.

Elle n'avait pas le choix. Elle marmonna une courte prière et décida de descendre la falaise. « Ne regarde pas en bas, se dit-elle en posant le pied sur la première pierre. Ne regarde surtout pas en bas ! »

Gillian aurait volontiers poussé un cri de joie chaque fois qu'elle posait le pied sur une nouvelle pierre. Pour se rassurer, elle tenta de s'imaginer qu'elle descendait tout simplement un escalier. Quand elle parvint à la hauteur de l'enfant, elle appuya son front contre la roche et remercia Dieu de lui avoir permis d'arriver jusque-là sans dommages.

Puis elle se tourna lentement vers le petit garçon. Il n'avait sans doute pas plus de six ans, mais il luttait désespérément pour garder courage. La corde était enroulée autour de son poignet gauche, et il brandissait une petite dague de sa main libre.

Gillian était sa seule chance de survie. Pourtant, de toute évidence, il se méfiait d'elle. Chaque fois qu'elle essayait de lui attraper la main, il lui donnait un coup de dague qui lui entaillait le bras.

— Cesse ces idioties et laisse-moi t'aider ! lança-t-elle. Tu n'as vraiment aucun bon sens. Tu ne te rends pas compte que ta corde s'apprête à céder ?

La sévérité de son ton surprit l'enfant, qui surmonta enfin sa panique. En voyant le sang couler du bras de la jeune femme, il prit soudain conscience de ce qu'il avait fait et jeta sa dague dans le ravin.

— Je… je m'excuse, dit-il en hoquetant. Je n'aurais pas dû frapper une lady.

— Tu veux bien que je t'aide, alors ? demanda Gillian.

Avant qu'il ait eu le temps de répondre, elle s'empressa d'ajouter :

— Arrête de gigoter, sinon la corde va se rompre !

— Oui, madame, dépêchez-vous.

De la main droite, Gillian s'agrippa à une pierre, tandis qu'elle tendait le bras gauche pour attraper l'enfant. Elle venait de l'attirer à elle lorsque la corde céda. Si le petit garçon n'avait pas déjà eu un pied solidement posé sur le rocher en saillie où Gillian se tenait elle-même, ils seraient tombés tous les deux dans le ravin. Gillian serra l'enfant contre elle et poussa un soupir de soulagement.

— Vous êtes arrivée juste à temps, remarqua l'enfant.

Il se débarrassa du bout de corde encore accroché à son bras et le jeta dans le vide. Quand il voulut se tourner pour contempler sa chute, Gillian le retint fermement et lui ordonna de ne pas bouger.

— Nous avons déjà réussi un bel exploit, dit-elle d'une voix tremblante. Mais ce n'est pas terminé.

— Vous avez peur, madame ?

— Oh, oui, j'ai peur ! Je vais te lâcher, maintenant. Reste bien plaqué contre la paroi. De mon côté, je vais commencer à remonter et…

— Mais nous devons continuer à descendre ! protesta l'enfant.

— Je t'en prie, ne dis pas de sottises. Nous ne pourrons jamais atteindre le fond du ravin. Le bas de la falaise est lisse. Il n'y a plus aucune pierre qui dépasse de la paroi.

— Peut-être que si vous alliez chercher une bonne corde, nous…

— C'est hors de question, coupa Gillian.

Des deux mains, elle agrippa la pierre qui se trouvait au-dessus de sa tête et entreprit de se hisser dessus. Mais toute force semblait avoir déserté ses bras, et elle ne parvint pas à grimper.

— Vous savez quoi, madame ?

— Chut ! ordonna Gillian, qui se concentrait pour faire une autre tentative.

— Mais vous savez quoi ?

— Non, quoi ? répondit-elle en s'adossant à la falaise, le souffle court.

— Il y a une grosse saillie, juste en dessous de nous. Nous pourrions nous laisser tomber dessus. Regardez, madame, ce ne sera pas difficile.

— Je ne veux pas regarder en bas.

— Si vous ne regardez pas en bas, vous ne verrez pas de quoi je parle. Une fois sur cette saillie, nous pourrions...

— Non ! coupa Gillian, qui tenta une nouvelle fois d'escalader la paroi.

Si elle franchissait cette première étape, elle réussirait à remonter jusqu'au bord de la falaise, elle en était sûre.

Le petit garçon l'observait.

— Vous n'avez pas la force de monter ?

— J'ai bien peur que non.

— Je vais vous aider...

— Surtout pas ! Reste où tu es et ne bouge pas.

Gillian essaya encore de se hisser sur la pierre, sans succès.

— Vous savez quoi, madame ?

Cet enfant ne se taisait donc jamais ?

— Non, quoi ?

— Nous ferions mieux de descendre.

— Je préfère qu'on remonte.

— Oui, mais vous n'y arrivez pas.

— Un peu de patience, s'il te plaît. Accorde-moi une minute, et je vais recommencer.

— Vous n'arrivez pas à grimper à cause de votre bras. C'est ma faute. Je n'aurais pas dû vous donner des coups de dague. Mais j'avais peur.

Il semblait sur le point de fondre en larmes, et Gillian s'empressa de l'apaiser.

— Ne parlons plus de cela, dit-elle.

Elle se lança de nouveau à l'assaut de la paroi, mais elle fut obligée de renoncer très vite et poussa un soupir de frustration.

— Je crois que tu as raison, déclara-t-elle. Nous allons plutôt essayer de descendre.

Très lentement, la jeune femme se retourna et, dos à la falaise, se baissa pour s'asseoir au bord du rocher en surplomb. Le garçon l'imita.

— On saute, maintenant ? proposa-t-il.

Décidément, cet enfant était inconscient ! songea Gillian.

— Non. Pas question de sauter. Nous allons descendre tout doucement, en nous laissant glisser contre la paroi.

Après une autre courte prière, Gillian joignit le geste à la parole, suivie de son jeune compagnon. La distance qui séparait les deux saillies n'était pas très importante, mais le petit garçon manqua perdre l'équilibre. Gillian le rattrapa juste à temps. Il se serra dans ses jupes, tout tremblant.

— J'ai bien failli tomber, dit-il.

— Oui. Mais c'est fini, maintenant. Nous sommes en sécurité, ici.

— Nous ne descendons pas plus ?

— Non. Pour l'instant, nous ne bougeons pas.

Ils restèrent agrippés l'un à l'autre quelques minutes, le temps que l'enfant se remette de ses émotions. Puis il abandonna la jeune femme et partit explorer le rocher où ils avaient atterri. À l'une des extrémités, la pierre formait une cavité naturelle. Le petit garçon s'accroupit et fit signe à Gillian de le rejoindre.

La jeune femme secoua la tête.

— Je suis très bien où je suis.

— Il va pleuvoir, et vous allez être trempée. Ce n'est pas difficile. Il suffit juste de ne pas regarder en bas.

Comme pour confirmer ses paroles, un coup de tonnerre résonna au loin.

Gillian se risqua donc à suivre le conseil de l'enfant. Par endroits, le rocher atteignait à peine une trentaine de centimètres de large. La jeune femme avançait à pas comptés, son cœur tambourinant dans sa poitrine. Elle ne se rappelait pas avoir eu aussi peur de sa vie. L'enfant, en comparaison, se montrait beaucoup plus courageux qu'elle.

Finalement, elle réussit à le rejoindre.

— Vous avez peur de regarder en bas ? lui demanda-t-il, tandis qu'il penchait la tête au-dessus du vide.

Gillian le tira vivement en arrière.

— Ne fais pas ça !

— Mais je voulais juste cracher, pour voir où ça tombait...

— Reste assis à côté de moi et tiens-toi tranquille. J'ai besoin de calme pour réfléchir.

— Mais pourquoi avez-vous peur de regarder en bas ?

— J'ai peur, c'est tout.

— Vous allez vomir ? Vous êtes toute verte.

— Non, je ne vais pas vomir.

— Mais de quoi avez-vous peur ?

Seigneur Dieu ! Ne la laisserait-il donc pas une minute en paix ?

— Pourquoi me poses-tu toutes ces questions ?

Il haussa les épaules.

— J'en sais rien.

— Eh bien, moi, je ne sais pas pourquoi j'ai peur de regarder en bas. Mais ça a toujours été comme ça. Même de la fenêtre de ma chambre, j'ai le vertige si je me penche trop.

— Est-ce que toutes les dames anglaises sont comme vous ?

— Je suppose que non.

— La plupart sont chétives et faibles, décréta-t-il avec autorité. C'est mon oncle Ennis qui me l'a dit.

— Ton oncle se trompe. En général, une femme peut faire autant de choses qu'un homme.

L'enfant dut trouver sa remarque amusante, car il partit d'un grand rire sonore. Gillian était stupéfaite de voir un garçon de cet âge se montrer aussi arrogant.

— Comment vous appelez-vous, madame ? lui demanda-t-il, une fois qu'il eut repris son calme.

— Gillian.

Comme elle ne lui retournait pas la question, il s'étonna :

— Vous ne voulez pas savoir mon nom ?

— Je le connais déjà. J'ai entendu les soldats parler de toi. Tu t'appelles Michael et tu appartiens au clan dirigé par lord Sinclair. Tu es son frère.

Le garçon secoua la tête avec véhémence.

— Michael n'est pas mon vrai nom. Nous nous amusions à un jeu quand des hommes m'ont attrapé et m'ont enfermé dans un sac en toile.

— Tu as dû avoir très peur, dit Gillian.

Sans lui laisser le temps de répondre, elle ajouta :

— Mais pourquoi ne m'as-tu pas attendue dans l'écurie ? Tu aurais pu t'enfuir beaucoup plus facilement si tu m'avais écoutée. Et pourquoi m'as-tu blessé le bras ? Tu avais pourtant compris que j'étais ton amie. Rappelle-toi, c'est moi qui t'ai ouvert la porte de l'écurie. Si seulement tu m'avais fait confiance…

— Il ne faut jamais faire confiance aux Anglais, déclara le petit garçon d'un ton péremptoire.

— C'est ton oncle Ennis qui t'a dit ça ?

— Non, c'est mon oncle Brodick. Mais je le savais déjà.

— Alors, tu n'as pas confiance en moi ?

— Si, peut-être. En tout cas, je ne voulais pas vous blesser. Ça vous fait mal ?

Gillian avait très mal au bras, mais elle préféra n'en rien dire à l'enfant, de peur de l'inquiéter davantage.

— Ça ira, répondit-elle. Mais je devrais peut-être essayer d'arrêter le saignement.

Elle déchira un morceau de son jupon, qu'elle enroula autour de sa blessure. L'enfant l'aida ensuite à nouer son pansement de fortune.

— Voilà, c'est parfait.

— Vous savez quoi ?

Gillian soupira.

— Non, quoi ?

— Je me suis coupé aux doigts, sur le torse et sur le ventre.

Son visage s'était illuminé. Avec ses boucles brunes et ses jolis yeux gris, il était très beau, même si son nez et ses joues étaient couverts d'égratignures.

Il releva sa tunique pour lui montrer qu'il disait vrai.

— J'aurai plein de cicatrices.

— Ça m'étonnerait, répliqua Gillian.

En voyant son air chagriné, elle reprit aussitôt :

— Tu en auras peut-être quelques-unes, tout compte fait. Tu aimerais bien, n'est-ce pas ?

Il hocha vigoureusement la tête.

— Oh, oui !

— Pourquoi ?

— Tous les guerriers portent des cicatrices. Ce sont des preuves de courage.

Il était si sérieux que Gillian n'osa pas rire.

— Tu es très courageux, déclara-t-elle. Mais quand nous serons de retour au château, je demanderai à une domestique de mettre de la pommade sur tes égratignures. Les vieilles servantes doivent se souvenir de moi, ajouta-t-elle à mi-voix.

— Mais nous n'allons pas retourner au château ! protesta-t-il.

— Essaie de comprendre, dit Gillian d'une voix douce. Ce rocher ne mène nulle part. Nous sommes prisonniers de la falaise. Nous n'avons plus qu'à attendre que les soldats nous retrouvent.

— Je pourrais descendre jusqu'à...

— Non, coupa Gillian. Je t'ai déjà expliqué que le bas de la falaise était trop lisse.

L'enfant avait les larmes aux yeux.

— Mais je ne veux pas retourner au château. Je veux rentrer chez moi !

Gillian hocha la tête.

— Je sais. Et je te promets de t'aider à trouver un moyen de rentrer chez toi. Je t'en donne ma parole.

L'enfant ne semblait pas convaincu.

— Mon oncle Ennis dit que les Anglais ne tiennent jamais leurs promesses.

— J'aimerais beaucoup rencontrer ton oncle un de ces jours, histoire d'avoir une petite discussion avec lui.

L'enfant s'esclaffa.

— Il refuserait de vous adresser la parole.

Puis il reprit son sérieux et changea de sujet.

— J'avais l'intention de vous attendre dans l'écurie, mais un monsieur est entré. J'ai eu peur et je me suis enfui.

— Quel monsieur ? Le baron ?

— Un monsieur très laid avec une barbe rousse.

— C'était bien le baron.

— Pendant que j'étais caché dans un arbre, je l'ai vu partir avec deux autres cavaliers. Peut-être qu'il ne reviendra pas ?

— Si, il reviendra, répondit Gillian, qui ne voulait pas donner de faux espoirs à l'enfant. Demain, après-demain au plus tard.

L'enfant s'assombrit. Gillian eut le cœur serré. Les petits garçons de son âge passaient leur temps à courir et à s'amuser avec leurs amis. Mais celui-ci avait été enlevé à sa famille pour servir les plans machiavéliques du baron Alford.

— Vous avez encore peur, Gillian ?

— Non.

— Moi, je n'ai jamais peur.

— Jamais ?

— Presque jamais, admit-il.

— Quel âge as-tu ?

— Bientôt sept ans.

— Tu es très courageux pour ton âge.

— Je sais, répliqua-t-il avec un naturel désarmant. Pourquoi ces étrangers m'ont-ils enlevé ? J'ai fait quelque chose de mal ?

— Non, tu n'as rien fait de mal. Ce n'est pas ta faute. Le baron veut quelque chose et il t'utilise pour l'obtenir.

— Je sais ce qu'il veut, déclara fièrement l'enfant. Mais il ne l'aura jamais, parce que mon papa l'enverra brûler en enfer.

Et il ajouta, un sanglot dans la voix :

— Mon papa et ma maman me manquent.

— Je m'en doute. Ils doivent te chercher partout.

— Non, sûrement pas. Ils croient que je suis mort.

— Pourquoi penseraient-ils une chose pareille ?

— J'ai entendu le baron parler à ses soldats.

— Alors, tu connais ses plans ? demanda vivement la jeune femme.

— Oui. Ses hommes et lui ont décidé de raconter que je m'étais cogné la tête contre un rocher, puis que j'avais coulé dans les rapides. Ma maman doit beaucoup pleurer.

— Pauvre femme…

— Je suis sûr que je lui manque beaucoup.

— C'est évident. Mais imagine sa joie, quand elle te verra revenir sain et sauf. À présent, reprit-elle d'un ton qui se voulait détaché, peux-tu me répéter ce que le baron a dit d'autre ?

— En fait, j'ai entendu tout ce qu'ils se racontaient. Et vous savez pourquoi ? Parce que je n'ai pas ouvert la bouche devant eux, pour qu'ils pensent que j'étais muet.

— C'était très intelligent de ta part, répondit Gillian. Maintenant, dis-moi tout ce que tu as appris, en prenant bien ton temps, pour ne rien oublier.

— Le baron a perdu une boîte, il y a très longtemps. Mais aujourd'hui, il croit savoir où elle se trouve. Un homme lui a révélé l'endroit où elle était cachée.

— Quel homme ? Le baron a-t-il dit son nom ?

— Non. En revanche, la boîte a un drôle de nom, mais je ne m'en souviens pas.

Gillian avait la gorge sèche. À présent, elle comprenait pourquoi Alford l'avait forcée à revenir à Dunhanshire.

— Arianna, murmura-t-elle. Il l'a appelée la boîte d'Arianna, n'est-ce pas ?

— Oui ! s'exclama le garçon, tout excité. Comment connaissez-vous son nom ?

Gillian était trop angoissée pour lui répondre immédiatement. Seigneur Dieu ! Alford avait-il retrouvé Christen ?

— Ma sœur vit dans les Highlands, déclara-t-elle à brûle-pourpoint. Et je…

— Où ça, dans les Highlands ?

— Je ne sais pas exactement.

— Mais…

— Quand je saurai précisément où elle habite, j'irai la rejoindre, coupa Gillian.

— Comment se fait-il que votre sœur vive dans les Highlands, et pas vous ?

— Parce que j'ai été kidnappée, il y a longtemps, expliqua Gillian. Je n'étais encore qu'une toute petite fille lorsque les soldats du baron ont attaqué Dunhanshire. Mon père avait essayé de nous mettre à l'abri, ma sœur et moi, mais dans le chaos, j'ai été séparée de Christen.

— Votre sœur est perdue ?

— Non. Elle a été conduite en Écosse par un des hommes de confiance de mon père. Mon oncle Morgan a tout tenté pour la retrouver, mais il n'a pu suivre sa trace que jusque dans les Highlands. Pour l'instant, j'ignore où elle vit exactement, mais je ne désespère pas de le découvrir un jour.

— Elle vous manque ?

— Oui, beaucoup, même si je ne l'ai pas revue depuis le jour de notre séparation. Si je la rencontrais aujourd'hui, je ne la reconnaîtrais peut-être pas. Mon oncle Morgan m'a expliqué que la famille qui l'avait recueillie lui avait probablement donné un autre nom, pour la protéger.

— Pour la protéger du baron ?

— Oui. Mais je suis sûre que ma sœur se souvient de moi, elle aussi.

Le silence s'installa, jusqu'à ce que l'enfant reprenne la parole.

— Vous savez quoi ?

— Quoi ?

— Mes oncles refuseraient de vous renseigner, sauf si mon oncle Brodick les y autorisait.

— Et pourquoi refuseraient-ils de me parler ?

L'enfant la gratifia du regard apitoyé qu'on réserve d'ordinaire aux simples d'esprit. Gillian le trouva à la fois si comique et si attendrissant qu'elle dut se retenir de le serrer dans ses bras.

— Parce que vous êtes anglaise ! s'exclama-t-il avec un soupir exaspéré.

Changeant de sujet, il ajouta :

— La nuit tombe. Est-ce que vous avez aussi peur du noir ?

— Non, je n'ai pas peur du noir.

Il se rapprocha d'elle et lui prit la main.

— Vous sentez comme ma maman.

— Et alors, c'est agréable ?

— Oh, oui !

Il avait parlé d'une petite voix étranglée, qui fit craindre à Gillian un nouvel accès de chagrin.

— Le baron ne nous trouvera peut-être jamais ?

— Ses soldats finiront bien par apercevoir le bout de corde resté accroché au rocher, assura Gillian.

— Je ne veux pas retourner là-bas.

Cette fois, il fondit en larmes. Gillian le serra contre elle et l'embrassa sur le front pour l'apaiser.

— Je te promets que tout ira bien, dit-elle, et que je t'aiderai à rentrer dans ta famille.

— Mais vous n'êtes qu'une femme, protesta-t-il en sanglotant.

Gillian renonça à combattre les préjugés de l'enfant. Dans l'immédiat, mieux valait essayer de lui redonner espoir.

— Tu ne crois pas que ton oncle Ennis se doutera que tu n'es pas mort, si on ne retrouve pas ton corps ?

L'enfant redressa la tête et s'essuya les joues du revers de la main.

— Si. Et mon oncle Brodick aussi. C'est le seigneur des Buchanan, et tout le monde sait que les Buchanan sont les plus tenaces des guerriers. Mon oncle Brodick est mon champion.

— Qu'est-ce qu'un champion ?

— C'est un protecteur. En Écosse, chaque fois que naît un petit garçon ou une petite fille, on désigne parmi les grandes personnes celui qui sera son champion. Oncle Brodick est le mien. Il doit veiller tout le temps sur moi, pour s'assurer qu'il ne m'arrive rien. Peut-être bien qu'oncle Brodick me retrouvera avant mon père.

— C'est probable, approuva Gillian avec force. Et maintenant, si tu posais ta tête sur mes genoux et que tu fermes les yeux pour dormir un peu ?

— Vous ne partirez pas pendant que je dormirai ?

— Et où voudrais-tu que j'aille ?

Il sourit.

— Oui, c'est vrai... Au fait, le baron était furieux que vous ne sachiez pas où vit votre sœur.

— Pourquoi ne m'as-tu pas dit cela tout à l'heure ?

— Je n'y pensais plus.

— Qu'a-t-il dit d'autre ? demanda Gillian, suspendue à ses lèvres. Essaie de te souvenir de tout.

— Je me rappelle qu'il a dit que votre roi cherchait la boîte, lui aussi. Mais le baron prétendait qu'il serait le premier à mettre la main dessus. C'est tout ce dont je me souviens, conclut l'enfant.

Après quelques secondes de silence, il ajouta à voix basse :

— Je voudrais que mon papa arrive, maintenant.

— Je t'en prie, ne pleure pas, répondit Gillian en le serrant à nouveau dans ses bras. Un grand garçon comme toi, qui a deux champions, ne devrait pas pleurer.

— Je n'ai qu'un champion, corrigea-t-il.

— Non, deux. Ton oncle Brodick et moi. Je te protégerai jusqu'à ce que tu sois rentré chez toi.

— Mais une femme ne peut pas être un champion.

— Bien sûr que si.

Il étudia longuement cette possibilité, puis finit par hocher la tête.

— D'accord. Mais alors, il faut que vous me donniez quelque chose.

— Ah, bon ?

Il hocha encore la tête.

— Un champion donne toujours quelque chose d'important au petit garçon ou à la petite fille qu'il est chargé de protéger. Donc, il faut que vous me donniez quelque chose, répéta-t-il.

— Que t'a donné ton oncle Brodick ?

— Sa meilleure dague. Papa avait fait confectionner un étui en cuir pour la ranger et je l'avais apportée au festival. Mais je ne l'ai plus, maintenant.

— Tu l'as perdue ?

— Un soldat du baron me l'a confisquée. Il l'a posée sur le coffre de la grande salle du château.

— Nous tâcherons de la récupérer, promit Gillian.

— Mais vous, qu'allez-vous me donner ? insista l'enfant.

Gillian tendit la main.

— Tu vois cet anneau ? Je le chéris tout particulièrement.

Le crépuscule empêchait l'enfant de bien distinguer l'anneau. Il prit la main de la jeune femme dans la sienne et l'approcha de ses yeux.

— C'est joli, dit-il.

— Il appartenait à ma grand-mère. Mon oncle Morgan me l'a offert à mon dernier anniversaire. Je le nouerai à un de mes rubans pour l'accrocher à ton cou. Tu le porteras sous ta tunique, pour que le baron ne remarque rien.

— Je pourrai le garder toute ma vie ?

— Non. Quand j'aurai tenu ma promesse de te ramener sain et sauf chez toi, tu me le rendras. Maintenant, ferme les yeux et essaie de dormir. Pour te changer les idées, pense à la joie de tes parents lorsqu'ils te reverront.

— Maman pleurera de bonheur. Papa sera content, lui aussi. Mais il ne pleurera pas, parce que les guerriers ne pleurent jamais. Malheureusement, il ne sera pas content très longtemps, parce qu'il faudra bien que je lui avoue que je lui ai désobéi.

— Comment cela ?

— Il m'avait interdit de m'approcher des rapides, à cause des rochers trop glissants et du courant. Mais j'y suis quand même allé avec mon copain. Quand mon papa l'apprendra, il sera fou de rage.

— Tu as peur de ton père ?

— Non ! Je n'aurai jamais peur de mon père.

— Alors, pourquoi te fais-tu du souci ?

— Parce qu'il me punira.

— Comment te punira-t-il ?

— Il refusera peut-être que je monte à cheval avec lui pendant plusieurs semaines. Ce serait le pire. J'adore chevaucher sur ses genoux, parce qu'il me laisse tenir les rênes.

Gillian lui caressa l'épaule et lui dit de ne plus s'inquiéter. Mais l'enfant n'avait pas confessé tous ses péchés.

— Il faudra aussi que j'avoue à papa ce que nous avons fait, avec Michael.

— Ton ami s'appelle Michael, lui aussi ?

— Mon ami *est* Michael. Je vous ai expliqué que nous avions imaginé un jeu.

— Ton père se moquera bien de savoir à quoi vous pouviez jouer, crois-moi.

— Mais…

— Dors ! ordonna Gillian.

Il resta silencieux pendant quelques minutes. Gillian, pensant qu'il s'était endormi, s'apprêta à réfléchir à des choses plus importantes.

— Vous savez quoi ?

La jeune femme soupira. Combien de fois avait-elle entendu ces trois mots, depuis qu'elle avait rencontré l'enfant ?

— Non, quoi ?

— Je vous aime bien. Pourtant, je déteste la plupart des Anglais. Mon oncle Ennis les hait tous. D'après lui, si vous serrez la main d'un Anglais, vous risquez d'y perdre vos doigts. C'est vrai ?

— Non, ce n'est pas vrai.

— Vous regrettez d'être anglaise ?

— Je regrette seulement qu'Alford le soit.

— C'est un idiot. Et vous savez pourquoi ?

Gillian comprit qu'il ne la laisserait pas en paix tant qu'il ne lui aurait pas dit tout ce qu'il avait en tête.

— Non, pourquoi ? demanda-t-elle patiemment.

— Parce qu'il croit que je suis Michael.

La jeune femme se raidit.

— Tu n'es pas Michael ?

Il se redressa et s'assit face à elle.

— Non. Michael, c'est mon copain. Je me tue à vous l'expliquer depuis tout à l'heure. Cette andouille de baron croit que je suis le frère de lord Sinclair, mais son vrai frère, c'est mon copain, Michael. Quand j'ai été enlevé, nous nous amusions à jouer le rôle de l'autre. Nous avions échangé nos kilts, pour voir combien de temps les autres mettraient à s'en apercevoir. Le soir, nous avions prévu d'aller chacun dans la tente de l'autre. Michael dans celle de mes parents, et moi dans celle de lord Sinclair.

— Ô mon Dieu… murmura Gillian, atterrée.

Ce pauvre enfant innocent n'avait aucune idée des conséquences de ce petit jeu. Et il s'inquiétait de la punition que lui infligerait son père, alors qu'un danger bien plus grand le menaçait ! Dès qu'Alford découvrirait la supercherie – ce qui ne tarderait pas –, il entrerait dans une rage folle et se vengerait sur l'enfant.

Elle posa la main sur l'épaule du petit garçon.

— Écoute-moi bien, murmura-t-elle. Tu ne dois répéter à personne ce que tu viens de me dire. Jure-le-moi.

— Je le jure.

Malgré les éclairs qui déchiraient le ciel dans le lointain, il n'y avait pas assez de lumière pour que Gillian puisse distinguer le visage de l'enfant. Elle l'attira vers elle et croisa son regard.

— Qui es-tu, alors ?

— Je m'appelle Alec.

— Alec... répéta Gillian, qui ne s'était pas encore remise de sa surprise.

L'enfant, lui, avait déjà retrouvé le sourire.

— Le baron est un idiot, hein ? Il a kidnappé le mauvais garçon.

— Dis-moi, Alec, ton ami a-t-il vu les hommes d'Alford t'emmener avec eux ?

L'enfant prit l'air concentré, comme s'il essayait de se rappeler le déroulement exact des événements.

— Non. Michael était retourné dans sa tente chercher son arc et ses flèches. C'est à ce moment-là que les étrangers m'ont sauté dessus. Je ne pense pas qu'il s'agissait de soldats du baron, parce qu'ils portaient tous des kilts.

— Combien étaient-ils ?

— Je ne sais pas... Peut-être trois.

— C'étaient sans doute des traîtres écossais en cheville avec le baron, marmonna Gillian, qui se passait nerveusement la main dans les cheveux. Tout se complique.

— Qu'arrivera-t-il si le baron découvre que je ne suis pas Michael ? Il sera furieux, n'est-ce pas ? Il enverra peut-être ses hommes kidnapper mon copain. J'espère qu'ils ne mettront pas Michael dans un sac en toile. On étouffe, là-dedans.

— Il faudra qu'on trouve un moyen de prévenir la famille de Michael du danger qui le menace.

Gillian tentait désespérément de comprendre ce que manigançait Alford.

— Michael va bien finir par raconter à quelqu'un la petite comédie que vous aviez imaginée, non ? reprit-elle.

— Il aura peut-être trop peur pour tout avouer.

— Quel âge a Michael ?

— À peu près mon âge, je pense. Vous savez quoi ? Il a dû se débarrasser de mon kilt. À sa place, j'aurais fait la même chose. Michael craint son grand frère, il le connaît à peine. Il n'osera pas lui parler de notre jeu. D'ailleurs, c'est moi qui ai insisté pour qu'on échange nos vêtements. Michael disait que ça nous attirerait des ennuis.

— Je voudrais que tu arrêtes de culpabiliser, Alec. Tu n'as rien fait de mal et tu n'as rien à te reprocher. Pourquoi n'essaies-tu pas enfin de dormir ? J'aimerais bien pouvoir réfléchir tranquillement.

Sur ces mots, Gillian ferma les yeux, pour décourager l'enfant de poser une autre question. Mais c'était trop espérer.

— Vous savez quoi ?

Comme elle ne répondait pas, il tira sur sa manche.

— Vous savez quoi ?

Gillian capitula.

— Quoi ?

— J'ai une dent qui bouge.

Pour prouver qu'il disait vrai, il prit la main de la jeune femme et lui fit toucher une de ses incisives de la pointe de l'index.

— Regardez comme elle bouge quand on appuie dessus ! À mon avis, elle tombera demain.

Il semblait attendre cet événement avec une réelle impatience. Ceci, tout à coup, le ramenait à sa dimension de petit garçon. Il posa la tête sur les genoux de Gillian, qui lui caressa la nuque.

— J'aurais aimé montrer ma dent à mon copain, dit-il. Michael appartient au clan des Sinclair, précisa-t-il, au cas où Gillian l'aurait oublié.

— Et toi, d'où viens-tu ?

Le garçon se rengorgea.

— Je suis le fils de Ian Maitland.

3

Alford aimait s'amuser, particulièrement lorsque le jeu était cruel.

De ce point de vue, cette soirée de dimanche s'annonçait prometteuse. Pourtant, la journée avait bien mal commencé. En rentrant à Dunhanshire un peu avant midi, trempé jusqu'aux os à cause d'un orage diluvien qui l'avait surpris en route, une mauvaise nouvelle l'attendait : lady Gillian avait aidé l'enfant à s'échapper. Pour se passer les nerfs, Alford avait violemment frappé au visage le soldat venu lui apprendre la fuite des prisonniers. Fort heureusement, ses hommes avaient enfin réussi à retrouver la trace des fugitifs et les avaient ramenés au château. À présent, la jeune femme et l'enfant se tenaient devant lui, à sa merci.

Alford savourait cet instant. Il aimait lire la peur dans le regard de ses prisonniers et prenait un malin plaisir à les laisser imaginer quelle torture il leur réservait.

L'enfant – le petit frère de lord Sinclair – n'était qu'un simple d'esprit incapable de parler, peut-être même de penser. Il paraissait malgré tout terrorisé et s'était réfugié dans les jupes de lady Gillian. Celle-ci, en revanche, se montrait plus retorse. Elle gâchait presque le plaisir du baron, car elle ne semblait pas le moins du monde inquiète du sort qui l'attendait. Mais ce n'était qu'une façade, bien sûr.

Cette garce, cependant, le mettait mal à l'aise, et Alford se maudissait de ne pas avoir le cran de soutenir son regard. Livrer bataille au milieu de ses soldats l'intimidait moins que de se retrouver face à cette frêle jeune femme. Il avait beau savoir qu'il pouvait à tout moment décider de sa vie ou de sa mort, d'un simple geste de la main, il avait tout de même l'impression que le contrôle de la situation lui échappait. Alford n'avait pas oublié le regard de pure haine que lady Gillian lui avait lancé lorsqu'il avait ordonné, bien des années plus tôt, qu'elle soit déportée dans le nord du pays. Elle n'était pourtant qu'une fillette, à l'époque. Alford n'ignorait pas qu'elle l'avait vu tuer son père, mais il s'était persuadé qu'avec le temps elle finirait par oublier cette scène. Il n'en était plus si sûr, à présent. La haine de Gillian, si palpable, l'effrayait presque, à tel point que sa main tremblait quand il attrapa son verre de vin.

D'ordinaire, il ne buvait jamais en public. Il trouvait refuge dans l'alcool depuis des années, mais il s'était toujours efforcé de ne boire que lorsqu'il était seul. Néanmoins, ce soir, il faisait une entorse à la règle qu'il s'était imposée. Il avait besoin du vin pour apaiser sa rage et cette étrange angoisse qui l'habitait.

Assis au centre de la grande table, Alford était entouré de ses compagnons habituels, le baron Hugh de Barlowe et le baron Edwin de Bald. Alford se déplaçait rarement sans ses deux fidèles amis, qui approuvaient ses crimes, y participaient souvent et, pour cette raison même, ne songeraient jamais à le trahir, car ils étaient largement aussi coupables que lui.

Gillian et l'enfant n'avaient rien mangé depuis la veille. Alford devinait qu'ils étaient affamés et prenait un plaisir sadique à se régaler devant eux avec ses amis. La table était surchargée de mets recherchés : gibiers rôtis, plats en sauce, fromages et gâteaux. Les domestiques s'ingéniaient à varier les menus pour satisfaire l'appétit glouton de leur maître.

Gillian assistait à ce spectacle avec un dégoût grandissant. Devant elle, il y avait largement de quoi nourrir une armée entière, mais la jeune femme finissait par oublier les cris de protestation de son estomac. Regarder ces trois porcs s'empiffrer lui ôtait toute envie de manger. Elle se demandait lequel elle trouvait le plus répugnant. Hugh, avec ses grandes oreilles et son menton pointu, mâchait en émettant des grognements d'animal. Edwin, affublé d'un triple menton et de petits yeux de porcelet, avait la bouche dégoulinante de graisse et avalait la nourriture avec une telle voracité que son visage était couvert de sueur.

Tous trois étaient ivres. Gillian les avait vus vider une demi-douzaine de pichets de vin, et les domestiques continuaient à remplir leurs verres. De tous, Alford était le plus repoussant. Trop soûl pour conserver un semblant de bonnes manières, il enfournait les aliments dans sa bouche en parsemant sa barbe de miettes et de sauce.

Alec se tenait juste à côté d'elle et contemplait le même spectacle sans faire un bruit. Malgré son envie de le consoler, Gillian n'osait jeter un coup d'œil vers lui, de peur qu'Alford ne s'en aperçoive. Si elle montrait le moindre signe d'affection pour le petit garçon, cela se retournerait contre elle, elle le savait.

Elle avait préparé Alec à cette entrevue et lui avait expliqué que l'épreuve serait pénible. Il lui avait promis de garder le silence, quoi qu'il arrivât. Aussi longtemps qu'Alford croirait que l'enfant était sourd-muet, il parlerait librement en sa présence, et Gillian espérait découvrir ainsi quels étaient exactement ses plans.

Comme elle se lassait de voir ces trois pourceaux se gaver, la jeune femme détourna les yeux pour inspecter la pièce. Elle avait certainement dû jouer ici lorsqu'elle était toute petite, mais elle n'en avait aucun souvenir. Un grand coffre en bois sculpté était poussé contre un des murs. Gillian n'aurait su dire si ce meuble avait appartenu à ses parents ou si Alford l'avait apporté avec lui. Le couvercle du coffre était encombré d'objets divers. Parmi les cartes et les rouleaux de parchemin, la jeune femme remarqua un étui en cuir. La dague d'Alec ! Le soldat qui l'avait jetée là ne l'avait pas récupérée. Et cette dague avait été offerte à l'enfant par son oncle Brodick, son protecteur. Gillian décida qu'il s'agissait d'un signe encourageant.

Alford lâcha soudain un rot sonore. Gillian le regarda s'essuyer la bouche à l'aide de la manche de sa tunique écarlate, puis s'adosser plus confortablement à son siège. Il semblait avoir du mal à garder les yeux ouverts et s'exprimait d'une voix de plus en plus pâteuse.

— Que vais-je faire de vous, Gillian ? Vous vous obstinez à me résister. Quand donc comprendrez-vous que je ne me soucie que de votre intérêt ?

Edwin rit bruyamment. Hugh parut lui aussi apprécier la plaisanterie.

— Vous ne me causez que des ennuis, poursuivit Alford. Pourtant, jusqu'ici, je me suis montré très patient avec vous. N'oubliez pas que je vous ai laissée grandir seule. D'ailleurs, j'avoue avoir été agréablement surpris de constater combien vous étiez devenue jolie. C'est d'autant plus étonnant que j'avais conservé le souvenir d'une fillette plutôt disgracieuse. Mais vous avez pris de la valeur, ma chère. Je pourrais vous vendre au plus offrant et récolter une petite fortune. Cette éventualité vous effraie-t-elle ?

— Elle a plus l'air de s'ennuyer que d'avoir peur, remarqua Edwin.

Alford haussa les épaules.

— Savez-vous, Gillian, qu'il m'a fallu presque une armée pour vous sortir de votre sanctuaire ? Votre oncle Morgan était prêt à se battre lui-même pour vous garder. Ah, ah ! N'est-ce pas amusant, de la part d'un frêle vieillard comme lui ? Vous devriez me remercier de l'avoir épargné.

— Mon oncle n'est ni vieux ni frêle, rétorqua Gillian.

Edwin s'esclaffa de nouveau. La jeune femme aurait voulu le gifler. Si seulement elle avait été plus forte ! Elle détestait se sentir aussi impuissante.

— J'espérais que vous m'obéiriez plus facilement, reprit Alford, comme s'il ne l'avait pas entendue. Après tout, vous êtes sous ma responsabilité. Je ne comprends pas votre méfiance. Non, vraiment, je ne comprends pas.

Il secoua la tête, avant d'ajouter :

— Vous êtes ici chez vous, pourtant. J'imaginais que vous seriez heureuse de revenir vivre dans ces murs. Le roi Jean a décrété que Dunhanshire vous appartiendrait jusqu'à votre mariage. Ensuite, bien sûr, votre époux administrera le château et les terres en votre nom.

Gillian ne put cacher sa surprise.

— Le roi ne vous a donc pas donné la propriété de Dunhanshire ?

— Je ne le lui ai même pas demandé. Pourquoi l'aurais-je fait ? Je profite du domaine comme si j'en étais le véritable propriétaire, puisque je suis votre tuteur et que je contrôle tout ce que vous possédez.

— Le roi Jean vous a-t-il réellement confié cette charge ? s'enquit Gillian.

Elle n'avait posé cette question que pour irriter le baron, car elle se doutait bien que le roi n'avait pu lui accorder le droit de jouer les tuteurs.

Alford, rouge de colère, tendit le bras pour attraper son verre.

— Vous avez si peu d'importance aux yeux de notre roi qu'il a pratiquement oublié votre existence, déclara-t-il. J'ai décidé d'être votre tuteur, et il en sera ainsi.

— Ce n'est pas aussi facile que cela, répliqua tranquillement Gillian.

— Le baron Alford est l'un des seigneurs les plus écoutés de notre roi ! s'exclama Edwin. Comment osez-vous lui parler sur ce ton ?

— Elle est insolente, n'est-ce pas ? commenta Alford. Que cela vous plaise ou non, Gillian, je suis votre tuteur et le maître de votre destin. Je choisirai personnellement votre mari… à moins que je ne vous épouse moi-même, qui sait ?

Gillian préféra ne pas envisager une telle éventualité. Elle continua à toiser Alford en s'efforçant de rester de marbre.

— Vous l'avez promise à votre cousin, rappela Hugh au baron. Et j'ai cru comprendre que Clifford s'en réjouissait d'avance.

— Oui, je m'en souviens. Mais m'avez-vous déjà vu tenir ma parole ? demanda Alford avec un sourire cynique.

Ses deux compagnons partirent d'un énorme éclat de rire. Alford leur ordonna de se taire d'un geste de la main.

— Vous m'avez fait perdre le fil de mes pensées, grommela-t-il.

— Vous expliquiez à lady Gillian combien son comportement vous décevait, dit Edwin.

— Ah, oui, c'est vrai... Ça ne peut plus durer ainsi, Gillian. Je suis pourtant un homme patient et clément. Je l'ai d'ailleurs montré en épargnant votre oncle.

Il avala une gorgée de vin et poursuivit :

— Mais comment m'avez-vous récompensé de ma bonté ? En aidant ce petit sauvage à s'enfuir. Vous méritez une bonne punition pour m'avoir désobéi.

— Si vous la battez, Alford, elle mettra du temps à se rétablir, intervint Edwin. Cela risquerait de contrarier vos plans.

Alford vida son verre et fit signe à un domestique de le remplir à nouveau.

— J'en suis conscient, répondit-il. Mais as-tu remarqué, Edwin, à quel point cet enfant semble s'être attaché à Gillian ? Il doit s'imaginer qu'elle pourra le protéger. Je suggère que nous lui fassions prendre conscience de son erreur. Hugh, puisque je sais que tu aimes cela, je t'autorise à frapper ce garçon.

— Vous ne toucherez pas à cet enfant.

Gillian avait parlé d'une voix posée, presque douce, et ses paroles produisirent plus d'effet que si elle avait crié. Alford parut désarçonné.

— Ah, non ?

— Non.

Le baron pianota nerveusement sur la table.

— Une bonne raclée convaincra cet enfant qu'il est inutile d'essayer de m'échapper. Fais en sorte de ne pas le tuer, Hugh, ajouta-t-il en se tournant vers son compagnon de table. Si Gillian ne se montre pas à la hauteur de sa tâche, j'aurai besoin de lui.

— Vous ne toucherez pas à cet enfant, répéta Gillian d'une voix plus ferme.

— Préférez-vous être frappée à sa place ? demanda Alford.

— Oui.

Le baron était d'autant plus surpris que la jeune femme ne semblait même pas avoir peur. Le courage était une notion qui le dépassait, et il n'aimait pas le voir à l'œuvre chez les autres. D'une manière générale, il détestait les qualités de ses semblables.

— J'agirai selon mon bon plaisir, Gillian. Si je décide de vous tuer, vous ne pourrez pas m'en empêcher.

— J'en suis consciente, répliqua-t-elle sans se démonter.

Alford dévisagea la jeune femme en plissant les yeux. Étourdi par tout l'alcool qu'il avait ingurgité, il avait beaucoup de mal à se concentrer.

— Que manigancez-vous, Gillian ? Quel jeu cherchez-vous à jouer avec moi ?

— Je ne joue à rien, répondit-elle. Tuez-moi, si cela vous chante. Je me doute bien que vous saurez justifier votre acte devant notre roi. Mais je crois plutôt que c'est vous qui manigancez quelque chose. Comme vous l'avez rappelé, vous m'avez laissée tranquille pendant des années. Et maintenant, vous me traînez de force ici. Il y a une raison. Vous attendez quelque chose de moi. Or, si vous me tuez…

— Oui, coupa Alford. J'attends quelque chose de vous.

Il se redressa sur son siège et prit un air triomphant, avant d'ajouter :

— J'ai une excellente nouvelle à vous annoncer. Après des années de patientes recherches, j'ai enfin réussi à retrouver votre sœur. J'ai découvert l'endroit où se cache Christen.

À son grand dépit, Gillian ne manifesta aucune émotion.

— Je sais même qui la protège, continua-t-il. Le clan des MacPherson. En revanche, j'ignore le nom qu'elle a adopté. Et vous, sa propre sœur, êtes la mieux placée pour la reconnaître. Voilà ce que j'attends de vous. Vous irez là-bas pour démasquer Christen.

— Pourquoi ne pas envoyer vos soldats pour la ramener ici ?

— Je refuse que mes troupes s'aventurent dans les Highlands. Ce serait trop risqué. C'est d'ailleurs pour cela que Christen reste avec ces sauvages. Elle sait que mes hommes courraient au massacre. Bien sûr, notre roi me soutiendrait, si je le lui demandais. Il n'hésiterait pas à dépêcher une armée entière pour épauler mes guerriers. Mais je ne veux pas mêler Jean à une affaire strictement familiale. Du reste, vous êtes la seule à pouvoir réellement m'aider.

— De simples soldats ne parviendraient pas à identifier votre sœur parmi toutes les filles du clan MacPherson, expliqua Hugh.

— Et si je refuse d'y aller ? demanda Gillian.

— Quelqu'un d'autre peut nous livrer Christen, répliqua Hugh. L'Écossais qui nous a donné le renseignement connaît le nom sous lequel elle se cache.

— Cet Écossais doit arriver ici demain ou après-demain, ajouta Edwin. Dans son dernier message, il évoquait un problème à régler… Un problème urgent.

Edwin caressait son triple menton.

— Nous risquons d'indisposer l'Écossais si tu frappes ce gamin, Hugh.

L'autre s'esclaffa.

— Mais non, idiot ! Il veut la mort de cet enfant. Tu étais trop ivre, l'autre jour, pour prêter attention à notre conversation. Pour résumer, un marché a été passé entre l'Écossais et Alford. Comme tu le sais, chaque fois qu'une rumeur annonce qu'on a retrouvé le coffret quelque part, le roi envoie ses troupes sur place. Malgré les années, son désir d'identifier le meurtrier de sa tendre Arianna et de récupérer son trésor ne s'est pas émoussé.

— Certains prétendent même que sa ferveur n'a fait qu'augmenter, renchérit Edwin.

Hugh opina du chef.

— Et pendant que Jean cherche son trésor, Alford cherche Christen, parce qu'il est convaincu qu'elle connaît l'endroit où se trouve le coffret. Il souhaite prouver que c'était son père qui l'avait volé.

— Je sais tout cela, rétorqua Edwin. Parle-moi plutôt de ce marché qu'ont passé Alford et l'Écossais.

Hugh se tourna vers le baron, pour solliciter la permission de répondre à son compagnon. Mais Alford avait fermé les yeux et sa tête s'était affaissée sur sa poitrine. Il semblait s'être assoupi.

— Je ne l'ai jamais vu aussi soûl, murmura Hugh à son ami.

Edwin haussa les épaules.

— Alors, ce marché ? insista-t-il.

— Le baron a accepté de séquestrer le gamin pour favoriser les plans de l'Écossais. Celui-ci espère que le frère de l'enfant, lord Sinclair, s'en prendra à lui et qu'il pourra ainsi le tuer. L'enfant n'est qu'un moyen de pression. Quand tout sera terminé et que lord Sinclair sera mort…

— … le gamin ne sera plus d'aucune utilité.

— Exactement, approuva Hugh. Voilà pourquoi l'Écossais se moque éperdument qu'on le frappe ou non.

— Quels avantages le baron retirera-t-il de ce marché ?

— L'Écossais lui a déjà remis beaucoup d'or. Et ce n'est pas tout. Mais je préfère que ce soit Alford lui-même qui te l'explique.

Edwin, vexé d'avoir été tenu à l'écart des négociations, donna un coup de coude au baron. Celui-ci se réveilla en sursaut, et Edwin l'interrogea aussitôt sur les clauses du marché. Alford but un énième verre de vin avant de répondre.

— Ce traître possède une information qui a encore plus de valeur que de l'or.

— Qu'est-ce donc ? demanda Edwin.

Alford esquissa un sourire.

— Il sait sous quel nom se cache Christen. Il a promis de me le révéler, quand il aura obtenu ce qu'il veut. Donc, si Gillian échoue, l'Écossais viendra à mon secours.

— Mais pourquoi ne vous le dit-il pas tout de suite ? Ce serait tout de même plus facile de…

— Il n'a pas confiance en notre baron, intervint Hugh. Il faut d'abord que lord Sinclair meure. Ensuite, l'Écossais nous donnera le nom.

Gillian avait du mal à croire que les trois convives parlent aussi librement devant elle. L'alcool leur avait ôté toute prudence. À leur réveil, le lendemain matin, ils ne se souviendraient probablement pas de cette conversation, songea-t-elle avec espoir.

Edwin et Hugh semblaient penser qu'Alford serait généreusement récompensé par le roi, et ils discutaient maintenant de la nature de cette récompense. Dieu merci, pendant ce temps, ils ne faisaient pas attention à elle et ne pouvaient remarquer sa nervosité.

Tout à l'heure, lorsqu'elle les avait entendus annoncer que l'Écossais arriverait bientôt à Dunhanshire, Gillian avait eu l'impression que le sol s'effondrait sous ses pieds. Elle avait immédiatement compris le motif de la visite du traître : il s'apprêtait à révéler à Alford que l'enfant qu'il séquestrait n'était pas Michael. Quand le baron saurait cela, Alec n'aurait plus aucune chance de survivre. Le moment était venu de fuir.

Alford bâilla bruyamment et se tourna vers la jeune femme.

— Ah, Gillian ! J'avais oublié que vous étiez là. De quoi parlions-nous ? Ah, oui... Puisque Gillian a si obligeamment proposé de recevoir les coups à la place du gamin, elle est à toi, mon cher, dit-il à l'adresse de Hugh. Mais ne la frappe pas au visage. La figure met longtemps à cicatriser, or je voudrais qu'elle puisse partir rapidement effectuer sa mission.

— Et le garçon ? demanda Hugh.

Alford jeta à Gillian un regard de défi.

— Frappe-le aussi.

La jeune femme cacha Alec derrière elle.

— Il faudra d'abord passer sur mon cadavre, Alford. Je ne vous laisserai pas toucher à cet enfant.

— Je n'ai aucune intention de vous tuer, Gillian, au contraire. Je compte sur vous pour me ramener votre sœur.

— Si vous faites du mal à cet enfant, je ne vous ramènerai jamais Christen, je vous le jure.

— Oui, oui, je sais.

Il avait dit cela d'une voix volontairement moqueuse. Gillian croyait-elle vraiment l'impressionner, avec ses menaces ridicules ? En tout cas, Alford ne supportait pas qu'elle essaie de lui dicter sa conduite. Décidément, cette garce avait besoin d'une bonne leçon.

Hugh recula sa chaise et s'apprêta à se lever. Gillian, paniquée, chercha un moyen de détourner l'attention d'Alford de l'enfant.

— Au fond, vous vous moquez bien que Christen revienne ou pas, lança-t-elle. Ce n'est pas cela qui vous intéresse.

Alford secoua la tête.

— Détrompez-vous. J'ai de grands projets pour elle.

Gillian éclata de rire.

— Oh, je devine facilement lesquels ! Vous convoitez le précieux coffret d'Arianna et vous pensez que Christen le détient. Vous espérez qu'elle le rapportera avec elle. Ensuite, vous tenterez de prouver au roi Jean que mon père a assassiné Arianna et volé le coffret. Et vous comptez obtenir la propriété de Dunhanshire en récompense de votre loyauté. C'est cela, n'est-ce pas, votre grand projet ?

Alford réagit comme si elle lui avait jeté de l'eau bouillante en plein visage. Il se leva d'un bond, renversant sa chaise.

— Vous vous souvenez du coffret ! cria-t-il.

Il contourna la table, bousculant Hugh au passage.

— Et vous savez où il est caché !

— Bien sûr que je le sais, mentit Gillian.

Alford se rua sur elle.

— Et dire que j'ai cherché votre sœur pendant toutes ces années, alors que vous le saviez !

Fou de rage, il lui envoya un coup de poing en pleine mâchoire. Gillian tomba à la renverse. Aveuglé par la colère, Alford continua à la frapper alors qu'elle était à terre, la bourrant de coups de pied dans l'espoir qu'elle crierait de douleur et finirait par l'implorer de lui pardonner de lui avoir dissimulé la vérité.

— Je rendrai son coffret au roi, lâcha-t-il, le souffle court. Et j'empocherai la récompense.

Étourdie par le coup de poing qu'il lui avait donné au visage, Gillian n'était pas en état de se débattre, mais elle avait eu la présence d'esprit de se rouler en boule, la tête entre les bras. Ses jambes et ses bras recevaient la plupart des coups et, plongée dans une étrange inconscience, elle ne souffrait pas autant qu'Alford le croyait.

La jeune femme, cependant, sortit de sa léthargie lorsque Alec, en larmes, se précipita pour la défendre. Gillian l'attira contre elle et se servit de son propre corps comme d'un bouclier pour protéger l'enfant, tout en lui chuchotant de se calmer. Pour l'instant, la colère d'Alford était dirigée contre elle, mais elle ne voulait pas qu'il change de cible et s'en prenne au petit garçon.

Le baron ne cessait pas de la frapper en hurlant des obscénités, mais il commençait à manquer de force. Un dernier coup de pied finit par le déséquilibrer. Il bascula en arrière et tomba sur les fesses. Hugh éclata de rire, tandis qu'Edwin, ravi du spectacle, encourageait Alford à se relever pour continuer. Gillian entendait tous ces bruits, mais elle ne songeait qu'à l'enfant.

— Chut, lui murmura-t-elle. Calme-toi, maintenant.

Alec ne versait plus une larme, mais ses yeux exorbités traduisaient sa terreur. Gillian esquissa un sourire pour le rassurer.

— Reprenez-vous, Alford, dit Hugh entre deux éclats de rire. Si vous la tuez, elle ne pourra plus aller chercher sa sœur.

Alford s'était redressé et s'agrippait à la table pour retrouver son équilibre.

— Oui… fit-il, le souffle court. Il faut que je me contrôle.

D'un revers de manche, il essuya la sueur qui lui coulait sur le front, puis revint vers la jeune femme, écarta l'enfant et obligea Gillian à se remettre debout. Ses lèvres étaient ensanglantées et, à en juger par son regard, elle souffrait. Alford s'estima satisfait.

— Vous m'avez fait perdre patience, dit-il, mais vous êtes la seule à blâmer pour ce qui vous arrive. Je vous accorde deux jours de convalescence. Ensuite, vous quitterez Dunhanshire pour l'Écosse. Votre sœur se cache dans le clan des MacPherson. Trouvez-la et ramenez-la, ordonna-t-il. Avec le coffret.

Sur ces mots, il rajusta sa tunique et se dirigea vers la table. Dès qu'il se fut assis, il prit son verre de vin.

— Si vous échouez ou si vous essayez de me trahir, Gillian, l'homme que vous chérissez le plus au monde en subira les conséquences. Votre cher oncle Morgan connaîtra une agonie lente et douloureuse. Je torturerai également l'enfant, ajouta-t-il, comme s'il venait seulement d'y penser. Mais si vous me ramenez Christen et le coffret, je vous donne ma parole de laisser le gamin en vie, en dépit de la promesse que j'ai faite à l'Écossais.

— Mais que se passera-t-il si elle ne remplit sa mission qu'à moitié ? demanda Hugh.

— Qu'est-ce qui est le plus important à vos yeux, baron ? ajouta Edwin. Christen ou le coffret du roi ?

— Le coffret, bien sûr, répondit Alford. Mais je veux les deux. Si Gillian ne me rapporte que l'un ou l'autre, son oncle mourra.

Hugh avait tourné son siège, de façon à mieux voir Gillian. La lueur de concupiscence qui brillait dans son regard alarma la jeune femme.

— Nous sommes amis depuis longtemps, dit-il au baron, sans détacher les yeux de Gillian. Et je ne vous ai jamais rien demandé... jusqu'à aujourd'hui. Donnez-moi lady Gillian.

Alford sembla à la fois surpris et amusé par cette requête.

— Tu as envie d'avoir une sorcière dans ton lit ?

— C'est une lionne, en effet, mais j'aimerais bien la dompter, répliqua Hugh en se léchant les lèvres d'une manière obscène.

— Elle risque de t'égorger pendant ton sommeil, intervint Edwin.

Hugh gloussa, puis quitta son siège pour s'approcher de la jeune femme.

— Avec lady Gillian dans mon lit, je ne perdrai pas mon temps à dormir.

Gillian était retombée à terre après qu'Alford l'eut relevée. Hugh voulut l'attraper par le bras, mais elle recula vivement.

— Vous êtes un porc, Hugh. Vous me dégoûtez.

Abasourdi par cette rebuffade, Hugh la gifla violemment.

Gillian lui adressa un sourire narquois.

— Laisse-la tranquille, ordonna Alford, voyant que son compagnon s'apprêtait à frapper la jeune femme à nouveau.

Hugh attendit quelques secondes, puis baissa le bras.

— Je t'aurai, garce, tu peux me croire, murmura-t-il.

Quand il eut regagné sa place à table, il insista :

— Donnez-la-moi, Alford. Je saurai la rendre obéissante.

Alford lui sourit.

— J'y réfléchirai, répondit-il.

— Si vous lui donnez Gillian, alors je veux Christen, protesta Edwin.

— Impossible, répliqua Alford.
— Vous vous la réservez ?
— Non. Mais je l'ai promise à quelqu'un d'autre.
— Qui cela ? demanda Edwin.
Hugh s'esclaffa.
— Quelle importance, Edwin ? Alford ne tient jamais ses promesses.
— Jamais, confirma Alford.
Edwin ricana, rassuré. Maintenant, il pensait avoir une chance d'obtenir Christen.
— Si elle est seulement à moitié aussi belle que Gillian, je m'estimerai comblé.
— Combien de temps accordez-vous à Gillian pour accomplir sa mission ? demanda Hugh.
— Elle devra être rentrée pour la fin de l'été.
— C'est un peu court, protesta Edwin. Son voyage lui prendra au moins une semaine, peut-être deux, rien que pour l'aller. Et elle risque d'être retardée sur place, si elle…
Alford leva la main pour réclamer le silence.
— Tu me donnes mal à la tête, Edwin. Tais-toi pendant que j'explique les détails à ma pupille.
Se tournant vers la jeune femme, il continua :
— Gillian, au cas où vous réussiriez à convaincre quelque généreux Écossais de vous aider à sauver votre oncle, écoutez bien ceci : mes meilleures troupes encerclent actuellement son château. Si un seul Écossais tentait de s'approcher du pont-levis, Morgan serait immédiatement abattu. Je compte le garder en otage jusqu'à votre retour. Est-ce bien clair ?
— Et si elle raconte à lord Sinclair que son frère n'est pas mort et qu'il se trouve ici ? s'enquit Hugh, soudain inquiet.
— Elle ne dira rien, assura Alford. Sinon, l'enfant mourra.

Sur ces mots, il fit signe aux deux sentinelles en faction près de la porte d'avancer.

— Lady Gillian tient à peine debout, déclara-t-il. Montez-la dans sa chambre. Voyez comme je suis attentionné, Gillian. Je vais vous laisser dormir dans votre propre lit.

— Et l'enfant, monseigneur ? demanda une des deux sentinelles.

— Installez-le dans la chambre voisine. Comme ça, il l'entendra pleurer pendant la nuit.

Les deux soldats exécutèrent promptement les ordres de leur seigneur. L'un d'eux prit le bras d'Alec, tandis que l'autre se penchait sur Gillian. Elle s'écarta pour se redresser toute seule, mais dut s'agripper au rebord de la table pour se relever totalement. Elle se dirigea ensuite vers la porte à petits pas. En passant devant le coffre en bois, elle faillit s'effondrer et se rattrapa de justesse au meuble.

La sentinelle se plaça alors derrière elle pour la soutenir. Dans l'escalier, Alec se rapprocha de la jeune femme, et ils montèrent les marches enlacés l'un à l'autre. Cependant, quand Gillian eut trébuché deux fois contre une marche, la sentinelle, étouffant un juron, la souleva dans ses bras.

Gillian souffrait tellement qu'elle perdit connaissance avant d'arriver à sa chambre. Après l'avoir déposée sur le lit, le soldat voulut conduire Alec dans la chambre qui lui était destinée, mais l'enfant refusa de quitter Gillian.

— Fiche-lui la paix, suggéra son collègue. S'ils dorment tous les deux dans la même chambre, nous n'aurons qu'une porte à garder.

Les deux hommes sortirent bientôt de la pièce et verrouillèrent la porte. Aussitôt, Alec grimpa sur le lit pour s'allonger à côté de Gillian. Paniqué à l'idée qu'elle puisse mourir et le laisser seul, il fondit en larmes.

Un long moment s'écoula avant que la jeune femme ne reprenne conscience. Elle tenta de se redresser, mais elle avait encore si mal qu'elle dut renoncer. Elle retomba sur les oreillers, anéantie, les larmes aux yeux.

Alec l'appela doucement.

— C'est fini, maintenant, lui dit-elle. Le pire est passé. Ne pleure plus.

— Mais vous aussi, vous pleurez.

— Je vais m'arrêter, promit-elle.

— Vous allez mourir ? demanda-t-il, inquiet.

— Non.

— Vous avez mal ?

— Je me sens déjà beaucoup mieux, mentit Gillian. Au moins, nous sommes sains et saufs.

— Mais demain, nous…

— Ne pense pas à demain. Il fait sombre, ici, tu ne trouves pas ? Si tu ouvrais les rideaux ?

— La nuit est presque tombée, protesta l'enfant.

Mais il quitta le lit et alla écarter les tentures.

Les derniers rayons du soleil pénétrèrent dans la chambre. D'infimes grains de poussière se mirent à danser dans les faisceaux lumineux. Alec regagna le lit et serra la main de la jeune femme dans la sienne.

— Vous avez dormi longtemps, mais je n'osais pas vous réveiller, expliqua-t-il. Et vous savez quoi ?

— Non, quoi ?

— Demain, ce sera encore pire. J'ai entendu le baron dire que l'Écossais venait ici.

— Je l'ai entendu aussi, répondit Gillian.

Elle ferma les yeux, le temps de réciter une courte prière pour demander à Dieu de lui redonner des forces et de les secourir rapidement, elle et l'enfant. Le temps pressait.

— L'Écossais sera là demain ou après-demain, reprit Alec. S'il me voit, il saura que je ne suis pas Michael.

— Je crains qu'il ne le sache déjà. C'est probablement la raison pour laquelle il rend visite au baron.

L'enfant fronça les sourcils, comme s'il réfléchissait intensément.

— Peut-être qu'il vient pour autre chose ?

— Je ne crois pas.

— Je ne veux pas que vous me quittiez.

— Je ne te quitterai pas, promit Gillian.

— Mais le baron a décidé de vous envoyer dans les Highlands...

— Oui. Mais je vais t'emmener avec moi.

L'enfant ne semblait pas convaincu, aussi Gillian lui tapota-t-elle affectueusement la main pour le rassurer.

— Peu importe que l'Écossais vienne ou non à Dunhanshire. Mais j'aimerais quand même bien voir à quoi il ressemble.

— Parce que c'est un traître ?

— Oui.

Alec retrouva soudain sourire et espoir.

— Comme ça, vous pourriez le dénoncer à mon papa, à mon oncle Brodick, et même à lord Sinclair !

— Exactement.

— Alors, vous savez ce qui arriverait ? Ils lui feraient regretter d'être un traître.

— Je l'espère bien.

— Mais pourquoi ça n'a pas d'importance qu'il vienne ou pas ?

— Parce que nous partons cette nuit.

Il écarquilla les yeux.

— Dans le noir ?

— Dans le noir. Mais, avec un peu de chance, la lune nous guidera.

Alec bondit hors du lit.

— Mais comment allons-nous nous enfuir ? s'enquit-il d'une voix impatiente. J'ai entendu les soldats verrouiller la porte, tout à l'heure. Et je suis sûr qu'ils montent la garde dans le couloir.

— Nous partirons quand même.

— Mais comment ?

Gillian désigna un des murs de la pièce.

— Nous passerons à travers ce mur.

Alec cessa brusquement de sourire.

— C'est impossible.

Il avait l'air si déçu que Gillian en aurait presque ri. En elle, la souffrance le disputait à l'euphorie : par miracle, Alec et elle n'avaient pas été séparés. Et elle comptait bien en profiter.

— Tu sais, Alec, je pense que Dieu veille sur nous, dit-elle.

— C'est Dieu qui va nous aider à traverser le mur ?

— Oui, en quelque sorte.

Il secoua la tête, toujours sceptique.

— Je crois que le baron vous a ôté la raison, en vous frappant.

— Pas du tout. Il m'a simplement mise très en colère contre lui.

— Mais, Gillian, les gens ne peuvent pas traverser les murs !

— Nous allons emprunter un passage secret, expliqua-t-elle. Quand j'étais petite fille, j'occupais déjà cette chambre et j'utilisais ce passage pour rejoindre la chambre de ma sœur.

— Mais si le passage conduit à la chambre de votre sœur, comment ferons-nous pour quitter le château ?

— Il y a plusieurs couloirs, dont un qui passe sous le mur d'enceinte et débouche près de la rivière. C'est celui-là que nous prendrons pour nous échapper... en espérant que son issue n'ait pas été condamnée.

— On essaie tout de suite ?

— Non, attendons que le baron soit couché. Ce ne sera pas long, avec tout le vin qu'il a bu. Mais il faut que nous restions ici pour l'instant, au cas où il enverrait une domestique pour s'assurer que tout va bien. Si nous ne sommes plus là, elle donnera l'alerte.

Tout en l'écoutant, l'enfant gardait les yeux fixés sur le mur.

— Et si le baron a condamné l'issue du tunnel ?

— Eh bien, nous trouverons un autre moyen de nous enfuir.

— Comment ?

Gillian n'en avait pas la moindre idée. Elle savait seulement qu'elle devait éloigner Alec de Dunhanshire avant l'arrivée de l'Écossais.

— Nous pourrions attirer une des sentinelles à l'intérieur et...

— ... et je l'assommerais pour lui voler son épée, coupa l'enfant avec enthousiasme. Je suis très fort, ajouta-t-il en bombant le torse.

Décidément, Gillian adorait ce garçon. Mais elle s'interdit de sourire, pour qu'il ne croie pas qu'elle se moquait de lui.

— Oui, je vois bien que tu es fort.

L'enfant rosit de plaisir sous le compliment.

Gillian trouvait son brusque changement d'humeur plutôt surprenant. Quelques minutes plus tôt, il sanglotait et s'agrippait à elle, mais maintenant, il rêvait de se battre. Les petits garçons de son âge lui ressemblaient-ils tous ? Gillian ne côtoyait que peu d'enfants. En réalité, Alec était le premier qu'elle approchait depuis des années. Elle ne savait comment se comporter avec lui, tout en ressentant un profond besoin de le protéger. Alec ne pouvait compter que sur elle, désormais.

— Ça fait mal ?

Elle sursauta.

— Quoi ?

— Votre joue, dit-il. Elle est enflée.

— Non. Ça me brûle juste un peu.

— Pourquoi vous avez une cicatrice, sous le menton ?

— Je suis tombée dans un escalier, il y a très longtemps, répondit Gillian.

Elle tapota le matelas et ajouta :

— Si tu essayais de dormir un peu ?

— Mais il ne fait pas encore nuit ! protesta-t-il.

— Peut-être, mais il nous faudra marcher pendant de longues heures. Tu devrais te reposer avant que nous nous mettions en route.

L'enfant s'allongea contre la jeune femme et posa la tête sur son épaule.

— Vous savez quoi ?

— Quoi ?

— J'ai faim.

— Nous chercherons quelque chose à manger, plus tard.

— Nous volerons de la nourriture ?

À en juger par l'excitation de sa voix, cette perspective le réjouissait.

— Voler est un péché, lui rappela Gillian.

— C'est ce que ma maman dit toujours.

— Elle a raison. Nous ne volerons rien du tout. Nous nous contenterons d'emprunter ce dont nous aurons besoin.

— Est-ce qu'on empruntera des chevaux ?

— Oui, si l'occasion se présente.

— Voler un cheval peut vous conduire à la potence.

— C'est bien le cadet de mes soucis, répliqua Gillian.

Elle tenta prudemment de s'étirer. La moindre de ses articulations la faisait souffrir, et aucune position ne semblait meilleure qu'une autre. En ramenant son bras gauche sur sa poitrine, elle se souvint soudain de la surprise qu'elle gardait pour Alec.

— J'ai quelque chose pour toi, déclara-t-elle. Ferme les yeux.

L'enfant se redressa et obéit.

— Qu'est-ce que c'est ?

Gillian sortit la dague de sa manche. Elle n'eut pas besoin de dire à Alec de rouvrir les yeux : il n'avait pas attendu son autorisation.

— La dague de Brodick ! s'exclama-t-il.

Il paraissait si heureux que Gillian en aurait pleuré.

— Comment avez-vous fait pour la récupérer ?

— Tu m'avais dit où le soldat l'avait posée, expliqua la jeune femme. Je l'ai ramassée tout à l'heure, en passant près du coffre. Laisse-la dans son étui. Je ne voudrais pas que tu te blesses accidentellement.

Le petit garçon était si heureux d'avoir retrouvé son trésor qu'il se jeta au cou de Gillian pour l'embrasser.

— Je vous aime, Gillian.

— Moi aussi, je t'aime, Alec.

— Maintenant, je vais pouvoir vous protéger.

Elle sourit.

— Tu vas être mon champion ?

— Mais non !

— Pourquoi non ? s'étonna Gillian.

— Parce que je ne suis qu'un petit garçon, voyons ! Mais vous savez quoi ?

— Non, quoi ?

— On vous en trouvera un.

— Un champion ?

Il hocha gravement la tête.

— Je peux très bien me passer de protecteur, répliqua Gillian.

— Non, décréta-t-il. On demandera à Brodick. Et vous savez pourquoi ?

— Non, pourquoi ?

— Parce que vous aurez besoin de lui.

4

Quatre des plus valeureux guerriers du clan Buchanan encerclaient un jeune guerrier MacDonald venu délivrer un message important à leur chef. Le contenu de ce message les irritait au plus haut point. Aaron, Robert et Liam étaient les plus énervés. Ils suspectaient une manœuvre machiavélique de la part du seigneur des MacDonald. Personne n'ignorait que c'était un forban qui ne tenait jamais parole. Le quatrième soldat, Dylan, était seulement intrigué. Il attendait d'en savoir plus. Dylan était le fidèle second de Brodick. En l'absence de celui-ci, il commandait les guerriers.

Aaron s'approcha du jeune MacDonald et lui demanda de répéter le message, sans omettre un seul détail.

— Mais je vous ai déjà tout dit, protesta le jeune homme.

— Eh bien, reprends tout depuis le début, lui ordonna Aaron. Mot pour mot.

Le messager faisait penser à un lapin pris au piège. Robert se tenait juste derrière lui, Dylan devant lui, tandis qu'Aaron et Liam s'étaient postés de chaque côté de lui. De plus, les quatre guerriers Buchanan le dépassaient tous d'une bonne tête.

Il se tourna vers Aaron et recommença son récit.

— Une jeune dame insiste pour que votre seigneur vienne immédiatement la voir. Elle se trouve dans la petite chapelle Saint-Thomas, sur les terres MacDougal. Elle prétend...

Le regard noir des quatre guerriers Buchanan l'effrayait tellement qu'il n'eut pas la force de continuer. Il voulut reculer d'un pas, mais se cogna contre Robert.

— Mon message s'adresse à Brodick, et à lui seul, fit-il.

— Pour toi, il s'appelle lord Buchanan, répliqua Liam.

— Oui... lord Buchanan, corrigea aussitôt le jeune homme. Ma langue a fourché.

Brodick avait été averti de l'arrivée du messager et devait bientôt les rejoindre. En attendant, Dylan décida de poursuivre l'interrogatoire. Il croisa les mains dans son dos, pour indiquer au jeune MacDonald qu'il n'avait pas l'intention de le frapper... pas pour l'instant, du moins.

— Nous t'écoutons, dit-il.

— Cette dame prétend être sa fiancée, expliqua le messager. Et elle demande que votre seigneur l'escorte jusqu'à sa demeure, pour qu'elle puisse y prendre possession de ses appartements.

Robert lui donna un coup de coude dans le dos.

— Comment t'appelles-tu ? lui demanda-t-il.

— Henley, répondit le messager, qui pâlissait à vue d'œil. Je m'appelle Henley, répéta-t-il, comme s'il était heureux de s'en souvenir.

Dylan le tira par la manche pour attirer son attention. Le jeune homme commençait à avoir le tournis, au milieu de tous ces géants qui l'interpellaient à tour de rôle.

— Pourquoi lord MacDonald a-t-il chargé un gamin de délivrer ce message ? interrogea Dylan.

Henley aurait aimé protester. Il n'était quand même plus un gamin ! Toutefois, il n'osa pas contredire son interlocuteur.

— Lord MacDonald a pensé que votre seigneur s'emporterait moins contre un jeune homme. Et que Brodick…

Liam posa la main sur son épaule et le secoua vivement.

— Pas Brodick, lord Buchanan, lui rappela-t-il.

— Oui, lord Buchanan, corrigea Henley.

— Tu disais ? fit Aaron pour l'encourager.

Henley se tourna sur sa gauche pour lui répondre.

— Mon seigneur a également pensé que lord Buchanan ne s'en prendrait pas à un messager désarmé. Je ne suis pas armé.

— Nous ne tuons jamais les messagers, répondit Aaron.

— À moins, bien sûr, que nous n'aimions pas leur message, plaisanta Robert.

Henley pivota une fois de plus pour s'adresser à Dylan. Plus vite il en aurait terminé avec sa mission, plus vite il pourrait repartir.

— Il y a encore autre chose. Mais je crains vraiment que la suite ne déplaise fortement à votre seigneur.

Brodick n'était plus très loin, justement. Il entraînait des chevaux lorsqu'on l'avait prévenu de l'arrivée d'un messager porteur d'une nouvelle importante. Il avait d'abord cru que l'homme venait lui annoncer qu'Alec, le fils de Ian Maitland, avait enfin été retrouvé. Mais quand il apprit que le messager portait les couleurs du clan MacDonald, sa rage avait été à la mesure de sa déception. Il s'était tourné vers Gawain, un de ses fidèles guerriers, et lui avait dit :

— Demain, nous retournerons aux rapides pour chercher encore.

Gawain avait soupiré.

— C'est inutile, mais tant que vous ne serez pas convaincu que l'enfant est mort, je continuerai à chercher avec vous.

— Toi, tu es persuadé qu'Alec s'est noyé ?

— Oui.

— Alec savait nager. Son père le lui avait appris.

— Oui, mais si la tête d'Alec a heurté les rochers, comme le laissent supposer les traces de sang, avait répliqué Gawain, il a dû tomber inconscient dans l'eau. Dans ces conditions, même un nageur expérimenté n'aurait pu en réchapper.

— Ian ne croit pas à cette noyade, lui non plus.

— Avec le temps, lord Maitland finira par accepter la mort de son fils.

— Non, avait répondu Brodick. Tant que nous n'aurons pas retrouvé de corps à enterrer, ni lui ni moi ne l'accepterons.

— Vous veniez juste d'être désigné comme son champion. C'est sans doute pour cela que vous n'arrivez pas à admettre sa mort.

— Je n'ai pas été capable de le protéger, avait reconnu Brodick d'une voix amère.

Puis il avait secoué la tête, comme pour chasser cette sinistre pensée, et avait ordonné :

— Continue l'entraînement. Je te rejoins dès que possible.

Une fois dans le hall du château, Brodick Buchanan se dirigea tout droit vers le messager, toujours encerclé par ses quatre guerriers.

— Alors ? rugit-il. Qu'est-ce que lord MacDonald a de si important à me dire ?

Henley se décomposa un peu plus en voyant lord Buchanan venir se poster à côté de Dylan. L'homme, encore plus grand que ses guerriers, était un géant tout en muscles, avec de longs cheveux clairs, aussi blonds que ceux de Dylan étaient noirs. Sous son regard intense, le jeune soldat eut l'impression de se trouver devant un lion décidé à le dévorer en guise de dîner. Et c'était à ce fauve qu'il devait délivrer son message…

— Je t'écoute, lui dit Brodick.

Henley ne se sentait pas la force de soutenir son regard. Il baissa piteusement les yeux sur ses bottes et entama son récit.

— La dame vous prie de la retrouver dans la chapelle Saint-Thomas pour que… pour que vous l'escortiez jusqu'à sa nouvelle demeure.

Henley releva un instant les yeux pour épier la réaction de Brodick, mais il regretta aussitôt sa curiosité. L'Écossais semblait sur le point d'exploser.

— Qui est cette dame ? demanda-t-il d'une voix affreusement calme.

— Dis-lui, ordonna Dylan.

— C'est votre fiancée, lâcha Henley, livide.

— Cette femme prétend être ma fiancée ?

Henley hocha la tête.

— C'est la pure vérité.

— Impossible ! fit Dylan.

— Non, non… Je voulais juste dire qu'elle prétend vraiment être votre fiancée, expliqua Henley en retenant son souffle.

— À quoi ressemble cette pécore ? Est-elle mignonne, au moins ? demanda Aaron.

Cette fois, Henley osa se rebeller.

— Ce n'est pas une pécore. C'est une dame, une véritable lady.

— Et comment s'appelle cette dame ? s'enquit Robert.

Henley inspira profondément, avant de répondre :

— Je l'ignore.

— En tout cas, elle t'a tourné la tête, décréta Aaron. Mais tu n'es qu'un gamin, après tout. Les blancs-becs de ton âge se laissent facilement influencer.

Henley ne releva pas l'insulte.

— Me permettez-vous de vous raconter ce qui s'est passé ? demanda-t-il à Brodick.

Ce dernier hocha la tête.

— J'étais en route pour rentrer chez moi, commença Henley, lorsque j'ai été interpellé par un étranger que j'ai d'abord pris pour un fermier. Il parlait avec l'accent anglais, et j'étais étonné qu'il se soit aventuré dans les Highlands sans autorisation. Mais je lui ai vite pardonné son impertinence, quand il m'a appris sa noble mission.

— Quelle noble mission ?

— Lui et son frère escortaient la dame.

— Seulement deux hommes pour protéger un pareil trésor ? ironisa Robert.

Henley ignora son sarcasme et se prépara à subir la colère de Brodick. À présent, il devait lui avouer le pire.

— Lord Buchanan, votre fiancée est anglaise, dit-il d'une traite.

Liam, pourtant le plus calme du groupe, poussa un rugissement qui fit sursauter Henley. Robert marmonna un juron abominable, Aaron secoua la tête, et Dylan ne put réprimer une grimace de dégoût. Seul Brodick ne parut pas affecté par cette nouvelle. Il leva la main pour intimer le silence à ses compagnons et encourager le messager à poursuivre.

— Je n'ai pas tout de suite su, pour votre fiancée, reprit Henley. L'Anglais me dit qu'il s'appelait Waldo et m'invita à partager sa maigre pitance. Comme j'étais affamé, j'ai accepté. D'ailleurs, il semblait très convenable – pour un Anglais. Pendant que nous mangions, il me posa plusieurs questions sur nos clans. Il prétendait en connaître un certain nombre et me pria de lui dessiner une carte, dans la poussière, et de m'indiquer où chacun se situait.

— Quels clans l'intéressaient plus particulièrement ? interrogea Brodick.

— Les Sinclair et les MacPherson, répondit Henley, ainsi que les Maitland et les Buchanan. Maintenant que j'y repense, il a souri quand je lui ai montré que les terres des Buchanan touchaient celles des Sinclair, qui touchaient elles-mêmes celles des Maitland. J'aurais dû lui demander pourquoi cette information le réjouissait tellement, mais je n'y ai pas songé, sur le moment.

— Lui as-tu au moins demandé pourquoi il te posait toutes ces questions ? intervint Dylan.

— Oui. Waldo m'a expliqué qu'il voulait savoir quel clan lui donnerait la permission de traverser ses terres et quel clan la lui refuserait. Je lui ai répondu qu'il ferait mieux de rebrousser chemin et de rentrer chez lui, parce que aucun clan ne l'autoriserait à mettre les pieds chez lui.

— Quand t'a-t-il parlé de la donzelle ? s'enquit Aaron.

Henley osa corriger une deuxième fois le guerrier.

— C'est une lady.

Aaron leva les yeux au ciel.

— C'est toi qui le dis, répliqua-t-il. J'attends de juger par moi-même.

— Continue ton récit, ordonna Dylan.

— Ensuite, Waldo me demanda si je connaissais un guerrier nommé Brodick.

— Lord Buchanan ! s'exclama Liam d'un ton réprobateur.

Henley hocha la tête.

— Je ne faisais que répéter les paroles de Waldo, dit-il pour se justifier. Il m'a beaucoup interrogé à votre sujet, monseigneur, mais il semblait surtout curieux de savoir si vous étiez... un homme d'honneur. Je lui ai assuré que oui. C'est alors qu'il m'a avoué la véritable raison de sa présence dans les Highlands. Il escortait votre fiancée.

— Aucun guerrier n'accompagnait donc la jeune fille ?

— Non, répondit Henley. Il n'y avait que ces deux hommes, Waldo et son frère. J'en ai cherché d'autres, mais je n'ai vu personne.

— Quel genre de père laisserait sa fille voyager sans escorte ? s'étonna Aaron.

— Il n'y avait personne d'autre, insista Henley. Waldo et son frère ont environ quarante ans. Bien qu'ils soient déjà un peu âgés pour être encore soldats, ils donnaient l'impression de veiller très attentivement sur la dame. Ils m'expliquèrent qu'elle se trouvait dans la chapelle, mais refusèrent que je la rencontre. Ils me confièrent leur message, ajoutant que vous me récompenseriez... Bien entendu, je n'attends rien de vous, monseigneur, précisa aussitôt Henley. Du reste, j'ai déjà eu ma récompense.

— Quelle sorte de récompense ? demanda Robert.

— J'ai vu la dame et je lui ai parlé. Aucun cadeau ne saurait rivaliser avec ce moment.

Liam gloussa, mais Henley l'ignora.

— Riez tant que vous voulez. Vous ne l'avez pas encore vue, alors vous ne pouvez pas comprendre.

— Raconte-nous cette entrevue, ordonna Aaron.

— J'allais partir quand elle m'a hélé depuis la fenêtre de la chapelle. Lord MacDonald m'a ensuite autorisé à venir vous délivrer son message.

— Ne t'égare pas. Reviens à notre question, ordonna Dylan.

En lui-même, le guerrier s'étonnait que Brodick n'ait pratiquement rien dit depuis le début du récit du messager. Son chef ne paraissait pas spécialement scandalisé d'apprendre qu'une Anglaise prétendait être sa fiancée.

Henley s'éclaircit la gorge et reprit la parole.

— Donc, la dame m'a appelé. J'ai couru jusqu'à la fenêtre avant que Waldo et son frère puissent m'en empêcher.

Le messager marqua une pause, pour mieux se remémorer ce moment de pur enchantement. Puis il poursuivit, d'une voix douce comme le miel :

— Je l'ai vue d'aussi près que je vous vois.

— L'as-tu touchée ? interrogea Brodick d'une voix glaciale.

Henley secoua la tête avec véhémence.

— Non ! Je n'aurais jamais osé ! s'écria-t-il. Votre fiancée a été honteusement maltraitée, monseigneur. Une de ses joues était enflée, elle avait un bleu à la main droite, et son bras gauche était bandé du poignet jusqu'au coude. Lorsque j'ai voulu lui demander comment elle avait récolté ces blessures, les mots sont restés bloqués dans ma gorge. Ses yeux étaient du même vert magnifique qui recouvre nos collines au printemps, mais je pouvais lire la douleur et le chagrin dans son regard. Pourtant, elle était si belle que j'avais l'impression de me trouver face à un ange, ajouta-t-il en rougissant.

Brodick contint péniblement son exaspération devant tant de romantisme échevelé. Un ange ? En tout cas, un ange qui mentait effrontément.

— As-tu parlé d'elle aux membres de ton clan ? demanda-t-il au messager.

— Oui, admit Henley. Mais je me suis gardé d'entrer dans les détails.

— Pourquoi ? intervint Robert.

— Parce qu'ils auraient cherché à la voir, si je leur avais raconté ce que j'avais ressenti en sa présence, répondit Henley. J'ai dit à mon maître que deux Anglais m'avaient chargé d'un message pour vous, vous demandant d'aller rejoindre votre fiancée. Lord MacDonald s'est satisfait de cette explication et m'a autorisé à venir ici. Mais... le capitaine des gardes voulait plus de détails.

— Balcher t'a interrogé ? s'enquit Dylan.

— Oui, avoua Henley.

— Et que lui as-tu dit ?

— Il désirait savoir si la dame était déjà arrivée dans les Highlands. Je lui ai répondu que oui, mais sans lui donner plus de précisions. J'avais promis à la dame de ne révéler qu'aux Buchanan l'endroit où elle se trouvait.

— Donc, tu as menti à Balcher ? fit Dylan.

Henley secoua la tête.

— Non. Je lui ai simplement appris que la dame traversait les terres des MacDougal. Mais je n'ai pas parlé de la chapelle.

— Il y a gros à parier que Balcher arpente déjà les terres des MacDougal pour la retrouver, marmonna Aaron.

— Oui, approuva Henley.

Puis, s'adressant directement à Brodick, il ajouta :

— Je ne trahirai pas un grand secret en vous disant que Balcher cherche à vous provoquer. Alors, s'il pouvait kidnapper votre fiancée...

— Qu'il ose s'emparer de ce qui nous appartient ! s'écria Liam, que cette idée mettait hors de lui.

— Si un seul des MacDonald touche à cette femme, ils mourront tous, décréta Robert.

— Tous ! répéta Liam.

Dylan regarda Henley droit dans les yeux.

— Tu es sûr que tu ne l'as pas touchée, au moins ?

— Je vous le jure, répondit le messager, la main sur le cœur. Même si elle n'avait pas été la fiancée de votre seigneur, je n'aurais pas voulu la déshonorer en portant la main sur elle.

— Les MacDonald se soucient rarement d'honneur, grommela Robert, l'air sceptique.

Dylan était médusé par la réaction de ses compagnons.

— Il n'y a pas cinq minutes, vous étiez scandalisés par ce message, et maintenant, vous vous inquiétez pour cette femme ! Pourquoi un tel revirement ?

— Cette dame appartient à Brodick, et personne d'autre ne la touchera, déclara Robert.

Brodick ne put s'empêcher de sourire. La conversation prenait un tour surréaliste. Il leva la main pour réclamer le silence.

— J'ai encore une question à poser à ce messager et j'aimerais assez entendre sa réponse.

— Oui, monseigneur ? demanda Henley, tout tremblant.

— Tu nous as expliqué que la dame t'avait fait venir à la fenêtre de la chapelle, mais tu ne nous as toujours pas révélé ce qu'elle t'avait dit…

— Elle a ajouté une précision au message.

— Une requête ? suggéra Brodick.

Pour la première fois, Henley réussit à sourire.

— Non. C'était davantage un ordre qu'une requête.

— Elle me donne des ordres, en plus ? s'écria Brodick, abasourdi par la témérité de cette étrangère.

Henley prit une profonde inspiration, en espérant que ce ne serait pas la dernière de sa courte vie, et lâcha :

— Elle vous sommait de vous dépêcher.

5

Gillian commençait à douter de la réussite de son plan, certes un peu hardi. Il y avait maintenant près de vingt-quatre heures qu'elle attendait, avec Alec, dans la chapelle abandonnée. C'était plus qu'il n'en fallait à lord Buchanan pour la rejoindre – à supposer, bien sûr, qu'il ait consenti à répondre à son appel.

Incapable de rester en place, la jeune femme arpentait de long en large l'intérieur du petit édifice.

— Nous allons bientôt partir, dit-elle à l'enfant. Nous ne pouvons pas rester ici.

Alec, sagement assis sur une chaise, les jambes croisées sous lui, l'observait.

— Vous n'avez pas bonne mine, Gillian. Vous êtes malade ?

— Non. Je suis simplement épuisée. Si je m'asseyais, je crois que je n'aurais même pas la force de me relever.

— Moi, j'ai faim.

— Mais tu viens de manger !

— Eh bien, j'ai encore faim.

— C'est parce que tu manges trop vite.

La jeune femme se dirigea vers le coin de la chapelle où elle avait posé son baluchon et le panier de victuailles fourni par les frères Hathaway. En jetant un coup d'œil par la fenêtre, elle aperçut Henry qui faisait le guet devant l'édifice.

— Qu'est-ce que vous regardez ? s'enquit Alec.

— Henry Hathaway, répondit Gillian. Je ne sais pas ce que nous serions devenus, sans lui et Waldo. Ils m'ont déjà aidée une première fois, voilà des années, lorsque Alford m'a exilée chez mon oncle. Et ils n'ont pas hésité une seconde à me secourir une deuxième fois. Il faudra que je trouve un moyen de les remercier.

Elle tendit au petit garçon une tranche de pain et un morceau de fromage.

— Mange lentement, cette fois.

Tout en mordant dans sa tartine, il demanda :

— Oncle Brodick va bientôt arriver ?

— N'oublie pas les bonnes manières, Alec. Ce n'est pas poli de parler la bouche pleine.

— Vous savez quoi ? fit-il, sans tenir compte de sa remarque.

— Non, quoi ?

— Si nous partons maintenant, oncle Brodick sera furieux. Nous devons l'attendre.

Gillian s'assit sur la chaise voisine de la sienne.

— Donnons-lui encore une heure, mais pas plus. D'accord ?

Il hocha la tête.

— Je déteste attendre.

— Moi aussi, figure-toi.

— Gillian ? Je peux te tutoyer ?

Elle sourit.

— Bien sûr que oui !

— Tu feras quoi, si tu ne trouves pas ta sœur ?

— Je la trouverai, répliqua-t-elle. Il le faut.

— Il faut aussi que tu trouves le coffret.

— Malheureusement, j'ai peur que ce ne soit impossible. Ce coffret a disparu depuis des années.

— Tu as pourtant dit au baron que tu savais où il était…

— J'ai menti. J'ai dit cela uniquement pour éviter que le baron ne s'en prenne à toi. Mon père avait confié le coffret à ma sœur, pour qu'elle l'emporte avec elle. Mais il y a eu un accident et…

— Pourquoi le baron tient-il tellement à récupérer cette vieille boîte ?

— D'abord parce qu'elle vaut beaucoup d'argent, mais aussi parce qu'elle est la clé d'un mystère vieux de plusieurs années. As-tu envie de connaître l'histoire ?

— Ça me fera peur ?

— Peut-être un peu.

Il hocha la tête avec enthousiasme.

— Dans ce cas, je veux l'entendre. J'adore les histoires qui font peur.

Gillian lui sourit.

— D'accord. Je vais tout te raconter. Il y a bien longtemps, avant que Jean ne soit roi…

— Il n'était encore qu'un prince.

— Exactement. Et il était tombé éperdument amoureux d'une jeune fille nommée Arianna. On la disait très belle…

— Aussi belle que toi ?

La question désarçonna Gillian.

— Tu me trouves belle ?

— Oh, oui !

— Merci. Mais Arianna était plus belle que n'importe quelle autre dame du royaume. Ses cheveux blonds accrochaient les rayons du soleil et…

— Elle est morte de maladie ?

— Elle est morte, oui, mais pas de maladie.

— Alors, que lui est-il arrivé ?

Gillian éclata de rire.

— Écoute, si tu m'interromps sans cesse, je ne pourrai pas te raconter la fin de l'histoire. Où en étais-je ? Ah oui ! Le prince Jean était donc très amoureux d'Arianna, à tel point qu'il désirait l'épouser. As-tu déjà entendu parler de la châsse de Saint-Jérôme ?

— Non. Qu'est-ce que c'est ?

— Un coffret très précieux qui appartient aux Écossais, expliqua Gillian. À l'intérieur se trouvent les reliques du saint qui...

— C'est quoi, des reliques ?

— Des fragments d'os, répondit Gillian. Les Écossais les avaient enfermés dans ce coffret, qu'ils gardaient toujours avec eux quand ils se battaient.

— Pourquoi ?

— Parce qu'ils pensaient que les reliques du saint leur permettaient de vaincre leurs ennemis.

— Et ça marchait ?

— Je l'ignore. Mais, même aujourd'hui, ils continuent à emporter le coffret avec eux lorsqu'ils livrent des batailles importantes.

— Comment sais-tu tout ça ?

— C'est mon oncle Morgan qui me l'a expliqué.

— Tu sais ce que dit mon oncle Ennis ?

— Non. Mais je m'attends à une horreur.

— Il dit que quand des soldats anglais voient arriver plus de trois Écossais vers eux, ils lâchent leurs épées et s'enfuient.

— Tous les Anglais ne sont pas comme Alford. La plupart sont aussi courageux que les Écossais.

Mais le petit garçon ne semblait pas disposé à l'écouter défendre les Anglais.

— Raconte-moi la suite de l'histoire du prince Jean, demanda-t-il.

Dès qu'il eut posé sa question, il cracha par terre. Gillian préféra ignorer cette impolitesse et poursuivit son récit.

— Jean, qui avait été impressionné par la légende de la châsse de Saint-Jérôme, décida de se faire fabriquer un coffret semblable. Il ordonna au meilleur orfèvre du royaume de se surpasser en réalisant un écrin de toute beauté, dont il serait le seul à connaître le mécanisme d'ouverture. L'orfèvre mit plus d'un an à accomplir cette prouesse, mais le résultat dépassa tout ce qu'on aurait pu imaginer. Le coffret était entièrement serti d'or et de pierres précieuses. Il y avait des saphirs bleus comme le ciel d'un jour d'été, des émeraudes aussi vertes que…

— … tes yeux ? suggéra Alec.

— Et des rubis d'un rouge éclatant.

— Rouges comme le sang ?

— Peut-être. En tout cas, on ne voyait ni poignée ni serrure. Seul Jean savait comment l'ouvrir.

— Et l'orfèvre qui l'avait fabriqué.

— Oui. C'est pourquoi Jean fit une chose terrible : sur ses ordres, ses soldats exécutèrent l'artisan.

— Et après ? s'enquit Alec. Est-ce que le prince Jean…

Il cracha par terre, avant de terminer sa question :

— Est-ce qu'il tua la jolie dame pour ranger ses os dans la boîte ?

— Non. Le coffret aurait été beaucoup trop petit pour cela. Jean voulait seulement y enfermer une mèche des cheveux d'Arianna, car il était convaincu qu'elle lui porterait chance lorsqu'il livrerait bataille. Il ouvrit la boîte, mit sa dague à l'intérieur, puis confia le tout à son écuyer en lui demandant d'aller le donner à Arianna pour qu'elle coupe elle-même une mèche de ses cheveux.

— Et alors ?

— L'écuyer obéit. Il entra dans la chambre d'Arianna, posa le coffret grand ouvert sur un guéridon et partit rejoindre le prince. Il lui expliqua que la jeune fille se trouvait seule dans sa chambre. Ses servantes n'étaient pas là.

— Je sais ce qui s'est passé ! Arianna a volé le coffret et la dague.

Gillian secoua la tête, amusée par l'imagination débordante de l'enfant.

— Non. Elle n'a rien volé du tout. L'écuyer, en quittant la chambre d'Arianna, l'entendit verrouiller la porte derrière lui. Quand il revint chercher le coffret, un peu plus tard, la porte était toujours fermée, et Arianna ne répondit pas à ses appels. Le prince monta donc lui-même dans la chambre de la jeune fille.

— Elle le laissa entrer ?

— Non. Comme elle ne répondait toujours pas, Jean ordonna à ses soldats d'enfoncer la porte à coups de hache. C'est alors qu'ils découvrirent l'horrible spectacle. La pauvre Arianna gisait sur le sol, dans une mare de sang. On l'avait poignardée.

— Et là, Jean mit ses os dans le coffret ?

— Non. Rappelle-toi que la boîte était trop petite pour cela. De toute façon, le coffret et la dague n'étaient plus là. Ils avaient disparu.

— Qui les avait pris ?

— C'est là que le mystère commence.

— Qui a tué Arianna ?

— Personne ne le sait. Les soldats du prince Jean eurent beau patrouiller à travers tout le royaume, le coffret semblait s'être volatilisé. Bien entendu, Jean était persuadé que celui qui avait volé le coffret avait aussi tué sa chère Arianna. Mon oncle Morgan m'a raconté que, depuis ce drame, au moins une fois par an, une rumeur prétend que le coffret a réapparu quelque part. Jean envoie toujours ses hommes vérifier, mais en vain. Et personne n'est encore venu réclamer l'énorme récompense qu'il a promise à celui qui lui rapporterait le coffret.

— Tu sais quoi ?

— Non, quoi ?

— Arianna a eu de la chance de mourir. Sinon, il aurait fallu qu'elle épouse le roi Jean, décréta Alec, avant de cracher par terre à nouveau.

— Pourquoi fais-tu cela ?

— C'est obligatoire. Chaque fois que nous prononçons son nom, nous crachons par terre, pour montrer les sentiments qu'il nous inspire.

Gillian était médusée.

— Dois-je comprendre que tous les Écossais crachent par terre lorsqu'ils parlent du roi d'Angleterre ?

— Certains blasphèment, mais maman me l'interdit.

— J'espère bien !

— Brodick blasphème quand il parle du roi. Tu lui interdiras de le faire ?

Gillian lui donna une petite tape sur le bout du nez.

— Tu es un garçon adorable, mais tu poses de drôles de questions.

— Tu lui interdiras de jurer ? insista l'enfant.

— Si Brodick blasphème ou crache devant moi, je lui dirai d'arrêter, oui.

Alec éclata de rire.

— Ça promet ! Brodick déteste qu'on lui dise ce qu'il doit faire.

Puis, reprenant son sérieux, il ajouta :

— J'aimerais bien qu'il soit déjà là.

— Moi aussi.

— Pourquoi n'as-tu pas confié ma dague au messager ?

— C'était trop risqué. Il vaut mieux ne montrer la dague qu'à Brodick. Je ne sais pas en qui avoir confiance.

— Pourtant, tu as bien vu le traître approcher de Dunhanshire, pendant que je dormais ?

— Oui, je l'ai vu. Mais souviens-toi de ce que je t'ai dit : il ne faut en parler à personne.

— Même pas à Brodick ?

— Même pas à Brodick.

— Et s'il ne vient pas ?

— Dans ce cas, nous trouverons un autre moyen de te ramener chez toi. J'ai peut-être eu tort de raconter au messager que j'étais la fiancée de Brodick. Ton oncle va s'imaginer que je suis une folle. J'aurais dû lui offrir de l'or.

Alec gloussa.

— Brodick n'attache aucune importance à l'or.

Gillian sourit.

— Tant mieux, parce que je n'en possède pas.

Le petit garçon écarquilla les yeux.

— Tu aurais menti à oncle Brodick ?

— Je lui ai bien menti en prétendant être sa fiancée.

— C'est sûr qu'il sera furieux, en arrivant ici. Mais je ne le laisserai pas te faire de mal.

— Merci.

— Brodick pensera que tu es très jolie, mais tu sais quoi ?

— Non, quoi ?

— Il ne te le dira pas. Tu as envie qu'il te trouve jolie ?

— Pas particulièrement, répondit Gillian, qui avait d'autres préoccupations en tête. Nous ne pouvons plus attendre, Alec. Termine ta tartine et partons d'ici.

— Mais si tu ne veux pas que Brodick te trouve jolie, pourquoi as-tu mis ta belle robe verte ?

Gillian soupira. Alec avait sans cesse une question à la bouche. À ses yeux, les sujets les plus futiles semblaient revêtir l'importance la plus extrême. Et il la harcèlerait tant qu'elle ne lui aurait pas donné de réponse satisfaisante.

— Je l'ai mise parce que mon autre robe était couverte de poussière.

L'enfant mordit dans sa tartine en réfléchissant, puis il demanda :

— Tu sais quoi ?

Gillian s'arma de patience.

— Non, quoi ?

— Tu vas avoir peur de Brodick.

— Pourquoi donc ?

— Parce que les femmes ont toujours peur de lui.

— Eh bien, moi, je n'aurai pas peur, déclara Gillian. Maintenant, tais-toi et finis de manger.

On frappa soudain à la porte de la chapelle, et Waldo, l'aîné des frères Hathaway, surgit à l'intérieur.

— Les ennuis s'annoncent, lady Gillian. Le soldat MacDonald, celui à qui j'avais confié votre message…

— Henley ?

— Oui. Il a dû tout raconter aux membres de son clan, parce qu'une bonne trentaine d'entre eux dévalent la colline dans notre direction. Et ce sont bien des MacDonald : ils portent les mêmes couleurs que Henley.

— Je ne comprends pas. Je n'ai pas parlé d'Alec à Henley. Pourquoi ces hommes viendraient-ils ici ?

— Je pense qu'ils ont l'intention de s'emparer de vous, madame.

Gillian était abasourdie.

— Mais pourquoi ?

— Les Écossais ne sont pas comme les Anglais, répliqua Waldo. Ce qu'ils convoitent, ils le prennent sans autre forme de procès.

La jeune femme attrapa Alec par le bras.

— Nous partons tout de suite. Waldo, va chercher ton frère et rejoignez-nous aux chevaux. Vite !

— Mais, madame, protesta Waldo, vous ne m'avez pas laissé le temps de terminer. Un autre clan se dirige aussi vers nous, mais s'apprête d'abord à couper la route aux MacDonald. J'imagine que ce sont les Buchanan. Ils sont neuf.

— Même s'il s'agit effectivement de Brodick et de ses hommes, ils ne seront pas assez nombreux pour arrêter les MacDonald.

— Peu importe le nombre, madame. Je n'ai jamais vu des guerriers aussi féroces que ces neuf-là. Si du sang doit être versé aujourd'hui, ce ne sera pas celui des Buchanan. Êtes-vous bien sûre de pouvoir faire confiance à ces sauvages ?

— Je l'ignore, mais j'espère quand même que c'est Brodick, murmura-t-elle.

Alec voulut sortir pour assister à la bagarre, mais Gillian le retint fermement.

— Waldo, il faut que vous et Henry partiez maintenant, avant qu'ils n'arrivent ici. Je vous remercie du fond du cœur de nous avoir aidés, Alec et moi. À présent, dépêchez-vous.

Waldo secoua la tête.

— Nous resterons ici tant que nous ne serons pas certains que vous êtes en sécurité, lady Gillian. Nous allons monter la garde devant la porte.

Gillian eut beau le supplier, elle ne réussit pas à le dissuader. Dès qu'il fut ressorti, elle demanda à Alec :

— Dis-moi à quoi ressemble Brodick.

— Il ressemble à Brodick, répondit l'enfant sur le ton de l'évidence.

— Oui, mais encore ?

L'enfant haussa les épaules.

— Il est très grand... Il est vieux, aussi.

— Vieux ?

Alec hocha énergiquement la tête.

— Très vieux.

Gillian avait du mal à le croire.

— De quelle couleur sont ses cheveux ?

— Ils sont blancs.

— Tu en es sûr ?

Il hocha de nouveau la tête.

— Et tu sais quoi ?

— Non, quoi ? fit Gillian avec appréhension.

— Il n'entend plus très bien.

Gillian s'assit, consternée.

— Pourquoi ne m'as-tu pas dit que Brodick était un vieillard, avant que j'envoie un messager l'avertir que sa fiancée l'attendait ? Cela aurait pu lui causer un choc mortel.

Elle se releva brusquement et ajouta :

— Viens. Partons tout de suite.

— Et les Buchanan ?

— Ce ne peut pas être eux. Sinon, Waldo aurait remarqué un vieux cavalier aux cheveux blancs.

— Laisse-moi aller voir, s'il te plaît. Comme ça, je te dirai si ce sont bien les Buchanan.

À cet instant précis, Waldo entrouvrit la porte et leur cria :

— Les MacDonald battent en retraite, et l'autre clan se dirige vers la chapelle.

Gillian prit Alec par l'épaule et l'obligea à la regarder.

— Je veux que tu te caches derrière l'autel. Et, tant que nous ne saurons pas qui sont ces hommes, je ne veux pas t'entendre dire un mot. Promets-le-moi, Alec.

— Mais…

— Promets-moi de te taire, insista Gillian.

— Bon, d'accord, c'est promis.

Gillian l'embrassa sur la joue pour le remercier.

— Va vite te cacher, maintenant, ordonna-t-elle en le poussant vers l'autel.

Puis une idée lui traversa l'esprit, et elle le retint une seconde par le bras.

— Attends. Peux-tu me donner la dague de Brodick ?

— Mais elle est à moi !

— Je sais qu'elle est à toi. Je te demande juste de me la prêter.

Il lui tendit la dague, puis partit se cacher derrière l'autel.

— Je les entends approcher, dit-il.

— Moi aussi, je les entends.

— Tu as peur, Gillian ?

— Oui, j'ai peur. Maintenant, tais-toi.

Elle n'attendit pas longtemps. Au bout de quelques secondes, Waldo et Henry crièrent aux cavaliers de s'arrêter. Mais ceux-ci, de toute évidence, les ignorèrent, car la porte de la chapelle ne tarda pas à s'ouvrir à la volée. Alors, devant les yeux de Gillian apparut le guerrier le plus impressionnant qu'elle avait jamais vu. Il était incroyablement grand, avec de longs cheveux blond pâle et une peau tannée par la vie au grand air. Son plaid noué à la taille était jeté par-dessus son épaule nue. Il ne portait pas d'épée.

Il resta immobile un instant, le temps de balayer des yeux les recoins de la chapelle, puis il avança d'un pas et referma la porte derrière lui.

Gillian n'en menait pas large.

6

Brodick avançait dans la chapelle en soulevant un petit nuage de poussière chaque fois qu'il posait le pied par terre. Gillian, courageusement, ne bougeait pas.

Arrivé à un mètre d'elle, il s'arrêta et, les mains croisées dans le dos, la détailla sans vergogne de la tête aux pieds. Quand il eut terminé son examen, il croisa son regard et attendit qu'elle prenne la parole.

Gillian s'était longuement préparée à ce moment. Pour commencer, elle avait prévu de se présenter, parce que la politesse l'exigeait, puis de lui demander son nom. Il répondrait qu'il s'appelait Brodick, mais elle ne le croirait pas tant qu'elle n'aurait pas eu confirmation de son identité. Pour cela, elle lui poserait plusieurs questions précises qu'elle avait déjà toutes en tête. Cependant, avant de se jeter à l'eau, elle voulait que les battements de son cœur s'apaisent.

Le guerrier perdit patience.

— Êtes-vous celle qui prétend être ma fiancée ? demanda-t-il avec colère.

Gillian se sentit rougir.

— Oui, avoua-t-elle.

— Pourquoi ?

— J'ai menti.

Il parut surpris par son honnêteté.

— Cela me semble évident.

— En général... je... je n'ai pas pour habitude...

— En général, quoi ? coupa-t-il.

Il ne comprenait pas pourquoi elle était si nerveuse. Il ne la menaçait pas, gardait les mains dans le dos et, avant d'entrer dans la chapelle, il avait confié son épée à Dylan. Cette jeune femme ne voyait donc pas qu'elle ne risquait rien avec lui ?

— Je n'ai pas pour habitude de mentir, déclara-t-elle enfin.

Tout en l'observant, elle ajouta :

— Vous n'êtes pas vieux. On m'avait raconté que vous étiez un vieillard aux cheveux blancs.

Sur ces mots, elle éclata de rire. Brodick, déconcerté, commençait à penser qu'il avait réellement affaire à une folle.

— Je crois que je devrais tout reprendre depuis le début, dit-elle, comme si elle avait conscience de paraître écervelée. Je m'appelle lady Gillian et je suis sincèrement désolée de vous avoir menti. Mais faire croire que j'étais votre fiancée m'a semblé le meilleur moyen de vous inciter à entreprendre cette grande chevauchée.

Il haussa les épaules.

— Ce n'était pas un si long voyage.

— Ah, bon ? Pourtant, nous vous avons attendu plus d'une journée.

— Nous ?

— Oui. Les deux frères Hathaway, qui montent la garde, et moi-même.

— Comment pouviez-vous être sûre que je viendrais ?

— La curiosité. Et j'avais raison, n'est-ce pas ? Vous êtes venu par curiosité.

L'ébauche d'un sourire adoucit l'expression sévère du guerrier.

— Oui, admit-il. Je voulais rencontrer la femme qui avait fait preuve d'un tel culot.

— Vous êtes Brodick... euh... lord Buchanan, n'est-ce pas ?

— En effet.

Le soulagement se dessina sur les traits de la jeune femme. Sa fausse fiancée était diablement ravissante, songea Brodick. Le messager n'avait pas menti.

— J'avais l'intention de vous tester pour m'assurer que vous étiez bien Brodick, mais j'en suis convaincue, à présent. On m'a raconté que vous pouviez abattre un chêne d'un seul regard et, à en juger par la façon dont vous m'observez, je crois que vous en êtes capable. Vous savez que vous êtes très intimidant et vous en jouez, n'est-ce pas ?

Il s'abstint de tout commentaire.

— Qu'attendez-vous de moi ?

— Eh bien... je transporte un trésor de grande valeur et j'ai besoin d'une escorte pour le conduire à bon port.

— Aucun Anglais ne pouvait donc vous aider ?

— C'est une histoire compliquée, monseigneur.

— Commencez par le commencement, suggéra Brodick.

Il était le premier étonné par sa patience. Mais la voix de la jeune femme, chaude et sensuelle, le charmait presque malgré lui. Heureusement, il était habitué à cacher ses sentiments. Cette lady Gillian ne pouvait pas se douter de l'effet qu'elle produisait sur lui... un effet tel qu'il devait faire appel à toute sa volonté pour ne pas s'approcher davantage.

— Je pense que ceci sera plus éloquent qu'un long discours, dit-elle, tout en sortant de sa manche la dague qu'il avait offerte à Alec.

En un clin d'œil, il lui arracha la dague des mains. Puis, la tirant violemment par son bras bandé, il demanda :

— Où avez-vous eu cela ?

— Je vais vous expliquer. Mais d'abord, lâchez-moi. Vous me faites mal.

Les larmes qui brillaient dans ses yeux confirmaient ses paroles. Brodick la relâcha aussitôt.

— Expliquez-vous, maintenant.

— J'ai emprunté la dague, répondit-elle.

Puis elle tourna la tête et cria :

— Alec, tu peux te montrer !

Brodick n'avait jamais été aussi près de perdre son flegme. Quand il vit le fils de Ian s'élancer vers lui, il sentit son cœur bondir dans sa poitrine. Et il tremblait presque lorsqu'il se baissa pour soulever l'enfant dans ses bras.

Le petit garçon noua ses bras autour de son cou et l'embrassa avec effusion.

— Je savais que tu viendrais ! Je l'avais dit à Gillian.

— Tu vas bien, Alec ? demanda Brodick, la voix altérée par l'émotion.

Il se tourna vers Gillian pour l'interroger du regard, mais la jeune femme n'avait d'yeux que pour l'enfant.

— Réponds-lui, Alec, dit-elle.

L'enfant hocha vigoureusement la tête.

— Je vais très bien, mon oncle. Gillian a pris soin de moi. Elle me donnait même son repas quand nous n'avions pas assez à manger pour deux. Et tu sais quoi ? Elle a empêché que le baron ne me fasse du mal.

Lorsqu'il eut terminé, Brodick s'adressa à la jeune femme :

— Vous allez me raconter ce qui s'est passé.

Ce n'était pas vraiment un ordre, plutôt une affirmation tranquille.

— Oui, acquiesça Gillian. Je vais tout vous raconter.

— Et tu sais quoi, mon oncle ?

— Non, quoi ?

— Je ne me suis pas noyé.

Brodick était encore trop choqué pour éclater de rire.

— Je le vois bien, que tu ne t'es pas noyé.

— Mais est-ce que tu l'as cru ? J'ai dit à Gillian que tu ne voudrais jamais le croire.

— Non, je n'ai pas cru que tu t'étais noyé.

— Je te l'avais bien dit ! s'exclama Alec à l'intention de Gillian. Ils m'avaient enfermé dans un sac en toile, expliqua-t-il à son oncle. J'ai eu très peur.

— Qui t'avait enfermé dans un sac ? demanda Brodick, refrénant sa colère pour ne pas effrayer l'enfant.

— Les hommes qui m'avaient kidnappé.

— Qui étaient ces hommes ?

— Je ne sais pas. Je n'ai pas vu leurs visages.

— Alec, intervint Gillian, tu veux bien ramasser nos affaires, pendant que je m'entretiens en privé avec ton oncle ?

Brodick reposa l'enfant à terre et le regarda courir vers le fond de la chapelle.

— Allez-vous m'aider à le ramener chez ses parents ? demanda Gillian.

Il se tourna vers elle.

— Je vais l'escorter jusque chez lui.

— Moi aussi, dit Gillian. Je l'ai promis à Alec et je compte tenir ma parole. Par ailleurs, je dois parler à son père. C'est urgent et...

Elle inspira profondément, avant d'ajouter :

— J'ai confiance en vous, lord Buchanan. Mais en personne d'autre. Je crois que huit guerriers vous accompagnent ?

— C'est exact.

— J'aimerais voir chacun d'entre eux, avant qu'Alec ne sorte.

— Vous aimeriez les voir ? répéta Brodick, étonné par cette étrange requête. Ce sont des Buchanan. Vous n'avez pas besoin d'en savoir plus.

— Je désire quand même les voir, insista Gillian.

Alec revint vers eux en courant.

— Tu sais pourquoi, mon oncle ?

Brodick regarda son neveu.

— Non, pourquoi ?

— Parce qu'elle a vu le traître, déclara-t-il. Je m'étais endormi, mais Gillian a tout vu. Elle me l'a dit. C'est un Écossais.

— Oh, Alec, je t'avais demandé de ne pas…

— J'ai oublié, coupa l'enfant. Mais Brodick ne le répétera à personne.

— L'homme que j'ai vu est sans doute déjà rentré en Écosse, précisa Gillian. Je ne veux prendre aucun risque.

— Et vous souhaitez examiner mes guerriers pour vous assurer que le traître n'est pas l'un d'entre eux ? demanda Brodick, outré.

Gillian n'essaya pas de jouer les diplomates.

— C'est exactement cela, lord Buchanan.

— Je croyais que vous aviez confiance en moi !

— En vous, oui, mais uniquement parce que vous êtes le protecteur d'Alec. En revanche, je me méfie de tous les autres Écossais. Alec est toujours en danger, et je me tiendrai sur mes gardes jusqu'à ce qu'il ait retrouvé ses parents.

Brodick s'apprêtait à répondre quand ils entendirent un sifflement au-dehors.

— Il nous faut partir, maintenant, dit-il. Mes hommes s'impatientent. Les MacDonald pourraient revenir avec des renforts.

— Tu es en guerre contre les MacDonald ? lui demanda Alec.

— Non, pas encore, mais je crains que nos rapports ne se soient subitement envenimés.

— Pourquoi ? intervint Gillian, que cette réponse laissait sur sa faim. Le MacDonald que j'ai rencontré était un homme charmant. Et il a tenu parole, puisque vous avez eu mon message.

Brodick hocha la tête.

— Oui, Henley m'a délivré votre message, mais seulement après en avoir parlé à son seigneur et éveillé du même coup la curiosité de son clan. Voilà pourquoi ils cherchaient à s'emparer de vous. Et c'est une insulte que je ne puis tolérer.

Gillian était stupéfaite.

— S'emparer de moi ? Mais pourquoi donc ?

Il secoua la tête sans daigner lui répondre.

— Partons, à présent.

Alec voulut se ruer vers la porte, mais Gillian le retint par le bras.

— Tu ne sortiras pas tant que je n'aurai pas vérifié que tu n'as rien à craindre dehors.

— Mais j'en ai marre d'être enfermé !

— Sois gentil, ne discute pas, jeune homme.

Alec décida d'appeler son oncle à la rescousse.

— Je n'arrête pas de lui répéter que mon papa est un lord et qu'elle n'a pas d'ordres à me donner, mais elle refuse de m'écouter. Et elle n'a même pas peur de papa. Tu devrais lui dire.

Brodick cachait son amusement.

— Lui dire quoi ?

— De me laisser tranquille.
— Lady Gillian agit pour ton bien, Alec.
— Mais parle-lui au moins de papa, insista Alec.
Pour faire plaisir à son neveu, Brodick déclara :
— Ian Maitland est un homme très puissant dans les Highlands. Beaucoup le craignent et craignent également de manquer de respect à son fils.
Alec approuvait en hochant énergiquement la tête, mais Gillian ne parut nullement impressionnée.
— Je préfère te garder en vie plutôt que de flatter ton père et t'exposer au danger par la même occasion.
— Montrez-moi votre bras, lui dit soudain Brodick.
— Pourquoi ?
Sans lui répondre, Brodick lui prit le bras et remonta vivement la manche de sa robe. Les taches qui maculaient le bandage prouvaient que sa blessure s'était infectée.
— Comment cela est-il arrivé ?
Alec s'approcha de la jeune femme.
— Tu vas lui dire ? demanda-t-il d'une voix inquiète.
Brodick fit mine de ne pas avoir entendu la question du petit garçon. De toute façon, il avait maintenant la réponse à la sienne. D'une manière ou d'une autre, Alec était responsable de la blessure de Gillian. Quand il serait seul avec l'enfant, il tirerait cette affaire au clair. Mais, dans l'immédiat, il devait parer au plus pressé. Si cette blessure n'était pas rapidement soignée, la jeune femme tomberait gravement malade.
— Peu importe de savoir comment je me suis blessée, monseigneur, dit-elle.
— Vous pouvez m'appeler Brodick.
— Si vous le souhaitez, répondit-elle, étonnée de voir combien il s'était radouci.
— Et qui vous a fait cela ? demanda-t-il en désignant sa joue enflée.

— C'est le baron, expliqua Alec avec empressement.

L'enfant était soulagé que son oncle ne s'intéresse plus au bras de Gillian. Il avait honte de lui avoir donné des coups de dague et espérait bien que Brodick ne l'apprendrait jamais.

— Et tu sais quoi, mon oncle ?

Brodick regardait toujours Gillian, les sourcils froncés.

— Non, quoi ?

— Son dos est couvert de bleus.

— Alec, tais-toi, s'il te plaît.

— Mais c'est vrai ! J'ai vu les marques quand tu es sortie du lac.

— Tu étais censé dormir ! s'écria Gillian.

Puis elle se tourna vers Brodick et réitéra sa requête.

— Puis-je examiner vos guerriers, à présent ?

— Oui.

Brodick siffla entre ses doigts, si fort qu'Alec se boucha les oreilles. L'instant d'après, huit guerriers firent irruption dans la chapelle. Chacun d'eux dut se baisser pour passer la porte. Les Buchanan étaient-ils donc tous des géants ? se demanda Gillian. Elle eut juste le temps de cacher Alec derrière elle pour le protéger.

Dylan marchait en tête. Il s'avança vers son maître et lui rendit son épée. Brodick la glissa dans sa ceinture, tout en s'amusant des mines effarées de ses hommes. De toute évidence, ils étaient médusés par la beauté de la jeune femme et ne pouvaient détacher les yeux d'elle.

Son amusement, toutefois, tourna vite à l'irritation. C'était à croire qu'ils n'avaient jamais vu une femme de leur vie !

Alec, désobéissant à Gillian, se pencha sur le côté et adressa un petit salut de la main à Dylan. Le guerrier se pétrifia.

Gillian, pendant ce temps, dévisageait les Buchanan un à un.

— Êtes-vous rassurée, maintenant ? lui demanda Brodick, lorsqu'elle eut terminé son examen.

— Oui.

— Ne serait-ce pas un Maitland qui se cache derrière cette jupe de femme ? s'enquit Dylan d'une voix émue. Il m'a bien semblé reconnaître Alec Maitland.

L'enfant courut aussitôt vers lui et rit de bonheur quand le guerrier le souleva dans ses bras.

— C'est Gillian qui a voulu que je me cache. Moi, je ne voulais pas.

— Nous te croyions mort, mon garçon, murmura Liam, résumant la pensée de ses compagnons.

— Je ne me suis pas noyé, j'ai été kidnappé, annonça fièrement Alec, toujours pendu au cou de Dylan.

Les huit guerriers se rassemblèrent autour de l'enfant, mais Liam et Robert continuèrent à observer Gillian du coin de l'œil. Brodick se rapprocha de la jeune femme et lança un regard courroucé aux deux hommes, pour leur faire comprendre qu'il n'appréciait pas leur attitude.

— Si nous partions ? suggéra Gillian.

— Oui, partons, approuva Brodick. Robert, ramasse son baluchon et attache-le à ta selle, ordonna-t-il, tandis qu'il prenait la main de la jeune femme pour l'accompagner jusqu'à la porte. Alec montera avec toi, Dylan, ajouta-t-il.

En passant près de Robert, il lui chuchota :

— N'avais-tu donc jamais vu de femme ?

— En tout cas, jamais d'aussi belle, répliqua le guerrier sans se démonter.

Dylan s'avança vers eux, Alec dans ses bras.

— Vous ne nous présentez pas votre fiancée, monseigneur ?

— Elle s'appelle lady Gillian, répondit Brodick.

Puis il lui présenta ses hommes, mais si rapidement que la jeune femme ne put retenir tous leurs noms.

— Je suis ravie de faire votre connaissance, leur dit-elle. Et je tiens à vous remercier de m'aider à rendre Alec à ses parents.

— Êtes-vous la fiancée de Brodick ? demanda Robert, sans s'embarrasser de circonlocutions.

Gillian rougit légèrement.

— Non.

— Pourtant, c'est ce que vous avez prétendu, lui rappela Aaron.

Elle sourit.

— C'est vrai. J'ai menti pour attirer lord Buchanan ici.

— Ce qui est dit est dit, décréta Liam, aussitôt approuvé par ses compagnons. Vous êtes sa fiancée.

— Mais j'ai menti ! insista Gillian, déroutée par leur réaction.

— Le moment est mal choisi pour continuer cette conversation, intervint Brodick.

Il entraîna Gillian dehors, sans prêter la moindre attention aux deux Anglais qui attendaient devant la porte. Les chevaux des Buchanan étaient attachés un peu plus loin, à un bouquet d'arbres.

— Vous monterez avec moi, annonça Brodick à la jeune femme.

Gillian libéra sa main.

— Je dois d'abord dire au revoir à mes amis.

Avant qu'il ait pu l'en empêcher, elle courait déjà vers Waldo et Henry. Brodick les vit échanger quelques mots. Comme leur conversation se prolongeait, il les rejoignit.

— Nous n'avons déjà perdu que trop de temps. Venez.

Gillian l'ignora.

— Monseigneur, je voudrais vous présenter Waldo et Henry Hathaway. Sans leur aide, Alec et moi n'aurions jamais réussi à arriver jusqu'ici.

Brodick se contenta de saluer les Anglais d'un signe de tête.

— Waldo, je compte sur toi pour rendre les chevaux que j'ai empruntés, reprit Gillian.

— Mais vous les avez volés, madame, objecta Henry.

— Non. Je n'ai fait que les emprunter sans la permission de leur propriétaire. Promettez-moi aussi de vous cacher jusqu'à ce que tout ceci soit fini. Si le baron découvre que vous m'avez aidée, il vous tuera.

— Oui, madame, acquiesça Waldo. Nous savons ce dont ce démon est capable. Nous nous cacherons jusqu'à votre retour. Que Dieu vous garde, d'ici là.

Gillian avait les larmes aux yeux.

— Je ne pourrai jamais assez vous remercier. Déjà, quand j'étais toute petite, vous m'avez secourue. Je resterai éternellement votre débitrice.

— Ce fut un honneur pour nous de vous servir, répondit simplement Henry.

Brodick tira Gillian en arrière.

— Nous devons partir, cette fois, dit-il d'une voix ferme.

— Oui, je sais.

Gillian tourna les talons, mais fit signe aux Hathaway d'attendre. Puis elle faussa de nouveau compagnie à Brodick et courut vers Alec, qui se trouvait toujours dans les bras de Dylan.

— Alec, va remercier Waldo et Henry de nous avoir escortés.

Le petit garçon secoua la tête.

— Non, répliqua-t-il avec arrogance. Ce sont des Anglais, alors je n'ai pas à leur dire merci. Les Écossais détestent les Anglais.

Gillian s'obligea à garder son calme.

— Dylan, j'aimerais discuter en tête à tête avec ce garçon.

— Oui, madame.

Dès qu'il eut posé Alec à terre, Gillian prit l'enfant par le bras. Après s'être éloignée de quelques pas, elle se pencha pour lui parler à l'oreille.

— Que fait-elle ? demanda Dylan à Brodick.

Celui-ci esquissa un sourire.

— Elle rappelle les bonnes manières à cet enfant.

Il jeta un coup d'œil aux deux frères Hathaway et ajouta avec un soupir :

— Elle me les a rappelées, à moi aussi.

Sans laisser à Dylan le loisir de l'interroger plus longuement, Brodick partit rejoindre Waldo et Henry.

Dylan ne put entendre ce que Brodick dit aux deux hommes, mais il le vit tendre son poignard incrusté de pierreries à Waldo. L'objet valant une petite fortune, l'étonnement de l'Anglais n'eut d'égal que celui de Dylan. Waldo, cependant, commença par refuser le présent, mais Brodick insista et eut gain de cause.

Gillian, qui n'avait rien perdu de la scène, sourit, tout en continuant à faire la leçon à Alec. Puis elle le conduisit devant les deux Anglais.

L'enfant s'arrêta à côté de son oncle et s'adressa aux Hathaway :

— Je vous remercie, parce que vous m'avez aidé à rentrer dans mon pays, récita-t-il, les yeux baissés.

— Et ? dit Gillian pour l'encourager.

— Et aussi parce que vous n'étiez pas obligés de le faire.

— Alec est conscient que vous avez risqué votre vie pour la sienne, précisa Gillian. N'est-ce pas, Alec ?

L'enfant hocha la tête et s'agrippa à la main de Gillian.

— C'était bien, ce que j'ai dit ? demanda-t-il, une fois que leurs protecteurs anglais les eurent quittés.

— C'était parfait.

Ensuite, Dylan jucha l'enfant sur son cheval, puis il se tourna vers Brodick.

— Lady Gillian vous a-t-elle expliqué comment Alec s'était retrouvé avec elle ?

Brodick monta en selle, avant de répondre :

— Non, elle ne m'a encore rien dit. Mais sois patient, Dylan. Pour l'instant, le plus urgent est de nous éloigner des MacDonald. Dès que nous serons en sécurité, elle nous racontera tout. Demande à Liam de prendre la tête. Nous allons passer par le cottage de Kevin Drummond avant de remonter vers le nord. Robert fermera la marche, pour surveiller nos arrières.

— Drummond habite à plusieurs heures d'ici, protesta Dylan. C'est un sacré détour.

— Je sais. Mais la femme de Kevin est réputée pour ses talents de guérisseuse, et il faut soigner le bras de Gillian au plus vite.

La jeune femme attendait, à quelques mètres de là, que les deux hommes aient fini de discuter. À en juger par les regards qu'ils coulaient dans sa direction, il était clair qu'ils parlaient d'elle.

Le soleil de ce début d'été baignait son visage et ses épaules, pourtant Gillian frissonnait. La fièvre commençait à la gagner, à son grand désespoir. Elle ne pouvait pas se permettre de tomber malade. Elle devait chercher sa sœur.

Heureusement, elle avait un plan. Du moins, un embryon de plan. Dès qu'elle aurait ramené Alec chez lui, elle demanderait au père de l'enfant de la conduire sur les terres des MacPherson, où Christen était censée vivre. Après… après, elle aviserait.

Brodick s'approcha d'elle au petit trot, la tirant de ses réflexions. L'Écossais, sans ralentir, se baissa, la souleva dans ses bras avec une aisance déconcertante et la plaça devant lui.

Gillian rabattit vivement sa robe sur ses jambes et essaya de garder le dos raide pour ne pas toucher le torse de Brodick. Mais celui-ci ne semblait pas se soucier des convenances. Il passa un bras autour de sa taille et la plaqua contre lui.

En réalité, Gillian lui en fut reconnaissante, car il lui apporta chaleur et réconfort. Il était si robuste, si fort, qu'elle eut même la tentation, un instant, de fermer les yeux et de se reposer. Mais elle se l'interdit, car elle souhaitait garder un œil sur Alec.

À un moment, elle se retourna pour parler à Brodick. Elle le trouva si beau qu'elle en oublia presque ce qu'elle voulait lui dire. Lord Buchanan lui faisait penser à ces Vikings qui avaient envahi l'Angleterre, quelques siècles plus tôt, et dont elle avait lu l'histoire dans un livre. Peut-être Brodick descendait-il de l'un de ces farouches conquérants… En tout cas, son visage si parfaitement dessiné avait dû tourner bien des têtes. Alec lui avait dit que Brodick n'était pas marié, mais Gillian se surprit à se demander si une femme n'attendait pas son retour.

— Quelque chose ne va pas, Gillian ?

— Alec ne pourrait-il pas monter avec nous ? Il ne pèse pas lourd, et il nous reste de la place.

— Non.

Il ne prit pas la peine d'expliquer son refus, mais Gillian comprit qu'elle ne devait pas se sentir offensée. Son oncle Morgan lui avait dit que les Écossais se montraient la plupart du temps froids et distants. La rudesse de Brodick n'était pas de l'impolitesse, simplement un trait de son caractère.

La jeune femme s'adossa au torse du cavalier et tenta de se détendre, mais elle ne pouvait s'empêcher de regarder derrière elle toutes les cinq minutes, pour s'assurer qu'Alec les suivait toujours.

— Vous allez finir par attraper un torticolis, lança Brodick. Alec ne craint rien, ajouta-t-il. Dylan veille sur lui.

Puis, plaquant la tête de Gillian dans le creux de son épaule, il lui ordonna :

— Reposez-vous.

7

Brodick réveilla Gillian lorsqu'ils furent arrivés à destination.

La jeune femme ouvrit les yeux. Pendant un moment, elle se demanda si elle ne rêvait pas encore. Où était-elle ? Quel était cet endroit ? Des collines verdoyantes se détachaient sur le ciel sans nuages. Un petit torrent traversait le vallon, où se dressait un cottage en pierres grises recouvert d'un toit de chaume.

Des fleurs sauvages de toutes les couleurs emplissaient l'air de leur parfum. Des bouleaux bordaient le torrent à l'eau pure comme du cristal. Près du cottage, des draps immaculés voletaient au vent. Un chien montait la garde en silence devant la porte, et un petit panache de fumée s'échappait de la cheminée. Gillian eut soudain l'impression de se trouver au paradis.

Une voix la tira brusquement de sa rêverie. Un homme grand, le visage émacié, était sorti du cottage pour accueillir les cavaliers.

Dylan, Alec dans ses bras, pénétra à l'intérieur de la maison, tandis que les autres guerriers restaient dehors. Brodick, qui avait mis pied à terre, attendait pour aider Gillian à descendre. Comme la jeune femme se laissait glisser dans ses bras, leurs regards se croisèrent.

Gillian en profita pour scruter le visage de cet homme qu'elle connaissait à peine et à qui elle avait confié sa vie. Son regard perçant semblait lui dire qu'il avait deviné tous ses secrets. Mais ce n'était qu'un homme, après tout, songea Gillian, et un homme qui avait besoin de se raser. Ses joues et son menton étaient recouverts d'un duvet blond. Poussée par une étrange envie, Gillian faillit tendre la main et caresser ces poils. Heureusement, elle se reprit à temps.

— Pourquoi me regardez-vous ? demanda-t-elle.

— Pour la même raison que vous me regardez, répliqua-t-il d'une voix arrogante.

Elle s'écarta de lui.

— Pourquoi nous sommes-nous arrêtés ici ? Et qui est cet homme qui nous a accueillis ? Alec n'aurait pas dû entrer dans sa maison tant que je...

— C'est la dernière fois que je vous rappelle qu'Alec est en sécurité avec Dylan, coupa Brodick. Dylan se sentirait gravement insulté de savoir que vous n'avez pas confiance en lui.

— Mais je ne le connais pas, objecta Gillian.

— Moi non plus, vous ne me connaissez pas. Pourtant, vous avez décidé de me faire confiance. Vous devez donc me croire sur parole. Mes guerriers seraient prêts à mourir pour défendre Alec, conclut-il d'un ton sans réplique.

— Je suis trop fatiguée pour argumenter.

— À la bonne heure ! De toute façon, je préfère vous prévenir : il ne sert à rien de discuter avec un Buchanan. Nous avons toujours le dernier mot.

Gillian pensa qu'il plaisantait, mais dans le doute, elle n'osa pas rire. Soit cet homme avait un étrange sens de l'humour, soit il était d'une suffisance rare.

— Venez, maintenant, dit-il, tout en la prenant par le bras pour l'entraîner vers le cottage. Nous avons déjà perdu assez de temps.

— Allons-nous passer la nuit ici ?

— Non. Nous repartirons dès qu'Annie aura soigné votre bras.

— Je ne veux pas la déranger…

— Elle sera honorée de vous servir.

— Pourquoi ?

— Parce qu'elle croit que vous êtes ma fiancée.

— Pourquoi croirait-elle cela ? Je n'ai menti qu'au jeune MacDonald.

Il rit.

— Les nouvelles vont vite, dans les Highlands. Et tout le monde sait que les MacDonald sont incapables de garder un secret.

— Ô mon Dieu ! Je vous cause bien des ennuis, n'est-ce pas ?

— Pas du tout, répondit-il simplement.

Arrivé devant la porte du cottage, il s'effaça pour la laisser entrer la première.

— Avez-vous confiance en ces gens ? lui chuchota-t-elle.

Il haussa les épaules.

— Autant que je puisse avoir confiance en quelqu'un qui n'est pas un Buchanan. La sœur de Kevin Drummond a épousé l'un de mes guerriers. Annie et lui font donc un peu partie de la famille.

Dylan la présenta au couple. Annie Drummond, debout devant la cheminée, inclina respectueusement la tête pour saluer la fiancée de lord Buchanan. Elle était à peu près de l'âge de Gillian, et son ventre doucement arrondi annonçait la venue prochaine d'un bébé. Kevin Drummond s'inclina lui aussi, avant de lui souhaiter la bienvenue dans sa maison.

Le cottage était petit mais bien tenu, et une bonne odeur de pain frais flottait dans la pièce. La table ovale était entourée de six chaises. C'était exactement le genre de maison que Gillian aurait aimé habiter, quand elle se surprenait à rêver qu'elle tombait amoureuse et fondait une famille. Un rêve irréalisable, bien sûr. Car sa vie ne serait que solitude et chagrin.

— C'est un honneur de vous avoir chez nous, répéta Kevin, qui semblait très intimidé de recevoir son seigneur dans son humble demeure.

Annie proposa à la jeune femme de s'asseoir pour qu'elle puisse examiner sa blessure. Pendant que Gillian s'installait, son hôtesse étala un linge propre sur la table. Gillian posa son bras dessus, remonta sa manche et ôta son bandage.

— Ce n'est pas une blessure bien méchante, mais je crains qu'elle ne se soit infectée, expliqua-t-elle.

Mais Annie pâlit brusquement en constatant l'étendue des dégâts.

— Ma pauvre, cela doit vous faire terriblement souffrir !

Brodick et Dylan s'approchèrent pour observer la blessure. Alec, lui, se réfugia dans les jupes de la jeune femme. Il paraissait terrifié.

— Comment cela vous est-il arrivé ? demanda Dylan.

— Je me suis coupée.

— Il faut désinfecter la plaie de toute urgence, annonça Annie.

Elle se tourna vers Brodick et précisa :

— Il va falloir que vous restiez ici deux jours, monseigneur. Comme c'est une dame, je serai obligée d'employer la méthode douce.

— Je ne peux pas m'attarder aussi longtemps, protesta Gillian.

— Et si c'était un homme ? interrogea Brodick. Comment le soignerais-tu ?

Persuadée qu'il lui avait posé cette question par simple curiosité, Annie répondit franchement :

— Je rouvrirais la plaie pour drainer le pus, puis je verserais dessus un onguent de ma fabrication. C'est radical pour désinfecter et cautériser, mais c'est horriblement douloureux.

— J'ai vu des guerriers hurler et sangloter pendant qu'Annie étalait cet onguent sur leur blessure, renchérit Kevin.

Brodick laissa Gillian choisir la méthode.

La jeune femme était convaincue que les Drummond exagéraient la rudesse du traitement. De toute façon, elle ne pouvait pas se permettre de perdre deux jours, juste pour s'éviter une petite douleur de rien du tout.

Brodick semblait lire dans ses pensées, car il demanda à Annie :

— Au bout de combien de temps les guerriers que tu soignes avec cet onguent sont-ils capables de repartir ?

— Oh, dès que j'ai posé un bandage sur leur blessure !

— Mais ne repartent que ceux qui tiennent encore sur leurs jambes, déclara Kevin.

Brodick échangea avec Gillian un regard entendu, avant de reprendre :

— Tu vas utiliser cet onguent sur elle, Annie. Elle ne dira rien. C'est une Buchanan, ajouta-t-il.

— Êtes-vous sûr que je ne crierai pas, monseigneur ? demanda Gillian, que l'arrogance de Brodick amusait, cette fois.

— Sûr et certain, répondit-il avec le plus grand sérieux.

Gillian eut soudain envie de fondre en larmes, avant même qu'Annie ne touche sa blessure, pour le simple plaisir de vexer ce fanfaron. Elle y renonça, cependant, de crainte de bouleverser Alec et d'effrayer son hôtesse. Mais elle se jura de rappeler à Brodick qu'elle n'était pas une Buchanan, dès qu'elle se retrouverait seule avec lui. Et elle préciserait qu'elle s'en félicitait, car les Buchanan étaient beaucoup trop imbus d'eux-mêmes.

Annie avait blêmi quand Brodick avait choisi pour sa fiancée le traitement réservé aux guerriers. Elle chuchota quelques mots à l'oreille de son mari. Bien que Gillian ne pût saisir que des bribes de phrase, elle en entendit assez pour comprendre qu'Annie demandait la permission d'endormir sa patiente.

Kevin rapporta ensuite à Brodick la requête de son épouse, toujours à voix basse, pendant qu'Annie, dans la cuisine, réunissait les ingrédients dont elle aurait besoin.

Gillian décida d'intervenir.

— Je ne souhaite pas être droguée, déclara-t-elle. J'apprécie votre sollicitude, mais je veux garder l'esprit clair, pour que nous puissions repartir le plus tôt possible.

Brodick hocha la tête sans mot dire.

— J'insiste, reprit-elle. Je refuse d'être droguée.

Alec tira sur sa manche pour attirer son attention. Au moment où elle se penchait vers lui, Gillian aperçut Annie qui versait discrètement une poudre dans un gobelet, avant d'y ajouter du vin.

— Qu'y a-t-il ? demanda-t-elle à l'enfant.

— Tu vas leur dire ? murmura-t-il.

— À propos de ma blessure ?

Il acquiesça.

— Non, je ne dirai rien. Cesse de t'inquiéter à ce sujet.

— D'accord, répondit-il. Tu sais quoi ? J'ai faim.

— Nous mangerons tout à l'heure.

— Avec votre permission, monseigneur, j'aimerais porter un toast à vos fiançailles, intervint Kevin, tandis que sa femme lui tendait un plateau chargé de gobelets.

— Mais je ne suis pas… commença Gillian.

— Tu as ma permission, Kevin, coupa Brodick.

La jeune femme fronça les sourcils. Elle ne comprenait pas pourquoi Brodick n'avait pas rétabli la vérité, mais elle préféra attendre d'être seule avec lui pour réclamer une explication.

Kevin posa le vin destiné à Gillian juste devant elle, à bonne distance des autres gobelets. Apparemment, il voulait éviter toute confusion avec la boisson droguée. Bien que Gillian sût que les Drummond pensaient agir dans son intérêt, elle était furieuse qu'ils fassent fi de sa volonté. Une fois le toast prononcé, elle serait obligée de boire, pour ne pas paraître impolie. Il ne lui restait donc qu'une solution.

— Puis-je inviter vos autres guerriers à partager ce toast ? demanda Kevin.

En guise de réponse, Brodick ouvrit la porte et siffla. La seconde d'après, six géants pénétraient dans le petit cottage. Gillian aida à distribuer les gobelets.

Quand tout le monde fut servi, Kevin leva son verre bien haut.

— Buvons à une longue vie d'amour peuplée de beaux enfants, suggéra-t-il.

— Oui, oui, acquiesça Aaron.

Tout le monde attendit que Gillian boive la première. Une fois les gobelets vidés, Brodick fit un signe à Annie et s'assit face à Gillian. Il lui demanda d'étendre à nouveau son bras sur le linge et serra solidement la main de la jeune femme dans la sienne. Il voulait éviter que son bras ne se rétracte pendant qu'Annie opérerait, comprit Gillian.

Dylan se plaça derrière la jeune femme et posa les mains sur ses épaules.

— Robert, emmène l'enfant dehors, dit-il.

Alec s'agrippa au bras valide de Gillian.

— Je veux rester avec toi, murmura-t-il, angoissé.

— Demande poliment la permission à Dylan. Peut-être changera-t-il d'avis.

L'enfant leva timidement les yeux vers le guerrier.

— Je peux rester… s'il te plaît ?

— Lady Gillian ? interrogea Dylan.

— J'aimerais beaucoup qu'il me tienne compagnie.

— Dans ce cas, tu peux rester, Alec. Mais promets-moi de ne pas nous gêner.

— Je te le promets, Dylan.

Annie vint s'asseoir à côté de Gillian. Elle était prête à commencer, mais préféra cependant attendre encore un peu.

— N'avez-vous pas sommeil, madame ?

— Moi ? Pas du tout.

Annie jeta un coup d'œil à Brodick.

— Patientons encore une minute ou deux, proposa-t-elle.

Gillian observa les hommes qui l'entouraient et remarqua que Kevin et Robert bâillaient à s'en décrocher la mâchoire. Elle ne pouvait donc savoir lequel avait bu le somnifère. Puis Kevin se mit à vaciller imperceptiblement sur ses jambes.

— Annie, dites à votre mari de s'asseoir.

— Pourquoi devrais-je m'asseoir, madame ? s'étonna Kevin.

— Parce que vous vous ferez moins mal en tombant.

Mais Kevin n'eut pas le temps de suivre son conseil. Soudain, il chancela. Heureusement, un des guerriers réussit à le rattraper au moment où son front allait heurter le rebord de la table.

— Vous avez échangé les gobelets ! s'exclama Dylan.

— Elle a drogué Kevin ? s'enquit un autre guerrier, hilare.

Gillian se sentit rougir. Elle baissa les yeux et réfléchit à l'excuse qu'elle pourrait donner à Annie.

Désarçonnée par la tournure des événements, celle-ci interrogea son seigneur du regard. Brodick haussa les épaules. Il semblait déçu, mais une lueur étrange brillait dans ses yeux.

— Kevin avait sommeil, on dirait. Va l'allonger sur son lit, Aaron. Annie, à toi de jouer, ajouta-t-il.

L'Écossaise hocha la tête. D'une main tremblante, elle s'empara d'un couteau. Brodick étreignit la main de Gillian, juste à l'instant où la lame du couteau toucha sa peau. Au début, la jeune femme voulut lui dire que c'était inutile, mais dès qu'Annie commença à rouvrir la plaie, elle le remercia mentalement de son aide. S'il ne l'avait pas maintenue fermement, elle n'aurait pu s'empêcher de retirer son bras.

Le traitement, cependant, se révéla beaucoup moins terrible que ne l'avaient laissé présager les échanges d'Annie et de son mari. Lorsque la guérisseuse draina le pus accumulé dans la plaie, Gillian éprouva même une brusque sensation de soulagement.

— Ça fait mal ? lui demanda Alec d'une voix angoissée.

— Non, répondit-elle tranquillement.

En voyant qu'elle restait si calme, il se détendit à son tour.

— Et ça a fait mal, quand le baron t'a donné un coup de poing dans la figure ? s'enquit-il.

— Chut, Alec.

— Tu as senti quelque chose ? insista-t-il.

Elle soupira.

— Non.

Annie, qui était en train de nettoyer la blessure avec un linge propre, suspendit son geste.

— Un homme vous a battue, madame ? dit-elle, visiblement très émue.

Gillian s'empressa de la rassurer.

— Ce n'était pas très grave. Ne vous inquiétez pas.

— Qui était cet homme ? demanda Annie.

Le silence s'installa soudain dans la pièce. Tout le monde semblait attendre la réponse de Gillian.

— Ce n'est pas important, répliqua-t-elle.

— Si, c'est important, objecta Dylan.

Un murmure d'approbation suivit sa déclaration.

— C'était un Anglais, lâcha Alec.

Annie hocha la tête d'un air entendu et reprit sa tâche.

— Je me doutais bien que c'était un Anglais, marmonna-t-elle. Un Écossais n'oserait jamais lever la main sur une femme.

Plusieurs guerriers lui firent écho. Gillian, mal à l'aise, tenta de changer de sujet.

— C'est une belle journée, n'est-ce pas ? Le soleil brille et…

— Le baron était soûl, coupa Alec.

— Alec, personne n'a envie d'entendre les détails de…

— Si, justement, nous voulons les entendre, intervint Brodick.

Il bouillait de rage. Quel monstre pouvait être assez cruel pour frapper une femme et un enfant sans défense ? Oui, il voulait connaître tous les détails. Et il se jura de les obtenir avant le coucher du soleil.

— Hein, qu'il était soûl, Gillian ? insista Alec.

Elle ne répondit rien, mais l'enfant ne se laissa pas intimider. Puisqu'elle ne lui avait pas interdit d'évoquer cet épisode, il décida de tout raconter.

— Oncle Brodick, tu sais quoi ?

— Non, quoi ?

— Le baron l'a frappée avec son poing, et quand elle est tombée par terre, tu sais ce qu'il a fait ? Il lui a donné plein de coups de pied partout. J'avais très peur.

— Vous avez terminé, Annie ? demanda Gillian.

— Bientôt, madame.

— Et tu sais quoi ? continua Alec. Je me suis jeté sur Gillian pour la protéger, mais tu sais ce qu'elle a fait ? Elle m'a abrité dans ses bras pour que je ne prenne pas de coups.

Gillian aurait voulu bâillonner l'enfant avec sa main. Les guerriers semblaient horrifiés par le récit d'Alec. Tous les regards étaient braqués sur elle, et la jeune femme se sentait terriblement embarrassée.

— Et tu sais ce qu'elle a fait, quand le baron s'est arrêté de la frapper ? poursuivit Alec. Elle lui a souri, juste pour l'énerver.

Annie glissa un linge propre sous le bras de Gillian.

— Monseigneur, j'ai fini de drainer la plaie.

Brodick comprit l'allusion.

— Mon neveu a faim, dit-il. Si tu lui donnais un morceau de ton pain, Annie, je crois qu'il accepterait.

— Avec du miel, ajouta Alec.

Annie lui sourit.

— Bien sûr. Avec du miel.

— Tu iras la manger dehors, décréta Brodick. Robert t'accompagnera.

— Mais, oncle Brodick, je veux rester avec Gillian…

— Je lui tiendrai compagnie à ta place. Robert ?

Le guerrier s'approcha du petit garçon.

— Je t'appellerai si j'ai besoin de toi, lui murmura Gillian.

Elle dut également lui jurer, sur la tête de sa mère, qu'elle ne partirait pas sans lui. Alec, enfin rassuré, prit la tartine que lui tendait Annie et suivit Robert dehors, oubliant au passage de remercier son hôtesse.

— Je lui rappellerai la politesse plus tard, dit Gillian. Il est encore très jeune et il sort d'une pénible épreuve.

— Que vous l'avez aidé à traverser, observa Dylan.

Il avait à nouveau posé ses mains sur ses épaules, plus pour l'empêcher de bouger que pour la réconforter.

Sur ces entrefaites, Annie revint avec une casserole contenant un liquide fumant.

— Ce n'est pas très chaud, madame, mais ça va vous brûler quand même. Si vous avez besoin de crier…

— Elle ne dira rien, répéta Brodick avec assurance.

Gillian était médusée par son arrogance. Comment pouvait-il savoir si elle serait courageuse ou pas ?

Annie continuait à remuer le liquide dans la casserole. Lorsque Brodick lui fit un signe de tête, elle versa brusquement l'onguent sur la plaie ouverte de la jeune femme. La douleur fut instantanée et terrible. Gillian eut l'impression que tout son bras s'enflammait et que le feu se communiquait à ses os.

Elle aurait bondi de sa chaise si Brodick et Dylan ne l'avaient pas fermement maintenue. Et le pire était que la douleur ne cessait d'augmenter. Gillian se cambra, respira à pleins poumons, ferma les yeux pour retenir ses larmes, serra les dents pour ne pas crier et s'agrippa à la main de Brodick de toutes ses forces.

S'il lui avait témoigné la moindre marque de sympathie, elle se serait sans doute effondrée, mais comme il restait impassible, le regard presque inexpressif, elle réussit à se contrôler.

En réalisant qu'elle s'était collée contre Dylan, elle s'obligea à raidir le dos. Heureusement, au moment où elle se disait qu'elle ne pourrait pas supporter cette torture une seconde de plus, la douleur commença à diminuer.

— Le pire est passé, madame, murmura Annie, qui semblait souffrir autant qu'elle. Maintenant, je vais étaler un baume apaisant sur votre blessure, puis je vous mettrai un pansement propre. La douleur est-elle supportable, à présent ?

Gillian essaya en vain de parler. Finalement, elle se contenta de hocher la tête. Elle regardait par-dessus l'épaule de Brodick, fixant un point sur le mur, en priant pour ne pas perdre connaissance.

Quelques minutes plus tard, le bras de la jeune femme était à nouveau bandé du poignet jusqu'au coude. Annie travailla vite, bien que les conditions ne fussent pas idéales : Gillian avait refusé de lâcher la main de Brodick. Maintenant que la douleur décroissait, il lui caressait la paume avec son pouce. Son expression n'avait pas changé, mais cette petite attention suffit à réconforter Gillian. Elle avait l'impression qu'il l'avait prise dans ses bras et qu'il la serrait très fort.

Quand Annie eut noué le bandage, Gillian se résolut à lâcher la main de Brodick.

— Voilà, c'est fini, annonça Annie. Demain, vous vous sentirez en pleine forme. Mais essayez de ne pas mouiller votre bandage, au moins pendant deux jours.

Gillian hocha la tête et remercia son hôtesse d'une voix un peu rauque.

— Si vous voulez bien m'excuser un moment, ajouta-t-elle.

Dylan l'aida à se lever, puis elle quitta le cottage, les guerriers de Brodick s'inclinant un à un sur son passage.

Gillian se doutait qu'ils l'observaient depuis la porte, aussi résista-t-elle à son envie de courir. Alec se trempait les pieds dans le torrent, sous la garde de Robert. Par chance, l'enfant ne la vit pas sortir, et elle eut le temps de partir dans la direction opposée avant qu'il ne puisse entendre son premier sanglot.

Liam la suivit des yeux, l'air inquiet, puis se tourna vers Annie.

— Reste-t-il un peu de cet onguent ? demanda-t-il.

— Le fond de la casserole, répondit leur hôtesse.

Liam s'assit, tira son poignard de sa ceinture et se fit une petite entaille au poignet. Aucun de ses compagnons ne fut surpris. Liam était comme saint Thomas : il ne croyait que ce qu'il voyait.

Désireux de savoir exactement quel effet produisait cet onguent, il posa son bras sur le linge encore étalé sur la table et ordonna à Annie :

— Verse ce qu'il te reste sur cette égratignure.

— Cette coupure n'a rien de commun avec la blessure de lady Gillian, prévint Annie. La brûlure sera moins vive.

Après cette précision, elle vida le contenu de la casserole sur l'égratignure. Sur le coup, Liam ne manifesta aucune réaction. Il gratifia Annie d'un hochement de tête, se releva sans mot dire et sortit. Les autres l'accompagnèrent, attendant patiemment qu'il rende son verdict. Finalement, il lâcha, d'une voix étranglée qui fit sourire Aaron :

— Nom de nom, ça fait un mal de chien ! Je ne comprends pas comment cette fille a pu endurer cela.

Robert les rejoignit, Alec juché sur une de ses épaules. L'enfant riait à gorge déployée, mais sa bonne humeur s'évanouit brusquement quand il réalisa que Gillian n'était plus là. Il obligea Robert à le reposer et se mit à pleurer à chaudes larmes en criant le nom de la jeune femme.

Robert plaqua une main sur sa bouche pour le faire taire.

— Elle est partie se promener derrière la maison, Alec. Calme-toi. Elle va bientôt revenir.

Sans cesser de sangloter, l'enfant courut vers son oncle. Brodick le prit dans ses bras et lui tapota affectueusement le dos.

— Gillian ne t'a pas abandonné, mon garçon. Ne pleure plus.

Un peu honteux d'avoir paniqué, le petit garçon cacha son visage dans le cou de son oncle.

— J'ai cru qu'elle était partie, avoua-t-il.

— Depuis que tu la connais, t'a-t-elle quitté une seule fois ?

— Non, c'est vrai, admit-il, rasséréné.

Puis, regardant son oncle droit dans les yeux, il ajouta :

— Tu vas la protéger, hein, oncle Brodick ? Parce que c'est une faible femme.

Brodick éclata de rire.

— Ça reste à prouver.

— Si, je t'assure. La nuit, je l'entends pleurer, quand elle pense que je suis endormi. Je lui ai expliqué qu'elle avait besoin de toi. Je ne veux plus que quelqu'un la batte.

— Je ne laisserai personne lui faire de mal, promit Brodick. Tu n'as plus à t'inquiéter, maintenant. Retourne avec Robert. Nous partirons dès que Gillian sera rentrée de sa promenade.

Gillian ne réapparut qu'une bonne dizaine de minutes plus tard, les yeux rougis et gonflés. Brodick attendit, près de son étalon, qu'elle ait remercié Annie. Lorsqu'elle vint à sa rencontre, il la souleva dans ses bras pour l'asseoir devant lui sur la selle. Elle était si éprouvée par le traitement qu'elle avait subi qu'elle n'avait même plus la force de se tenir droite.

Brodick ressentit soudain le besoin de la réconforter et de la protéger. Il l'enlaça et la serra contre lui. Au bout de quelques minutes, elle s'endormit, et Brodick put la contempler à loisir. Elle avait un visage d'ange, songea-t-il. Du dos de la main, il lui caressa la joue. Puis, cédant au désir qui le taraudait depuis le premier instant où il avait posé les yeux sur elle, il se pencha pour l'embrasser doucement. Elle ne se réveilla pas, mais émit un petit soupir qui le fit sourire.

Sa raison, cependant, lui disait de garder ses distances. Gillian était anglaise, et il détestait tout ce qui était anglais depuis qu'il avait essayé, dans sa jeunesse, de trouver une épouse aussi admirable que Judith, la femme de Ian Maitland. Sa quête n'avait pas abouti, car Ian possédait déjà le seul trésor que pouvait receler l'Angleterre.

Du moins, c'était ce que Brodick avait cru jusqu'à ce qu'il croise la route de Gillian. Maintenant, il n'en était plus aussi sûr.

— Tu es très courageuse, murmura-t-il. Je t'accorde au moins cela.

Mais rien de plus.

8

Ce soir-là, ils établirent leur camp dans une petite clairière qui descendait en pente douce jusqu'au lac Beech.

Alec passait en premier. Bien qu'il brûlât de connaître les réponses aux questions qu'il se posait, Brodick attendit patiemment que l'enfant ait mangé avant d'interroger Gillian. Il était tard et la lune brillait déjà dans le ciel. Gillian et Alec étaient fatigués. Après avoir constaté que la jeune femme frissonnait, Liam alluma un feu. Elle le remercia d'un sourire qui fit rougir le guerrier comme un adolescent.

Gillian s'assit sur la couverture qu'Aaron avait étalée pour elle. Brodick s'émerveillait toujours du courage de la jeune femme. Elle avait le teint pâle et les yeux fiévreux, mais elle ne s'était pas plainte une seule fois. Elle refusa la nourriture que Robert lui offrit. Durant tout le repas, elle surveilla Alec, lui rappelant de manger lentement pour mieux profiter de la nourriture.

Le garçon était d'excellente humeur, jusqu'à ce qu'elle lui propose de se baigner dans le lac. Il se releva et courut se réfugier derrière son oncle.

— Je n'ai pas besoin de me laver ! protesta-t-il.

— Tu te sentiras mieux après, insista Gillian, que la réaction de l'enfant ne semblait pas étonner.

Alec secoua la tête avec véhémence.

— Non, je refuse ! cria-t-il.

— Alec, tu ne dois pas parler à une dame sur ce ton, dit Brodick, l'air sévère. Et cesse de te cacher derrière moi. Un Maitland est toujours courageux.

L'enfant vint se placer à ses côtés.

— Je ne veux pas me laver, marmonna-t-il.

— Pourquoi donc ?

Alec désigna Gillian.

— Elle va se servir de son savon et je...

— Tu quoi ? fit Brodick pour l'encourager.

— Je vais sentir comme une fille.

— Ça m'étonnerait beaucoup, Alec.

— J'ai pris de gros risques pour emprunter ce savon, lui rappela Gillian.

— Tu l'as volé.

— Non, Alec, je l'ai emprunté, rectifia-t-elle.

Puis elle expliqua à Brodick :

— C'est un savon fait avec des pétales de roses, et Alec pense que si je l'utilise...

— ... je vais sentir comme une fille, conclut le garçon, l'air buté.

Robert l'attrapa par surprise et le porta jusqu'au lac. Liam demanda le savon à Gillian et les suivit.

Gillian entendit Robert promettre à l'enfant qu'ils sentiraient aussi la rose après s'être lavés, mais qu'ils ne seraient pas des femmes pour autant.

La minute d'après, Alec riait aux éclats. Gillian décida alors de se relever pour se dégourdir un peu les jambes. Aaron et un autre guerrier offrirent aussitôt de l'aider et la prirent chacun par un bras.

— Merci, messieurs.

— Je m'appelle Stephen, lui dit le guerrier aux cheveux bruns.

— Avez-vous retenu tous nos noms ? demanda Aaron.

— Non, pas tous. Robert a emmené Alec se baigner, Liam les a accompagnés, et je sais que vous êtes Aaron. Mais je ne me souviens plus du nom des autres.

— Moi, je m'appelle Fingal, déclara un grand roux en s'approchant.

— Et moi, Ossian, dit un autre.

Gillian fut soudain entourée de géants. Ils semblaient la regarder comme un animal d'une espèce inconnue. N'avaient-ils donc jamais rencontré d'Anglaise auparavant ? Et pourquoi lui manifestaient-ils autant d'intérêt maintenant ? Ils étaient ensemble depuis toute une journée. Leur curiosité aurait dû être satisfaite.

Entre deux des géants, Gillian pouvait apercevoir Brodick, adossé contre un arbre à quelques mètres de là. Lui aussi l'observait. Mais, à la différence de ses guerriers, il ne souriait pas.

— Vous n'avez presque rien mangé, madame, s'inquiéta Ossian. Vous ne vous sentez pas bien ?

— Si, très bien, merci.

— Vous n'avez pas besoin de vous montrer courageuse devant nous, lui dit Stephen.

— Vous savez, monsieur…

— Appelez-moi Stephen.

Un autre guerrier se joignit au groupe. Il avait de beaux yeux noirs, et une cicatrice lui barrait la joue gauche.

— Je me nomme Keith, annonça-t-il. Et je voulais vous dire que vous n'avez pas à craindre de parler librement devant nous. Nous sommes la garde personnelle de votre seigneur.

— Mais ce n'est pas mon seigneur.

Dylan, qui se dirigeait vers eux, entendit la dernière remarque de la jeune femme et constata qu'aucun des guerriers ne la contredisait. Ils lui souriaient tous comme des idiots.

— Lady Gillian, Annie a confié à Liam une poudre médicinale pour vous. Vous devez en prendre la moitié ce soir, mélangée avec de l'eau, et le reste demain soir.

Liam revenait justement du lac, un gobelet dans les mains.

— Je l'ai goûtée, madame. C'est très amer. Je vous conseille de l'avaler d'un seul coup.

Gillian le regarda d'un œil suspicieux.

— Auriez-vous l'intention de me droguer pour m'obliger à dormir, Liam ?

Il rit.

— Non, madame. Ce qui s'est passé avec Kevin Drummond nous a servi de leçon. Cette potion est simplement destinée à faire baisser votre fièvre.

Gillian décida de le croire et vida le gobelet aussi vite qu'elle put. Liam n'avait pas menti. Le breuvage était horriblement amer, et elle dut respirer à pleins poumons pour réprimer son envie de vomir.

— Le traitement est plus pénible que le mal, commenta-t-elle, pâle comme un linge.

— Votre bras est-il encore douloureux ? demanda Stephen.

— Non, répondit-elle. Et maintenant, messieurs, si vous voulez bien m'excuser, j'aimerais m'entretenir en privé avec lord Buchanan.

Fingal et Ossian s'écartèrent pour la laisser passer, tandis que Keith ramassait prestement la couverture pour la déposer près de l'arbre où se tenait Brodick.

La jeune femme le remercia de cette délicate attention et s'assit.

— Pouvons-nous faire autre chose pour vous, madame ? s'enquit Fingal.

— Non, merci. Vous avez tous été très gentils avec moi.

— Vous n'avez pas à nous remercier d'avoir accompli notre devoir, madame, répliqua Ossian.

— Je vous en prie, appelez-moi Gillian.

Le guerrier parut scandalisé par une telle proposition.

— Je n'oserais jamais me le permettre, madame.

— C'est hors de question, en effet, intervint Brodick, qui s'était rapproché de la jeune femme. Partez, maintenant, ordonna-t-il à ses guerriers.

L'un après l'autre, les guerriers s'inclinèrent devant Gillian, avant de s'éloigner vers le lac. La jeune femme les suivit des yeux jusqu'à ce qu'ils aient disparu, tout en essayant de rassembler ses idées. Le moment était venu de donner à Brodick les explications qu'il réclamait, mais Gillian répugnait à évoquer le passé.

Elle posa les mains sur ses genoux et attendit que Brodick l'interroge. Dylan était resté auprès d'eux. Il se tenait debout, face à Brodick et à la jeune femme, les bras croisés sur sa poitrine.

— Comment avez-vous rencontré Alec ? demanda Brodick.

— Je ne sais pas très bien par où commencer…

— Commencez tout simplement par le début.

Elle hocha la tête.

— C'est l'histoire d'une vieille obsession, en fait…

— Une obsession ? coupa Dylan.

— Laisse-la parler sans l'interrompre, lui ordonna Brodick. Nous lui poserons des questions après.

— J'ai une sœur, expliqua Gillian. Elle s'appelle Christen. Quand nous étions petites, notre château fut attaqué et notre père tué devant mes yeux.

Une petite brise agitait les branches des sapins, emplissant l'air d'une musique mélancolique. Gillian avait le cœur serré en décrivant la funeste nuit qui avait vu sa vie basculer. L'histoire du coffret d'Arianna et de l'obsession du roi à retrouver le meurtrier de sa bien-aimée intrigua Brodick. Mais, fidèle à sa parole, il n'interrompit pas Gillian, se contentant de l'encourager à poursuivre son récit lorsqu'elle marquait une pause.

— Si le baron récupère le trésor, il recevra une énorme récompense. C'est uniquement la cupidité qui le motive, reprit-elle. Et il est convaincu que Christen détient le coffret depuis qu'elle a quitté l'Angleterre.

Brodick drapa son plaid autour des épaules de la jeune femme.

— Vous frissonnez, lui dit-il.

Gillian, surprise par sa sollicitude, balbutia un remerciement qu'il sembla ignorer.

— Continuez, lui ordonna-t-il.

— Le baron a fini par découvrir que Christen se cache dans les Highlands.

— Comment a-t-il obtenu cette information ?

— Par le traître dont je vous ai déjà parlé, souvenez-vous. Cet Écossais sait où vit Christen, et il a promis au baron de le lui révéler en échange d'un service.

— Quel service ?

— Il désirait que le baron séquestre le frère de lord Sinclair après sa capture.

Dylan rompit sa promesse.

— Mais c'est le fils de Ian Maitland qui a été enlevé !

— Oui. Ils se sont trompés d'enfant.

Leurs questions commencèrent, l'une suivant l'autre à un tel rythme que Gillian eut bientôt la migraine. Pendant qu'elle répondait à Brodick et à Dylan, le rire d'Alec lui parvenait depuis le lac. Les guerriers de Brodick divertissaient l'enfant pour qu'il ne s'immisce pas dans leur conversation.

— Et quel rôle jouez-vous dans cette histoire ? demanda Brodick.

— Le baron m'a chargée de retrouver ma sœur et le coffret et de les lui ramener avant la fin de l'été.

— Et si vous échouez ?

— Il tuera mon oncle Morgan, répondit-elle, la voix brisée par un sanglot.

Consciente que la fatigue mettait ses nerfs à vif, la jeune femme s'obligea à garder son calme et reprit :

— Mon oncle est le plus adorable des hommes. Il m'a recueillie et élevée après le drame comme sa propre fille. Je l'aime et veux le protéger par tous les moyens.

— Le baron n'est donc pas votre parent ?

— Pas du tout. Avez-vous fini de m'interroger, maintenant ? Il est tard et je souhaiterais coucher Alec.

— J'ai presque terminé, répliqua Brodick. Donnez-moi le nom de cet Écossais qui s'est associé avec le baron.

— Impossible. Je l'ignore.

— Ne me cachez-vous pas la vérité ? Le baron ou l'un de ses comparses ont bien dû prononcer son nom, à un moment ou à un autre.

— Pourquoi mentirais-je ? Pour protéger un traître ?

— Mais vous l'avez vu, n'est-ce pas ? Alec me l'a dit.

— Oui.

— Et vous sauriez le reconnaître, si vous l'aviez à nouveau devant vous ? demanda Dylan.

— Oui. Il faisait sombre, mais l'Écossais est passé très près de moi. J'ai parfaitement distingué ses traits. Il était seul ce soir-là, mais Alec se souvient qu'au moins deux ou trois hommes l'ont kidnappé, ce qui signifie qu'il a des complices.

Elle prit une profonde inspiration, avant d'ajouter :

— J'imagine que vous avez deviné pourquoi ce traître se rendait à Dunhanshire…

— Pour informer le baron qu'il y avait eu erreur sur l'enfant, répondit Dylan. Et Alec aurait été tué, n'est-ce pas ?

— Oui.

— Pourquoi le baron vous a-t-il frappée, madame ? s'enquit Dylan. Vous a-t-il donné une raison ?

— Un homme qui frappe une femme est un lâche, Dylan, et les lâches n'ont pas besoin de raison pour justifier leurs forfaits, répliqua Brodick d'une voix blanche de colère.

Gillian resserra le plaid sur ses épaules.

— Notre première tentative de fuite avait échoué. Le baron a voulu nous punir, Alec et moi.

— Alec nous a raconté comment vous l'avez protégé, déclara Dylan. Vous vous êtes montrée très courageuse, madame.

— Oh, je ne sais pas si c'était du courage ! protesta Gillian avec modestie. J'avais peur qu'il ne tue l'enfant et j'étais si paniquée que je…

Elle s'interrompit pour reprendre son souffle.

— Nous nous en sommes bien tirés, finalement. Je n'ai pas été séparée d'Alec, ce qui nous a permis de nous enfuir ensemble. Chaque fois que je pense à ce qui aurait pu se passer, j'en ai des frissons. Courageuse ? Non, franchement, je ne crois pas.

Brodick et Dylan échangèrent un regard entendu, puis Brodick demanda :

— Qui vous a battue ? Le baron lui-même ou l'un de ses hommes ?

— Pourquoi tenez-vous à le savoir ?

— Répondez-moi.
— Le baron.
— Et personne d'autre ?
— Un de ses amis aussi. Mais je ne comprends pas pourquoi cela vous intéresse. Cette histoire est terminée, à présent.
— Non, répliqua-t-il à mi-voix. Elle ne fait que commencer.

9

Sous la rude façade du guerrier battait le cœur d'un gentleman, comprit Gillian. Brodick tenait visiblement à lui manifester sa sollicitude, mais il ne savait pas trop comment s'y prendre.

Une fois l'interrogatoire terminé, la jeune femme annonça qu'elle se rendait au lac, dans l'espoir qu'un bon bain la remettrait de sa fatigue. Aussitôt, Brodick offrit de l'aider à se relever. Mais, la considérant sans doute réellement comme sa fiancée, il la garda dans ses bras. Gillian essaya de le repousser doucement, en vain. Elle le regarda alors droit dans les yeux pour lui faire comprendre qu'il devait la relâcher. Il la regardait aussi, et ses yeux brillaient d'un mélange de compassion et de tendresse qui bouleversa la jeune femme.

Se doutait-il seulement de l'effet qu'il produisait sur elle ? Le simple contact de sa peau la réchauffait plus qu'une épaisse couverture. Tout en lui la ravissait : sa voix un peu rude mais merveilleusement sensuelle, et même sa démarche arrogante, avec ce gracieux balancement des hanches et la tension de ses cuisses si musclées…

Gillian s'interdit de laisser vagabonder son esprit. Elle n'aurait jamais dû remarquer ces détails. Mais elle n'avait encore jamais rencontré d'homme comme lui, ni éprouvé ce genre de sensations. Dans l'immédiat, elle n'avait qu'une envie : poser sa tête sur son épaule et fermer les yeux pendant quelques minutes. Quand elle se trouvait avec lui, elle ne se sentait plus vulnérable. Brodick semblait ne rien redouter. Se croyait-il invincible ? D'où tirait-il cette confiance en lui que rien ne paraissait pouvoir ébranler ?

Le plus étrange, c'était qu'elle avait l'impression de le connaître depuis des années, alors qu'elle lui avait parlé pour la première fois le matin même.

Ils marchèrent jusqu'au lac, côte à côte, comme deux vieux amis... ou comme un couple d'amoureux.

Oui, vraiment, Brodick produisait un drôle d'effet sur elle. Tout à coup, elle avait le sentiment de ne plus être seule. Saurait-il l'aider à vaincre les fantômes qui la hantaient ? Tout bien considéré, non. Elle ne voulait pas l'impliquer dans ses combats personnels.

— Avez-vous froid, Gillian ?

— Non.

— Vous frissonnez, pourtant.

— Je pensais à mon oncle. Je m'inquiète pour lui.

Il se rapprocha d'elle et lui chuchota :

— Pouvez-vous faire quelque chose pour votre oncle, ce soir ?

— Non, répondit-elle, tout en s'efforçant de ne pas succomber au charme de sa voix.

— Alors, pensez à autre chose pour l'instant. L'angoisse n'est jamais bonne conseillère.

— C'est plus facile à dire qu'à faire.

— Peut-être, admit-il.

Alec passa en courant devant eux, un bâton à la main. Il était pieds nus et semblait beaucoup s'amuser. Son rire résonnait dans la clairière.

— Il est trop excité pour dormir.

— Il s'endormira d'un seul coup, comme une masse, prédit Brodick.

Ils s'arrêtèrent au bord de l'eau.

— Avez-vous besoin d'aide ?

— Non, merci. J'arriverai à me débrouiller toute seule.

— Ne mouillez pas votre pansement, lui rappela-t-il, avant de rebrousser chemin.

— Attendez...

Il se retourna.

— Oui ?

Elle resta muette. Intrigué par ce soudain silence, il avança d'un pas. Elle joignit alors les mains, comme pour prier, ce qui la rendit encore plus attendrissante... et irrésistible.

— Oui ? répéta-t-il.

— Je me sens en sécurité avec vous. Et je voulais vous en remercier.

Ne sachant que répondre, il se contenta d'incliner la tête, puis s'esquiva.

Gillian avait conscience de l'avoir déconcerté, cependant elle était heureuse de lui avoir exprimé sa reconnaissance. Elle aurait même aimé se montrer plus éloquente, mais il était trop tard pour revenir en arrière.

Le lac semblait peu profond, et les pierres sur la grève à peine glissantes. En prenant quelques précautions, Gillian était convaincue de réussir à se baigner sans mouiller son pansement.

Avant de rentrer dans l'eau, elle essaya de se débarrasser de sa tunique, mais son bras bandé la gênait. Elle se retrouva prisonnière du vêtement au moment où elle tentait de le passer par-dessus sa tête. Tout à coup, cet incident insignifiant lui parut plus qu'elle ne pouvait en supporter, et elle fondit en larmes.

Presque aussitôt, deux bras puissants l'enlacèrent. Gillian ne voyait rien, sa tunique étant plaquée sur son visage, mais elle comprit que Brodick était accouru à sa rescousse.

Il lui ôta son vêtement, puis la serra de nouveau dans ses bras.

— Pleurez tout votre soûl. Personne n'est là pour vous observer.

Gillian essuya ses larmes avec son plaid.

— Mais vous, vous êtes là, protesta-t-elle, d'une voix entrecoupée de sanglots.

Il continua de la serrer très fort contre lui, jusqu'à ce qu'elle se calme enfin. Alors, seulement, il s'écarta.

— Ça va mieux, maintenant ?

— Oui, merci.

Gillian n'avait absolument pas prémédité ce qui arriva ensuite. Sans réfléchir, elle noua les bras autour du cou de Brodick et l'embrassa sur la bouche. Ses lèvres n'effleurèrent celles de l'Écossais qu'une fraction de seconde, mais elle lui donna bel et bien un baiser. Quand elle se ressaisit et osa regarder Brodick à nouveau, elle lui trouva une expression étrange.

Brodick devinait qu'elle regrettait déjà sa spontanéité. Mais il pressentit surtout, alors qu'il plongeait les yeux dans les deux merveilleuses prunelles émeraude, que cette femme étonnante allait irrémédiablement bouleverser sa vie.

— Je ne sais pas ce qui m'a prise, murmura-t-elle, encore surprise par son geste.

— Quand tout cela sera terminé…

— Oui, Brodick ?

Il secoua la tête, incapable pour l'instant d'ajouter quoi que ce soit, puis tourna les talons et disparut.

Gillian faillit courir derrière lui pour lui demander de s'expliquer, mais elle se ravisa. Le moment venu, Brodick lui parlerait. Du reste, elle était pratiquement certaine de savoir ce qu'il avait voulu dire : bientôt, elle rentrerait en Angleterre, et il n'aurait pas été sage qu'ils s'attachent l'un à l'autre.

Mais pourquoi donc l'avait-elle embrassé ? Sa situation était déjà assez compliquée comme cela ! Un moment, elle envisagea même de le rattraper pour lui dire qu'elle n'avait pas réellement eu l'intention de l'embrasser, qu'il ne s'agissait en fait que d'une sorte de réflexe spontané pour le remercier de sa gentillesse…

Son bain, en tout cas, n'était plus à l'ordre du jour. Dans l'état d'esprit où elle se trouvait, elle aurait bien été capable de se noyer. Elle se contenta d'avancer jusqu'au bord du lac et de se laver sommairement en s'aspergeant d'eau. Puis elle enfila tant bien que mal sa tunique, rassembla son courage et rentra au camp.

Les Buchanan étaient assis en cercle dans la clairière et discutaient bruyamment, mais ils se turent dès qu'ils la virent approcher. Ce soudain silence mit la jeune femme mal à l'aise. Elle n'osa pas regarder du côté de Brodick, de peur de piquer un fard, ce qui n'aurait pas manqué d'éveiller la curiosité de ses guerriers. Se forçant à paraître naturelle, elle prit une couverture et installa son lit à l'écart du groupe des soldats. Tous les regards étaient rivés sur elle… sauf celui d'Alec, qui dessinait des cercles dans la poussière avec la pointe de son bâton.

— Es-tu prêt à te mettre au lit, Alec ? lança-t-elle.

— Je vais dormir avec les guerriers, d'accord ?

— D'accord. Bonne nuit.

Gillian s'allongea sur le côté droit, face aux sapins. Elle était convaincue qu'elle n'arriverait pas à trouver le sommeil, avec ces hommes qui surveillaient le moindre de ses mouvements, mais la fatigue eut raison d'elle. Cinq minutes plus tard, elle dormait à poings fermés.

Les Écossais poursuivirent leur conversation à voix basse, pour ne pas la réveiller. Brodick ne cessait de l'observer et de s'inquiéter pour elle. Avait-elle assez chaud, avec une seule couverture ? Le vent soufflait, et des nuages chargés de pluie envahissaient peu à peu le ciel bleu-noir. Un orage s'annonçait.

À mesure que l'obscurité tombait, Alec devint de plus en plus nerveux. Robert raviva le feu, et les flammes dansantes ne tardèrent pas à illuminer le camp. Mais cela ne calma pas Alec. Il se leva et ramassa sa couverture.

— Je vais dormir avec Gillian, annonça-t-il.

— Pourquoi ? demanda Brodick, devinant que son neveu avait peur du noir.

— Parce qu'elle fait des cauchemars, la nuit, répliqua-t-il.

Brodick le vit installer sa couverture à côté de la jeune femme et s'étendre contre elle.

— Oncle Brodick ?

— Qu'y a-t-il, Alec ?

— Tu ne vas pas partir, hein ?

— Non, je ne vais pas partir. Tu peux dormir tranquille.

Au beau milieu de la nuit, Gillian fut tirée du sommeil par un cri déchirant, semblable à celui d'un animal blessé. Elle commençait à s'habituer à ces réveils en sursaut, provoqués par les cauchemars d'Alec. Elle serra aussitôt l'enfant dans ses bras pour le réconforter.

— Chut, lui dit-elle. Ne t'en fais pas. Tu es en sécurité, maintenant. Rendors-toi.

Et elle continua à serrer l'enfant dans ses bras, jusqu'à ce qu'il s'apaise et se rendorme.

Une heure plus tard, Gillian se réveilla de nouveau, troublée par une étrange sensation. Alec dormait toujours, la tête posée sur son bras. Mais la jeune femme remarqua, sur son propre ventre, une main qui ne pouvait pas appartenir à l'enfant... et qui ne lui appartenait pas non plus. Stupéfaite, elle tenta de rassembler ses esprits et suivit la main du regard. Celle-ci se prolongeait par un bras musclé, lequel se terminait par une épaule solide. Bonté divine ! Elle dormait avec Brodick ! En se redressant, elle constata qu'elle se trouvait au centre d'un cocon protecteur, les guerriers de Brodick s'étant couchés tout autour d'eux. Gillian ne comprenait pas comment ils en étaient arrivés là, ni comment elle s'était retrouvée dans les bras de Brodick. Du reste, son esprit était trop embrumé par le sommeil pour lui permettre de réfléchir posément. Elle se rallongea donc, posa la tête sur l'épaule de Brodick, la main sur son torse, et se rendormit rapidement.

Pour la première fois depuis longtemps, elle se sentait protégée. Et cette nuit-là, enfin, elle ne fit aucun cauchemar.

10

Brodick décida de réveiller Gillian un peu après le lever du soleil. La jeune femme dormait encore à poings fermés et il s'en voulait de briser son repos, mais le temps passait et une longue chevauchée à travers des territoires hostiles les attendait.

— Il faut qu'on y aille, Gillian.

— J'en ai pour une minute, promit-elle en courant vers le lac.

Elle se débarbouilla rapidement, puis se brossa les cheveux. Elle aurait aimé se faire une queue-de-cheval, mais son bras blessé rendait la manœuvre délicate. Après quelques essais infructueux, elle renonça.

Quand elle revint au campement, Liam lui tendit une tartine.

— Je n'ai pas faim, Liam, merci.

— Il faut manger, madame, insista le guerrier.

Gillian, qui craignait de le vexer, accepta sa tartine.

— Pendant que je mange, Liam, seriez-vous assez aimable pour attacher mes cheveux avec ce ruban ? Jc...

Voyant son expression médusée, elle demanda :

— Ce ne serait pas convenable ?

— Non, madame, ce ne serait pas convenable. Seul lord Buchanan a le droit de toucher vos cheveux.

Apparemment, ils étaient tous persuadés qu'elle était véritablement la fiancée de Brodick. Comment leur ôter cette idée de la tête ? Les Buchanan, Gillian avait déjà pu s'en apercevoir, étaient des gens obstinés. Mais c'étaient aussi des hommes braves et généreux, qui veillaient désormais sur elle et sur Alec. Elle n'avait aucune raison de s'emporter contre eux.

— Très bien, acquiesça-t-elle.

Brodick se dirigeait justement vers eux, traînant sa monture derrière lui. Gillian lui demanda son aide. Il parut d'abord surpris, mais prit finalement le ruban qu'elle lui tendait. Elle se retourna et souleva ses cheveux à l'aide de son bras valide. Brodick tira dessus comme s'il s'était agi de la queue de son étalon et attacha le ruban avec un nœud très serré.

Cet homme était à peu près aussi délicat qu'un animal de labour, mais Gillian, amusée plutôt que choquée, le remercia.

— Serons-nous arrivés sur les terres de lord Sinclair avant le coucher du soleil ? s'enquit-elle.

— Non, répondit-il sèchement, avant de la soulever dans ses bras pour la mettre en selle. Nous allons tout droit chez les Maitland.

Gillian tourna la tête pour le regarder.

— Il faut d'abord que nous avertissions lord Sinclair du danger qui les menace, lui et son frère, avant de raccompagner Alec chez lui.

— Non.

— Si.

Brodick n'en croyait pas ses oreilles. Comment Gillian osait-elle lui tenir tête ? Aucune femme ne s'y était jamais risquée, et il ne savait pas trop comment réagir.

— Vous êtes anglaise, dit-il, comme si cela pouvait excuser certaines choses. Je pense que vous n'avez pas réalisé que vous ne deviez pas discuter avec moi. Alors, je vous l'explique gentiment : ne discutez pas avec moi.

— Si j'ai bien compris, répliqua Gillian, incrédule, je ne dois pas discuter avec vous, pour la bonne et simple raison que je ne dois pas discuter avec vous. C'est bien cela, n'est-ce pas ?

— Essayez-vous de me mettre en colère ?

— Bien sûr que non.

Convaincu qu'il lui avait enfin fait entendre raison, il s'apprêta à appeler Dylan. Mais il n'eut pas le temps d'ouvrir la bouche qu'elle reprit :

— Il faut que j'avertisse lord Sinclair.

Il la dévisagea.

— Le connaissez-vous ? Avez-vous déjà rencontré Ramsey ?

Gillian ne comprenait pas pourquoi il était soudain devenu tendu et irritable. Décidément, cet homme avait un comportement bizarre.

— Non, je ne l'ai jamais rencontré. Mais on m'a parlé de lui.

Il haussa les sourcils.

— Dites-moi ce que vous savez.

— Eh bien, il est à la tête du clan des Sinclair. J'imagine donc que pour commander tous ces guerriers, il est au moins aussi grand et fort que vous.

Brodick se détendit.

— Presque, répondit-il avec arrogance.

Gillian réprima un fou rire.

— Je sais aussi que Ramsey a un jeune frère de l'âge d'Alec. Étant donné qu'il s'agit d'un enfant, mon devoir, comme le vôtre, est de veiller à sa sécurité.

Tout enfant doit être protégé des agressions, et Michael ne fait pas exception à la règle.

Brodick fut bien obligé de convenir que son argumentation ne manquait pas de poids. Il avait pensé déposer Alec et Gillian chez les Maitland, avant de partir prévenir Ramsey, mais il était maintenant prêt à revenir sur sa décision.

— Je vais envoyer Dylan et deux autres guerriers chez lord Sinclair. Nous, nous allons chez les Maitland. Cela vous satisfait-il ?

— Oui, merci.

Il posa la main sur son bras.

— Mais, à l'avenir, ne vous avisez plus de discuter avec moi.

Gillian feignit d'acquiescer.

— Comme vous voudrez.

Brodick distribua ensuite ses nouvelles instructions. Dylan partit pour les terres des Sinclair, avec Fingal et Ossian. Alec monta avec Robert, et Liam prit la tête du convoi qui se dirigeait vers le clan des Maitland. Un peu avant midi, ils s'arrêtèrent pour permettre aux bêtes de se reposer. Keith et Stephen s'éclipsèrent à ce moment-là. Ils réapparurent une demi-heure plus tard, avec une jument grise destinée à Gillian.

La jeune femme l'accepta de bon cœur, puis se rétracta en comprenant que l'animal avait été volé. Finalement, elle essaya de leur faire promettre qu'ils rendraient la jument à son propriétaire dès qu'ils auraient atteint les terres des Maitland, mais les deux guerriers, aussi entêtés que leur maître, refusèrent. Stephen prétendit même que la malheureuse victime se sentirait honorée qu'un Buchanan ait choisi de lui voler sa monture.

— Voulez-vous offenser cet homme ? demanda Stephen.

— Non, bien sûr, mais...

— Si nous lui rapportions son cheval, le pauvre mourrait de honte. Il penserait que nous ne l'avons pas trouvé assez bien pour nous.

— Si vous croyez que je vais...

— Il est temps de repartir, intervint Brodick, qui était resté silencieux jusque-là.

Il jucha Gillian sur la jument et posa la main sur la cuisse de la jeune femme.

— Savez-vous tenir les rênes ?

Elle tenta de repousser sa main, mais il la laissa fermement plaquée sur sa cuisse, attendant sa réponse.

— Mieux que vous, répliqua-t-elle.

— Je n'aime pas les femmes arrogantes.

— Dans ce cas, vous n'allez pas beaucoup m'apprécier, répondit-elle avec un sourire mielleux. Je suis horriblement arrogante. Mon oncle Morgan dit toujours que c'est mon plus gros défaut.

— Non, ce n'est pas votre plus gros défaut.

Avant que Gillian ait pu réaliser ce qui se passait, Brodick l'avait fait descendre de selle. Il la prit dans ses bras et s'empara fougueusement de ses lèvres. Le contact de leurs langues procura à la jeune femme un tel plaisir qu'elle sut aussitôt qu'elle était en train de commettre un péché. Mais, pour l'instant, elle s'en moquait. Elle ne désirait qu'une chose : lui rendre son baiser avec la même passion.

Quand leurs lèvres se séparèrent enfin, Brodick ne parut pas du tout affecté par ce baiser. Gillian entendit rire Alec dans son dos, mais n'osa pas se retourner, consciente d'être écarlate.

— Ne m'embrassez plus jamais, Brodick, murmura-t-elle, d'une voix altérée par l'émotion.

Sans rien ajouter, il rit, la remit en selle, monta sur son propre cheval et donna le signal du départ.

Ils chevauchèrent sans relâche tout l'après-midi, traversant des paysages désertiques mais grandioses, ne s'arrêtant qu'une fois pour laisser souffler les bêtes et permettre à Alec de se dégourdir les jambes.

Le soir, ils établirent leur campement au bord d'un petit torrent où Gillian alla se laver. Elle ne cessait de penser à la remarque de Brodick, se demandant ce qu'il avait voulu dire en prétendant que l'arrogance n'était pas son principal défaut.

Elle mourait d'envie de l'interroger, mais réussit cependant à réprimer son impatience. Le voyage l'avait tellement fatiguée qu'elle se coucha aussitôt après dîner, imitée par Alec. Tous deux s'endormirent immédiatement. Si Alec eut des cauchemars, cette nuit-là, Gillian n'en sut rien tant elle dormait profondément. Elle se réveilla un peu avant l'aube et se retrouva de nouveau blottie dans les bras de Brodick. Satisfaite, elle ferma les yeux et se rendormit.

Le lendemain matin, ils partirent un peu plus tard. Ils ne firent donc pas de pause avant le milieu de l'après-midi.

— Oncle Brodick dit que nous approchons de la maison, maintenant, déclara Alec.

— Ce vallon te semble-t-il familier ? s'enquit Gillian.

— Non, avoua l'enfant.

Il prit la main de la jeune femme et ajouta :

— Gillian ?

— Oui ?

— Est-ce que je peux monter avec toi ?

— Tu n'aimes pas monter avec Robert ?

— Il ne me parle jamais.

— Alors, d'accord.

— Mais il faut que tu demandes à oncle Brodick.

— Très bien. Finis de manger, je vais lui demander.

Brodick s'était adossé à un tronc d'arbre.

— Sommes-nous encore loin de la maison des Maitland, Brodick ?

— Nous arriverons dans deux heures environ.

— Autorisez-vous Alec à monter avec moi ?

— Il restera avec Robert.

— Mais Robert ne lui dit pas un mot.

— Mes guerriers ont des préoccupations plus importantes que de babiller avec un enfant, répliqua Brodick, exaspéré.

— Alec est justement trop petit pour comprendre cela.

Il soupira.

— Bon, d'accord. Il peut monter avec vous. Nous sommes en territoire sûr, à présent, ajouta-t-il en repartant vers son cheval.

Il s'arrêta brusquement.

— Est-ce que tous les garçons de son âge sont aussi bavards ?

— Je l'ignore. Alec est le premier enfant dont je m'occupe.

— Vous vous débrouillez très bien, Gillian.

La jeune femme l'observa tandis qu'il s'éloignait. Le soleil semblait le suivre pas à pas. Des reflets dorés brillaient dans ses cheveux tandis qu'il traversait la clairière. Dans cette lumière presque surnaturelle, Brodick donnait l'impression d'avoir été sculpté par Dieu lui-même, à l'image de l'archange Gabriel, pour qu'il puisse combattre tous les démons qui menaçaient le monde. À cet instant précis, la jeune femme commença à regarder Brodick d'un autre œil. Le charmant petit cottage des Drummond lui revint en mémoire, et elle s'imagina à la place d'Annie, accueillant Brodick, et non Kevin, sur le pas de la porte.

— Ça ne va pas, madame ? demanda soudain Liam.

Gillian sursauta.

— Si, si, tout va bien, merci.

Sans laisser au guerrier le temps de lui poser une autre question, elle se hâta de rejoindre sa jument. Comme son bras bandé l'empêchait de monter seule en selle, elle pria Brodick de l'aider, puis Robert jucha Alec devant elle et partit retrouver son propre cheval.

— Brodick ? chuchota-t-elle, pour que les autres ne puissent pas l'entendre.

— Oui ?

— Hier, vous m'avez dit que l'arrogance n'était pas mon principal défaut. À quoi d'autre pensiez-vous ?

Brodick s'était demandé combien de temps elle résisterait avant de l'interroger. Il se retint de sourire.

— Vous avez beaucoup de défauts… fit-il d'une voix traînante.

Il vit aussitôt des étincelles s'allumer dans ses prunelles émeraude. La jeune femme avait un tempérament de feu, ce qui n'était pas pour lui déplaire.

— Mais un de vos défauts surpassait les autres de beaucoup.

— Surpassait ? Je ne l'ai plus, alors ?

— En effet, vous ne l'avez plus.

— Dites-le-moi, enfin ! insista Gillian, exaspérée. Quel était donc ce terrible défaut ?

Il sourit.

— Vous étiez anglaise.

11

Gillian avait l'impression de pénétrer dans un autre monde. Même le crépuscule était différent, dans les Highlands. Le ciel était tapissé de traînées jaune-orange. Le soleil n'était plus qu'un immense disque d'un rouge dont Gillian n'avait encore jamais vu la nuance auparavant. Et ce spectacle se répétait, soir après soir, toujours aussi merveilleux. On eût dit que Dieu avait voulu favoriser cette contrée.

— Tu sais quoi, Gillian ? Je suis presque arrivé chez moi.

— Nous ne devons plus être très loin, en effet, approuva la jeune femme.

Alec bâilla bruyamment.

— Raconte-moi encore comment tu as terrifié ton oncle Morgan, implora-t-il.

— Je t'ai déjà raconté cette histoire une bonne demi-douzaine de fois.

— Mais je veux encore l'entendre. S'il te plaît…

— D'accord, mais seulement si tu fermes les yeux pour te reposer.

Alec nicha sa tête contre la poitrine de la jeune femme et bâilla de plus belle.

— Je suis prêt.

— Quand j'étais petite fille…

— Tu es restée plus d'un an sans parler, coupa l'enfant, qui avait mémorisé l'histoire.

— Oui, c'est vrai. Je ne prononçais pas un mot.

Brodick ralentit et se rapprocha de la jeune femme. Il avait entendu le début du récit et avait envie de connaître la suite.

— Tu vivais chez ton oncle Morgan, reprit Alec.

— Une nuit, j'ai fait un terrible cauchemar.

— Comme les cauchemars que je fais parfois.

— Exactement. Lisa, la servante qui s'occupait de moi, me réveilla et me berça dans ses bras pour me calmer.

— Et elle faillit te laisser tomber par terre, tellement elle a été surprise de t'entendre parler.

— Oui.

— Et Lisa t'expliqua que tu n'avais pas tué ta sœur, contrairement à ce que le baron t'avait dit. Mais tu sais quoi ?

— Non, quoi ?

— Oncle Brodick lui fera payer tous ses crimes.

Gillian, consciente que Brodick les écoutait, s'empressa de continuer l'histoire.

— J'étais très heureuse d'apprendre que Christen vivait toujours, mais j'avais aussi beaucoup de chagrin de savoir que je ne la reverrais peut-être jamais. Pour me réconforter, Lisa m'assura que mon oncle m'aiderait à la retrouver. Elle me demanda seulement d'attendre le lendemain matin pour lui en parler, mais j'ai sauté de ses genoux pour courir dans la chambre de mon oncle. Lisa n'a pas pu me retenir. Elle était horrifiée.

— Parce qu'on était au milieu de la nuit, c'est ça ?

— Exactement.

Alec pouffa, car il connaissait la suite et se réjouissait déjà de l'entendre une nouvelle fois.

— Lisa ne réussit pas à me rattraper. Je suis donc entrée toute seule dans la chambre de mon oncle. Je me suis précipitée sur son lit et je l'ai secoué pour le réveiller. Mais il dormait si profondément que, malgré tous mes efforts, je n'arrivais pas à lui faire ouvrir les yeux.

L'histoire captivait Brodick, mais il n'aurait su dire si cela était dû à la jolie conteuse ou à la réaction d'Alec. Le petit garçon souriait béatement.

— Et alors, qu'as-tu fait ? demanda l'enfant.

— Tu as oublié ? plaisanta Gillian.

— Non, mais je veux te l'entendre dire !

— J'ai crié si fort dans l'oreille de mon oncle que j'ai failli lui donner une attaque.

Alec éclata de rire.

— C'est là qu'il est tombé de son lit.

— Oui. Le pauvre homme a été si surpris qu'il a bondi du lit et s'est affalé par terre, emportant ses draps avec lui. Et voilà comment se termine l'histoire.

— Non ! protesta Alec. Tu n'as pas raconté comment, le lendemain, tu l'as suivi pas à pas sans cesser de parler.

— Eh bien, tu viens de le dire à ma place. Mon oncle m'a expliqué que, durant tous ces mois où je ne parlais pas, il priait chaque soir pour qu'un jour, enfin, je retrouve l'usage de la parole.

— Mais quand tu as recommencé à parler et que tu ne t'es plus arrêtée, il s'est mis à espérer un peu de calme et de silence, récita l'enfant.

— Oui. Tu sais, Alec, quand tu vas arriver chez toi, il y aura beaucoup d'excitation. À mon avis, tu n'es pas près de te coucher. Pourquoi n'essaies-tu pas de fermer les yeux pour te reposer un peu ? insista-t-clle.

Le petit garçon bâilla encore et se serra un peu plus contre la jeune femme.

— Gillian ?
— Oui ?
— Je t'aime.
— Moi aussi, je t'aime, mon chéri.

L'enfant, épuisé, s'endormit en quelques minutes, tandis que la petite troupe poursuivait l'ascension de la colline. Régulièrement, Brodick se retournait pour regarder Gillian, l'air étrangement préoccupé.

Le vent se leva, une petite brise aigre qui rafraîchit brutalement l'atmosphère. Gillian sentit Alec frissonner dans son sommeil et l'enveloppa dans le plaid.

Au bout d'un moment, le poids de l'enfant sur son bras blessé devint insupportable, et elle demanda à Brodick de la remplacer. Alec dormait si profondément qu'il ne se réveilla même pas lorsqu'on le transporta sur le cheval de son oncle. Brodick l'installa entre ses bras avec une telle tendresse que Gillian en eut la gorge serrée. Cette scène lui rappelait sa propre enfance, quand son oncle Morgan l'asseyait sur ses genoux pour la bercer.

Brodick s'aperçut qu'elle le regardait.

— Alec va attraper froid aux oreilles, si vous ne lui couvrez pas la tête, dit-elle pour masquer son embarras.

Brodick emmitoufla l'enfant dans le plaid, sans quitter Gillian des yeux.

— Pourquoi faites-vous cette tête ?
— Pour rien, répondit-elle. Je pensais…
— Vous pensiez à quoi ?

Il s'était encore rapproché d'elle, à tel point que leurs cuisses se frôlaient. Gillian feignit de n'avoir rien remarqué.

— Répondez-moi, insista-t-il.

Elle soupira.

— Je pensais que le jour où vous vous marierez et que vous aurez des enfants, vous serez un père merveilleux.

— Qu'est-ce qui vous fait croire que je n'ai pas déjà des enfants ?

— Mais vous n'êtes pas marié ! s'exclama Gillian.

Il éclata de rire.

— Un homme n'a pas besoin d'être marié pour avoir des enfants.

— Je sais, répliqua Gillian, d'une voix qu'elle voulait naturelle. Je ne suis pas complètement ignorante.

— Mais vous êtes complètement innocente, n'est-ce pas ?

Elle rougit violemment, ce qui ne la rendit que plus attirante aux yeux de Brodick. C'était un bonheur de la contempler, mais une telle tentation…

— Vous en avez ? murmura-t-elle.

— Quoi ?

— Des enfants ?

— Non.

— Vous vous moquiez de moi ?

Brodick préféra ne pas continuer cette conversation. Il éperonna sa monture et prit la tête du convoi.

Quelques minutes plus tard, Stephen, Aaron, Liam et Robert rapprochèrent leurs montures pour encadrer la jeune femme.

— Pourquoi faites-vous cela ? s'étonna-t-elle.

— Nous sommes entrés sur les terres des Maitland, madame, répondit Robert.

Avant qu'il ait eu le temps de mieux s'expliquer, des guerriers Maitland surgirent des bois qui bordaient le chemin. Leur soudaine irruption effraya la jument de Gillian, qui se cabra. Liam attrapa les rênes de l'animal et l'obligea à courber la tête.

Ils étaient maintenant encerclés par une bonne quarantaine de guerriers Maitland. Un soldat passa devant les autres pour parler à Brodick. Gillian lui trouva un vague air familier.

— Qui est-ce ? demanda-t-elle à Liam.

— C'est Winslow, madame. Il commande les guerriers de lord Maitland. Et il est le frère de Brodick.

À présent, la ressemblance entre les deux hommes sautait aux yeux de Gillian. Tout en discutant avec Brodick, Winslow l'observait, avec le même regard perçant que son frère.

— Winslow veut savoir qui vous êtes, madame, expliqua Robert.

En réponse à la question de son frère, Brodick haussa les épaules, comme si la jeune femme avait si peu d'importance pour lui qu'il ne jugeait même pas utile d'en parler.

D'une certaine manière, c'était la vérité, songea Gillian, dépitée. Elle ne représentait rien pour lui. Pour l'instant, ils étaient liés par un but commun : ramener Alec à ses parents. Mais, sitôt leur mission accomplie, chacun repartirait de son côté. Brodick rentrerait chez lui et Gillian se lancerait à la recherche de sa sœur. Tout cela était logique, au fond. Dans ce cas, pourquoi éprouvait-elle une telle tristesse ? Elle n'avait pas besoin de cet homme, ni d'aucun autre. À l'exception de son oncle Morgan, bien sûr, qui était toute sa famille. Quand son périple en Écosse serait terminé, elle retournerait vivre auprès de lui.

Mais Gillian savait déjà qu'elle n'oublierait jamais Brodick. Elle savait aussi que le baiser qu'ils avaient échangé n'avait eu aucune signification pour lui, alors que ce souvenir resterait toujours gravé dans son cœur.

Winslow la regarda de nouveau avec mépris. Elle entendit le mot « anglaise » et devina qu'il était furieux que Brodick ait amené une étrangère sur les terres des Maitland.

Brodick dut le tancer vertement, car Winslow recula d'un pas et hocha la tête. Puis Brodick écarta le plaid qui couvrait le visage d'Alec. Winslow laissa échapper un cri de surprise. Alec se réveilla aussitôt et sourit en voyant les guerriers Maitland se rassembler autour de lui.

Tous se mirent alors à pousser des vivats. L'enfant était ravi d'être le centre de l'attention. Il se retourna pour adresser un petit signe à Gillian. Il semblait vivre un moment de pur bonheur. La jeune femme lui sourit et murmura tout bas :

— Merci, mon Dieu, d'avoir rendu cet enfant aux siens.

Brodick se retourna à son tour. Le sourire radieux de Gillian le bouleversa. Comment cette femme avait-elle fait pour acquérir autant de pouvoir sur lui en si peu de temps ? C'était un mystère. Brodick avait l'impression que son monde avait basculé, depuis qu'il connaissait Gillian. Mais il ne savait pas encore s'il devait se réjouir ou non de l'apparition de la jeune femme dans sa vie.

La voix de son frère le tira de ses pensées.

— Ian est parti dresser des chevaux, annonça Winslow, mais il ne va pas tarder à rentrer.

— Il faudrait lui annoncer la nouvelle avec douceur, suggéra Brodick. Il risque d'avoir un sacré choc, quand il verra que son fils est ressuscité d'entre les morts.

Winslow sourit.

— Ce sera un choc bien agréable, dit-il, avant de tourner bride.

Le convoi repartit, escorté par un détachement de guerriers Maitland. Ces derniers tentèrent d'encadrer Gillian, ce à quoi les Buchanan s'opposèrent farouchement. Brodick mit rapidement un terme à ce début de conflit, évitant qu'une bagarre n'éclate. Quelques regards noirs, quelques mots acerbes furent encore échangés de part et d'autre, mais tout le monde obéit à Brodick et le reste du trajet s'effectua sans encombre.

Des cottages bordaient le chemin. Des hommes et des femmes sortirent des maisons au passage des cavaliers et crièrent au miracle en reconnaissant le fils de leur maître. Gillian en vit plusieurs se signer, d'autres pleurer de joie. Beaucoup d'entre eux emboîtèrent le pas à la petite troupe.

La demeure des Maitland se dressait sur une colline. C'était une grande bâtisse en granit sombre, entourée d'arbres. Du crêpe noir était cloué à la porte et aux fenêtres en signe de deuil.

Brodick descendit de cheval, Alec dans ses bras. Il ordonna à Robert d'aider Gillian, puis reposa l'enfant sur le sol. Aussitôt, celui-ci courut vers la jeune femme et la tira par la main pour l'entraîner vers la maison.

La foule silencieuse s'était massée devant le perron. Brodick prit la main libre de Gillian et la serra, devinant qu'elle était mal à l'aise au milieu de tous ces étrangers qui l'observaient. Il s'arrêta sur le perron et arracha d'un coup sec le crêpe noir qui encadrait la porte. Une acclamation joyeuse ponctua aussitôt son geste. Ensuite, Brodick ouvrit la porte et s'effaça pour laisser entrer Gillian, mais celle-ci s'immobilisa.

— Les retrouvailles d'Alec et de ses parents doivent se faire dans l'intimité, dit-elle. Ça ne me dérange pas de rester ici.

Il sourit.

— Je préfère vous savoir à l'intérieur, répondit-il en la poussant doucement devant lui.

Gillian décida qu'elle attendrait près de la porte, afin qu'Alec puisse passer quelques minutes seul avec ses parents.

Une seule chandelle éclairait le hall de la demeure. La bougie était posée sur un coffre, au pied de l'escalier qui menait à l'étage. Sur la gauche de Gillian, trois marches conduisaient à la salle de réception. Un feu brûlait dans la cheminée de la grande pièce, au centre de laquelle trônait une table aux dimensions imposantes. Une femme était assise au bout de la table, en train de broder à la lumière d'une chandelle. Comme elle était penchée sur son ouvrage, Gillian ne pouvait voir ses traits, mais elle aurait juré qu'il s'agissait de la mère d'Alec. Absorbée par sa tâche ou plongée dans son chagrin, la femme gardait la tête baissée sur sa broderie. On eût dit qu'elle n'avait même pas remarqué la clameur venue du dehors.

— Que signifie ce vacarme ? tonna une voix depuis le fond de la grande salle.

L'instant d'après, Ian Maitland surgit dans le hall. Il reconnut Brodick et répéta sa question.

Alec, qui avait commencé à gravir l'escalier pour se rendre dans la chambre de ses parents, fit demi-tour en entendant la voix de son père et dévala les marches pour se ruer dans la grande salle.

— Papa ! Je suis rentré !

12

Les parents du petit garçon eurent le choc de leur vie. Sur le coup, Ian Maitland, complètement hébété, recula de trois pas, l'air incrédule.

— Alec ? murmura-t-il d'une toute petite voix.

Puis il poussa un énorme rugissement :

— Alec !

Au même instant, Judith Maitland bondit de sa chaise, laissant tomber sa broderie par terre. En voyant son fils, elle porta une main à son cœur et s'évanouit. Son mari était trop choqué pour réagir. Heureusement, Brodick se précipita vers Judith et la recueillit dans ses bras avant qu'elle ne s'écroule sur le sol.

Ian s'était agenouillé devant Alec. Le farouche guerrier, tout tremblant, enlaça son fils en fermant les yeux.

— Tu ne devrais pas plutôt t'occuper de maman ? demanda l'enfant, qui semblait être le seul à garder la tête froide.

Ian se releva. Comme il ne voulait pas se séparer de son fils, il demanda à Brodick de monter Judith dans sa chambre. La jeune femme, très pâle, n'avait toujours pas repris connaissance.

— Tu as beaucoup secoué ta mère, Alec, expliqua Brodick à l'enfant, en soulevant Judith dans ses bras. Elle te croyait mort et enterré.

Ian secoua la tête.

— Non, elle conservait encore un petit espoir au fond de son cœur.

Judith rouvrit les yeux et constata avec surprise qu'elle se trouvait dans les bras de Brodick.

— Pourquoi...

— Maman, tu es réveillée !

Brodick reposa délicatement Judith sur le sol, mais continua à la tenir par la taille, au cas où elle s'évanouirait à nouveau. Submergée par l'émotion, la jeune femme fondit en larmes. Ian, qui s'était un peu ressaisi, courut la serrer contre lui.

— Pourquoi pleures-tu, maman, puisque je suis rentré ? demanda Alec, décontenancé. Papa, dis-lui de ne pas pleurer.

Ian sourit à son fils.

— Elle est très heureuse que tu sois de retour. Donne-lui une petite minute, et elle te le dira elle-même.

Judith caressa la joue de son fils d'une main tremblante.

— J'ai tellement prié...

Brodick s'écarta discrètement. Il souhaitait laisser aux Maitland un moment d'intimité et avait hâte de rejoindre Gillian. Il pensait qu'elle l'avait suivi lorsqu'il avait pénétré dans la grande salle, mais prenait conscience à présent qu'elle était restée en arrière. Il la retrouva dans le hall, assise au pied de l'escalier, les mains croisées sur ses genoux.

— Que faites-vous ? lui demanda-t-il.

— J'attends que les Maitland aient fini de célébrer leurs retrouvailles.

Brodick s'assit à côté d'elle et lui prit la main.

— Il ne faudra pas oublier d'enlever votre bandage, avant de vous coucher, dit-il.

— Promis.

Il ne relâcha pas sa main, et Gillian ne la retira pas.

— Brodick ?

— Oui ?

Elle le regarda dans les yeux, avant de reprendre :

— Je voulais vous remercier de votre aide. Sans vous, je ne sais pas si Alec aurait pu revoir ses parents.

— Ce n'est pas moi qui l'ai ramené chez lui, Gillian, mais vous seule. Je vous ai simplement apporté mon concours. Et si je ne l'avais pas fait, vous seriez quand même arrivée ici, d'une manière ou d'une autre.

Ian appela Brodick, mais Gillian lui étreignit la main pour le retenir.

— Oui ?

— Quand vous aurez parlé aux parents d'Alec… rentrerez-vous chez vous ?

Il se releva et obligea Gillian à l'imiter. Il mourait d'envie de l'embrasser, mais se retint, car ce baiser en aurait appelé un autre, puis un autre, et encore un autre…

— Répondez-moi, insista-t-elle, troublée par son regard.

— Pourquoi me posez-vous cette question ?

Elle baissa les yeux.

— J'imagine que vous avez énormément de responsabilités, en tant que lord…

— En effet, ce n'est pas le travail qui manque.

— Bien sûr, approuva-t-elle, s'efforçant de masquer sa déception. Je vous remercie encore, Brodick. Je… je ne sais pas ce que j'aurais fait sans vous.

Elle avait conscience de se répéter et de bafouiller, mais c'était plus fort qu'elle, elle n'arrivait pas à contrôler ses émotions.

— Je comprends que vous deviez rentrer chez vous, ajouta-t-elle. Mais j'avais pensé…

— Oui ?

Elle haussa les épaules.

— J'avais pensé que vous aimeriez voir votre ami Ramsey.

Brodick lui souleva délicatement le menton.

— Je le verrai avant de quitter les Maitland. Il sera bientôt ici.

— Qu'est-ce qui vous fait croire…

Il ne la laissa pas terminer sa question.

— J'ai envoyé Dylan le prévenir, souvenez-vous.

— Oui, mais…

— Ramsey voudra vous parler le plus tôt possible. Il va donc venir ici.

— Mais ensuite, vous rentrerez chez vous ?

— Comme je vous l'ai expliqué, ce n'est pas le travail qui manque.

— Pourquoi ne me répondez-vous pas par oui ou par non ? s'exclama Gillian, à bout de patience.

Ian appela de nouveau Brodick.

— Accompagnez-moi, Gillian. Je pense que Ian s'est un peu remis de ses émotions, à présent.

Il sourit, puis ajouta :

— Pour Judith, ce sera peut-être un peu plus long. À mon avis, elle risque de ne pas quitter Alec d'une semelle pendant plusieurs jours.

Gillian épousseta nerveusement sa robe.

— Je suis affreuse, gémit-elle.

— Oh, certainement !

Elle s'apprêtait à se diriger vers la grande salle, mais Brodick la retint par le bras.

— Si vous désirez que je vous réponde clairement, commencez donc par me poser des questions directes.

— Que voulez-vous dire ?

— Vous le savez très bien.

— Vous êtes exaspérant !

— Oui, il paraît.

Alec surgit soudain dans le hall.

— C'est elle, maman. C'est Gillian, déclara-t-il en désignant la jeune femme.

Gillian alla au-devant de l'enfant, lui prit la main et entra avec lui dans la grande pièce.

— N'aie pas peur de papa, lui murmura-t-il. Il impressionne toujours les dames, mais toi, tu n'es pas comme les autres.

En son for intérieur, Gillian remercia quand même Alec de l'avoir mise en garde. Ian Maitland était réellement impressionnant, avec sa haute stature et ses yeux noirs au regard pénétrant. Ses cheveux, aussi noirs que ses yeux, contribuaient à donner à son visage un air de sévérité.

Le sourire de Judith Maitland contrastait avec l'apparence presque effrayante de son mari. La mère d'Alec était une très belle femme, avec des yeux d'un bleu fascinant, presque mauve. Bien qu'elle fût toute menue, elle avait la prestance d'une reine. En comparaison, avec sa pauvre robe salie par le voyage, Gillian se sentait à peu près aussi élégante qu'une paysanne. Elle avait désespérément besoin d'un bon bain et de vêtements propres.

Dès que Brodick eut fait les présentations, Judith étreignit chaleureusement la main de Gillian.

— Vous avez retrouvé notre fils et vous nous l'avez ramené. Je ne sais pas comment vous remercier.

Gillian lança un regard angoissé à Brodick. Les Maitland semblaient croire qu'Alec s'était simplement égaré. Comment allait-elle leur expliquer ce qui s'était réellement passé ?

— Venez vous asseoir à table, proposa Judith. Vous devez avoir faim et soif, après un aussi long voyage. Alec nous a raconté que vous étiez anglaise.

Gillian prit la chaise que son hôtesse lui désignait.

— C'est exact.

— Moi aussi, je suis anglaise, dit Judith.

— Non, Judith, corrigea son mari. Tu étais anglaise.

Sa femme sourit.

— Les hommes aiment bien changer l'histoire, quand cela les arrange.

— Tu es une Maitland, désormais, insista Ian. Peu importe le reste. Brodick, sers-toi à boire et assieds-toi. Avant d'ouvrir la porte aux voisins et amis, je veux connaître tous les détails de votre aventure. Alec, installe-toi à côté de moi, ajouta-t-il d'une voix plus affectueuse.

L'enfant s'exécuta aussitôt. Ian passa un bras autour de son épaule, puis le père et le fils échangèrent un sourire radieux.

Sur ces entrefaites, Winslow pénétra dans la salle.

— Ramsey Sinclair vient de franchir la limite de nos terres, annonça-t-il. Il sera ici dans une heure.

— Il est déjà au courant du retour d'Alec ? s'étonna Ian.

— J'ai envoyé Dylan le prévenir, intervint Brodick.

Il se tourna ensuite vers Gillian et déclara :

— Gillian, j'aimerais vous présenter mon frère, Winslow. Winslow, voici lady Gillian.

Winslow s'inclina poliment, mais ne put s'empêcher de demander :

— Vous êtes anglaise, n'est-ce pas, lady Gillian ?

— En effet. Cela vous déplaît-il ?

Winslow lui sourit.

— Ça dépend, madame.

— Ça dépend de quoi ?

— De mon frère, répondit-il laconiquement.

Jugeant sans doute inutile de s'expliquer plus longuement, il s'adressa à Brodick :

— J'espère que tu passeras dire bonjour à ma femme et à mon fils avant de partir. Ils seraient déçus de ne pas t'avoir vu.

— Bien sûr. Tu peux compter sur moi.

— Invite-les donc ici, Winslow, suggéra Ian. Ce soir, nous allons tous faire la fête. Même les enfants auront le droit de se coucher tard.

— Winslow, savez-vous si Michael, le jeune frère de Ramsey, accompagne lord Sinclair ? demanda Gillian.

— Désolé, madame. Je l'ignore.

Sur ces mots, il s'inclina et quitta la salle. Après son départ, Judith se chargea elle-même de servir à boire à ses invités.

— Où est Graham, papa ? demanda Alec.

— Ton frère est chez ton oncle Patrick, mais il rentrera bientôt. Il va être très content de te voir.

— Je lui ai manqué ?

— Tu nous as manqué à tous, Alec, déclara son père.

— Vous aussi, vous m'avez manqué, répondit son fils. D'ailleurs, je le disais tout le temps à Gillian. Pas vrai, Gillian ?

La jeune femme opina du chef. Ian ébouriffa tendrement les cheveux de son fils et se tourna vers elle.

— Racontez-nous par quel miracle vous avez retrouvé notre fils... Mais c'est déjà un miracle qu'un enfant de cinq ans ait survécu aux rapides, ajouta-t-il en serrant son fils contre lui.

— Alec n'a que cinq ans ? s'étonna Gillian.

— Mais j'en aurai bientôt sept.

— C'est ton frère qui a sept ans, lui rappela Ian.

— Mais j'aurai sept ans un jour, moi aussi ! protesta l'enfant.

Puis, sans demander la permission, il sauta de sa chaise pour courir vers celle de Gillian et monter sur les genoux de la jeune femme.

— Apparemment, vous êtes devenue sa grande amie, remarqua Judith avec un sourire.

— Ian, peut-être devrions-nous attendre qu'Alec soit couché avant d'évoquer cette histoire en détail... suggéra Brodick.

— Mais je vais rester debout très tard, parce que nous allons tous faire la fête, répliqua Alec. C'est papa qui l'a dit. Hein, que tu l'as dit, papa ?

— Oui, Alec.

— Tu sais quoi, Gillian ?

— Non, quoi ?

— Maintenant, ma maman restera avec moi jusqu'à ce que je sois bien endormi, alors je n'aurai plus de cauchemars. Mais toi ? Peut-être qu'il faudrait que Brodick continue à dormir avec toi ?

Gillian, rouge de confusion, plaqua la main sur la bouche de l'enfant, sans oser jeter un regard à Brodick.

— Alec, tu embarrasses Gillian, intervint sa mère en riant.

Ian regarda tour à tour Gillian et Brodick, avant d'annoncer à celui-ci :

— Le père Laggan est revenu. Un autre prêtre, plus jeune, sillonne également la contrée. Il s'appelle le père Steven.

— Pourquoi me parles-tu de cela ? demanda Brodick.

— Pour que tu saches que nous avons deux prêtres à notre disposition, répliqua Ian, avec un coup d'œil éloquent en direction de Gillian.

— Je ne couche pas avec Brodick ! protesta la jeune femme. Et nous n'avons pas besoin d'un prêtre.

— Si, tu dors avec lui !

— Alec, ce n'est pas poli de contredire les adultes.

— Mais, maman…

— Tais-toi, mon chéri.

Gillian, cramoisie, fusilla Brodick du regard. Il n'avait qu'un mot à dire pour dissiper ce malentendu. Alors, pourquoi ne le disait-il pas ?

Au lieu de cela, il se pencha vers elle, tout sourires, et lui murmura :

— Je ne pensais pas qu'on pouvait rougir à ce point.

— Expliquez-leur, enfin !

— Expliquer quoi ? demanda-t-il d'un ton innocent.

Gillian se tourna vers Judith.

— Ce n'est pas du tout ce que vous croyez. Mais comme nous dormions à la belle étoile, chaque matin, au réveil, ils étaient tous…

— Qui, ils ? coupa Ian.

— Les guerriers de Brodick.

— Ah, parce que vous couchiez aussi avec ses guerriers ?

Gillian ne comprit pas qu'il la taquinait et rougit de plus belle.

— Non… Enfin, c'est-à-dire… Nous dormions ensemble. Mais je vous jure qu'il ne s'est jamais rien passé.

— Arrête de la tourmenter, Ian, intervint Judith. Ne vois-tu pas combien c'est gênant pour elle ? Qu'est-il arrivé à votre bras ? ajouta-t-elle, pensant aborder un sujet moins embarrassant. Avez-vous…

Alec bondit une nouvelle fois à terre.

— Papa, si nous allions marcher ? proposa-t-il, interrompant sa mère.

— Maintenant ?

— Oui, maintenant.

— Alec, je voudrais d'abord parler à Gillian et à Brodick. J'aimerais qu'ils me racontent comment ils t'ont ramené.

— Mais, papa, tu vas être en colère contre moi, quand tu sauras ce que j'ai fait.

— Viens ici, fiston, ordonna Ian, conscient de l'angoisse du petit garçon.

Alec s'approcha de son père. Dès que celui-ci eut posé la main sur son épaule, l'enfant fondit en larmes.

— J'avais très peur, papa, c'est pour ça que j'ai coupé le bras de Gillian. C'est ma faute, mais je détestais l'Angleterre et j'avais envie de rentrer ici, dit-il, avant de se jeter dans les bras de son père en sanglotant.

— Alec ne comprenait pas que j'essayais de l'aider, expliqua Gillian. Il voulait descendre au fond de la gorge, mais sa corde était usée et...

Gillian jeta un regard désespéré à Brodick. Elle avait tant de choses à raconter qu'elle ne savait pas par quel bout commencer.

— Mon fils a dit une chose étrange, commenta Ian. Se trouvait-il vraiment en Angleterre ?

Gillian prit son courage à deux mains.

— C'est exact. Alec était en Angleterre.

— Puisque je te l'ai dit, papa !

Ian hocha distraitement la tête, les yeux toujours rivés sur Gillian.

— Et comment, s'il vous plaît, mon fils s'est-il retrouvé en Angleterre ?

— Alec n'est pas tombé dans les rapides. Il a été kidnappé durant le festival et enfermé dans un château anglais. C'est là que je l'ai rencontré.

Ian Maitland confia Alec à Judith et se leva, les traits soudain menaçants.

— Qui l'a kidnappé ?

Gillian frissonna. Ian la dévisageait comme s'il la tenait pour responsable de ce qui était arrivé à son fils.

— C'était une erreur… commença-t-elle.

— C'est aussi mon avis ! rugit Ian.

— Tu es fâché, papa ? demanda Alec.

Son père inspira profondément et s'efforça de se calmer pour ne pas effrayer son fils.

— Oui, lâcha-t-il.

— Il n'est pas fâché contre toi, Alec, dit Gillian pour rassurer l'enfant.

— Non, sûrement pas contre lui.

— Ne parle pas sur ce ton à Gillian, intervint Brodick, qui était resté silencieux jusque-là. Elle est aussi innocente que ton fils. Assieds-toi, et je te raconterai moi-même ce que je sais. Je comprends ton impatience, mais je ne te permettrai pas d'en faire souffrir Gillian.

Gillian voyait bien que Ian était sur le point d'exploser.

— C'était donc une erreur… répéta-t-elle.

— Oui ? fit Ian.

— Les ravisseurs d'Alec pensaient avoir affaire au frère de lord Sinclair, Michael. Ils se sont trompés d'enfant.

— Pour l'amour de…

Mais Ian était si furieux qu'il ne put terminer sa phrase.

— Assieds-toi, Ian, s'il te plaît, supplia Judith. Écoute ce que Gillian a à nous dire.

Le chef des Maitland se laissa tomber sur sa chaise, puis dévisagea Gillian.

— Je vous écoute, fit-il.

— C'est une longue histoire, monseigneur, et lord Sinclair ne va plus tarder à arriver, maintenant. Si vous voulez bien attendre encore un peu…

Ian secoua la tête.

— Papa, tu sais quoi ? dit soudain Alec.

Ian se tourna vers lui.

— Non, quoi ?

— Nous nous sommes échappés deux fois, mais la première fois, tout a raté à cause de moi.

Ian essayait de mettre de l'ordre dans les explications confuses de son fils.

— Parle-moi de cette première fois.

— J'ai descendu une falaise, répondit fièrement l'enfant. Mais j'avais pris une mauvaise corde.

Ian s'adressa à Gillian :

— Où étiez-vous, pendant que mon fils jouait les acrobates ?

— Papa, elle m'avait demandé de l'attendre, mais je ne l'ai pas fait. Nous ne devions pas non plus passer par le canyon, mais j'ai pensé que c'était plus court. Quand Gillian m'a vu au bout de la corde, elle est devenue si verte que j'ai bien cru qu'elle allait vomir. Elle avait le vertige.

— Ô mon Dieu ! s'exclama Judith.

— Mais vous êtes quand même descendue dans le ravin ? demanda Ian.

— Je n'avais pas le choix.

— Elle est arrivée juste à temps, papa, reprit Alec. Ma corde s'est rompue au moment où elle me récupérait dans ses bras. Elle a eu très peur, mais elle n'a pas vomi.

Le petit garçon semblait vaguement déçu par cette dernière précision. Mais ses parents n'eurent pas le cœur de s'en amuser, car ils réalisaient qu'ils avaient réellement failli perdre leur fils… et que Gillian l'avait sauvé.

— Je veux bien faire un effort et attendre que Ramsey soit là, déclara Ian, mais donnez-moi au moins les noms des crapules qui ont enlevé mon enfant.

Il tapa du poing sur la table et cria :

— Nom de nom ! Dites-moi qui sont ces fumiers, et tout de suite !

— Je t'ai déjà demandé de ne pas parler sur ce ton à Gillian, intervint Brodick d'une voix dangereusement calme. Cette fois, je te l'ordonne.

Judith Maitland n'aurait su dire qui, de son mari ou de Gillian, fut le plus surpris par le brusque éclat de Brodick.

Ian, furieux, lança :

— Tu me l'ordonnes, hein ?

— Exactement.

Gillian, espérant désamorcer le conflit, se tourna vers Brodick.

— Ce n'est pas grave, assura-t-elle. Lord Maitland n'avait pas l'intention de m'insulter.

— Mais il m'a insulté, moi !

Gillian leva les yeux vers Judith, quêtant son aide du regard, mais ce fut finalement Alec qui apaisa la tension.

— Ne fais pas pleurer Gillian, papa ! Elle n'a jamais pleuré, même quand le baron l'a battue.

— Quelqu'un l'a frappée ? demanda Ian.

Alec hocha vigoureusement la tête.

— Oui. Parce qu'elle ne voulait pas qu'on me tape dessus.

L'enfant se rappela soudain l'anneau que Gillian lui avait donné et passa le ruban par-dessus sa tête.

— Gillian m'avait juré qu'elle me protégerait comme oncle Brodick et que je pourrais porter cet anneau jusqu'à ce que je sois rentré à la maison. Elle m'avait promis qu'elle ne laisserait personne me faire du mal et elle a tenu parole. Je n'ai plus besoin de l'anneau, maintenant. Mais j'aimerais bien le garder quand même…

— C'est impossible, Alec, répondit Gillian.

— Oncle Brodick m'a bien dit que je pourrais toujours garder sa dague, objecta l'enfant.

Elle rit.

— Mais moi, je tiens beaucoup à la bague de ma grand-mère, souviens-toi.

Judith étreignit la main de son mari.

— Comprends-tu que, sans cette femme, notre fils aurait été tué ?

— Oui, j'ai bien conscience que…

— Dans ce cas, au lieu de t'emporter contre elle, tu ferais mieux de lui montrer ta reconnaissance. Pour ma part, je remercie Dieu de l'avoir envoyée à notre fils. Elle a été son ange gardien.

Gillian, émue par ce discours, voulut protester, mais Ian ne lui en laissa pas le temps.

— Gillian, commença-t-il d'une voix hésitante, je vous remercie d'avoir protégé mon fils. Je n'avais certainement pas l'intention de vous accuser de son enlèvement. Si j'ai pu vous donner cette impression, je m'en excuse.

Judith sourit, satisfaite.

— Je crois bien que je ne t'avais encore jamais entendu t'excuser de quoi que ce soit. C'est un moment à marquer d'une pierre blanche ! Et maintenant, en attendant Ramsey, je pense que Gillian apprécierait un bon bain.

— Gillian adore prendre des bains, maman, intervint Alec. Moi aussi, elle m'obligeait à en prendre.

Judith pouffa.

— Eh bien, c'est la preuve qu'elle s'occupait bien de toi.

Elle se leva et tendit la main à Gillian.

— Je vais vous trouver des vêtements propres, pendant qu'on nettoiera votre robe. Le plaid des Maitland vous ira très bien et vous tiendra chaud. Même au cœur de l'été, les nuits sont souvent fraîches, dans les Highlands.

Brodick fronça les sourcils.

— Gillian portera le plaid des Buchanan pour la fête de ce soir, dit-il sans réfléchir.

Ian croisa les bras sur sa poitrine et dévisagea son ami.

— Pourquoi désires-tu qu'elle porte vos couleurs ?

— Mes hommes seraient frustrés de la voir porter tes couleurs, Ian. Ils se sont pris d'amitié pour Gillian et veillent jalousement sur elle. Tant qu'elle sera dans les Highlands, elle portera nos couleurs. Je ne voudrais pas contrarier mes hommes.

Ian écarquilla les yeux.

— Contrarier tes hommes ? répéta-t-il, incrédule. C'est bien ce que tu as dit ? Mais, que je sache, ce sont des guerriers, pas des fe…

Il croisa le regard courroucé de Judith et corrigea aussitôt :

— Ce ne sont pas des enfants.

Judith, riant des efforts diplomatiques de son mari, entraîna Gillian vers la porte. Une fois sur le seuil, cette dernière se retourna.

— Brodick, vous avez promis de rendre visite à la famille de votre frère…

— Je me souviens de ce que j'ai promis.

— Serez-vous encore là quand je redescendrai ?

— Oui, grommela-t-il, irrité de voir qu'elle n'avait toujours pas le courage de lui parler franchement.

La jeune femme hocha la tête et se hâta de rejoindre Judith dans l'escalier. Elle était soulagée de savoir que Brodick ne partirait pas tout de suite, mais s'en voulait de sa propre attitude. Elle n'avait aucun droit de compter sur Brodick. Désormais, elle ne lui demanderait plus rien.

Durant l'heure qui suivit, elle se consacra à sa toilette. Lorsqu'elle se fut lavée, Judith lui apporta une robe jaune paille. Celle-ci se révéla un peu trop ajustée et décolletée, mais Judith assura à Gillian que cette tenue restait parfaitement décente. Brodick avait fait monter un plaid aux couleurs des Buchanan, et Judith montra à la jeune femme comment le draper.

— Moi-même, j'ai mis très longtemps avant d'y arriver correctement, expliqua-t-elle. La meilleure manière d'apprendre, c'est encore de s'exercer.

— Leur plaid a donc tant d'importance, pour les Écossais ?

— Oh, oui ! Ils... Je veux dire, nous... nous devons porter fièrement nos couleurs. Et le plaid doit être drapé de manière à toujours cacher le cœur.

Elle se recula pour examiner Gillian et décréta :

— Vous êtes ravissante. Maintenant, venez vous asseoir devant le feu et laissez-moi m'occuper de vos cheveux.

Gillian s'exécuta de bon cœur.

— Cela vous embête-t-il, si je vous pose quelques questions ? demanda Judith. Je suis terrible, je le reconnais, ajouta-t-elle en riant. J'exige que mon mari attende, et maintenant, c'est moi qui me montre impatiente.

— Je répondrai volontiers à vos questions. Que désirez-vous savoir ?

— Comment avez-vous rencontré Alec ? Étiez-vous captive, vous aussi ?

— Oui.

— Mais pourquoi ? Puisque vous êtes anglaise, vous auriez pu réclamer l'aide de votre roi.

— Mon roi est ami avec les hommes qui ont enlevé Alec et qui me retenaient aussi prisonnière. D'une certaine manière, c'est Jean qui est responsable de tout cela.

Tandis que Judith la coiffait, Gillian lui parla du coffret d'Arianna. Judith était captivée par l'histoire, mais quand Gillian aborda l'épisode de la mort de son père, elle parut sincèrement navrée.

— L'amour de Jean pour Arianna était très romantique, certes, et leur aventure s'est terminée de façon tragique, poursuivit Gillian. Cependant, je ne plains pas notre roi. Il n'aurait pas dû s'éprendre d'une autre femme alors qu'il était déjà marié. Il a trahi les vœux sacrés du mariage.

Judith acquiesça.

— J'ai même entendu dire qu'il avait été marié deux fois. Et sa première épouse est toujours vivante, n'est-ce pas ?

— Oui. L'archevêque de Canterbury lui a accordé l'annulation de son mariage avec Hadwisa.

— Pour quel motif ?

— Consanguinité, répondit Gillian. Jean et Hadwisa étaient cousins éloignés. Sitôt l'annulation prononcée, il a épousé Isabella.

— Jean obtient tout ce qu'il désire, n'est-ce pas ?

— C'est exactement cela.

Judith eut une moue déçue.

— J'ai bien peur que l'Angleterre n'ait beaucoup changé, depuis le temps où j'y habitais.

— Le roi Jean est l'unique responsable de tous ces changements. Il s'est mis à dos quelques-uns des barons les plus puissants du royaume, qui seraient bien capables de se révolter contre lui. Mais le pire, c'est qu'il s'est aussi aliéné l'Église. Si Jean continue à le narguer, le pape Innocent finira par l'excommunier.

— On raconte que le roi est très colérique.

— Oui. Il perd facilement patience et ne sait pas se contrôler.

— Dans ces conditions, je comprends mieux que vous n'ayez pas pu compter sur lui. Mais n'avez-vous pas de famille pour vous aider ?

— Il ne me reste que mon oncle Morgan. Et lui aussi, désormais, se trouve à la merci de mes ennemis.

Elle poussa un long soupir.

— En fait, je suis chargée d'une mission. Si j'échoue, mon oncle sera tué. Mais j'ai besoin de l'aide de votre mari pour réussir.

— Ian vous aidera du mieux possible, promit Judith.

— L'homme qui retient mon oncle est un familier du roi. Jean le croira, et pas moi. J'ai bien pensé à m'adresser à l'un des grands barons du royaume, mais ils se combattent les uns les autres, et je ne sais pas à qui faire confiance. L'Angleterre s'enfonce dans le chaos, et l'avenir me paraît bien sombre.

— Je ne veux plus vous ennuyer avec mes questions, dit Judith. Vous expliquerez le reste à mon mari et à Ramsey.

On frappa à la porte. Avant que Judith ait pu répondre, Alec surgit dans la pièce. Il se figea en voyant Gillian.

La jeune femme se leva et lui sourit.

— Quelque chose ne va pas, Alec ?

— Tu es… très très belle, répondit-il.

Judith acquiesça. Séchés et brossés, les cheveux de Gillian formaient maintenant une cascade de boucles soyeuses qui retombaient sur ses épaules et encadraient son délicat visage. Sa beauté ne passerait pas inaperçue, ce soir-là.

— Maman, papa demande que tu descendes tout de suite, annonça Alec. Tu entends la musique ? Tout le monde arrive. Gillian, il faut que tu viennes aussi. C'est oncle Brodick qui l'a dit.

— Judith, descendez la première, dit Gillian. Je dois d'abord enlever mon pansement.

Judith voulut l'aider, mais Gillian insista pour qu'elle rejoigne son mari, assurant qu'elle saurait se débrouiller. Quand elle se retrouva seule, la jeune femme se rassit et défit lentement son bandage, redoutant un peu le spectacle qui l'attendait. À son grand soulagement, sa blessure s'était refermée et ne suintait plus, mais la cicatrice n'était pas très belle à voir. Heureusement, elle pourrait la cacher sous sa manche.

Une fois le bandage totalement enlevé, Gillian nettoya précautionneusement son bras avec un linge humide, puis elle l'essuya avec une serviette sèche et rajusta la manche de sa robe en décidant de ne plus penser à sa cicatrice. Elle avait d'autres raisons bien plus sérieuses de s'inquiéter. Son oncle Morgan était-il bien traité, par exemple ?

La jeune femme joignit les mains et murmura une courte prière :

— Mon Dieu, prenez soin de mon cher oncle. Faites qu'il ne souffre pas et qu'il ne tombe pas malade. Accordez-lui…

Des éclats de voix et des rires vinrent troubler sa prière. Gillian se résigna à descendre retrouver les Maitland.

13

Comme Judith l'avait prédit, l'arrivée de Gillian provoqua un certain émoi.

Les invités s'étaient rassemblés au rez-de-chaussée de la demeure, envahissant le hall et la grande salle, où brûlaient maintenant des dizaines de chandelles. Tout ce petit monde fêtait le retour d'Alec avec une bonne humeur bruyante. Un jeune musicien jouait du luth dans un coin, et des domestiques se frayaient un chemin à travers la foule en portant à bout de bras des plateaux chargés de gobelets. Un porcelet rôtissait dans la cheminée, surveillé par une vieille femme équipée d'une cuillère en bois. Elle s'en servait comme d'une arme pour repousser les guerriers tentés de voler un morceau de viande avant que le porcelet ne soit tout à fait cuit.

Gillian commença à descendre l'escalier et, soudain, la musique s'arrêta. Le joueur de luth, les yeux braqués sur elle, semblait avoir oublié son instrument. Peu à peu, les conversations cessèrent, elles aussi, à mesure que les invités se tournaient vers la jeune femme.

Brodick discutait avec Ian et Winslow quand il aperçut à son tour Gillian dans l'escalier. Sans mot dire, il tourna aussitôt le dos à son frère et à son ami pour s'approcher des marches.

Pour la première fois, Brodick se rendait réellement compte de l'immense beauté de Gillian. Sa robe, trop étroite à son goût, révélait ses courbes harmonieuses, et il songea un instant à la couvrir d'un second plaid pour cacher les charmes de la jeune femme aux regards des invités.

Gillian, voyant l'air irrité de Brodick, eut soudain envie de battre en retraite. Mais elle avait déjà descendu la moitié des marches. Maintenant, il était trop tard pour remonter. De plus, elle ne voulait pas passer pour une lâche, même si l'attention dont elle était l'objet la mortifiait. Le silence, à présent, était total. Plusieurs hommes la détaillaient sans vergogne.

Lorsqu'elle arriva au bas des marches, Brodick lui tendit la main. Elle se sentit tout de suite plus rassurée. Aussitôt, les guerriers de Brodick formèrent un cercle autour d'eux, comme ils en avaient l'habitude.

— Monseigneur, vous ne devriez pas permettre aux Maitland de regarder lady Gillian, marmonna Robert. Ce n'est pas convenable.

— Et comment veux-tu que je les en empêche ?

— Nous pouvons nous en charger, proposa Liam, que cette perspective semblait réjouir.

— Oui, nous allons leur faire passer leurs idées salaces, renchérit Robert.

Aaron lui donna un coup de coude dans les côtes.

— Ne parle pas comme ça devant lady Gillian !

Heureusement, la musique reprit enfin, détournant l'attention de la foule de Gillian.

Brodick tenait toujours la jeune femme par la main. Pendant qu'il discutait avec ses guerriers, Gillian l'admira plus en détail. Savait-il à quel point sa beauté pouvait troubler les femmes ?

Il s'était lavé, lui aussi, et portait une chemise blanche toute propre, que Ian lui avait probablement prêtée. Mais il ne s'était pas rasé et sa barbe naissante le rendait encore plus séduisant. Gillian mourait d'envie de se jeter dans ses bras et de l'embrasser.

Il s'aperçut qu'elle le regardait, mais la jeune femme était certaine qu'il n'avait pas deviné ses pensées – bien peu dignes d'une dame.

— Nous pourrions proposer aux Maitland de sortir, pour leur dire deux mots dehors, suggéra Robert.

— Un bon coup de poing vaut toujours mieux qu'une explication, objecta Liam.

Gillian, qui n'avait pas prêté jusque-là beaucoup d'attention à la conversation des Buchanan, réagit en entendant parler de coups de poing.

— Il n'est pas question que vous vous battiez ce soir. C'est une fête, pas un pugilat.

— Mais, madame, il n'y a pas de fête réussie sans bonne bagarre, déclara Stephen pour se justifier.

Gillian espérait que Brodick lui viendrait en aide. Mais, voyant qu'il ne disait rien, elle reprit :

— Peu importe que vous aimiez ou non vous battre. Lord Maitland ne vous a pas invités pour que vous mettiez la pagaille dans sa maison.

— Mais, madame, ces hommes ne cessent de vous lorgner. Nous ne pouvons pas le permettre.

— Bien sûr que si.

— C'est déplacé, insista Stephen.

— Si on me regarde, c'est ma faute.

— Oui, c'est votre faute, répéta Brodick, sortant enfin de son silence. Vous êtes trop belle, ce soir.

Gillian n'aurait su dire si ce commentaire la ravissait ou l'irritait.

— Votre compliment sonne comme une critique, observa-t-elle.

— C'était une critique, répliqua Brodick. Quand on a votre allure, on ne peut pas s'attendre à être ignorée. Si les gens vous regardent, vous n'avez à vous en prendre qu'à vous.

Gillian retira brusquement sa main.

— Que devrais-je changer à mon allure, pour vous satisfaire ?

— C'est vos cheveux, madame, intervint Aaron. Accepteriez-vous de les cacher sous un foulard, pour ce soir ?

— Il n'en est pas question.

— Sa robe ne va pas non plus, ajouta Liam. Madame, ne pourriez-vous pas porter quelque chose de moins… ajusté ?

Gillian se tourna vers lui.

— Un sac en toile de jute vous conviendrait-il mieux ?

Le guerrier parut considérer sa proposition avec le plus grand sérieux. Gillian, exaspérée, leva les yeux au ciel.

— Ne voyez pas le mal partout ! Je parie que les Maitland me regardent parce que je porte le plaid des Buchanan. J'ai eu tort d'accepter de le mettre.

— Pourquoi, madame ? s'écria Robert. Nous sommes heureux que vous portiez nos couleurs.

— Seul un Buchanan est habilité à les porter, répliqua Gillian. Je ne devrais pas me faire passer pour ce que je ne suis pas. Maintenant, si vous voulez bien m'excuser, je vais remonter me changer.

— Non, vous n'irez nulle part, décréta Brodick.

Il lui prit la main et la poussa devant lui. Il souhaitait l'emmener auprès de Ian et de Judith, mais les guerriers Maitland accoururent aussitôt autour de la jeune femme. Brodick, qui n'appréciait guère cet enthousiasme, rembarra brutalement ceux qui se montraient trop pressants.

Gillian était médusée par son attitude.

— Vous êtes le seigneur des Buchanan, lui rappela-t-elle à mi-voix.

— Vous n'allez pas m'apprendre qui je suis.

— Alors, tâchez de vous conduire comme le veut votre rang.

Il rit.

— C'est précisément ce que je fais. Je défends ma réputation.

— Vous et vos guerriers vous comportez comme des soudards.

— Bravo de l'avoir remarqué.

Gillian renonça à le raisonner. Finalement, ils réussirent, en jouant des coudes, à rejoindre leurs hôtes. Ian Maitland accueillit poliment la jeune femme, mais réprimanda Brodick.

— Contrôle tes guerriers, ordonna-t-il. Sinon, c'est moi qui m'en chargerai.

Brodick se contenta de sourire. Gillian se retourna et constata que les Buchanan s'ingéniaient à provoquer les Maitland.

— Excusez-moi un instant, lord Maitland, dit-elle. J'aimerais m'entretenir avec les hommes de Brodick.

Elle s'éloigna vivement, ignorant Brodick, bien décidée à faire son devoir à sa place. Elle se précipita vers les Buchanan et déclara, assez fort pour être entendue des Maitland :

— Messieurs, j'apprécierais que vous vous conduisiez en gentlemen pour le reste de la soirée.

De toute évidence, cette sortie les stupéfia, mais ils s'empressèrent d'acquiescer. Gillian les remercia d'un sourire et se tourna ensuite vers les guerriers Maitland.

— Cela vaut également pour vous, messieurs.

— Si l'on ne peut pas se battre, ça ne va pas être drôle, objecta Liam malgré tout.

Un des guerriers Maitland lui donna une tape sur l'épaule.

— Que diriez-vous d'une bonne bière, les gars ? Je parie que vous n'êtes même pas capable de descendre une pinte entière d'une seule traite.

Liam releva aussitôt le défi, et tous se dirigèrent vers les tonneaux de bière pour entamer la compétition.

— Ce sont de vrais gamins, marmonna Gillian en revenant vers ses hôtes.

Judith la prit à part pour la présenter à sa meilleure amie, une jolie rousse prénommée Catherine.

— Son mari, Patrick, est le frère de Ian, expliqua Judith. Et Catherine est mon amie depuis des années.

Le sourire chaleureux de Catherine mit tout de suite Gillian à l'aise.

— Judith m'a déjà beaucoup parlé de vous, expliqua la jeune rousse. Vous avez attiré l'attention de Brodick, et ce n'est pas un mince exploit, Gillian. Brodick n'aime pas beaucoup les Anglais, précisa-t-elle. Et c'est un doux euphémisme.

— Vous a-t-il raconté que lui et Ramsey s'étaient rendus en Angleterre, autrefois, pour essayer d'y trouver une épouse ? demanda Judith.

Gillian écarquilla les yeux.

— Non, il ne m'a rien dit de tel. Quand cela s'est-il passé ?

— Il y a six ou sept ans.

— Au moins huit ans, corrigea Catherine.

— Mais pourquoi sont-ils allés jusqu'en Angleterre ? s'étonna Gillian.

— Ils étaient tous les deux amoureux de Judith, voyez-vous... commença Catherine.

— Ce n'est pas vrai ! protesta l'intéressée.

— Bien sûr que si, insista son amie. Comme Judith était déjà mariée à Ian, ils décidèrent de partir en Angleterre, pour y dénicher des femmes qui lui ressembleraient. Mais aucune de celles qu'ils rencontrèrent ne soutenait la comparaison avec Judith.

— Pour l'amour de Dieu, Catherine, tu n'as pas besoin de me faire passer pour la femme idéale ! Simplement, comme ils n'avaient pas trouvé de partis convenables ici, ils ont voulu tenter leur chance en Angleterre. Mais ils ont fini par se raviser et ils ont juré à Ian qu'ils épouseraient des Écossaises.

— Ça, c'est vrai, admit Catherine.

— Mais votre arrivée change tout, Gillian, remarqua Judith avec un sourire.

— Brodick s'est montré très gentil avec moi, mais ce n'est pas allé plus loin, protesta Gillian.

— Et nourrissez-vous des sentiments pour sa… gentillesse ? demanda Judith.

— Nous ne devrions pas vous poser une telle question, admit Catherine. Mais j'avoue que nous aimerions beaucoup connaître la réponse.

— J'ai énormement d'estime pour lui, avoua Gillian. Il m'a aidée à ramener Alec chez lui, et je lui en serai éternellement reconnaissante. Cela dit, il me faudra bientôt rentrer en Angleterre, dès que ma mission dans les Highlands sera terminée. Je ne peux donc pas me permettre… de rêver.

— Il y a des complications dont tu n'es pas au courant, Catherine, expliqua Judith.

— L'amour est toujours compliqué, objecta son amie.

Le mari de Catherine les interrompit, au grand soulagement de Gillian. Patrick Maitland ressemblait beaucoup à son frère, mais il n'avait pas du tout la même stature.

Catherine le présenta à Gillian, puis elle montra fièrement à la jeune femme leurs six enfants, des jumelles et quatre adorables garçons. Le plus jeune ne devait pas avoir plus d'un an et gigotait dans les bras de son père, en exhibant sa première dent chaque fois qu'il souriait.

Alec arriva sur ces entrefaites, en compagnie de son frère, Graham. L'aîné des enfants Maitland semblait très timide : il salua poliment Gillian, mais n'osa pas la regarder en face et s'esquiva rapidement pour retourner jouer avec ses amis.

— Graham porte le nom d'un valeureux guerrier qui apprit le métier des armes à mon mari, expliqua Judith. Graham est mort depuis bientôt huit ans, maintenant, mais il nous manque toujours beaucoup. C'était un homme merveilleux, que je considérais un peu comme un grand-père. Ah, Helen me fait signe. Le dîner doit être prêt.

À présent, la nuit était complètement tombée. On avait allumé de nouvelles chandelles pour éclairer la table. Toutes les femmes se proposèrent pour aider à transporter les plats. Gillian voulut aussi participer, mais Judith lui interdit de bouger le petit doigt, en prétextant qu'elle était leur invitée d'honneur. La jeune femme se contenta donc d'assister au spectacle, médusée de voir qu'un tel festin avait pu être préparé en aussi peu de temps. Il y avait des volailles et des gibiers rôtis, du saumon et des truites, du pain frais, des entremets et des gâteaux de toutes sortes, sans parler du vin qui coulait à flots.

Durant le repas, Alec, toujours très excité, passa de convive en convive pour narrer ses aventures.

— Mon fils commence à avoir des cernes sous les yeux, remarqua Ian. Et vous aussi, Gillian. Vous seriez mieux dans votre lit.

— Ils ont souvent des cauchemars, tous les deux, murmura Brodick à Ian. Où va dormir Gillian ?

— Dans l'ancienne chambre de Graham, répondit Ian. Tu n'as pas à t'inquiéter. Judith et moi veillerons à ce que rien ne vienne troubler son sommeil.

Comme le dîner s'achevait, la musique reprit. Patrick se leva aussitôt de table, confia son bébé à Judith et entraîna sa femme au centre de la pièce. D'autres couples se mirent à danser avec eux, tandis que les convives restés assis les accompagnaient en battant des mains ou en tapant du pied sur le sol.

Plusieurs guerriers tentèrent de proposer à Gillian de danser avec eux, mais le regard noir de Brodick les dissuada de pousser plus loin leur invitation.

Ce dernier sentait sa mauvaise humeur augmenter de seconde en seconde. Ces imbéciles ne voyaient-ils pas que la jeune femme était exténuée ? Pourquoi s'obstinaient-ils à vouloir la faire danser, alors qu'elle avait besoin de repos ?

Mais pourquoi se montrait-il aussi possessif à son égard ? Après tout, elle ne lui appartenait pas.

— Bon sang de bon sang, marmonna-t-il.

Gillian se tourna vers lui.

— Vous avez dit quelque chose, Brodick ?

Comme il ne répondait pas, Ian s'en chargea à sa place.

— Il a dit « bon sang de bon sang », n'est-ce pas, Judith ?

— C'est exact, approuva Judith, une lueur malicieuse dans le regard. Il a dit « bon sang de bon sang ».

— Mais pourquoi ? s'étonna Gillian. Qu'est-ce qui le tracasse ?

Ian pouffa.

— Vous, répliqua-t-il sans ambages. C'est vous qui le tracassez.

— Ian, fiche-moi la paix, s'il te plaît, maugréa Brodick.

Alec vint se planter devant Gillian et s'inclina respectueusement.

— Lady Gillian, m'accordez-vous cette danse ? demanda-t-il avec un sourire irrésistible.

Ignorant Brodick, qui expliquait à l'enfant que Gillian était trop fatiguée pour danser, celle-ci se leva, esquissa une révérence comme si le roi lui-même l'avait invitée, et tendit la main à Alec.

Brodick quitta la table à son tour et alla s'adosser à un pilier pour les regarder danser. Gillian semblait vivre un moment de pur bonheur. Mais Brodick s'aperçut vite qu'il n'était pas le seul à admirer ce spectacle. Dès que la danse s'acheva, plusieurs guerriers fondirent sur la jeune femme comme des vautours.

Tous voulaient danser avec elle, mais Gillian déclina poliment leurs invitations. Apercevant Brodick à l'autre bout de la pièce, elle fendit aussitôt la foule pour le rejoindre. Il fit quelques pas vers elle, et ils s'arrêtèrent l'un en face de l'autre.

— L'Angleterre vous manque-t-elle ?

— C'est surtout mon oncle Morgan qui me manque.

— Mais l'Angleterre ?

— C'est ma patrie.

Il y eut un long silence, durant lequel ils contemplèrent les danseurs sans les voir, puis Gillian demanda :

— Parlez-moi de votre maison.

— Elle ne vous plairait pas.

— Pourquoi ?

Il haussa les épaules.

— Les Buchanan ne sont pas comme les Maitland.

— C'est-à-dire ?

— Nous sommes plus… rustres. Certains nous appellent d'ailleurs « les spartiates », sans doute avec raison. Vous êtes trop douce pour notre mode de vie.

— Il y a pourtant bien des femmes qui vivent sur les terres des Buchanan ?

— Évidemment.

— Je ne sais pas ce que vous entendez précisément en disant que je suis trop douce, mais j'ai l'impression qu'il ne s'agit pas d'un compliment. Par ailleurs, je suis prête à parier que les femmes Buchanan ne sont pas très différentes de moi…

Il sourit.

— Elles ne feraient qu'une bouchée de vous.

Elle sourit à son tour.

— Expliquez-vous. Vous avez piqué ma curiosité. Comment sont ces femmes ?

— Elles sont fortes et solides. Elles n'ont besoin de personne et peuvent tuer aussi facilement que n'importe quel homme. Ce sont des guerrières qui ne possèdent aucune douceur.

— Est-ce un compliment ou une critique ?

— Un compliment, bien sûr.

Elle le regarda droit dans les yeux.

— Pourquoi m'avez-vous parlé des femmes de votre clan ?

— Parce que vous me l'avez demandé.

— Non. C'est vous qui avez abordé le sujet. Alors, allez jusqu'au bout.

Il soupira.

— Je désirais juste vous faire comprendre que ça ne marcherait jamais.

— Qu'est-ce qui ne marcherait jamais ?

— Vous et moi.

— Vous êtes un homme plutôt direct, commenta Gillian, avec un calme qui la surprit elle-même.

— Je ne voulais pas que vous nourrissiez de vains espoirs.

Brodick savait qu'il l'avait vexée, mais il ne regrettait pas ses paroles. Il n'aurait servi à rien de tourner autour du pot. Gillian et lui devaient voir la vérité en face, même s'il avait de plus en plus de mal à se résoudre à l'idée de quitter la jeune femme.

— Je suis trop douce pour que vous puissiez m'aimer, c'est ça ?

Craignant qu'elle n'ait mal interprété ses propos, il répondit sans réfléchir :

— Je n'ai pas dit que je ne pourrais pas vous aimer.

— Vous avez dit que nous ne pourrions pas vivre ensemble. Cela revient au même.

— Nous ne pourrions pas vivre ensemble. C'est la vérité. Vous seriez très malheureuse.

Gillian s'obligea à garder son sang-froid.

— Si je comprends bien, vous pourriez m'aimer, mais vous ne pourriez pas vivre avec moi ?

— Exactement.

— Fort bien. Puisque vous m'avez ouvert votre cœur, à mon tour. À supposer que j'aie la malchance de tomber amoureuse d'un homme arrogant et obstiné dans votre genre, je ne pourrais pas vous épouser, de toute façon. Alors, ne perdons plus notre temps à parler de cela.

— Pourquoi ?

— Pourquoi quoi ?

— Pourquoi ne pourriez-vous pas m'épouser ?

Bonté divine ! Cet homme la rendait folle !

— Je dois retourner en Angleterre.

— Pour retomber entre les mains de cette crapule qui n'hésiterait pas à vous frapper encore ?

— Mon oncle Morgan a besoin de moi.

Brodick serra les poings.

— Et quand vous aurez retrouvé votre sœur, lui demanderez-vous de se sacrifier comme vous le faites ?

— Non. Si je réussis à récupérer le trésor d'Arianna, cela suffira à monnayer la libération de mon oncle.

— Je trouve curieux que vous ne m'ayez pas encore dit une seule fois le nom du tyran qui garde votre oncle prisonnier, depuis le temps que nous sommes ensemble.

— Cela ne fait pas si longtemps, répliqua-t-elle.

— Mais pourquoi ne prononcez-vous jamais son nom, Gillian ? Vous ne voulez pas que je le connaisse ?

Elle refusa de répondre.

— J'aimerais retourner m'asseoir. Excusez-moi.

— En d'autres termes, vous mettez fin à cette discussion.

Elle s'apprêtait à acquiescer, mais se ravisa.

— En réalité, j'ai encore une chose à vous dire.

— Allez-y.

— Je ne pourrai jamais aimer un homme qui me juge fragile.

Sur ces mots, elle voulut s'éloigner, mais Brodick la retint par l'épaule.

— Gillian, vous n'êtes pas fragile.

Puis, se penchant vers elle, il ajouta d'une voix rauque :

— Tu es juste si… douce.

Il l'attira à lui et s'empara brusquement de ses lèvres. Le bruit, la musique, la foule s'évanouirent. Seul comptait pour Brodick ce désir absolu de posséder Gillian et de ne plus jamais la laisser s'échapper. Lorsqu'elle noua les bras autour de son cou pour lui rendre son baiser, il songea même à la jucher sur ses épaules pour la porter jusqu'au premier lit qu'il trouverait sur son chemin. Mais le son des conversations, autour d'eux, éclata soudain à ses oreilles. Il revint à la raison en un éclair et mit brutalement fin à leur baiser.

Gillian eut quelques difficultés à reprendre ses esprits. Quand elle finit par réaliser ce qui s'était passé, elle fut horrifiée. Mon Dieu ! Qu'aurait pensé son oncle Morgan s'il l'avait vue se comporter avec une telle impudeur ?

Dans sa confusion, elle ne savait plus quoi faire. À la fois furieuse et frustrée, elle s'écarta de Brodick.

— Ne m'embrassez plus jamais comme cela ! lui ordonna-t-elle, d'une voix altérée par l'émotion.

— Je n'y manquerai pas, au contraire.

Elle tourna les talons sans répondre, mais Brodick la retint une nouvelle fois.

— Gillian ?

— Oui ? dit-elle, refusant de le regarder.

— Ramsey est arrivé.

— Ah ?

— Tu te souviendras encore de mon baiser quand tu le verras. Je suis même convaincu que tu ne vas pas cesser d'y penser jusqu'à la fin de la soirée.

Exaspérée par une telle arrogance, Gillian lança d'un ton de défi :

— Vous croyez ?

Il sourit.

— Oui.

Résolue à avoir le dernier mot, elle se rapprocha de lui et murmura :

— Je ne vous aimerai jamais.

Il se pencha et lui chuchota à l'oreille :

— C'est faux. Tu m'aimes déjà.

14

À la seconde où lord Sinclair, escorté de ses guerriers, pénétra dans le hall, toutes les jeunes filles du clan Maitland poussèrent un soupir d'adoration et se précipitèrent vers lui.

Brodick avait ordonné à Gillian de s'asseoir sagement dans un coin et d'attendre que l'agitation soit retombée avant d'aller parler à Ramsey. Posté à l'autre bout du hall, il put ainsi tranquillement observer les réactions de la jeune femme à l'arrivée de l'Adonis.

Son attitude le ravit. À l'inverse des autres femmes, Gillian ne chercha pas à attirer l'attention de Ramsey. En revanche, elle parut attacher beaucoup d'importance à son escorte. La présence de Michael sembla la soulager, mais elle scruta chaque guerrier d'un œil angoissé. En la voyant se détendre enfin, Brodick comprit qu'elle avait craint que le traître ne se trouvât parmi eux.

Dylan apparut en dernier. Il vint aussitôt faire son rapport à son maître, puis demanda :

— Où est lady Gillian ?

Brodick lui désigna la jeune femme. Dylan esquissa un sourire.

— Elle porte nos couleurs, remarqua-t-il fièrement. N'est-elle pas la plus belle femme de la soirée ?

— Si, admit Brodick.

— Mais pourquoi reste-t-elle assise dans son coin un soir de fête, monseigneur ? Les Maitland la considéreraient-ils comme une étrangère ? Ian ne leur a donc pas expliqué que c'était grâce à elle qu'ils pouvaient se réjouir ce soir ? Bon sang, ils n'ont donc pas réalisé qu'elle a sauvé Alec ?

À chaque nouvelle question, Dylan s'empourprait un peu plus. L'idée que les Maitland méprisaient peut-être Gillian le rendait visiblement fou de rage.

— C'est moi qui ai conseillé à Gillian de prendre un peu de repos à l'écart, répondit Brodick. Personne ne l'a ignorée, bien au contraire. Il s'en est fallu de peu qu'une bagarre n'éclate pas entre nos guerriers et les Maitland.

Puis, changeant de sujet, il demanda :

— Comment Ramsey a-t-il réagi quand tu lui as révélé que c'était Michael qui aurait dû être kidnappé ?

— Je ne le lui ai pas dit.

— Pourquoi donc ?

— Il y avait beaucoup de monde autour de lui, y compris des MacPherson, expliqua Dylan. Ne sachant pas à qui faire confiance…

— Tu ne dois faire confiance à personne, coupa Brodick.

— Vous avez raison, admit Dylan. Aussi me suis-je contenté de lui dire que Ian et vous souhaitiez vous entretenir avec lui le plus tôt possible. Mais j'ai insisté pour que Michael l'accompagne. Et quand j'ai réussi à me retrouver seul avec lord Sinclair, je lui ai appris qu'on avait retrouvé Alec.

— Je suppose que Ian est en train de tout lui expliquer, à présent, commenta Brodick en voyant les deux hommes plongés dans une grande discussion.

Ian racontait ce qui était arrivé à son fils avec force gestes, mais Ramsey l'écoutait placidement, comme s'il s'était agi d'une conversation anodine sur la pluie et le beau temps.

— Ramsey semble plutôt bien prendre la nouvelle, constata Dylan.

Brodick ne partageait pas son optimisme.

— Non. En réalité, il est furieux. Regarde comme ses poings sont crispés. Mais personne ne sait mieux que Ramsey dissimuler ses émotions.

— Lord Maitland vous fait signe de venir, annonça Dylan.

Brodick se dirigea aussitôt vers ses deux amis. Il témoigna son affection à Ramsey en lui donnant une grande tape sur l'épaule.

— Content de te revoir, vieux frère, lui dit Ramsey.

— Une étrange rumeur court sur ton compte, Ramsey. Il paraîtrait que tu as pris ces mauviettes de MacPherson sous ton aile ?

— Ce n'est pas une rumeur, c'est la vérité. Les MacPherson ont rejoint mon clan pour devenir des Sinclair. Mais ce ne sont pas des mauviettes, Brodick. Leurs guerriers n'ont simplement pas eu la chance d'être aussi bien entraînés au combat que les miens, les tiens ou ceux de Ian.

— C'est vrai, concéda Brodick. Ian, que lui as-tu dit ?

— Je lui ai expliqué qu'Alec avait été enlevé par erreur, à la place de Michael.

— Où est la femme qui a ramené Alec ici ? demanda Ramsey. J'aimerais lui parler.

— Moi aussi, renchérit Ian. La fête est terminée.

Il distribua ses ordres et, en quelques minutes, la foule commença à refluer vers la sortie. Pendant ce temps, Ramsey souhaita une bonne nuit à Michael, qui courut ensuite retrouver Alec et Graham dans leur chambre. Gillian, de son côté, fit ses adieux à Catherine. L'amie de Judith, en partant, croisa Winslow, qui revenait sur ses pas et se dirigeait tout droit vers Gillian.

— Ma femme est très fâchée que je ne vous aie pas présentée à elle, déclara-t-il. Si vous pouviez prendre le temps, demain…

— Je serai enchantée de rencontrer votre femme avant mon départ.

— Où donc comptez-vous aller ? s'enquit-il, étonné.

— Chez les Sinclair, avec Ramsey.

— Brodick vous y a autorisée ? demanda-t-il, incrédule.

— Je n'ai pas besoin de sa permission, Winslow.

— Mon frère ne vous laissera pas partir avec Ramsey.

— Et pourquoi donc ?

— Ma femme s'appelle Isabelle.

Ce brusque changement de sujet était délibéré, comprit Gillian. Winslow ne voulait pas poursuivre leur conversation. Son comportement rappela à Gillian celui de son frère. Apparemment, Winslow se montrait aussi arrogant que Brodick… et aussi autoritaire : la seconde d'après, il lui assurait qu'elle apprécierait beaucoup sa femme. Ce n'était pas un vœu. Il lui avait pratiquement ordonné d'apprécier sa femme.

— Je suis impatiente de faire sa connaissance, dit-elle, conciliante.

Winslow hocha la tête, satisfait, avant d'annoncer :

— Lord Maitland, lord Sinclair et Brodick vous attendent.

Gillian le remercia, prit une profonde inspiration et se prépara à l'épreuve qu'elle s'apprêtait à subir.

La grande pièce brillait encore de l'éclat de toutes les chandelles allumées pour la fête. Les trois hommes s'étaient assis à une extrémité de la table, Ian au milieu de ses deux amis. Dès qu'ils virent Gillian entrer, ils se levèrent. La jeune femme s'installa à l'autre bout de la table, tandis que Dylan et Winslow allaient se poster derrière leurs maîtres respectifs.

— Maintenant, j'aimerais apprendre ce qui est exactement arrivé à mon fils, déclara Ian Maitland.

Brodick déplaça sa chaise pour s'asseoir à côté de Gillian, croisa les bras sur sa poitrine et lança aux deux autres lords un regard d'avertissement, pour les dissuader de critiquer son revirement. Mais Ramsey ne fit aucun commentaire, et leur hôte eut l'air plutôt satisfait.

Ian semblait d'ailleurs s'amuser de ce petit manège, et Gillian en conclut que lord Maitland était un homme agréable à vivre. Au premier abord, il était très intimidant, et Gillian s'était laissé prendre à sa mine sévère. Mais l'amour qu'il témoignait à sa femme et la tendresse avec laquelle il couvait son fils n'avaient pas tardé à la faire changer d'avis.

Le caractère de Ramsey, en revanche, était beaucoup plus difficile à cerner. Il paraissait plus détendu que ses deux amis, ce que Gillian trouvait plutôt étonnant. Après tout, on venait de lui annoncer que son frère avait failli être kidnappé. Mais comment réagirait-il, quand il connaîtrait toute l'histoire ?

— Gillian, reprit Ian, je vous promets de ne pas vous interrompre pendant votre récit. Ainsi, vous en aurez terminé plus vite et vous pourrez aller vous reposer.

— Je ne suis pas si fatiguée que cela, mais merci. Si vous le voulez bien, je vais commencer au tout début, en remontant à la nuit où mon père nous réveilla, ma sœur et moi, pour nous mettre en lieu sûr.

Pendant près d'une heure, Gillian raconta son histoire, en s'efforçant de n'oublier aucun détail important. Lorsqu'elle eut enfin fini, elle avait la gorge sèche.

Aucun des trois lords ne l'avait interrompue, et seul le craquement des bûches qui achevaient de se consumer dans l'âtre rompit le silence qui suivit son récit. Brodick remplit un gobelet d'eau et le tendit à la jeune femme. Elle le remercia et vida la moitié du gobelet d'une seule traite.

Ian et Ramsey montraient un calme étrange, mais ils ne tardèrent pas à abreuver Gillian de questions, auxquelles la jeune femme passa encore une demi-heure à répondre.

Finalement, Brodick se tourna vers Ramsey.

— Qui pourrait te haïr au point de vouloir vous tuer, toi et Michael ?

— Aucune idée, grommela Ramsey.

— Connaissez-vous Christen, Ramsey ? demanda Gillian. Savez-vous quelle famille l'a recueillie ?

Ramsey secoua la tête.

— Les MacPherson viennent tout juste de rejoindre mon clan. Je n'ai pas encore eu le temps de tous les rencontrer, avoua-t-il. Ce sera sans doute difficile de retrouver votre sœur.

— Mais acceptez-vous de m'aider ?

Il sembla surpris par sa question.

— Bien entendu.

— Les anciens doivent savoir qui est Christen, suggéra Brodick.

Ian opina du chef.

— Tu as raison. Les vieillards connaissent toute l'histoire du clan. Quel âge avait Christen, à son arrivée en Écosse ?

— Environ sept ans, répondit Gillian.

— Si une famille, à cette époque, a brusquement prétendu avoir une petite fille de cet âge… commença Ramsey.

— … quelqu'un s'en souvient forcément, termina Brodick à sa place.

— Je vais mener mon enquête, promit Ramsey. Que comptez-vous faire, Gillian, une fois que vous aurez retrouvé votre sœur ? Lui demanderez-vous de rentrer en Angleterre avec vous ?

— Non. J'espère seulement qu'elle pourra me dire ce qu'est devenu le trésor d'Arianna.

— Elle était très petite, lorsque votre père lui a confié le coffret, remarqua Ian. Je doute qu'elle se rappelle quoi que ce soit.

— Elle ne se souvient peut-être même pas de toi, renchérit Brodick.

Mais Gillian refusait de croire à cette éventualité.

— Christen est ma sœur. Elle me reconnaîtra, affirma-t-elle.

— Vous nous avez dit que votre sœur avait trois ans de plus que vous, reprit Ian. Au moment de votre séparation, vous n'étiez encore guère qu'un bébé. Comment pouvez-vous vous rappeler autant de détails ?

— Lisa, ma fidèle servante, que Dieu ait son âme, m'aida à entretenir ma mémoire. Elle me reparlait sans cesse de cette fameuse nuit et me racontait tout ce qu'elle avait appris de la bouche des survivants. Elle ne voulait pas que j'oublie, car elle devinait qu'un jour je réclamerais…

Elle s'interrompit.

— Que tu réclamerais quoi ? répéta Brodick pour l'encourager.

— Justice.

— Et comment comptez-vous vous y prendre ? interrogea Ramsey.

— Je l'ignore encore. Mais je sais une chose : je ne laisserai pas insulter la mémoire de mon père. L'homme qui retient mon oncle prisonnier a l'intention de prouver que mon père a tué Arianna et volé le coffret. Moi, j'entends le disculper, afin qu'il puisse reposer en paix dans sa tombe, expliqua-t-elle avec émotion.

Elle se ressaisit et ajouta :

— J'ai une vague idée de plan. Le baron ne pense qu'à l'argent. C'est aussi un homme vaniteux, qui se croit plus intelligent que n'importe qui. Je réussirai peut-être à retourner ses défauts contre lui. En tout cas, c'est mon seul espoir.

Exténuée, Gillian vida son gobelet d'eau et tenta de mettre un terme à la conversation.

— Voilà, je vous ai tout dit, déclara-t-elle.

— Non, pas tout, objecta Ian.

La jeune femme s'adossa à son siège et écarquilla les yeux.

— Il ne me semble pas avoir omis quoi que ce soit d'important, répondit-elle, feignant l'innocence.

Brodick posa la main sur la sienne.

— Ils savent que tu as vu le traître qui a pactisé avec le baron.

— Vous le leur avez dit ?

— Alec l'a dit à son père, qui l'a dit à Ramsey. Mais si cet enfant n'avait pas parlé, je l'aurais fait à sa place.

— Pourquoi avez-vous demandé à Alec de se taire ? s'enquit Ramsey.

Gillian prit une profonde inspiration.

— Je craignais que vous ne m'obligiez à rester ici tant que je n'aurais pas pu vous désigner le traître.

Ian et Ramsey échangèrent un bref regard, et Gillian comprit que c'était exactement ce qu'ils avaient prévu.

— C'est bien cela, n'est-ce pas ? insista-t-elle. Vous avez l'intention de me garder dans les Highlands ?

Les deux hommes ignorèrent sa question.

— À quoi ressemble-t-il ? demanda Ramsey.

— Il est grand, avec de longs cheveux noirs et une mâchoire très dure. Plutôt antipathique au premier abord.

— Beaucoup d'Écossais correspondent à cette description. Vous n'avez rien remarqué de plus précis ?

— Des cicatrices, vous voulez dire ?

— N'importe quoi qui pourrait nous aider à l'identifier.

— Non. Je suis désolée, mais je ne me rappelle pas avoir noté un quelconque signe particulier.

— Dommage, ça nous aurait facilité les choses, commenta Ramsey.

Gillian admirait son sang-froid. Le récit qu'il venait d'entendre aurait dû le rendre furieux, mais il ne se laissait pas gouverner par ses émotions et conservait un calme étonnant.

Tout à coup, Alec surgit dans la pièce, pieds nus, interrompant leur conversation.

— Alec ? Je te croyais couché, lui dit son père en souriant.

— J'ai oublié de t'embrasser pour te souhaiter bonne nuit, papa.

Ian prit son fils dans ses bras, lui promit de passer le voir dans sa chambre avant d'aller se coucher, puis le raccompagna à l'escalier.

— Vous n'avez plus de questions ? demanda Gillian lorsqu'il revint dans la pièce.

— Encore une, dit Ramsey.

— Oui, une dernière, renchérit Ian. Nous voulons leurs noms, Gillian. Les noms du baron et de ses deux acolytes.

La jeune femme les regarda l'un après l'autre.

— Et quand vous aurez obtenu satisfaction, que ferez-vous ?

— Ça, c'est notre problème, répliqua Ian. Contentez-vous de nous donner leurs noms.

Gillian contint son irritation et insista :

— Dites-moi ce que vous comptez faire.

— Ça ne te regarde pas, intervint Brodick.

— Ne me parlez pas sur ce ton, Brodick, rétorqua Gillian, furieuse.

Brodick fut si médusé par sa rebuffade qu'il ne sut comment réagir. S'ils avaient été seuls, il aurait sans doute attiré la jeune femme à lui pour l'embrasser et l'obliger ainsi à se taire. Mais il ne voulait pas la gêner devant les autres. Cela ne l'empêchait pas d'avoir terriblement envie de l'embrasser, et sa frustration augmentait encore sa colère. Dès que Gillian se trouvait près de lui, il perdait tout bon sens.

— Nom de D… grommela-t-il.

— Et ne jurez pas devant moi, lord Buchanan.

Il se pencha vers elle et lui chuchota à l'oreille :

— J'aime bien que tu me résistes.

— Dans ce cas, vous n'avez pas fini de vous réjouir.

— Mais tu vas répondre à notre question. Nous voulons les noms de ces Anglais.

Sur ces mots, il se redressa sur sa chaise et croisa les bras, attendant patiemment qu'elle s'exécute.

— J'accepte de vous donner leurs noms, mais à une condition. Promettez-moi de ne rien faire avant la fin de l'été.

— Nous voulons ces noms tout de suite, Gillian, insista Ramsey, ignorant sa requête.

— Promettez-moi d'abord de ne rien faire, Ramsey. Je refuse d'exposer mon oncle au danger.

— Il est déjà en danger, observa Ian.

— Oui, mais il est toujours vivant, et j'entends qu'il le reste.

— Comment pouvez-vous être certaine qu'il vit toujours ? demanda Ramsey.

— Si j'apprenais qu'il a été tué, je n'aurais plus aucune raison de rentrer en Angleterre. Le baron le sait. C'est pourquoi je ne lui donnerai rien tant que je n'aurai pas revu mon oncle. En attendant, il ne lui fera aucun mal.

Ian soupira.

— Vous nous mettez tous dans une position difficile, expliqua-t-il, cherchant à se montrer diplomate. Vous m'avez ramené mon fils, et je vous en serai éternellement reconnaissant. Je vous jure de faire tout ce qui sera en mon pouvoir pour sauver votre oncle. Mais, Gillian, j'ai besoin de connaître le nom du monstre qui a séquestré mon fils et qui vous a sauvagement frappée.

Gillian secoua la tête, sincèrement désolée.

— Non, monseigneur. Je ne peux pas encore vous le révéler. C'est trop tôt.

15

Les cris retentirent au milieu de la nuit. Judith Maitland se réveilla en sursaut, reconnaissant avec horreur la voix d'Alec. Elle repoussa les couvertures, mais avant qu'elle ait pu bondir du lit, Ian s'était déjà précipité dans la chambre des enfants.

Graham et Michael étaient assis sur leur lit, terrorisés. Lorsque Ian se pencha sur son plus jeune fils, Alec lui donna des coups de poing, comme pour le repousser. Le petit garçon était prisonnier de son cauchemar. Pour l'instant, rien ne pouvait le ramener à la réalité. Ses larmes et ses cris tourmentaient Ian, mais il ne savait que faire pour l'apaiser.

Judith le rejoignit. Elle s'assit au bord du lit, prit son fils dans ses bras et le berça. Au bout de quelques minutes, l'enfant se calma enfin.

— Seigneur Dieu, par quelles épreuves est donc passé mon fils ? murmura Ian.

Judith pleurait à chaudes larmes. Elle secoua la tête, trop bouleversée pour parler. Ian reprit l'enfant dans ses bras, l'embrassa sur le front et le remit dans son lit, puis Judith le borda soigneusement. Ils restèrent un moment à son chevet avant de regagner leur chambre.

Ils eurent du mal à se rendormir, mais leur sommeil ne fut plus troublé. Un peu après l'aube, Graham pénétra dans leur chambre et secoua son père par l'épaule pour le réveiller.

— Papa, Alec est parti, murmura-t-il.

Ian ne paniqua pas. Persuadé que son fils s'était déjà levé, il fit signe à Graham de se taire et de quitter la chambre. Puis il sortit du lit, se lava et s'habilla rapidement, avant de descendre dans le hall, où Graham et Michael l'attendaient.

— Il n'est pas en bas, papa, annonça Graham.

— Cesse de t'inquiéter, Graham. Alec n'a pas pu disparaître.

— Mais il a déjà disparu une fois, papa, protesta Graham, de plus en plus angoissé.

— Allez voir Helen et demandez-lui votre petit-déjeuner. Laissez-moi chercher Alec tranquillement.

Au même instant, la porte d'entrée s'ouvrit sur Brodick et Ramsey. Comme ils en avaient l'habitude, ils avaient dormi dehors, à la belle étoile, entourés de leurs guerriers. Ils préféraient la brise nocturne et l'odeur des sapins au confinement d'une chambre. En réalité, ils ne se trouvaient bien dans un lit que quand ils avaient une femme avec eux. Cependant, ils ne restaient jamais dormir avec leurs compagnes occasionnelles.

Michael se précipita au-devant de son frère.

— Ramsey, Alec a disparu !

— Comment ?

— Il n'est plus dans son lit.

— Il doit rôder quelque part, déclara Ian, qui refusait toujours de céder à la panique.

— Les gardes l'auraient aperçu, s'il était sorti, dit Ramsey. Où a-t-il bien pu aller ?

Ramsey était visiblement inquiet. Brodick, en revanche, demeurait parfaitement serein.

— Il est avec Gillian, dit-il.

Ramsey et Ian le regardèrent, interloqués.

— Pourquoi serait-il avec Gillian ?

— Parce qu'il se sent en sécurité avec elle.

Ian écarquilla les yeux.

— Et il ne se sentirait pas en sécurité avec son père et sa mère ?

Brodick se dirigea vers l'escalier.

— Si, bien sûr, mais il sait que Gillian accepte de le prendre dans son lit. Je suis sûr qu'il dort avec elle.

Ian dépassa son ami, monta les marches quatre à quatre et ouvrit la porte de la chambre qu'on avait attribuée à Gillian. La pièce était plongée dans le noir. Brodick s'approcha de la fenêtre et tira les rideaux.

Alec était bien là, comme il l'avait prévu. Le petit garçon était blotti contre la jeune femme, la tête posée sur son épaule. Gillian était couchée sur le dos et avait passé un bras autour de l'enfant, comme pour le protéger, même pendant son sommeil.

Ian s'était figé devant le lit.

— Un ange en protège un autre, murmura-t-il.

Sur ces mots, il ressortit dans le couloir, où il retrouva Ramsey.

— Nous ferons ce qu'elle demande, lui dit-il.

Ramsey fronça les sourcils.

— Tu veux dire que nous attendrons pour nous venger ?

— Oui.

Brodick était resté dans la chambre. Il ramassa le plaid de Gillian et l'étala sur les deux dormeurs. Puis il contempla une dernière fois la jeune femme, avant de refermer les rideaux et de quitter la pièce sur la pointe des pieds.

Quand il tira la porte vers lui, une étrange bouffée de joie lui gonfla le cœur. Gillian ne repartirait pas. Que cela lui plaise ou non, elle lui appartiendrait.

Gillian se réveilla une heure plus tard, merveilleusement reposée. Après s'être lavée, elle enfila sa robe verte. Les domestiques avaient dû la nettoyer et l'étendre devant un feu pendant la nuit, car elle la trouva parfaitement propre et sèche. Une fois habillée, elle se brossa les cheveux et termina sa toilette en se pinçant les joues pour leur redonner des couleurs. Quand elle s'estima prête, elle descendit au rez-de-chaussée.

Elle prit son petit-déjeuner avec Judith et Alec. Graham supplia sa mère de le laisser emmener son frère et Michael dans la prairie où les guerriers s'entraînaient. Dès qu'elle les y eut autorisés, ils s'emparèrent de leurs épées en bois et coururent vers la porte.

— Maintenant, nous pouvons parler tranquillement, dit Judith. Avez-vous bien dormi ? Je pensais que vous ne vous lèveriez pas avant midi. Vous sembliez si fatiguée, hier soir !

— J'ai dormi comme un bébé, répondit Gillian. Et je voulais me lever tôt. Il faut que je reparte aujourd'hui.

— Déjà ?

— Oui, déjà.

— Où allez-vous ?

— Chez Ramsey.

Judith écarquilla les yeux.

— Brodick est au courant ?

— Pas encore. Savez-vous où il est ?

— Dans les écuries, avec Ian et Ramsey. Ça ne vous embête pas, si je vous accompagne ? J'aimerais bien voir la réaction de Brodick quand il apprendra que vous partez avec Ramsey.

— Pourquoi s'y opposerait-il ? Il sait que je dois chercher ma sœur et qu'elle vit parmi les MacPherson. Il est logique que je me rende chez les Sinclair, non ?

— Avec Ramsey.

— C'est bizarre, vous réagissez exactement comme Winslow, hier soir, quand je lui ai annoncé mes projets. Il paraissait tout aussi choqué que vous.

— Je pense que vous avez besoin d'une explication, Gillian.

— C'est aussi mon avis, approuva la jeune femme.

— Ramsey, Ian et Brodick sont comme des frères. Mais vous avez sûrement remarqué, depuis que vous le fréquentez, que Brodick est extrêmement possessif. Comme tous les Buchanan, du reste.

— Je ne comprends pas.

Judith soupira.

— Quand Ian et moi étions jeunes mariés, Ian ne supportait pas que Ramsey s'approche de moi.

— Pourquoi ? Il ne lui faisait pas confiance ?

— Si. Et Brodick lui fait confiance, lui aussi. Mais les femmes, voyez-vous, ont tendance à perdre la tête devant Ramsey. Vous n'avez pas pu ne pas vous rendre compte qu'il était incroyablement beau.

— En effet. Mais Ian et Brodick sont tout aussi beaux.

— Ian n'était pas vraiment rassuré, mais il a fini par se calmer quand il a compris que mon cœur lui appartenait. Brodick, lui, n'est pas sûr de vous, et il aura beaucoup de mal à accepter que vous partiez avec Ramsey.

— Il s'y fera, assura Gillian.

Judith pouffa.

— Vous croyez si bien le connaître ?

— Oui.

— Il y a toujours eu une petite rivalité entre Ramsey et Brodick. Comme je vous l'ai raconté hier soir, ils sont tous les deux allés en Angleterre pour trouver une femme, autrefois. Ce que je ne vous ai pas dit, c'est que Brodick avait rencontré quelqu'un qu'il désirait épouser.

— Que s'est-il passé ? demanda Gillian.

Sa nouvelle amie avait rougi et semblait hésiter à poursuivre.

— Cette femme s'est donnée à Brodick, répondit-elle enfin, en baissant la voix.

— Ils étaient fiancés ?

Judith secoua la tête.

— Non, mais elle s'est donnée à lui. Vous comprenez ?

— Vous voulez dire qu'il l'a mise dans son lit ?

— Oui, mais je connais assez Brodick pour savoir qu'elle était forcément consentante. Sinon, il ne se le serait pas permis.

— C'est lui qui vous a raconté tout ça ? fit Gillian, sidérée.

Judith rit.

— Grands dieux, non ! C'est Ian qui m'en a parlé, et encore, longtemps après ! D'ailleurs, il ne faudrait pas qu'ils apprennent que je vous ai rapporté cette histoire. Promettez-moi de la garder pour vous.

Gillian s'empressa de le lui promettre et demanda, impatiente :

— Qu'est-il arrivé à cette femme ? Brodick est un homme d'honneur. Il n'aurait pas défloré une innocente...

— Mais elle n'était pas innocente, murmura Judith. En fait, elle fréquentait un autre homme.

— Ô mon Dieu...

— Et cet autre homme était Ramsey.

— Oh, non !

— Chut ! ordonna Judith. Les domestiques vont nous entendre.

— Et ils ont tous les deux couché avec elle ? chuchota Gillian.

— Oui. Mais pendant un moment, ils ignorèrent qu'elle menait un double jeu.

— Je ne m'étonne plus qu'il déteste à ce point les Anglais. Que s'est-il passé, quand ils ont découvert le pot aux roses ?

— Plus aucun d'eux ne voulait d'elle, bien sûr. Ils sont rentrés en Écosse et ont juré qu'ils épouseraient une compatriote ou qu'ils ne se marieraient jamais.

— Brodick aimait cette femme ?

— Je ne crois pas. S'il avait été amoureux, il aurait été furieux contre Ramsey, alors qu'il était simplement très déçu.

— Et Ramsey ?

— Il a continué sa vie comme si de rien n'était. De toute façon, toutes les femmes se jettent sur lui. Voilà pourquoi Brodick acceptera difficilement de vous laisser partir avec lui.

— Mais puisqu'il a confiance en Ramsey…

— C'est à vous qu'il ne fera pas confiance, expliqua Judith. Comme je vous l'ai dit, les femmes ont facilement tendance à perdre la tête devant Ramsey.

— Et il aura peur que je… Oh, c'est trop drôle ! fit Gillian en s'esclaffant. Vous vous trompez, Judith. Brodick ne tient pas tant que cela à moi.

Judith préféra ne pas répondre.

— Si nous allions les rejoindre ? proposa-t-elle en se levant.

Les deux amies prirent le chemin des écuries. Elles trouvèrent Brodick, Ian et Ramsey devant le bâtiment, occupés à regarder les guerriers qui s'entraînaient dans le champ. Tous trois se tournèrent vers les nouvelles arrivantes. Gillian remarqua que Ian couvait sa femme des yeux. Leur amour n'avait pas faibli, malgré toutes ces années de mariage.

— Gillian a quelque chose à vous dire à tous, annonça Judith.

— Monseigneur… commença Gillian à l'adresse de Ian.

— Appelez-moi Ian, je vous en prie.

Elle acquiesça.

— Ian, je voulais d'abord vous remercier de votre gentillesse et de votre hospitalité.

— C'est moi qui dois vous remercier, Gillian, de m'avoir ramené mon fils.

— Elle souhaite partir avec Ramsey, et je pense qu'elle a raison, intervint Judith.

— Ah, bon ? fit Ian en jetant un coup d'œil à Brodick.

— Ramsey, vous rentrez chez vous aujourd'hui, n'est-ce pas ? demanda Gillian.

À son tour, le chef des Sinclair lança un regard discret en direction de Brodick.

— C'est exact, répondit-il.

Gillian se tourna de nouveau vers Ian.

— Je sais que vous avez à cœur de démasquer l'homme qui a trahi Ramsey…

— Il nous a tous trahis, Gillian, coupa Ian.

— Oui, approuva Gillian, mais…

Elle s'interrompit et tenta de calmer les battements précipités de son cœur. Imposer son choix à ces trois géants ne serait pas chose facile, et elle voulait justifier sa décision pendant qu'elle en avait le courage.

— Je dois avoir retrouvé ma sœur avant la fin de l'été, ce qui ne me laisse que quelques semaines, reprit-elle. Puisqu'elle vit parmi les MacPherson et que ceux-ci relèvent désormais du clan Sinclair, j'aimerais partir avec Ramsey dès aujourd'hui, pour commencer tout de suite mes recherches. Et j'espère votre soutien à tous.

Après avoir débité son petit discours, elle croisa les bras et s'efforça de paraître sûre d'elle.

— Votre décision ne m'étonne guère, répondit Ian. Nous nous y attendions plus ou moins.

— Vous m'avez inquiétée pour rien, murmura Gillian à Judith.

— Ne vendez pas la peau de l'ours avant de l'avoir tué, répliqua son amie sur le même ton.

— Ramsey, qu'en dis-tu ? demanda Ian. Acceptes-tu d'emmener Gillian avec toi dès aujourd'hui ?

— Nous pouvons même partir immédiatement, si c'est ce qu'elle souhaite.

— Et toi, Brodick ? demanda Judith. Que penses-tu du plan de Gillian ?

Sans laisser au chef des Buchanan le temps de répondre, Gillian déclara :

— Brodick va venir avec moi.

— Tiens donc ? répliqua tranquillement celui-ci.

Le pouls de Gillian s'emballa de nouveau. Elle se sentait paniquée. Elle était terrifiée à l'idée de quitter Brodick, comprit-elle soudain. Seigneur ! Comment avait-elle pu autant s'attacher à lui, et en aussi peu de temps ? Elle savait qu'elle n'avait aucun droit de l'impliquer dans ses problèmes, mais elle n'était pas encore prête à se séparer de lui.

— Les Buchanan sont en guerre contre les MacPherson, murmura Judith. Je crois que vous en demandez trop à Brodick.

— Pour l'instant, elle ne m'a rien demandé, intervint l'intéressé.

— Judith, les Buchanan ne sont pas en guerre contre les MacPherson, rectifia Ian. Simplement, ils ne les aiment pas. D'une manière générale, ils n'aiment pas les mauviettes.

— Tout le monde ne peut pas être aussi fort que vous, Brodick, objecta Gillian. Vous devriez protéger les faibles, plutôt que de les piétiner.

Les trois hommes échangèrent un regard amusé. Sans doute la trouvaient-ils bien naïve, songea Gillian.

— Je n'ai pas raison ? insista-t-elle.

— Non, répondit Brodick. Les faibles ne peuvent pas survivre, dans les Highlands.

Ian et Ramsey opinèrent du chef.

— Les MacPherson sont des sangsues, dit Brodick à Ramsey. Ils suceront toute la force des Sinclair, y compris la tienne. Et quand ils vous auront détruits, ils chercheront une autre cible compatissante pour faire de même.

— À vous entendre, la compassion est un péché ! s'exclama Gillian.

— En l'occurrence, c'en est un.

— Ramsey a la réputation d'être charitable, c'est pourquoi les MacPherson se sont adressés à lui, renchérit Ian.

Tandis que la conversation se poursuivait, Gillian remarqua l'étrange manège de quatre jeunes femmes, qui s'étaient rapprochées des écuries et observaient leur petit groupe. Elles étaient probablement venues parler à lord Maitland et attendaient poliment que celui-ci ait fini de discuter pour l'aborder.

— Je n'ai pas plus d'indulgence que vous pour ceux qui vivent aux crochets des autres, répliqua Ramsey. Cela dit, je pense que vous vous trompez tous les deux, en ce qui concerne les MacPherson. Leur problème, c'est que leurs guerriers sont mal entraînés.

— C'est bien ce qui nous inquiète, Ramsey, dit Ian. Une fois qu'ils seront assez forts pour ça, ils se retourneront contre toi.

— Heureusement pour toi, Ian et moi ne les laisserons pas t'anéantir, ajouta Brodick. Si tu ne surveilles pas tes arrières, nous nous en chargerons.

— Je sais ce que je fais, rétorqua Ramsey avec autorité. Et vous n'avez pas à vous en mêler.

— Croyez-vous que le traître soit un MacPherson ? intervint Judith.

— L'idée nous a effectivement effleuré l'esprit, répondit Ian.

Judith se tourna vers Brodick.

— Si cet homme apprend que Gillian l'a vu et qu'elle peut le dénoncer… il voudra la réduire au silence.

— Oui, mais il ignore que je l'ai vu, objecta Gillian. Je n'ai donc rien à craindre.

— Qui, en dehors de vous trois, sait que Gillian a vu le traître ? demanda Judith à son mari.

— Mon frère, Patrick, ainsi que Dylan et Winslow. Et Ramsey a prévu de le dire à Jason.

— Pourquoi l'avoir révélé à Winslow ? s'étonna Judith.

— Vous ne faites pas confiance au frère de Brodick ? s'écria Gillian.

— La question n'est pas là, répondit Judith. J'ai parfaitement confiance en lui. Simplement, Winslow commande nos guerriers. Si Ian a décidé de le lui dire, c'est qu'il avait une idée derrière la tête.

Ian semblait mal à l'aise. Il regarda Gillian, avant d'expliquer à sa femme :

— Il fallait que Winslow soit averti pour qu'il puisse tout préparer.

— Préparer quoi ? demanda Judith.

— Nos troupes.

Gillian écarquilla les yeux.

— Pour une bataille ?

— Oui.

— Vous comptez vous rendre en Angleterre ?
— Oui.
— Quand ?
— Dès que tu nous auras donné les noms des trois crapules, intervint Brodick.
La jeune femme se tourna vers lui.
— Nous ? Dois-je comprendre que Dylan a également été chargé de préparer les Buchanan au combat ?
Il sourit.
— Mes guerriers sont toujours prêts à se battre.
— Mais pourquoi ?
— Comment peux-tu me poser une question pareille ? Ian est mon allié et son fils est mon protégé. Je dois venger Alec.
— Il y a aussi une autre raison, ajouta Ramsey.
— C'est exact, acquiesça Brodick. Il y a une autre raison.
— Laquelle ? s'enquit Judith.
Brodick secoua la tête, refusant de s'expliquer. Gillian s'adressa alors à Ramsey :
— Préparez-vous aussi vos troupes ?
— Oui.
Incrédule, la jeune femme se tourna vers la seule personne qui lui parût encore raisonnable :
— Judith, ils ne peuvent quand même pas envisager sérieusement d'envahir l'Angleterre !
— Ils s'en sentent capables, répondit son amie.
— Il ne s'agit que de trois hommes, dit Ian. Il n'est pas question de se battre contre un pays tout entier.
— Mais ce sont des barons très puissants, objecta Gillian. Ils appelleront le roi Jean à la rescousse, qui enverra son armée pour les défendre. Que vous le vouliez ou non, ce sera bel et bien une guerre.
— Tu ne comprends pas, répliqua Brodick. Ton roi ne saura même pas que nous avons pénétré sur ses terres. Personne ne nous verra.

— Et comment comptez-vous faire pour vous rendre invisibles ?

— Gillian, épargnez-nous vos sarcasmes, lança sèchement Ramsey.

— D'accord, Jean ne saura pas que vous avez franchi la frontière, admit-elle en tentant de recouvrer son sang-froid. Mais dites-moi au moins quand aura lieu cette invasion dont personne n'entendra parler.

— Nous vous avons déjà répondu. Nous nous mettrons en route dès que vous nous aurez donné les noms de ces trois porcs.

— Je vois. Mais maintenant que je connais vos intentions, je ne vous donnerai jamais leurs noms. Je me débrouillerai toute seule. D'une manière ou d'une autre, la justice l'emportera.

Ian s'esclaffa.

— Et que pourriez-vous faire toute seule, Gillian ? Vous n'êtes qu'une femme et…

— Elle est forte, coupa Brodick, prenant sa défense. Et elle est aussi volontaire et intelligente. Je suis convaincu qu'elle saura trouver un moyen de se venger de ces bâtards.

— Merci.

— Ce n'était pas un compliment, juste une constatation, répliqua-t-il. Cela dit, je ne vais pas te laisser nous écarter, Gillian. Dans cette affaire, nous sommes autant concernés que toi.

— Sauf que la vengeance n'est pas mon but principal, contrairement à vous.

Pour toute réponse, il haussa les épaules. Gillian décida de mettre un terme à cette conversation.

— Je peux être prête dans un quart d'heure, dit-elle à Ramsey.

Celui-ci hocha la tête.

— Viens-tu avec nous, Brodick ?

— C'est à Gillian de me poser la question.

— Brodick, je crois me rappeler que quand Annie Drummond a soigné ma plaie, vous avez déclaré que je ne crierais pas.

— Et tu n'as pas crié.

— En effet. Mais vous ne m'aviez pas consultée avant. Alors, j'imite votre exemple.

— Pour l'amour de Dieu, grommela Brodick, à bout de patience, si tu as envie que je vienne avec toi, Gillian, demande-le-moi. Sinon, je pars.

— Vous m'abandonneriez ? murmura-t-elle, ébranlée par sa menace.

Brodick la regarda droit dans les yeux.

— Demande-le-moi, répéta-t-il.

Gillian s'éloigna de quelques pas, suivie de Brodick.

— Je ne veux pas que vous pensiez que j'ai besoin de vous et que...

— Tu as besoin de moi.

— Pourquoi me compliquez-vous les choses ?

— Parce que je suis un homme compliqué.

— Ça, c'est vrai, intervint Ramsey.

Constatant que tout le monde entendait leur conversation, malgré ses précautions, Gillian rougit. Finalement, elle se jeta à l'eau.

— Voulez-vous venir avec moi ?

— Oui.

— Merci.

Brodick lui souleva le menton.

— Je resterai avec toi jusqu'à ce que tu rentres en Angleterre. Je t'en donne ma parole. Maintenant, cesse de t'inquiéter.

Puis, comme s'il avait oublié qu'ils n'étaient pas seuls, il se pencha pour l'embrasser. Ce ne fut qu'un petit baiser furtif, qui dura à peine plus d'une seconde, mais cela suffit pour que Gillian sente son cœur s'emballer.

— Aussi longtemps que Gillian séjournera dans les Highlands, je me considérerai comme responsable de sa sécurité, déclara Ian. Elle m'a rendu mon fils sain et sauf. À présent, il est de mon devoir de la protéger.

— J'ai aussi une dette envers elle, renchérit Ramsey. Elle m'a averti du danger qui menaçait Michael.

Ian se tourna vers Brodick et reprit :

— J'entends veiller également sur sa réputation.

— Ce qui signifie ? demanda Brodick.

— Les gens vont parler, expliqua Judith. Nous n'avons pas envie que Gillian souffre de leurs racontars.

— Que pourraient-ils dire ? s'enquit Gillian.

Judith évita de donner une réponse trop précise, pour ne pas embarrasser son amie.

— Certains seront cruels. Pas les Maitland, bien sûr. Mais d'autres...

— Judith essaie de vous dire qu'on va raconter partout que vous êtes la maîtresse de Brodick.

— Ian ! Tu n'étais pas obligé d'être aussi direct ! protesta sa femme.

— Il fallait qu'elle comprenne.

— Y a-t-il déjà des rumeurs à mon sujet ? interrogea Gillian.

Ian haussa les épaules.

— Ce n'est pas une réponse satisfaisante, objecta Brodick. Sa réputation est-elle déjà entachée, oui ou non ?

Cette éventualité semblait le mettre hors de lui. Gillian se raidit.

— Je me moque des racontars, dit-elle. En fait, je n'avais même pas pensé... Enfin, c'est-à-dire... J'ai tellement d'autres soucis plus importants que je...

Elle réussit à se ressaisir et ajouta d'une voix ferme :

— Les gens qui passent leur temps à dénigrer leur prochain sont des imbéciles qui ne m'intéressent pas. Ils peuvent bien raconter ce qui leur chante. Je sais qui je suis et je n'ai de comptes à rendre qu'à Dieu.

— Mais moi, je ne me moque pas des rumeurs, insista Brodick. Et je ne laisserai personne te déshonorer.

— Comment comptes-tu les en empêcher ? demanda Ramsey.

— Oui, renchérit Ian. Explique-nous un peu ton plan.

Dans l'esprit de Brodick, il n'y avait qu'une solution. Il soupira.

— Je suppose qu'il faut que je l'épouse.

Gillian faillit s'étrangler.

— Vous supposez mal.

Tout le monde, y compris Judith, ignora sa protestation.

— Ça me paraît être une bonne idée, dit Ian.

— Oui, approuva Ramsey. De toute façon, Brodick se montre déjà possessif comme un mari, avec Gillian. Hier soir, il m'a à peine permis de l'approcher.

— Il sait trop bien comment réagissent les femmes à ton contact, plaisanta Ian. Il se méfie.

— Je me suis laissé dire qu'il avait embrassé Gillian devant tout le monde, hier soir.

Brodick haussa les épaules.

— Non. Pas devant tout le monde.

— Tu voulais proclamer qu'elle t'appartenait, ajouta Ian. C'est pour cela que tu l'as embrassée en public.

La pauvre Gillian resta muette pendant cet échange, l'air hébété. Judith prit pitié d'elle, car elle se doutait que la jeune femme n'était pas encore habituée au franc-parler des Écossais.

— Je parie que ce n'était qu'un petit baiser amical, comme auraient pu en échanger deux cousins qui se retrouvent, dit-elle.

Gillian hocha frénétiquement la tête, mais Brodick marmonna distinctement :

— Pour sûr, que c'était un baiser amical.

Judith préféra ne pas insister. Si elle avait appris une chose depuis qu'elle vivait avec Ian, c'était que les Écossais ignoraient la subtilité. Quand ils pensaient quelque chose, ils le disaient. De même, quand ils voulaient quelque chose – fût-ce une femme –, ils s'en emparaient. C'était aussi simple que cela. Cela ne les empêchait pas de respecter les femmes. D'ailleurs, en règle générale, ils les épousaient avant de les glisser dans leur lit. Brodick, visiblement, désirait Gillian et avait bien l'intention de parvenir à ses fins, d'autant que ses deux plus fidèles amis venaient de lui faire comprendre, à leur manière rugueuse, qu'ils approuvaient cette alliance et l'encourageaient.

En revanche, aucun des trois ne semblait se soucier des sentiments de la jeune femme, qui paraissait de plus en plus abasourdie. Judith lui étreignit la main, l'assurant silencieusement de son soutien.

— Brodick ?

— Oui, Judith ?

— Aimes-tu Gillian ?

Un silence de mort accueillit sa question. Si un regard avait pu tuer, Ian se serait retrouvé veuf dans l'instant, réalisa Judith. Un peu plus, et des filets de fumée seraient sortis des narines de Brodick. De toute évidence, le farouche guerrier ne souhaitait pas aborder un sujet aussi personnel. Judith, pourtant, ne se démonta pas.

— L'aimes-tu ? répéta-t-elle.

— Chérie, tu ne devrais pas poser ce genre de question, dit Ian.

— Je ne suis pas de cet avis. Il faut bien que quelqu'un pense aux intérêts de Gillian et s'occupe d'elle.

— Nous nous occupons d'elle, objecta Ramsey.

— Ça ne suffit pas, répondit Judith. Avez-vous oublié qu'elle est anglaise ?

— Elle était anglaise, rétorquèrent Ian et Ramsey d'une même voix.

Judith, exaspérée, se tourna vers Ramsey.

— N'aviez-vous pas juré d'épouser des Écossaises, Brodick et toi ?

— C'est exact, admit Ramsey. Mais Brodick a manifestement changé d'avis.

— Je me soucie de sa réputation, marmonna Brodick.

— Eh bien, dans ce cas, contente-toi de ne plus l'approcher, suggéra Judith.

— Ce n'est pas une solution acceptable, objecta Brodick.

— Pourquoi pas ? insista Judith.

— Parce qu'il est incapable de ne pas l'approcher, répondit Ramsey. Tu devrais t'en être rendu compte, Judith.

Judith changea de tactique.

— Brodick, lui as-tu expliqué à quoi ressemblerait son existence, chez les Buchanan ?

Il haussa les épaules.

— Il m'a dit que je serais malheureuse, murmura Gillian d'une toute petite voix.

Elle avait d'abord été furieuse que Brodick s'imagine pouvoir décider seul de son avenir, mais sa colère avait laissé la place à l'incrédulité. À présent, elle attendait le moment où ils éclateraient tous de rire et lui diraient que cette histoire de mariage n'était qu'une farce, qu'ils avaient simplement voulu s'amuser un peu à ses dépens. Et quand ce moment viendrait, Gillian savait déjà qu'elle éprouverait un petit pincement au cœur.

— C'est vrai, elle serait malheureuse, confirma Brodick.

Ramsey éclata de rire.

— Pour une fois, tu es lucide ! Je plains quiconque, homme ou femme, qu'on obligerait à vivre parmi ces sauvages de Buchanan.

— Allez-vous enfin cesser cette comédie ? s'exclama soudain Gillian, qui avait repris ses esprits.

— Je ne pense pas qu'ils plaisantent, lui chuchota Judith. Si vous n'avez pas encore compris, je crois qu'il faudrait que je vous explique…

Gillian se passa nerveusement la main dans les cheveux.

— M'expliquer quoi, à la fin ?

— Ils ne plaisantent jamais. Brodick a réellement l'intention de vous épouser.

16

— Brodick, j'aimerais m'entretenir en privé avec vous, dit Gillian, plus furieuse que jamais.

— Pas maintenant, Gillian, répliqua-t-il avec impatience. Ramsey, nous partons dans un quart d'heure. Ça te va ?

— Ça me va, acquiesça Ramsey, qui salua les dames avant de s'éloigner.

Ian passa un bras autour de l'épaule de Judith.

— Allons voir les enfants, proposa-t-il. Ils sont partis chez Patrick et Catherine.

Judith n'eut pas le choix, car son mari l'entraînait déjà sur le chemin. Gillian se retrouva donc seule avec Brodick, mais celui-ci ne faisait déjà plus attention à elle. Il essayait de distinguer Dylan dans le champ où une centaine de guerriers s'entraînaient.

Pendant ce temps, Gillian vit les quatre jeunes femmes qui avaient attendu patiemment la fin de leur conversation se lancer à la poursuite de Ramsey.

— Que font-elles ? s'enquit-elle.

Brodick jeta un coup d'œil aux jeunes femmes.

— Elles courent après Ramsey, répondit-il, du ton de quelqu'un qui constate une évidence.

— Pourquoi ?

— Pourquoi quoi ? demanda-t-il, tout en continuant à chercher Dylan du regard.

Gillian soupira.

— Pourquoi courent-elles après lui ?

La question le surprit.

— Elles le font toutes.

— Toutes les femmes courent après lui ? insista Gillian, toujours perplexe.

— Oui.

— Mais pourquoi ?

— Tu n'as pas une petite idée ?

— Si je le savais, je ne vous le demanderais pas, Brodick.

— Elles le trouvent… beau, répondit-il finalement. En tout cas, c'est ce qu'on m'a dit.

— Elles ne courent quand même pas après lui juste pour son physique ?

— Elles se moquent de son caractère. Elles prennent simplement plaisir à le regarder.

— Vous essayez de me faire rire pour que j'oublie votre attitude insultante, c'est ça ?

— Je te jure que je dis la vérité. Les femmes sont folles de Ramsey. Toi-même, tu ne le trouves pas très séduisant ?

— Je ne m'étais pas vraiment posé la question jusqu'ici, répondit-elle. Il est beau, c'est vrai, mais Ian aussi. Et je suis étonné que ces jeunes femmes ne courent pas après vous. Vous êtes largement aussi…

Elle s'arrêta à temps. Seigneur Dieu ! Elle avait failli lui avouer l'attirance qu'elle éprouvait pour lui. Mais elle ne lui permettrait pas de deviner combien il la troublait. Cela n'aurait fait que le conforter dans son arrogance, et c'était bien la dernière chose qu'elle désirait.

— Je suis largement aussi quoi ? demanda-t-il.

Gillian détourna les yeux.

— Je sais pourquoi les femmes ne vous courent pas après, déclara-t-elle. C'est parce que vous les effrayez.

Il rit.

— C'est bon à savoir. Ah ! J'aperçois Dylan.

Sur ces mots, il partit à la rencontre du guerrier. Gillian était sidérée par un tel manque de courtoisie. Brodick ne lui avait même pas adressé un regard avant de lui tourner le dos.

— Oh, non, murmura-t-elle, n'espérez pas vous débarrasser de moi aussi facilement !

Elle s'avança dans la prairie où s'affrontaient les guerriers.

— Brodick ! cria-t-elle. J'insiste pour avoir un entretien avec vous !

Mais il était déjà loin devant elle et n'avait probablement rien entendu, à cause du vacarme des épées qui s'entrechoquaient.

Gillian releva ses jupes et courut pour le rattraper. Dans sa précipitation, elle faillit bousculer un guerrier et en évita un autre de justesse.

— Excusez-moi, dit-elle, avant de filer entre deux autres combattants stupéfaits.

La jeune femme était mortifiée de causer un tel embarras. Bientôt, elle se retrouva au milieu d'un essaim de guerriers maniant l'épée comme si leur vie en dépendait. Aucun ne semblait réaliser qu'il ne s'agissait que d'un entraînement.

Dans le chaos, Gillian avait perdu Brodick de vue. Mais elle ne tarda pas à l'entendre, et son rugissement la pétrifia. Aussitôt, tous les guerriers s'immobilisèrent et firent cercle autour d'elle. Gillian comprit qu'elle était la cause de cette interruption et poussa un soupir résigné.

— Je suis désolée, messieurs. Je ne voulais pas vous déranger. Je suis vraiment… Oh, voilà Brodick ! Laissez-moi passer, s'il vous plaît.

Mais les guerriers étaient trop médusés par son intrusion pour bouger. Brodick dut leur ordonner de s'écarter. Alors, en une seconde, un passage s'ouvrit devant la jeune femme. Et Brodick se dressait au bout du chemin, les jambes écartées, les mains sur les hanches, l'air furieux.

Gillian envisagea de faire demi-tour, mais un coup d'œil par-dessus son épaule lui apprit que Dylan et Winslow se tenaient à l'autre bout du champ, prêts à l'empêcher de s'enfuir. Puisqu'elle était prise au piège, la jeune femme décida de s'en sortir la tête haute. Elle se redressa et marcha tranquillement vers Brodick.

— Pour l'amour du Ciel, Gillian, à quoi pensais-tu ? Tu aurais pu te faire tuer !

Un murmure d'approbation parcourut la foule des guerriers. Rouge de confusion, Gillian se tourna vers eux et, les mains jointes comme pour une prière, elle répéta :

— Je suis terriblement désolée d'avoir perturbé votre entraînement, messieurs. Je ne me suis pas rendu compte de ce que je faisais.

La sincérité de ses excuses convainquit les guerriers. Plusieurs s'inclinèrent même respectueusement devant elle, tandis que d'autres lui assuraient qu'ils lui pardonnaient.

Leur gentillesse réconforta Gillian et lui redonna du courage. Mais, quand elle se retourna vers Brodick, elle perdit son assurance. Il semblait vouloir l'étrangler.

— Je désirerais vous parler, dit-elle, d'une voix qu'elle aurait souhaitée plus ferme.

Il se précipita vers elle, tel un taureau furieux, et l'attrapa par le bras sans ralentir son allure. Gillian n'eut guère le choix. Elle dut le suivre, ce qui l'obligea pratiquement à courir. Si elle avait résisté, il l'aurait traînée derrière lui comme un vulgaire sac de pommes de terre.

— Lâchez-moi ou ralentissez, supplia-t-elle.

Il ralentit.

— Je te jure, Gillian, tu éprouverais la patience d'un saint !

— Vous n'êtes pas un saint, Brodick Buchanan, quoi qu'ait pu vous dire votre mère.

Il sourit.

— Tu sais que tu me plais vraiment ?

La jeune femme n'était pas d'humeur à accepter des compliments, surtout s'ils étaient dits sur ce ton ironique.

— Je vous rends votre liberté, déclara-t-elle.

— Ce qui signifie ?

— Que vous n'avez plus à vous inquiéter pour ma réputation. Si je ne m'en préoccupe pas moi-même, pourquoi vous en soucier ? Vous n'avez pas besoin de m'épouser.

— Je vois.

Tout en parlant, il l'entraînait vers un bouquet d'arbres.

— Où m'emmenez-vous ?

— Dans un endroit où nous serons plus à l'aise pour discuter.

Gillian renonça à lui rappeler que c'était précisément ce qu'elle lui avait demandé avant qu'il ne parte retrouver Dylan. Cette fois, enfin, ils allaient pouvoir s'expliquer tranquillement.

— Je sais pourquoi vous avez fait ça.

— J'ai fait quoi ?

— C'était de la galanterie. Vous avez proposé de m'épouser uniquement par galanterie.

Il éclata de rire.

— Gillian, je ne propose jamais rien. Je donne des ordres. Tu saisis la différence ?

— Ce n'est pas le moment de jouer sur les mots, répliqua-t-elle. Je veux simplement vous dire que vous n'avez pas besoin de vous conduire ainsi. Tout est ma faute, je le sais. Je n'aurais jamais dû vous demander de venir avec moi chez Ramsey.

— Je fais ce que j'estime nécessaire, et toujours de mon plein gré, rétorqua-t-il sèchement.

— Vous n'avez pas à vous sentir responsable de moi, insista Gillian.

Ils étaient arrivés vers le bouquet de sapins. Brodick lâcha la main de Gillian et s'adossa à un arbre pour écouter, les bras croisés, les arguments qu'elle continuait à développer. Cependant, il ne tarda pas à ne plus rien entendre. Gillian avait-elle réellement conscience de sa beauté ? En tout cas, elle ne semblait pas se soucier des apparences, ce qui la distinguait – en bien – de la plupart des autres femmes. Dans le feu de la discussion, le vert de ses yeux devenait plus foncé, et Brodick dut lutter contre son désir de la prendre dans ses bras.

— Vous comprenez, à présent ?

Bon sang, de quoi parlait-elle ? Il avait complètement perdu le fil de la conversation.

— Comprendre quoi ? dit-il.

Gillian leva les yeux au ciel.

— M'avez-vous écoutée, au moins ?

— Non.

— Brodick, je ne vous épouserai pas. Vous n'avez pas à vous sacrifier pour moi. C'est clair, non ?

— Gillian ?

— Oui ?

— Aimes-tu être avec moi ?

La jeune femme tenta d'éluder la question. Il ne fallait pas que Brodick devine les sentiments qu'elle cherchait désespérément à lui cacher.

— En ce moment, vous voulez dire ?

— Tu as parfaitement compris ce que je voulais dire.

— Brodick, je...

— Réponds-moi.

Elle baissa les yeux.

— Oui, j'aime bien être avec vous... beaucoup, même, avoua-t-elle. Mais là n'est pas la question, s'empressa-t-elle d'ajouter. Nous ne nous connaissons que depuis quelques jours, et vous devez rentrer chez vous pour diriger votre clan. Vous êtes le seigneur des Buchanan, après tout.

— Je sais quand même qui je suis, rétorqua-t-il froidement.

— Ne prenez pas ce ton avec moi, répliqua Gillian.

Puis, voyant qu'il souriait, elle s'emporta franchement.

— Je vous amuse, peut-être ?

— Je te trouve délicieuse, figure-toi, et tellement différente des autres...

Gillian en resta presque sans voix.

— C'est vrai ?

— Oui, c'est vrai. Je ne connais pas beaucoup de femmes qui oseraient se montrer aussi insolentes et me tenir tête comme tu le fais.

— Je n'avais pas l'impression d'être insolente. Et je ne me mets pas facilement en colère. C'est vous qui m'avez poussée à bout.

— C'est bon à savoir.

Gillian fit un pas vers lui.

— Ne détournez pas la conversation, s'il vous plaît. J'avais commencé à vous expliquer...

— Que tu me rendais ma liberté, c'est bien cela ?

— Exactement.

Il tendit la main vers elle, mais elle recula précipitamment.

— Ne faites pas ça.

— Faire quoi ?

— M'embrasser. C'était bien ce que vous aviez en tête, non ?

Il s'adossa de nouveau au tronc d'arbre.

— En as-tu envie ?

Gillian se passa la main dans les cheveux.

— Oui… Enfin, non. Oh, arrêtez de me poser toutes ces questions ! s'écria-t-elle. Je ne peux pas vous épouser. Je dois retrouver ma sœur et ce maudit coffret, puis rentrer en Angleterre. Si je vous épousais maintenant, vous ne me garderiez pas longtemps.

— As-tu si peu confiance en moi ? Crois-tu que je ne saurais pas te protéger ?

— Bien sûr que si, répondit Gillian sans hésiter. Mais mon combat n'est pas le vôtre, et je ne veux pas vous y mêler. S'il vous arrivait quoi que ce soit, je ne me le pardonnerais jamais.

Une pensée traversa soudain l'esprit de Brodick.

— Y a-t-il un homme qui t'attend, en Angleterre ?

Pour la première fois depuis qu'ils avaient débuté cette conversation, il ne paraissait plus aussi sûr de lui. Cette vulnérabilité subite émut Gillian. Elle aurait pu mentir et mettre ainsi un point final à la discussion, mais elle considéra qu'elle lui devait la vérité.

— Non, il n'y a pas d'autre homme. Excepté mon oncle Morgan.

— Ton oncle t'a-t-il choisi un mari ?

— Non.

Il resta un moment silencieux, avant de reprendre :

— Je pense qu'il me trouverait acceptable.

— Je le pense aussi.

— Il serait même sans doute ravi de savoir que tu as épousé un lord.

Brodick s'était à nouveau réfugié derrière son armure de guerrier arrogant.

— Mon oncle serait ravi de savoir que vous êtes respecté par votre clan, mais ce n'est pas pour cela qu'il vous trouverait acceptable.

— Pourquoi, alors ? demanda-t-il, curieux.

— Parce qu'il ne se laisserait pas abuser par vos manières bourrues. Vous êtes courageux, honnête et loyal envers ceux que vous aimez. Vous êtes un homme d'honneur, Brodick, et mon oncle ne s'y tromperait pas. Il lirait dans le fond de votre cœur.

— Et toi, Gillian ? Devines-tu ce qu'il y a au fond de mon cœur ? dit-il d'une voix aussi douce qu'une caresse.

La jeune femme frissonna. Le soleil qui filtrait à travers les branches des sapins dessinait une auréole autour de la tête de Brodick, ajoutant encore à sa beauté. Gillian ne se lassait pas de le contempler. Soudain, elle réalisa qu'elle regardait sa bouche et s'obligea à baisser les yeux. Avant de rencontrer Brodick, aucun homme ne lui avait inspiré de pensées impures. Mais aujourd'hui, elle avait bien conscience qu'elle aurait une longue confession à faire, la prochaine fois qu'elle verrait un prêtre.

— Avez-vous connu beaucoup de femmes ?

Elle se mordit la lèvre et ajouta aussitôt :

— Ne répondez pas. Je n'aurais pas dû vous demander ça.

— Tu peux tout me demander, répondit-il. Oui, j'ai connu beaucoup de femmes, précisa-t-il d'un ton calme. Veux-tu que j'essaie de compter ?

— Non, ce n'est pas la peine, assura-t-elle en fixant le sol. Est-ce que... est-ce qu'il y en a une qui vous attend ?

— J'imagine qu'elles sont plusieurs à attendre mon retour.

Elle releva la tête et croisa son regard.

— Vous ne pouvez pas épouser plusieurs femmes, Brodick. Juste une seule.

— Ces femmes attendent de partager mon lit, expliqua-t-il en réprimant un fou rire. Mais aucune n'espère m'épouser.

Gillian décida qu'elle détestait chacune de ces femmes. Ce brusque accès de jalousie l'étonna, mais ce fut plus fort qu'elle. Elle avait beau savoir qu'elle ne serait jamais l'épouse de Brodick, l'idée qu'il accorde ses faveurs à une autre la rendait malade.

— Ces femmes continueront-elles à partager votre lit, après votre mariage ?

— Je ne m'étais encore jamais posé la question, avoua-t-il.

— Alors, c'est le moment de vous la poser.

En le voyant sourire, Gillian réalisa qu'il avait lu dans ses pensées... et qu'il allait probablement chercher à en profiter. Elle était si décontenancée qu'elle aurait voulu le gifler et l'embrasser en même temps.

— Cela m'étonnerait que votre épouse apprécie que vous couchiez avec d'autres femmes.

— Gillian, quand nous nous marierons, je ne posséderai personne d'autre que toi. Nous nous jurerons fidélité, pour le meilleur et pour le pire. Tu n'as donc pas à t'inquiéter pour ces broutilles. Ton oncle Morgan, s'il est vraiment perspicace, comprendra bien que je saurai prendre soin de toi.

— Je peux très bien prendre soin de moi toute seule. Mon oncle m'a appris à me défendre. Vous êtes-vous imaginé que j'étais faible, parce que Alec vous a raconté qu'on m'avait battue ?

— Non, répondit-il. Tu as fait preuve de force et de courage en protégeant Alec du monstre qui voulait le frapper.

Et il ajouta, avec son arrogance coutumière :

— Je n'épouserais jamais une femme faible.

Gillian avait envie de se pendre à son cou. Certes, son oncle lui avait appris à se défendre. Mais, pour l'instant, elle ne savait toujours pas comment se protéger de Brodick. Et elle commençait déjà à redouter leur séparation. Lorsqu'elle rentrerait en Angleterre, sa vie ne serait plus jamais la même.

— Dis-moi que tu m'aimes, Gillian.

— Je vous aime, admit-elle. Mais cela m'angoisse presque. Je ne parviens pas à comprendre comment ça a pu arriver… si vite. Je n'avais certainement pas l'intention de tomber amoureuse en arrivant en Écosse.

Elle secoua la tête et ajouta :

— Tout ceci n'a pas d'importance, de toute façon. Je ne peux pas vous épouser.

Brodick s'était détendu. Bien qu'il eût deviné que Gillian l'aimait, il se sentait plus rassuré, maintenant qu'elle le lui avait avoué.

— Tu es à moi, Gillian.

Déroutée par la véhémence de son affirmation, la jeune femme recula d'un pas.

— Non.

— Si. Aucun autre homme ne te touchera. Désormais, tu m'appartiens.

— Quand avez-vous décidé cela ?

— Quand tu m'as dit que tu m'aimais. Je le savais déjà, mais il fallait que je l'entende de ta bouche.

Gillian fondit en larmes.

— Pourquoi insistez-vous ? Je ne pourrai jamais avoir une maison comme celle d'Annie Drummond. Vous essayez de me mettre des rêves dans la tête, mais c'est cruel. Ne me faites pas miroiter ce que je ne posséderai jamais.

— Tu veux une maison comme celle d'Annie ? demanda-t-il, perplexe. Pourquoi ?

— Oh, peu importe ! Vous ne comprendriez pas, de toute façon.

— Si tu m'expliques, je comprendrai peut-être.

— Ce n'est pas tellement la maison d'Annie en elle-même, mais tout ce qu'elle représente. Elle a un joli petit intérieur, un mari qui l'aime... Sa vie est idyllique.

— Mais tu ne sais pas comment vit Annie, en réalité. Tu n'es pas dans sa peau.

— Arrêtez d'être toujours aussi rationnel ! J'essaie simplement de vous faire comprendre que je ne pourrai jamais connaître la même existence qu'Annie. Je dois rentrer en Angleterre.

Brodick la serra dans ses bras.

— Tu t'es engagée avec moi à l'instant où tu m'as avoué que tu m'aimais. Le reste n'a pas d'importance. Je me moque bien que les choses soient compliquées. Tu es à moi, désormais. Pensais-tu vraiment que je te laisserais partir ?

Gillian se répétait qu'elle devait se montrer forte et ne pas lui céder. Elle tenta de le repousser, pour mettre un peu de distance entre eux. Quand elle se trouvait trop près de Brodick, elle avait dangereusement tendance à tout oublier.

Mais Brodick était beaucoup trop fort, et il n'avait visiblement pas l'intention de la relâcher. Elle cessa donc de se débattre.

— Qu'allons-nous faire ? murmura-t-elle, à nouveau au bord des larmes.

Brodick sourit de contentement. Elle n'avait pas dit « Que vais-je faire ? » mais « Qu'allons-nous faire ? ». Il lui embrassa le front et ferma les yeux, pour mieux savourer son parfum. Ses cheveux dégageaient un doux parfum de rose. Elle ne ressemblait pas du tout aux femmes Buchanan, et il devait admettre qu'elle l'intimidait un peu. Sa peau était merveilleusement douce et son sourire angélique. Non, décidément, elle n'était pas comme les autres femmes. Lorsqu'il l'avait vue pour la première fois, il l'avait trouvée trop menue, trop fragile, et l'avait jugée incapable de résister au genre de vie qu'il menait. Cependant, il avait deviné en même temps l'étonnante force intérieure qu'elle possédait. Gillian était courageuse et volontaire. Pour ces deux raisons, et pour une bonne centaine d'autres, il ne voulait plus jamais se séparer d'elle.

— Je vais te promettre quelque chose, dit-il. Après cela, tu cesseras de t'inquiéter.

— Qu'allez-vous me promettre ?

— Si tu rentres en Angleterre, je viendrai avec toi.

— Comment ça, si je rentre ?

— Rien n'est décidé, pour l'instant.

— Il me semble que c'est à moi de prendre ce genre de décision. Et je rentrerai seule. Je ne veux pas qu'il vous arrive quelque chose.

Elle avait dit cela avec une émotion qui surprit et ravit Brodick à la fois. C'était la première fois que quelqu'un se souciait de lui à ce point. Il n'avait plus de famille depuis longtemps, excepté Winslow, mais les deux frères n'étaient pas intimes. Ils s'aimaient, bien sûr, mais ne s'étaient jamais témoigné leur affection.

— Tu dois avoir confiance en moi, lui dit-il avec autorité. Je suis capable de te protéger.

— Vous ne savez pas de quoi vous parlez. Ce sont des hommes diaboliques, qui ne reculent devant rien. Et ils ont le soutien du roi.

— Ils ne sont pas invulnérables. Le sang des Highlands ne coule pas dans leurs veines.

— Vous plaisantez, j'espère ? Un Écossais n'est pas plus immortel qu'un Anglais.

— Tu dois me faire confiance, répéta-t-il. Je te le demande.

Gillian renonça à discuter.

— Je vous fais confiance et j'essaierai de ne pas m'inquiéter, mais je ne peux pas vous promettre plus. Vous aurez beau m'ordonner tout ce que vous voudrez, cela ne changera rien à ce que je pense.

— Chaque homme a ses faiblesses, répliqua-t-il. Je te promets de trouver les leurs.

— Chaque homme, vraiment ?

— Oui.

Il lui caressait les cheveux, son regard perdu dans le sien.

— Quelle est votre faiblesse, Brodick ? demanda-t-elle.

— Toi.

17

Brodick s'empara de sa bouche. Ce n'était pas une simple caresse de ses lèvres, mais un baiser profond, passionné, destiné à lui montrer à quel point il la désirait. Gillian lui répondit, timidement d'abord, puis avec une ardeur égale à la sienne. Leurs langues se mêlaient dans un ballet enfiévré. Brodick la serra un peu plus fort contre lui et laissa échapper un gémissement. La force de son désir se communiquait à la jeune femme, mais elle n'éprouvait aucune peur. Elle lui faisait confiance pour s'arrêter à temps, même s'il ne semblait pas vraiment en prendre le chemin… Du reste, elle ne songeait pas à s'en plaindre. Son baiser envoyait des frissons dans tout son être, éveillant au plus profond d'elle-même l'envie d'aller plus loin.

Brodick renonça un instant à ses lèvres et la plaqua contre lui. Les seins de Gillian se retrouvèrent pressés contre son torse robuste, ses hanches collées contre ses cuisses musclées, et ce contact accrut encore son désir.

— Brodick, je…

Il reprit sa bouche, sauvagement cette fois, puis lui mordilla le lobe de l'oreille. Gillian sentit aussitôt une onde de plaisir lui parcourir l'échine.

— Ne vous…

Sa voix se brisa, et elle frissonna dans ses bras.

Il redressa la tête.

— Quoi ?

Elle soupira.

— Ne vous arrêtez pas.

En l'entendant, Brodick éprouva une satisfaction toute masculine. Il était flatté d'avoir réussi à éveiller son désir en si peu de temps. Dès qu'il aurait vaincu sa timidité, elle se montrerait aussi passionnée que lui, il le savait. D'ailleurs, mieux valait qu'ils se marient rapidement, car il n'était pas sûr de pouvoir attendre encore très longtemps. Et il ne voulait pas la souiller en la possédant avant qu'ils aient échangé leurs vœux devant Dieu. Mais Gillian ne lui facilitait pas les choses. Le simple fait de la regarder l'embrasait de désir.

Ils auraient pu rester une éternité dans les bras l'un de l'autre, simplement à se contempler. Mais le monde les rappela à la réalité. Ramsey cria le nom de Brodick et celui-ci, avec un soupir navré, s'écarta.

— Va préparer tes affaires, dit-il à Gillian. Il est temps de partir.

Sur ces mots, il tourna les talons pour sortir du bosquet.

Gillian lui courut après.

— Merci d'avoir compris.

— Compris quoi ?

— Que je ne pouvais pas vous épouser.

Il continua sa route sans répondre, mais son rire résonna entre les arbres.

Quand Gillian revint chez les Maitland, elle trouva ses affaires déjà emballées par Helen, la gouvernante. Elle la remercia, puis se rappela soudain une promesse qu'elle avait faite. Helen l'aida à l'honorer en la guidant vers les cottages qui se dressaient derrière la demeure des Maitland.

Pendant ce temps, Brodick et Ramsey attendaient devant la grande porte que la jeune femme les rejoigne. Leurs guerriers étaient tous là, un peu à l'écart. Il ne manquait que Michael. Ian et Ramsey avaient en effet décidé que l'enfant, pour sa sécurité, resterait quelque temps chez les Maitland, où il pourrait s'amuser tout son soûl avec Alec.

Au bout de vingt minutes, Brodick commença sérieusement à s'impatienter.

— Bon sang ! Qu'est-ce qu'elle fabrique ? grommela-t-il.

— Elle doit attendre le retour de Ian et Judith, suggéra Winslow, qui se tenait à côté de son frère. Elle veut probablement leur dire au revoir.

Ramsey vit le premier la jeune femme descendre le chemin derrière la maison.

— La voilà !

— Elle n'a pas oublié, constata Winslow avec un sourire ravi.

Sa femme, Isabelle, marchait à côté de Gillian, en compagnie de leurs deux fils. Le plus jeune, Andrew, qui allait sur ses cinq ans, s'accrochait à la main de Gillian.

— Qu'est-ce qu'elle n'a pas oublié ? demanda Brodick à son frère.

— Isabelle était furieuse contre moi parce que je ne l'avais pas présentée à Gillian, hier soir. Gillian m'avait promis de lui rendre visite aujourd'hui.

Brodick hocha la tête.

— C'est une femme de parole.

— Comptes-tu la garder ?

— Oui.

— Elle le sait ?

— Pas encore.

Ramsey, qui avait tout entendu, rit de bon cœur.

— Je la plains. Ce ne sera pas facile pour elle de vivre…

— … avec les Buchanan, termina Brodick à sa place. J'en ai conscience, et c'est la seule chose qui m'inquiète un peu.

Ramsey secoua la tête.

— Ce n'était pas ce que je m'apprêtais à dire. Ce ne sera pas facile pour elle de vivre avec toi. La plupart du temps, tu te montres à peu près aussi aimable qu'un ours mal léché.

Brodick ne se vexa pas.

— Gillian le sait.

— Et tu penses qu'elle voudra quand même de toi ? demanda Winslow.

— En fait, elle a refusé de m'épouser.

Winslow et Ramsey, qui connaissaient l'entêtement de Brodick, s'esclaffèrent.

— Alors, quel jour vous mariez-vous ? demanda Ramsey.

18

L'amour n'était pas supposé arriver si vite.

Gillian passa le plus clair du voyage à penser à Brodick et à se demander comment il avait pu conquérir son cœur en si peu de temps. Cet homme n'était pourtant pas parfait. Mais ses défauts, qu'elle connaissait, ne l'empêchaient pas de l'aimer. Comment était-ce possible ? L'amour, dans l'esprit de Gillian, était un sentiment qui se développait lentement, après des mois de cour assidue, voire des années. Il ne pouvait éclore d'un seul coup.

Mais peut-être confondait-elle désir charnel et amour ? Or ce serait un péché abominable, qu'elle n'oserait jamais confesser à aucun prêtre. Ne s'agissait-il que de luxure ? Brodick était un homme très séduisant, après tout. Mais Ian et Ramsey étaient beaux, eux aussi. Et son cœur ne s'emballait pas pour autant chaque fois qu'elle les voyait. Seul Brodick avait le pouvoir de la faire flageoler sur ses jambes, simplement en posant les yeux sur elle.

Pour l'heure, il ne lui prêtait pas la moindre attention. Lui et Ramsey chevauchaient en tête du convoi, loin devant elle. Brodick ne s'était pas retourné une seule fois pour la regarder, alors qu'elle-même ne pouvait pratiquement pas détourner les yeux de ses larges épaules.

Mais Brodick n'était pas sa seule préoccupation. Gillian avait beau se répéter de ne pas s'inquiéter inutilement, elle ne cessait d'imaginer ce qui l'attendait chez Ramsey. Et si sa sœur n'était plus là ? Elle avait très bien pu se marier et quitter le clan des MacPherson. Et que se passerait-il si Gillian la retrouvait, mais que Christen ne la reconnaisse pas ? Christen n'avait pas eu Lisa pour entretenir sa mémoire. Peut-être avait-elle tout oublié de sa petite enfance et du drame qui l'avait séparée de sa sœur.

Perdue dans ses songes, Gillian ne se rendit pas compte que Brodick et Ramsey avaient marqué une halte. Dylan s'empara des rênes de la jeune femme pour forcer sa monture à s'arrêter. Gillian allait lui demander la raison de cette pause, quand elle aperçut un cavalier arriver de l'est et se diriger vers les deux lords.

L'étranger engagea une discussion apparemment assez vive avec Brodick. Ce ne devait pas être très grave, car Ramsey, qui ne participait pas à leur conversation, les écoutait en souriant.

— Qui est cet homme, Dylan ? interrogea-t-elle.

— Le père Laggan. Il dit des messes pour les Sinclair, les Maitland, ainsi que pour d'autres clans.

— Pour les Buchanan aussi ?

— Oui, quand il est obligé.

— Je ne comprends pas. Pourquoi n'aime-t-il pas les Buchanan ?

Dylan pouffa.

— Personne ne nous aime, madame. La plupart des clans nous évitent, tout comme l'Église.

— Pourquoi donc ?

— Parce qu'ils ont peur de nous, expliqua Dylan avec fierté. Le père Laggan nous prend pour des sauvages.

— Qu'est-ce qui vous fait dire cela ?

— Le père Laggan lui-même. Il nous traite régulièrement de sauvages.

— Je suis sûre qu'il ne le pense pas vraiment. Vous n'êtes pas des sauvages. Vous êtes juste un peu… passionnés, c'est tout.

La conversation entre le prêtre et Brodick semblait toujours aussi agitée. Le père Laggan paraissait choqué et multipliait les signes de dénégation.

— Avez-vous une idée du sujet de leur discussion ? demanda Gillian à Dylan.

— Oui, répondit-il laconiquement.

Le père Laggan tourna les yeux vers la jeune femme, et celle-ci le salua d'un hochement de tête. Dès que le prêtre eut reporté son attention sur Brodick, elle demanda de nouveau à Dylan :

— Dites-moi de quoi ils parlent, alors.

— De vous.

— Pardon ?

— Je suis convaincu que vous êtes l'unique sujet de leur discussion.

— Ça m'étonnerait. Le prêtre ne me connaît même pas.

— Ian l'a envoyé à Brodick, et je suppose que Laggan considère maintenant qu'il a une responsabilité envers vous. Il veut s'assurer qu'on ne vous a pas forcé la main.

— Mais c'est moi qui ai décidé d'aller chez Ramsey ! s'écria Gillian. Ian a bien dû l'expliquer au prêtre.

Dylan espérait sincèrement que la jeune femme ne le soumettrait pas à un interrogatoire plus poussé.

À ses yeux, moins elle en saurait, mieux cela vaudrait.

Brodick fit soudain signe à Gillian de les rejoindre. La jeune femme avança sa monture et se plaça entre Brodick et Ramsey, face au prêtre. Ramsey se chargea des présentations.

— Bonjour, mon père, dit Gillian. Je suis enchantée de faire votre connaissance.

— Bonjour, ma fille, répondit-il avec une politesse purement formelle.

Puis il ajouta :

— J'aimerais vous poser quelques questions, comme le rite de l'Église l'exige.

— Le rite de l'Église l'exige ? répéta Gillian, perplexe.

Elle trouvait cette requête bien étrange. Pourquoi devait-elle accomplir un rite avant de se rendre chez Ramsey ?

— En effet, confirma le prêtre, sans tenir compte du regard noir que lui lançait Brodick. Je désire être certain que vous n'agissez pas sous la contrainte.

— Je ne comprends pas… avoua Gillian.

— Dans ce cas, je vais me montrer plus explicite, répondit le prêtre. Les Buchanan sont d'experts manipulateurs. Ils sont prêts à tout pour obtenir ce qu'ils veulent. Puisque vos parents et votre confesseur ne sont pas là, je suis tenu de vous protéger, en tant qu'homme d'Église. Comprenez-vous mieux, maintenant ?

Gillian ne comprenait rien du tout. De quoi le prêtre cherchait-il à la protéger ?

— Mon père, j'ai demandé à Brodick…

Le prêtre était si stupéfait qu'il ne la laissa pas terminer.

— C'est vous qui le lui avez demandé ? Dans ces conditions, nul n'a pu vous contraindre, en effet.

Gillian commençait à penser que le père Laggan, malgré tout le respect qu'elle devait aux gens d'Église, était un peu dérangé. Une nouvelle fois, elle tenta patiemment de s'expliquer.

— En fait, si quelqu'un a exercé une contrainte, ce serait plutôt moi. Brodick serait rentré directement chez lui, si je ne lui avais pas demandé…

— Elle est très indépendante d'esprit, mon père, coupa Brodick. Je ne l'ai pas manipulée, ni forcée à faire quoi que ce soit. N'est-ce pas, Gillian ?

— C'est exact, confirma la jeune femme. Mais, mon père, je ne comprends toujours pas pourquoi vous désirez me protéger. Ne voyez-vous pas que je suis en de bonnes mains ?

Le père Laggan semblait la prendre sincèrement en pitié.

— Ma pauvre enfant, vous ne savez pas où vous mettez les pieds, soupira-t-il. Répondez-moi honnêtement : êtes-vous déjà allée chez les Buchanan ?

— Non, je ne…

Le prêtre leva les bras au ciel.

— Je m'en doutais ! s'écria-t-il.

— Jusqu'ici, ce que j'ai vu des Highlands m'a enchantée, répliqua Gillian. Et j'imagine que les terres de Brodick sont largement aussi belles.

— Mais vous n'avez pas encore rencontré les sauvages qui les peuplent, objecta le prêtre.

— Certes. Mais je doute fort que ce soient des sauvages. Je suis convaincue qu'il s'agit de gens charmants.

— Que Dieu me soit témoin, elle croit qu'ils sont charmants ! Vous l'avez entendue comme moi, n'est-ce pas, Ramsey ?

Ce dernier faisait visiblement des efforts pour contenir son hilarité.

— Je l'ai entendue, mon père, acquiesça-t-il. Mais j'aimerais vous rappeler ce que vous a dit Brodick : Gillian est très indépendante d'esprit. Si elle a décidé que les Buchanan seraient charmants, elle les trouvera charmants. Elle trouve déjà leur seigneur... particulièrement charmant, ajouta-t-il, avant de partir d'un grand éclat de rire.

Le prêtre se tourna de nouveau vers Brodick.

— Elle est inconsciente, il n'y a pas d'autre explication.

— Insinueriez-vous que je ne saurai pas veiller sur elle, ou que les membres de mon clan la maltraiteront ?

Le père Laggan réalisa qu'il était allé un peu trop loin et s'empressa de rectifier :

— Non, non... je voulais simplement vous faire remarquer que cette jeune femme... m'a l'air plutôt fragile. Je l'imagine mal vivre dans un environnement un peu... rude.

Irrité, Brodick lui répondit, en termes assez peu diplomatiques, qu'il se mêlait de ce qui ne le regardait pas.

— Vous ne devriez pas parler aussi durement à un prêtre, observa Gillian.

Puis, s'adressant au prêtre, elle ajouta :

— Pardonnez-lui son comportement, il n'avait pas l'intention de se montrer insolent.

— Tu n'as pas besoin de t'excuser pour moi, objecta Brodick.

— Je m'inquiète pour votre âme, répliqua-t-elle.

— Vous vous inquiétez pour son âme ? répéta le prêtre, de plus en plus surpris.

— Il faut bien que quelqu'un s'en occupe, expliqua-t-elle. Brodick ne montera jamais au paradis sans un peu d'aide. Mais je suppose que vous savez déjà tout cela, mon père, puisque vous le connaissez depuis plus longtemps que moi.

— Gillian, assez discuté de cela, intervint Brodick.

La jeune femme l'ignora.

— Mais il a aussi bon cœur, mon père. Simplement, il ne veut pas que les gens s'en aperçoivent.

Le prêtre lui sourit.

— Vous avez deviné sa bonté sous ses dehors… rustiques ?

Elle hocha la tête.

— Oui.

Le prêtre la scruta plus attentivement.

— Je ne peux quand même pas m'empêcher de me demander comment vous survivrez dans le clan des Buchanan, répéta-t-il.

— Mon père, Brodick et moi nous rendons chez lord Ramsey, précisa Gillian, afin de dissiper ce qu'elle estimait être un malentendu.

— Mais vous n'y resterez pas éternellement ! répliqua le prêtre. Il faudra bien, à un moment ou à un autre, que vous rentriez chez vous.

— En effet. J'ai d'ailleurs prévu de retourner…

— Mon père, Gillian est très courageuse, coupa Ramsey.

Gillian ne voyait pas pourquoi il était soudain question de courage. Décontenancée par l'interruption de Ramsey, elle ne termina pas sa phrase.

— Maintenant, mon enfant, je voudrais savoir si vous êtes en règle avec l'Église, demanda le prêtre.

— Pardon ?

— Il veut savoir si tu es en règle avec l'Église, répéta Brodick.

La jeune femme regarda tour à tour les trois hommes. Elle ne comprenait décidément plus rien.

— Je crois, oui.

— À quand remonte votre dernière confession ? reprit le père Laggan.

Elle hésita.

— Réponds-lui, ordonna sèchement Brodick.

Gillian ne put réprimer son irritation.

— Je vous ai déjà dit de ne pas employer ce ton avec moi, répliqua-t-elle.

Le père Laggan, qui n'avait pas perdu une miette de leur échange, en resta bouche bée.

— Vous osez rabrouer lord Buchanan ?

Gillian tenta de se justifier.

— Vous avez entendu le ton sur lequel il m'a parlé, mon père ? Ne devais-je pas riposter ?

— Si, sans doute. Mais la plupart des femmes ne s'y seraient pas risquées. Elles auraient eu trop peur des conséquences.

— Brodick ne frapperait jamais une femme.

À sa grande surprise, le prêtre éclata de rire.

— La sagesse populaire dit qu'il existe une femme pour chaque homme, si barbare soit-il. Je constate que c'est vrai.

— Pouvons-nous en finir ? intervint Brodick.

— Oui, bien sûr, acquiesça le prêtre. Lady Gillian, je renouvelle ma question : à quand remonte votre dernière confession ?

Elle rougit.

— Euh… à longtemps.

Le père Laggan ne parut pas apprécier sa réponse.

— Et pourquoi n'avez-vous pas sacrifié au rite ?

— Dois-je répondre à cette question avant de continuer mon chemin ?

— Le père attend ta réponse, insista Brodick.

Gillian était de plus en plus déroutée. Elle semblait être la seule à trouver étrange l'interrogatoire du prêtre. Dès qu'elle serait seule avec Brodick, elle lui demanderait des explications. Mais, pour l'instant, mieux valait qu'elle obéisse au prêtre. Elle avait hâte de reprendre la route.

— Je ne me suis pas confessée, parce que l'Angleterre vit en ce moment un conflit religieux. Les prêtres ne peuvent pratiquer aucun sacrement, excepté l'extrême-onction. Vous avez sûrement entendu parler des relations… orageuses entre le pape et notre souverain ?

Le prêtre acquiesça.

— C'est vrai. J'avais oublié que vous étiez anglaise. Dans ce cas, je voudrais que vous vous confessiez maintenant.

— Maintenant ? s'écria Gillian.

Elle se voyait mal réciter ses péchés devant Brodick et Ramsey !

— Elle n'a rien fait qui ne soit impardonnable, assura Brodick.

— Comment pouvez-vous le savoir ? répliqua Gillian.

Brodick éclata de rire.

— Je le sais, c'est tout.

Elle le fusilla du regard.

— J'ai péché, déclara-t-elle d'un ton provocant.

— Tu n'as pas péché, objecta Brodick.

Gillian s'entêta.

— Si. Vous m'avez inspiré des pensées impures. Beaucoup trop, même.

Elle ne réalisa ce qu'elle venait de dire qu'après avoir parlé. Mais, puisqu'il était trop tard pour faire marche arrière, elle continua sa confession.

— J'ai péché par votre faute, Brodick, et si je dois aller au purgatoire, vous m'y accompagnerez. Ramsey, si vous n'arrêtez pas de rire, je vous lance quelque chose à la figure.

— L'aimez-vous, mon enfant ? demanda le prêtre.

— Non, je ne l'aime pas, répondit Gillian avec emphase.

— Ce n'est pas une condition indispensable, admit le prêtre. Mais ça rendrait votre vie plus agréable.

— Gillian, dis-lui la vérité, intervint Brodick.

Il lui prit la main. Elle voulut la retirer, mais il la tenait fermement.

— J'ai dit la vérité. Je n'aime pas Ramsey, et s'il n'arrête pas de rire, les Sinclair devront bientôt se chercher un nouveau maître.

— Il ne s'agit pas de lui ! s'écria le prêtre, pour couvrir le rire de Ramsey. Je vous demandais si vous aimiez lord Buchanan.

— Avez-vous dit au père Laggan que je vous aimais ? Qui d'autre aurait pu lui en parler ?

Brodick ne se donna pas la peine de répondre. Il pria tranquillement Gillian de lui répéter qu'elle l'aimait.

— Brodick, ce n'est pas le moment...

— Au contraire. C'est le moment idéal.

Gillian secoua la tête.

— Ce que je vous ai dit était purement privé.

— M'aimes-tu ?

Mais la jeune femme refusait d'admettre la vérité devant un auditoire suspendu à ses lèvres.

— Je ne veux pas discuter de ça maintenant.

Brodick insista.

— M'aimes-tu ? répéta-t-il, en lui serrant la main pour l'obliger à répondre.

— Vous savez bien que oui, murmura-t-elle.

Alors, les traits solennels, Brodick défit la bande du plaid qui passait par-dessus son épaule et en couvrit leurs deux mains jointes.

Cette fois, Gillian comprit enfin ce qui se tramait. Paniquée, elle essaya de libérer sa main, mais Brodick la maintenait fermement dans la sienne.

Après quelques vaines tentatives, la jeune femme renonça à lutter.

Son cœur, désormais, appartenait à Brodick.

— Dis-le vraiment, reprit-il en la regardant droit dans les yeux.

Comme elle gardait obstinément le silence, il reprit :

— Je veux te l'entendre dire, Gillian. Ne me rejette pas publiquement.

La jeune femme sentait tous les regards rivés sur elle. Elle savait que Brodick reviendrait à la charge jusqu'à ce qu'il obtienne ce qu'il désirait. Alors, s'il souhaitait qu'elle lui avoue à nouveau son amour, elle pouvait bien s'exécuter.

— Je vous aime.

— Maintenant et demain ? Pour le meilleur et pour le pire ?

— Oui.

— Je t'honorerai et te protégerai, Gillian, assura Brodick, avant d'attirer la jeune femme à lui.

Du coin de l'œil, elle vit le prêtre lever la main pour faire le signe de croix.

Alors, Brodick embrassa Gillian, avec une telle ardeur que la jeune femme ne put lui résister. L'espace d'un instant, elle en oublia les témoins et les vivats qui résonnaient autour d'eux. Quand Brodick la relâcha enfin, elle dut se cramponner au pommeau de sa selle pour ne pas tomber de cheval. Puis elle tenta de reprendre contenance, tandis que Brodick remettait son plaid en place sur son épaule.

— Que Dieu vous bénisse, dit le prêtre.

Ramsey, un sourire jovial aux lèvres, donna une bourrade à Brodick.

— Il faudra faire la fête, ce soir.

— Pour fêter quoi, Ramsey ? s'enquit Gillian.

— Votre obédience à la religion.

— Nous pouvons continuer notre route, maintenant ?

Il approuva d'un signe de tête, puis s'adressa au prêtre :

— Dînerez-vous avec nous, mon père ?

— J'ai promis à lord MacHugh de passer chez lui, mais si j'arrive à le quitter avant la tombée du jour, j'accepterai volontiers votre hospitalité. Mes vieux os commencent à réclamer un lit chaque nuit.

— Un bon lit vous attendra, mon père, assura Ramsey.

Après un dernier regard apitoyé pour Gillian, le révérend se tourna vers Brodick.

— Je vous préviens, lord Buchanan, je veillerai sur elle.

Ramsey éclata de rire.

— Allez-vous donc renier votre parole de ne jamais retourner chez les Buchanan ? Il me semblait vous avoir entendu dire à Ian Maitland que vous ne vouliez plus fouler la terre de ces sauvages ?

— Je n'ai pas perdu la mémoire, répliqua le prêtre, piqué au vif. Mais mon devoir est sacré. Je veillerai sur lady Gillian. Si je constate qu'elle est malheureuse, lord Buchanan aura affaire à moi. Le Seigneur lui a envoyé un vrai trésor. J'espère qu'il en est conscient.

Sur ces dernières paroles, le père Laggan donna à son cheval le signal du départ et s'éloigna.

Brodick reprit la main de Gillian.

— Je te traiterai toujours bien, lui promit-il avec ferveur.

— Je n'en doute pas un seul instant, répondit-elle. Pouvons-nous repartir, maintenant ?

Brodick fit signe à Dylan de chevaucher en tête du convoi, et la petite troupe s'ébranla. Au bout de quelques minutes, ils atteignirent un replat qui plongeait d'un côté vers des escarpements rocheux, et de l'autre vers des vallons beaucoup plus doux. Gillian, horrifiée, vit Dylan se diriger vers les rochers. Sans même réfléchir, elle fila dans la direction opposée.

— Bon sang ! Qu'est-ce qu'elle fabrique ? demanda Brodick à Ramsey, avant de lancer son cheval au galop pour rattraper la jeune femme.

— Gillian, tu as pris la mauvaise direction.

— Je ne veux pas passer par la falaise, répondit-elle, paniquée.

Brodick s'empara des rênes de sa jument pour l'obliger à s'arrêter.

— Écoute, Gillian, c'est un raccourci…

La jeune femme mit pied à terre.

— Que fais-tu ? s'enquit Brodick.

— Ça ne se voit pas ? Je marche. J'avais justement besoin de me dégourdir les jambes.

— Donne-moi ta main.

— Non.

— Ce n'est pas une falaise, Gillian. Juste un sentier un peu raide.

— Je préfère emprunter le chemin le plus long.

— D'accord.

Elle s'immobilisa.

— C'est vrai ? Vous n'allez pas me forcer ?

— Non. Nous prendrons ensemble le chemin des collines. Tant pis pour le raccourci.

Il siffla entre ses doigts pour attirer l'attention de Dylan. La petite troupe s'arrêta aussitôt.

— Je ne voudrais pas vous faire honte devant vos guerriers… commença Gillian, embarrassée.

— Tu ne me fais pas honte, Gillian. Puisque tu as peur d'emprunter l'autre sentier, nous prendrons les collines.

— Combien de temps perdrons-nous ?

— Tout dépendra de la vitesse à laquelle nous chevaucherons.

— Combien de temps ? insista la jeune femme.

— Une journée.

— Autant que cela ? Même si nous nous dépêchons ?

— Le chemin est long. Donne-moi ta main.

— Je vais remonter sur ma jument.

— Je préférerais que tu chevauches avec moi.

— Brodick ?

— Oui, chérie ?

— Nous allons passer par le raccourci.

— Tu n'as pas à te sentir obligée de faire ça.

Gillian inspira profondément, se redressa, puis tendit la main à Brodick. Il la souleva de terre pour l'installer devant lui et la serra dans ses bras.

— Vous devez me prendre pour une lâche…

— Non. Tu n'es pas lâche, Gillian. C'est bien compris ?

— Oui.

— Alors, dis-le-moi.

— Je ne suis pas lâche, déclara-t-elle. Nous allons passer par le raccourci, répéta-t-elle.

— Tu en es sûre ?

— J'en suis sûre, confirma-t-elle, d'une voix qui manquait cependant d'assurance. Et je monterai mon propre cheval. Je ne veux pas que vos guerriers pensent que je suis une mauviette.

— Ils ne penseront jamais cela, répliqua Brodick, en faisant tourner bride à leurs montures.

Ils rattrapèrent rapidement les autres. Gillian aurait aimé chevaucher à l'arrière du convoi, à l'abri des regards. Mais Brodick ne ralentit pas l'allure et se mit à remonter la file de ses guerriers. Ignorant les protestations de Gillian, il confia sa jument à l'un de ses hommes.

— Je voudrais qu'on reste à l'arrière, murmura-t-elle.

— Je préfère être à l'avant.

Gillian se sentait à la fois terrifiée et irritée. Pourquoi refusait-il de lui donner satisfaction ? La piste avait commencé à se rétrécir et courait à présent au-dessus d'un précipice. À chaque pas, les sabots du cheval de Brodick faisaient tomber des cailloux, qui roulaient dans le vide avec un fracas sinistre. Gillian dut se mordre les lèvres pour ne pas crier.

— Brodick, je ne peux pas…

— Raconte-moi donc ces pensées impures que je t'ai inspirées.

— Quoi ?

— Lors de ta confession, tu as mentionné des pensées impures, lui rappela-t-il. Dans tes rêves, portions-nous des vêtements ?

— Évidemment ! s'exclama Gillian, scandalisée.

— Dans ce cas, ce n'étaient pas des pensées véritablement impures.

— Voulez-vous arrêter de parler de cela ?

— Pourquoi ?

— Parce que c'est indécent, voilà pourquoi.

— J'estime avoir le droit de savoir. Tu as bien dit que ces pensées impures me concernaient, non ?

— Oui.

— Dans ce cas, j'ai le droit de savoir ce que je faisais.

Elle ferma les yeux.

— Vous m'embrassiez.

— C'est tout ? Rien d'autre ?

— Qu'espériez-vous donc ?

— Beaucoup de choses. Où est-ce que je t'embrassais ?

— Sur les lèvres, répondit-elle. Maintenant, cessez de…

— Seulement sur les lèvres ? demanda-t-il, visiblement déçu. Ma propre imagination est allée bien plus loin que cela.

La jeune femme écarquilla les yeux.

— Vous avez... vous avez eu des pensées... à mon sujet ?

— Bien sûr. Et les miennes étaient plus intéressantes.

— Ah, bon ?

— Veux-tu que je te les raconte ?

— Non.

Il rit et ignora sa protestation.

— Dans mes rêves, tu ne portais rien sur toi. Enfin, presque rien.

Gillian savait qu'elle n'aurait pas dû poser la question, mais elle ne put s'en empêcher.

— Qu'est-ce que je portais ?

Il se pencha et lui chuchota quelques mots à l'oreille.

Elle sursauta.

— Juste Ciel ! s'écria-t-elle. Nous irons tout droit en enfer si nous continuons cette conversation scandaleuse. Et d'abord, comment pouviez-vous m'imaginer sans mes vêtements ?

— Ce n'était pas bien difficile. Tu es parfaite.

— Ce n'est pas vrai.

— Si. Ta peau est aussi douce que de la soie. Dans mon rêve, quand je me glissais entre tes...

Elle posa la main sur sa bouche pour l'obliger à se taire. Brodick dépassait les bornes de la bienséance, mais c'était peut-être précisément ce qui l'attirait en lui. Il s'était libéré de toutes les conventions. Il semblait se moquer éperdument de ce que les autres pensaient de lui et ne cherchait pas non plus à les impressionner.

— Être avec vous est une expérience très... libératrice, avoua-t-elle.

— Ça n'a pas été trop dur, finalement, madame ?

En comprenant que Dylan s'adressait à elle, Gillian sursauta de nouveau.

— Pardon ? fit-elle, confuse, en enlevant précipitamment sa main de la bouche de Brodick.

— La descente n'a pas été trop pénible ? demanda Dylan.

Gillian regarda autour d'elle et constata, stupéfaite, qu'ils étaient arrivés en bas des falaises. Elle éclata de rire.

— Non, ça n'a pas été trop pénible.

Quelques minutes plus tard, elle remontait sur sa jument. Une fois en selle, elle poussa sa monture au trot et rattrapa Brodick.

— Vous m'avez bien eue, lui dit-elle en le dépassant.

— Tu m'en veux ?

Elle rit derechef.

— Non. Mais je vous revaudrai ça.

Brodick sourit, émerveillé. Décidément, Gillian était une femme étonnante.

19

La demeure de Ramsey, bâtie au-dessus d'une splendide vallée, était majestueuse. Un tapis d'herbe verte et grasse s'étendait à perte de vue, et le parfum des sapins emplissait l'air. De petits cottages entouraient le château, qui étendait sur eux l'ombre protectrice de ses hauts murs de pierres grises.

À l'arrivée de la petite troupe, les gardes ouvrirent les massives portes en fer forgé. Aussitôt, les soldats accoururent et acclamèrent bruyamment le retour de leur maître. Plusieurs jeunes femmes se joignirent à ce concert de bienvenue.

Gillian scrutait attentivement chaque visage. Certes, elle se doutait qu'elle ne trouverait pas Christen immédiatement, mais chaque fois qu'elle apercevait une jeune femme blonde, son cœur battait d'un fol espoir.

Brodick et Ramsey avaient mis pied à terre et discutaient avec les guerriers. Gillian attendit patiemment que Brodick se souvienne de son existence.

— Le voyez-vous, madame ? lui demanda Dylan à voix basse.

— Qui ?

— Le traître.

— Non, je suis désolée. En fait, je ne cherchais pas vraiment…

Elle s'interrompit et jeta un coup d'œil autour d'elle.

— Non, je n'arriverai pas à le reconnaître ici. Il y a trop de monde.

— La plupart des guerriers de Ramsey doivent s'entraîner dans les prés derrière le château, expliqua Dylan. Je suppose que leur chef, Jason, viendra bientôt accueillir son maître.

Tandis que Gillian laissait errer son regard sur la foule, un groupe de guerriers MacPherson s'approcha d'elle pour l'observer. Aussitôt, Robert, Aaron et Liam firent cercle autour de la jeune femme.

— Cesse de regarder lady Gillian ! ordonna Robert à un guerrier intrépide, qui s'était avancé beaucoup trop près de la jeune femme à son goût.

— Sinon quoi ? répliqua l'autre.

Robert ne se démonta pas. Avant que le guerrier ait pu réagir, il s'était penché de sa monture et l'avait attrapé par le cou, le soulevant du sol.

— Sinon, je te brise les os un par un.

Le guerrier MacPherson, qui n'était pourtant pas un gringalet, paraissait soudain chétif dans les mains de Robert.

— Robert, s'il vous plaît, relâchez ce garçon, lui dit Gillian.

— Comme vous voudrez, madame.

Brodick se retourna juste au moment où Robert lâchait le guerrier MacPherson, qui retomba lourdement par terre.

— Robert ?

— Je n'aimais pas la façon dont ce type regardait lady Gillian, monseigneur.

Brodick s'approcha du guerrier MacPherson.

— Comment la regardait-il ?

— Avec insolence, répondit Robert.

— Elle est très belle, protesta l'homme pour se justifier. J'ai quand même le droit de la regarder, non ?

Brodick le serra à la gorge.

— Oui, elle est très belle. Mais je n'aime pas qu'un autre homme pose les yeux sur elle, dit-il.

Il serra un peu plus fort. Le guerrier, cramoisi, semblait sur le point d'étouffer.

— Je n'aime pas ça du tout.

— Laisse-le, Brodick, intervint Ramsey, qui les avait rejoints.

Brodick s'exécuta instantanément. Mais le MacPherson s'était à peine remis de ses émotions que Ramsey lui décochait un coup de poing en pleine figure. L'homme s'écroula de nouveau au sol.

— Et maintenant, tu vas présenter tes excuses à lord Buchanan, lui dit-il.

— C'est lord Buchanan ? s'exclama l'autre, en se relevant avec difficulté. Je ne savais pas...

Comme Ramsey faisait un pas vers lui, il s'empressa d'ajouter :

— Je m'excuse, lord Buchanan. Dorénavant, je ne poserai plus jamais les yeux sur cette dame. Je vous le jure sur la tête de mon père.

Mais Ramsey n'était pas satisfait. Il avait remarqué que le guerrier et ses compagnons arboraient toujours le plaid des MacPherson.

— Soit vous portez mes couleurs, soit vous quittez mon territoire, déclara-t-il.

Gillian observait la scène avec stupéfaction. Jusqu'à présent, elle avait toujours pris Ramsey pour un homme civilisé. Judith Maitland lui avait raconté que quand son mari désirait nouer une alliance, il demandait toujours à Ramsey de s'occuper des tractations. Mais, pour l'heure, Ramsey ne se montrait pas particulièrement diplomate. En réalité, son comportement ressemblait fort à celui de Brodick. Et Gillian était embarrassée de savoir qu'elle était à l'origine de sa colère. Elle se tourna vers Robert et le fusilla du regard, pour lui faire comprendre qu'elle lui en voulait d'avoir déclenché ce conflit.

Le guerrier essaya de se justifier.

— Il était insolent, madame, chuchota-t-il.

— Ce n'était pas mon avis.

— Je vous assure que si, madame, répliqua Robert avec obstination, les mâchoires serrées.

Avec un soupir, Gillian renonça à discuter.

— Voilà Jason, annonça Aaron.

Une troupe de guerriers arrivait dans leur direction, mais Gillian, aveuglée par le soleil, ne pouvait distinguer leurs visages.

— Jason est l'équivalent de Dylan pour les Sinclair, lui expliqua Robert. Il commande les guerriers de Ramsey.

— Je vais à sa rencontre, déclara Dylan en éperonnant sa monture. Excusez-moi, madame.

— J'aimerais mettre pied à terre, dit Gillian après son départ. Vous voulez bien vous écarter, Robert, pour me laisser la place de descendre ?

— Vous devez attendre lord Buchanan, madame.

— Oui, renchérit Liam. Et vous nous faciliteriez les choses, madame, en portant notre plaid.

— Pourquoi ?

— Comme cela, ils comprendraient que vous êtes...

Il s'interrompit brusquement.

— Que je suis quoi ?

— Des nôtres, répondit Robert.

Gillian n'eut pas le temps de les interroger plus longuement. Ramsey venait de faire signe à Robert de s'écarter et lui tendait les bras pour l'aider à descendre de selle.

— Ne jugez pas mon clan sur une poignée d'écervelés, je vous prie, dit-il.

— Maintenant que tu l'as posée par terre, tu peux la lâcher, ordonna Brodick en arrivant derrière lui.

Mais Ramsey continua à tenir la main de la jeune femme.

— Rentrons à l'intérieur. Vous devez être affamée.

Brodick repoussa sans ménagement la main de Ramsey. Furieuse, Gillian l'ignora.

— Je n'ai pas très faim, répondit-elle à Ramsey.

— Vous vous rattraperez ce soir. Nous ferons un grand festin, promit-il. Auparavant, je vais vous présenter à tous les guerriers qui sont au château aujourd'hui. Si l'homme que vous avez vu ne se trouve pas parmi eux, nous chercherons parmi les autres. Mais cela peut prendre beaucoup de temps, Gillian, ajouta-t-il. Maintenant que les MacPherson ont rejoint les Sinclair, nos terres se sont considérablement étendues.

— Et pour sa sœur ? demanda Brodick.

— J'aimerais aussi être présentée aux femmes, dit Gillian en glissant sa main dans celle de Brodick. Je sais combien il est important pour vous de découvrir celui qui vous a trahi. Je ferai tout mon possible pour vous aider à le démasquer, mais je vous implore de m'aider aussi. Je dois retrouver Christen.

Ramsey hocha la tête.

— Comme Ian l'a suggéré, nous interrogerons les anciens. Peut-être se souviennent-ils de quelque chose.

Tout en discutant, ils marchaient vers le château. Autour d'eux, la foule s'écartait pour les laisser passer. Gillian remarqua deux vieillards qui se tenaient au pied des marches du perron. L'un était grand et décharné, l'autre petit et replet. Tous deux s'inclinèrent respectueusement devant Ramsey.

Après avoir fait les présentations, Ramsey dit à Gillian :

— Je compte beaucoup sur Brisbane et Otis pour nous aider à retrouver Christen. Ce sont des MacPherson.

Ramsey résuma pour les deux vieillards l'histoire de Gillian.

— Avec votre bonne mémoire, je suis convaincu que vous réussirez à vous rappeler si une famille a brusquement accueilli une fillette, voilà quatorze ans. Christen devait avoir sept ans, à l'époque.

— Nous pourrions peut-être rendre service à cette dame, répondit Otis, mais je me demande pourquoi vous cherchez à l'aider, monseigneur. Représente-t-elle quelque chose pour vous ?

— Oui. Elle représente beaucoup pour moi, répliqua sèchement Ramsey.

— Mais elle est anglaise, observa Brisbane.

— Je le sais aussi bien que vous, dit Ramsey. Mais lady Gillian est la femme de Brodick, et Brodick est mon ami.

Cette nouvelle médusa les deux vieillards, tout comme Gillian. Mais celle-ci se remit rapidement de sa surprise. Elle comprenait que Ramsey avait eu recours à ce petit mensonge pour ne pas s'aliéner les deux hommes.

— Alors, elle n'est pas votre...

— Non, coupa Ramsey. Son cœur appartient à Brodick.

Brisbane se tourna vers Brodick.

— Vous l'avez épousée bien qu'elle soit anglaise ?

— En effet.

Embarrassée par le tour que prenait la discussion, Gillian intervint :

— Je suis très heureuse d'être anglaise.

Otis la gratifia d'un regard navré.

— Ma pauvre enfant, lui dit-il, il n'y a aucun bonheur à être anglais, mais c'est très courageux de votre part de vouloir prétendre le contraire. Venez avec moi, ajouta-t-il en écartant Ramsey pour prendre le bras de Gillian. Nous allons parler de votre sœur.

— Ma mémoire est meilleure que la tienne, Otis, protesta Brisbane, tandis que Brodick se poussait pour lui laisser l'autre bras de Gillian. Si nous faisions une petite promenade autour du lac pour évoquer nos souvenirs ? J'ai déjà une petite idée…

Un peu décontenancée, Gillian se tourna vers Brodick et le vit hocher la tête. La jeune femme reporta alors toute son attention sur son escorte.

Ramsey et Brodick les regardèrent s'éloigner, puis ils pénétrèrent dans le grand hall du château, où plusieurs personnes s'étaient déjà rassemblées pour fêter le retour de leur maître.

— Penses-tu vraiment qu'Otis et Brisbane pourront aider Gillian ? demanda Brodick à son ami.

— La question est plutôt de savoir s'ils le voudront.

Ramsey remplit deux gobelets de vin et en tendit un à son ami.

— Ils savent probablement où vit Christen, reprit-il. Mais ils parleront à sa famille avant de dire quoi que ce soit à Gillian. Si Christen est disposée à revoir sa sœur, ils arrangeront une rencontre. Mais dans le cas contraire…

— De toute façon, tu peux leur ordonner de tout te révéler.

— Certes. Mais ce ne sera pas simple. Otis et Brisbane sont deux vieilles têtes de mule.

— Pourquoi chercheraient-ils à protéger Christen de sa propre sœur ?

— Tout simplement parce que ladite sœur est anglaise, expliqua Ramsey. Mais cesse de t'inquiéter, Brodick. Si Christen est bien là, nous la trouverons, d'une manière ou d'une autre. Ah, voilà Jason et Dylan. Laisse-moi régler les affaires de mon clan. Ensuite, nous réfléchirons à un plan.

Ramsey écouta son bras droit lui exposer les problèmes survenus pendant son absence. Il ne fut pas surpris d'apprendre que la plupart de ces incidents impliquaient des guerriers MacPherson.

— Vous m'avez demandé de me montrer patient, dit Jason, quand il eut achevé son rapport, mais j'aimerais vous mettre en garde. Le chef de ce groupe de rebelles prend chaque jour un peu plus d'assurance. Quand je donne un ordre, les autres guerriers se tournent d'abord vers lui pour savoir s'il va l'accepter. C'est inadmissible, conclut Jason d'une voix pleine de colère.

Ramsey se tenait devant la cheminée, tandis que Jason faisait les cent pas dans la pièce. Brodick, assis sur la table à côté de Dylan, avait également écouté la tirade du guerrier contre les MacPherson.

— Qu'attends-tu de moi, Jason ? demanda Ramsey.

— Que vous écartiez ce Proster.

— Otis et Brisbane m'avaient prévenu de me méfier de lui. Tu voudrais que je le bannisse ?

— Personnellement, je préférerais l'étrangler. Mais je serai déjà satisfait si nous sommes débarrassés de lui.

— Et les autres rebelles ?

Jason soupira.

— Le mieux serait de les bannir également. Vous savez que j'étais contre cette alliance, monseigneur. Je vous avais dit que ça ne marcherait pas.

— On ne peut pas toujours éviter les problèmes, Jason. Ton devoir est précisément de les résoudre, mais en cherchant le dialogue plutôt qu'en employant la manière forte. Envoie-moi Proster. Je vais discuter avec lui.

Jason semblait soulagé.

— Je suis bien content que vous acceptiez de vous en charger, monseigneur. Je vous avoue que ces fauteurs de troubles commençaient à me pousser à bout. Je n'ai pas votre patience.

La patience de Ramsey était légendaire. Cependant, les apparences étaient parfois trompeuses, songea Brodick. Sous ses manières de gentleman, Ramsey cachait un tempérament de feu. Contrairement à Brodick, il en fallait beaucoup pour le mettre en colère, mais l'explosion, quand elle se produisait, n'en était que plus violente.

— Il reste un dernier problème à régler, reprit Jason en esquissant un sourire.

Ramsey haussa les sourcils.

— On dirait que celui-ci t'amuse.

— C'est vrai.

Ramsey soupira.

— Laisse-moi deviner. Bridgid KirkConnell a un nouveau soupirant ?

Jason éclata de rire.

— On ne peut rien vous cacher, monseigneur.

— Comment s'appelle-t-il, cette fois ?

— Matthias, répondit Jason. Et c'est un MacPherson. Alors, j'aime autant vous dire que si Bridgid l'épouse, après avoir refusé tant de vaillants guerriers Sinclair, il risque d'y avoir de la bagarre.

Ramsey s'esclaffa à son tour.

— Je suis prêt à parier que Bridgid repoussera ce nouveau prétendant avec la même énergie que les autres, tu n'as donc pas à t'inquiéter. Envoie-la-moi, que je lui pose directement la question. J'aimerais que Brodick la rencontre.

— Pourquoi ? s'étonna celui-ci.

— Elle est… intéressante, expliqua Ramsey.

— Sa mère réclame une audience, précisa Jason. Elle voudrait vous parler avant que vous ne convoquiez sa fille.

— Elle attend dehors ?

— Non. Mais je vais la faire appeler, répondit Jason.

— Quand nous en aurons terminé avec cette histoire, tu ordonneras à tout le monde de se rassembler dans la cour, reprit Ramsey. Tous sans exception, c'est compris ?

— Aucune excuse ne sera acceptée, renchérit Brodick.

Jason acquiesça avec empressement, puis il dévisagea son maître, sembla hésiter et finit par se jeter à l'eau.

— Comptez-vous annoncer un grand événement, monseigneur ? Dois-je vous féliciter ?

— Non, répliqua Ramsey.

— Te féliciter de quoi ? intervint Brodick.

— Otis et Brisbane souhaitent que j'épouse Meggan MacPherson, expliqua Ramsey. Je n'ai pas encore pris de décision. En fait, je n'ai même pas eu le temps d'y penser. Mais je suis conscient qu'un mariage apaiserait les esprits dans nos deux clans.

— Vous briseriez beaucoup de cœurs, commenta Dylan.

— Ce n'est pas le moment de discuter de cela, fit Ramsey, qui n'aimait pas qu'on évoque ses succès auprès du beau sexe.

Mais Brodick renchérit, amusé :

— Ce ne doit pas être facile tous les jours d'être aussi beau, dit-il. J'imagine quel enfer ça peut être de se réveiller, chaque matin, avec une femme différente dans son lit…

— Tu as couché avec autant de femmes que moi, si ce n'est plus, rétorqua Ramsey. Et je répète que nous avons mieux à faire que de parler de cela.

Brodick éclata de rire, mais préféra ne pas insister. Ramsey alla s'asseoir à table et invita Dylan et Jason à l'imiter. S'emparant d'un pichet d'eau fraîche, il se servit à boire. Puis il appela le page qui attendait près de la porte et lui ordonna de leur apporter du pain et du fromage.

Après le départ de l'enfant, Ramsey demanda à Brodick de mettre Jason au courant de leurs projets.

— Ian voudrait que tu aides Winslow et Dylan à préparer les guerriers qui nous suivront en Angleterre.

— Vous avez l'intention d'attaquer l'Angleterre ? s'écria Jason, médusé.

— Non, répondit Brodick.

Il s'assit à son tour et raconta à Jason comment Gillian avait sauvé Alec. Quand il eut terminé son récit, Jason, éberlué, siffla entre ses dents.

— Dieu tout-puissant ! C'est un miracle qu'Alec ait survécu.

— Ce miracle s'appelle Gillian, précisa Brodick. Sans elle, Alec serait probablement mort, à l'heure qu'il est.

— Et personne n'aurait su qu'il y avait un traître dans nos rangs, ajouta Ramsey.

— Quelle est l'ordure qui a pu faire ça ? demanda Jason.

Il tapa brusquement du poing sur la table et déclara :

— Ce ne peut être qu'un MacPherson. Beaucoup aimeraient vous voir mort, monseigneur. À commencer par Proster.

— Ne condamnons pas sans preuves, objecta Ramsey. Je veux attendre d'en savoir plus avant d'agir.

Comme le page revenait avec le pain et le fromage, il leva la main pour intimer le silence à ses compagnons. Dès que l'enfant eut disposé la nourriture sur la table, Ramsey le congédia.

— Nous devons d'abord aider Gillian à découvrir où vit sa sœur, reprit-il. Je le lui ai promis.

— Vous êtes sûr qu'elle a été recueillie par des MacPherson ? demanda Jason, l'air pensif.

— Oui, répondit Ramsey. Elle s'appelle Christen et elle a trois ans de plus que Gillian.

— Sa famille adoptive lui a sûrement donné un autre nom, pour la protéger, dit Brodick.

— Sans doute, admit Ramsey. Mais j'ai tout de même bon espoir. Brisbane et Otis réussiront à la retrouver. Rien ne leur échappe.

— Mon père aussi a bonne mémoire, intervint Jason, et il connaît bien les MacPherson. Sa sœur avait épousé un de leurs guerriers. Elle est morte, à présent, mais il a gardé des relations avec leur clan. Il saura certainement à qui s'adresser pour résoudre ce mystère. De plus, maintenant qu'il est presque rétabli, cela lui donnera une occasion de sortir. Il déteste rester confiné chez lui. Avec votre permission, monseigneur, j'irai lui rendre visite le plus tôt possible.

— Le père de Jason s'est cassé la jambe en tombant de cheval, expliqua Ramsey à Brodick. Je suis heureux d'apprendre, qu'il est guéri.

— Un moment, nous avons craint qu'il ne remarche plus jamais. Heureusement, ses os sont encore solides. Il a bien récupéré. Si vous n'avez pas besoin de moi ce soir, je pourrais partir tout de suite et arriver chez lui avant le coucher du soleil.

— D'accord, acquiesça Ramsey. Plus vite tu parleras à ton père, mieux cela vaudra. Brisbane et Otis vont perdre des jours à se demander ce qu'ils doivent faire. Avec un peu de chance, tu seras revenu avec des informations avant que ces deux vieillards aient pris la moindre décision.

Jason s'apprêtait à se lever de table, mais il se ravisa.

— Monseigneur, je m'excuse, mais vous ne m'avez pas dit dans quelle région de l'Angleterre vous projetiez de vous rendre.

— Nous l'ignorons encore, avoua Ramsey. Gillian ne nous a pas révélé les noms des Anglais qui retenaient Alec captif.

Jason était perplexe.

— Pourquoi ne vous a-t-elle rien dit ?

— Si elle nous donne les noms, elle a peur que nous ne passions tout de suite à l'attaque, ce qui mettrait son oncle en danger, expliqua Brodick. Et elle redoute aussi que nous ne la forcions à rester ici.

— De toute façon, c'est ce que tu vas faire, n'est-ce pas ? demanda Ramsey. Tu ne la laisseras pas retourner en Angleterre.

— Je crains que ce ne soit pas si simple. Gillian est obstinée.

— C'est d'ailleurs pour cela qu'elle te plaît, remarqua Ramsey.

— Je ne sais pas quoi faire, avoua Brodick. Je ne voudrais pas revenir sur ma parole, mais je ne peux pas supporter l'idée qu'elle reparte s'exposer au danger.

— Il faudra bien que tu résolves ce problème avec elle. Nous avons besoin des noms, objecta Ramsey.

Jason se leva.

— Avec votre permission, monseigneur, je vais me mettre en route sans plus attendre.

— Tu souhaiteras à ton père un prompt rétablissement de ma part.

— Je n'y manquerai pas, monseigneur, répondit Jason.

Il se dirigea vers la porte, mais se retourna avant de l'ouvrir.

— Monseigneur ?

— Oui ?

— Désirez-vous toujours que tout le monde se rassemble dans la cour ? Si oui, je demanderai à Anthony de s'en charger. Mais si vous ne comptez pas annoncer votre mariage, puis-je savoir ce que vous voulez dire à nos guerriers ?

Ramsey réalisa qu'ils avaient omis un important détail.

— Gillian a vu le traître, avant de quitter l'Angleterre...

— Mais l'homme, bien sûr, ne s'est rendu compte de rien, précisa Dylan.

— Voilà pourquoi je désire qu'on rassemble tout le monde dans la cour, reprit Ramsey. Gillian examinera chacun d'eux.

— N'avez-vous pas peur que le traître ne se doute de quelque chose ? objecta Jason. S'il devine que lady Gillian cherche à identifier quelqu'un, il pourrait être tenté de la réduire au silence avant que...

Dylan l'interrompit.

— Gillian sera protégée. Les Buchanan veilleront à ce qu'il ne lui arrive rien. Elle est des nôtres, désormais.

Jason sursauta.

— Lady Gillian est des vôtres ?

Brodick hocha la tête.

— Oui. Mais elle ne le sait pas encore.

20

L'entrevue de Ramsey avec la mère de Bridgid KirkConnell, Léa, lui laissa un goût amer dans la bouche. Lorsqu'elle était entrée dans la pièce, Ramsey avait pourtant été favorablement impressionné. Quoiqu'elle approchât de la cinquantaine, Léa était encore une fort belle femme. Mais quand elle eut fini d'exposer sa requête, l'opinion de Ramsey à son égard avait radicalement changé.

Avant de la rencontrer, Ramsey s'était lavé et avait mis des vêtements propres, mais après son départ, il avait eu envie de se laver une deuxième fois. Léa était une femme méprisable et une mère indigne.

Quelques minutes après que Léa eut disparu, Brodick revint dans la pièce, l'air maussade. Gillian discutait toujours avec Otis et Brisbane. Il était impatient de savoir ce que les deux vieillards lui avaient raconté, mais il était encore plus impatient de retrouver la jeune femme. Il se rendait compte qu'il ne pouvait plus se passer d'elle, et c'était sans doute ce qui l'irritait le plus.

Lorsqu'il entra dans la salle, Ramsey était avachi dans un fauteuil. Il semblait encore plus contrarié que lui.

— Que t'arrive-t-il ? demanda Brodick. Tu en fais, une tête !

— Je viens juste de congédier la mère de Bridgid, Léa.

— Apparemment, elle ne t'a pas plu.

— Cette femme est monstrueuse. Imagine-toi qu'elle est jalouse de sa propre fille !

— Elle te l'a dit en ces termes ?

— Non, mais il suffit de l'entendre parler pour en être convaincu. Léa s'est récemment remariée et elle n'aime pas la façon dont son mari regarde Bridgid. Elle pense qu'il désire sa fille et elle veut que Bridgid quitte la maison.

— Peut-être ne cherche-t-elle qu'à la protéger ? suggéra Brodick.

Ramsey secoua la tête.

— Non. Le bien-être de sa fille est le cadet de ses soucis. Elle est surtout angoissée de paraître vieille à côté de sa fille.

— Bridgid sait-elle que sa mère a l'intention de la chasser ?

— Je l'ignore. Pour l'instant, Léa a résolu le problème en l'envoyant vivre chez sa sœur, qui vient d'avoir un bébé, sous prétexte que celle-ci avait besoin d'aide pour tenir son ménage.

— Eh bien, Bridgid n'a qu'à rester chez sa tante.

— Non. Ce n'est qu'une solution temporaire. La tante a déjà cinq enfants et habite dans un cottage minuscule. Il n'y a pas de place pour Bridgid.

— Alors, il faut la marier.

— C'est bien le problème, commenta Ramsey. Vois-tu, mon père avait promis au père de Bridgid que sa fille pourrait choisir seule son mari…

— Et, te connaissant, tu ne rompras jamais ce serment, conclut Brodick.

Ramsey soupira.

— Comment faire ? As-tu une idée ?

Brodick réfléchit un moment, avant de proposer :

— Ian pourrait la prendre chez lui.

— Non. Elle appartient à notre clan. Sa place est ici. Elle penserait que nous la bannissons.

— Elle s'en remettrait.

— Je ne veux pas la blesser. Elle n'a rien fait de mal.

Brodick dévisagea longuement son ami.

— Ou je me trompe, ou tu tiens à cette fille.

— Bien sûr, que je tiens à elle. Comme à tous ceux de mon clan.

Brodick sourit.

— Alors, pourquoi ne l'épouses-tu pas ?

Ramsey se leva et fit les cent pas devant la cheminée.

— Parce que c'est une Sinclair. Mon devoir me recommande d'épouser Meggan MacPherson si je veux sceller l'union entre nos deux clans. Tu n'es pas de cet avis ?

— Tu as toujours été un homme pratique, dit prudemment Brodick.

— Toi aussi, rétorqua Ramsey. Jusqu'à ce que Gillian entre dans ta vie.

Brodick opina du chef.

— Le plus drôle, c'est que je n'ai rien vu arriver.

Brodick semblait si songeur que Ramsey ne put s'empêcher de rire.

— Quand as-tu réalisé que tu...

Brodick haussa les épaules pour masquer sa gêne.

— Quand Annie Drummond a cautérisé sa plaie. Je lui tenais la main. Elle n'a pas crié.

— C'est donc sa bravoure qui t'a séduit ?

— Non, c'est la façon dont elle me regardait, avoua Brodick. On aurait dit qu'elle voulait me tuer pour l'avoir obligée à subir une telle douleur. Comment aurais-je pu résister à une femme pareille ?

Anthony poussa alors la porte, interrompant leur conversation, et annonça à son maître que Bridgid KirkConnell attendait pour lui parler.

La jeune femme entra aussitôt. La vue de son sourire réchauffa le cœur de Ramsey, bien qu'il se demandât pourquoi elle souriait, étant donné sa situation.

— Bonjour, monseigneur, dit-elle en s'avançant dans la pièce.

Puis elle ajouta à l'adresse de Brodick, sans cependant oser le regarder en face :

— Et bonjour à vous, lord Buchanan. Quelle belle journée, n'est-ce pas ?

— En quoi est-elle belle ? fit Ramsey.

— Eh bien, le soleil brille, le vent est léger… Il n'en faut pas plus pour que la journée soit belle.

— Bridgid, je viens de voir votre mère…

Elle baissa les yeux et noua les mains dans son dos.

— C'est vrai ?

— Oui.

— Vous a-t-elle convaincu de briser la promesse solennelle faite à mon père ?

Ramsey comprit qu'elle avait délibérément employé le terme « solennelle », afin de donner plus de poids à ses paroles.

— Non. Elle ne m'a convaincu de rien, et certainement pas de renier le serment de mon père.

Bridgid retrouva le sourire.

— Merci, monseigneur, mais j'ai déjà trop abusé de votre temps. Avec votre permission, je vais me retirer.

Elle avait déjà tourné les talons quand Ramsey la rappela.

— Vous n'avez pas ma permission, Bridgid. Je vous ai convoquée pour vous parler d'un sujet important.

Sans se presser, la jeune femme revint se planter devant Ramsey.

— Quelqu'un vous a de nouveau demandée en mariage.

— Je décline sa proposition.

— Vous ne pouvez pas la décliner, alors que vous ne savez même pas de qui il s'agit !

— Je suis désolée, dit-elle, d'un ton qui démentait ses propos. Qui est-ce ?

— Un dénommé Matthias, répondit Ramsey. C'est un MacPherson, et j'avoue que je ne le connais pas. Toutefois, je suis persuadé qu'il vous traiterait bien.

Comme Bridgid gardait le silence, il insista :

— Eh bien ? Qu'en dites-vous ?

— Puis-je refuser, à présent ?

— Pour l'amour de... Connaissez-vous cet homme ?

— Oui. Je l'ai déjà rencontré.

— Et il ne vous convient pas ?

— Oh, je pense qu'il ne manque pas de qualités, mais...

— Mais ?

— Mais je refuse de l'épouser.

— Pourquoi, bon sang ?

— Monseigneur, êtes-vous obligé de crier aussi fort ?

Brodick toussa pour ne pas s'étrangler de rire. Ramsey le fusilla du regard, avant de se tourner à nouveau vers Bridgid. La jeune femme repoussait une mèche de cheveux derrière son oreille. L'espace d'un instant, il fut si troublé qu'il perdit le fil de ses pensées.

— Vous mettez ma patience à bout.

— Je m'excuse, monseigneur. Ce n'était pas mon intention. M'autorisez-vous à prendre congé, à présent ? J'ai entendu dire qu'une dame venait d'arriver d'Angleterre et je voudrais la rencontrer.

— Pourquoi ? demanda brusquement Brodick.

La jeune femme sursauta, mais se ressaisit très vite.

— Parce que je ne connais pas l'Angleterre, expliqua-t-elle, et que je suis curieuse d'apprendre comment vivent les Anglais. J'ai plein de questions à lui poser.

— Vous avez au moins un point commun avec lady Gillian, remarqua Ramsey. Vous êtes aussi entêtées l'une que l'autre.

— La force-t-on également à se marier ? répliqua Bridgid, sans cacher son irritation.

Ramsey avança d'un pas vers elle.

— Personne ne vous force à vous marier, Bridgid.

— Alors, je peux m'en aller, cette fois ?

— Non, pas encore, répliqua Ramsey. Ce Matthias…

— Sommes-nous obligés d'y revenir ? coupa la jeune femme, les mains sur les hanches.

— Bridgid, je ne tolérerai pas votre insolence plus longtemps.

Elle s'excusa aussitôt.

— Je suis navrée, monseigneur. Je manque de manières, je l'admets. Mais comme j'avais déjà refusé sa proposition, je pensais que…

— Bridgid, savez-vous au moins combien de prétendants vous avez écartés ?

— Oui.

— Vous avez brisé beaucoup de cœurs.

— Ça, j'en doute fort. Aucun de ces hommes ne me connaissait assez pour avoir le cœur brisé.

— Vous ne voulez donc pas vous marier, Bridgid ?

— Bien sûr que si, répondit-elle. Et j'ai aussi envie d'avoir des enfants, ajouta-t-elle d'une voix fervente.

— Alors, pourquoi avoir décliné toutes ces propositions, si vous voulez des enfants ?

— J'aime quelqu'un.

Ramsey en resta bouche bée.

— Vous aimez quelqu'un ?

— Oui.

— Qui est-ce ?

Elle secoua la tête.

— Je ne peux pas vous dire son nom.

— Je ne comprends pas. Qu'attendez-vous pour l'épouser ?

La jeune femme soupira.

— Il ne m'a pas demandé ma main.

— Connaît-il vos sentiments ?

— Non. C'est un homme borné et stupide.

Brodick éclata de rire.

— Et vous l'aimez quand même ? s'étonna-t-il.

— Oui, répondit-elle avec un sourire éclatant. Je ne voulais pas l'aimer, et pourtant je l'aime de tout mon cœur. Cela prouve sans doute que je suis aussi stupide que lui. Mais le cœur a sa propre logique.

Elle se tourna vers Ramsey et déclara avec force :

— Si je dois me marier un jour, ce sera avec l'homme que j'aime.

Ramsey était embarrassé par sa propre réaction. Lorsque la jeune femme lui avait annoncé qu'elle était amoureuse, il avait d'abord été surpris, puis sa surprise avait laissé la place à l'irritation. Bizarrement, l'idée que Bridgid puisse aimer un homme le chiffonnait. C'était à n'y rien comprendre, puisqu'il avait précisément convoqué la jeune femme pour tenter de la convaincre d'épouser Matthias. Si elle avait accepté, aurait-il éprouvé la même déception ? se demanda-t-il. Non, sans doute, et pour une bonne raison : au fond de lui, il savait d'avance qu'elle repousserait ce nouveau prétendant.

— Dites-moi qui est cet homme, reprit-il après un silence. Je lui parlerai en votre nom.

— Je vous remercie de votre sollicitude, mais l'homme que j'aime devra se décider seul.

— Ce n'était pas de la sollicitude, c'était un ordre. Donnez-moi son nom.

La jeune femme tenta de détourner la conversation.

— Monseigneur, où est Michael ? Je ne l'ai pas encore vu. Je lui avais promis de lui apprendre à grimper aux arbres.

— Comment cela ?

— Eh bien, tous les garçons de son âge savent déjà grimper aux arbres.

— Et vous pensez pouvoir lui apprendre ?

Elle hocha la tête.

— Il va rester quelques jours chez les Maitland, expliqua Ramsey. Lui et Alec sont devenus bons amis. Mais quand il rentrera, il n'est pas question que vous lui montriez comment grimper aux arbres. Ce n'est pas une activité digne d'une dame, Bridgid.

— Vous avez sans doute raison, approuva-t-elle à contrecœur.

Ensuite, Ramsey lui demanda une nouvelle fois le nom de l'homme qu'elle aimait. Furieuse que son stratagème n'ait pas marché, la jeune femme répondit vertement :

— Je ne souhaite pas vous donner son nom, monseigneur.

— Ça me paraît évident. Mais vous allez quand même le faire.

— Non.

Comment osait-elle le défier ? Ramsey n'en revenait pas.

— Son nom, Bridgid ?

Cet homme était une vraie tête de mule, mais Bridgid savait qu'elle était la seule à blâmer. Elle n'aurait jamais dû lui avouer ce qu'elle cachait au fond de son cœur.

— Vous avez un avantage sur moi, déclara-t-elle.

— Lequel ?

— Vous êtes lord. Vous pouvez parler librement. Alors que moi, je…

Ramsey ne la laissa pas terminer sa phrase.

— Il me semble que vous ne vous êtes pas gênée pour vous exprimer librement, depuis que vous êtes entrée dans cette pièce, dit-il. Maintenant, répondez à ma question.

La jeune femme cherchait désespérément un moyen de se sortir de son propre piège.

— À moins que vous ne m'ordonniez de…

— Je vous ai déjà ordonné de me dire son nom, lui rappela-t-il.

Elle baissa les yeux.

— Je suis désolée, mais je ne peux pas vous répondre.

Ramsey décida de renoncer. Il était furieux contre lui-même. Il n'avait pas pour habitude de s'emporter devant une femme, si exaspérante soit-elle.

— Est-ce un péché de ne pas vous répondre, monseigneur ?

Son ton contrit fit fondre sa colère.

— Non, bien sûr que non.

Elle retrouva le sourire.

— Je suis bien contente, alors. Je ne veux pas vous déranger plus longtemps, monseigneur. Permettez-moi de me retirer, à présent.

Elle s'apprêta de nouveau à tourner les talons, mais Ramsey la rctint.

— Il faut que je vous parle d'autre chose, dit-il.

— Oui ?

Elle attendit patiemment, mais Ramsey peinait à trouver ses mots. Comment lui faire comprendre, sans la blesser, que sa mère la chassait de chez elle ?

Brodick vint à son secours.

— Michael... murmura-t-il.

Interloqué, Ramsey regarda son ami.

— Michael ?

Brodick hocha la tête.

— Tout à l'heure, tu me disais que tu souhaitais demander à Bridgid de t'aider à t'occuper de lui. Tu t'en souviens ?

Ramsey saisit aussitôt la perche.

— Oui, c'est ça ! Maintenant, je m'en souviens.

Il poursuivit à l'adresse de la jeune femme :

— Michael est chez les Maitland, pour l'instant...

— Oui, monseigneur. Vous m'avez déjà dit qu'il passait quelques jours avec son ami.

— C'est exact, acquiesça Ramsey, qui se faisait l'impression d'être un idiot. Mais quand il rentrera...

Il s'interrompit. Les mots lui échappaient soudain.

— Oui ? fit Bridgid.

Ramsey se tourna vers Brodick et implora son aide du regard.

— Michael n'est encore qu'un enfant, expliqua celui-ci. Et Ramsey n'a pas beaucoup de temps à lui consacrer. Par ailleurs, il est convaincu que Michael a besoin d'une présence féminine.

— Voilà, c'est ça, confirma Ramsey, soulagé.

— Je serai ravie de m'occuper de Michael, répondit la jeune femme, qui ne semblait pas avoir deviné que les deux hommes venaient d'inventer ce scénario devant elle.

— Eh bien, c'est entendu.

— Qu'est-ce qui est entendu ? Qu'attendez-vous exactement de moi ?

— Vous allez vous installer ici, au château, répondit Ramsey. Il y a des chambres vides, à l'étage. Choisissez celle qui vous convient et déménagez vos affaires le plus tôt possible. Il vous faudra quitter votre maison, bien sûr, mais j'espère que votre mère acceptera votre départ, ajouta-t-il, très fier de si bien s'en sortir.

— Vous voulez que je vive sous votre toit, monseigneur ? Ce ne serait pas convenable. Les gens pourraient parler.

— Dans ce cas, vous n'aurez qu'à loger dans le quartier des domestiques.

La jeune femme le dévisagea quelques secondes sans rien dire, puis elle hocha la tête. La tristesse que Ramsey lut dans son regard le bouleversa, et il réalisa qu'elle avait tout compris. Mais elle redressa bien vite les épaules et se ressaisit.

— Je serai ravie de m'occuper de Michael, répéta-t-elle. Mais ne devrais-je pas attendre qu'il soit rentré avant de déménager ?

— Non. Je veux que vous vous installiez ici le plus tôt possible.

— Dans ce cas, avec votre permission, je vais de ce pas préparer mes affaires.

Cette fois, Ramsey l'autorisa à partir. Arrivée devant la porte, Bridgid se retourna.

— Monseigneur ?

— Oui ?

— Ne jugez pas trop sévèrement ma mère. C'est plus fort qu'elle. Elle désire simplement avoir un peu d'intimité avec son nouvel époux. Je comprends que je la gêne. De toute façon, il était grand temps que je vole de mes propres ailes.

— Vous croyez que c'est pour cela que je vous ai demandé de venir vivre ici ? Parce que votre mère a besoin d'intimité ?

— Évidemment. Pour quelle autre raison, sinon ?

Parce que son beau-père la désirait et que sa mère était jalouse d'elle, répondit Ramsey en lui-même. Mais il n'était pas question qu'il lui avoue la vérité.

— Je vous ai expliqué mes raisons : il faut que quelqu'un s'occupe de Michael. C'est tout.

— Vous êtes un homme très généreux, monseigneur, mais…

— Mais quoi ?

Elle sourit.

— Vous ne savez pas mentir.

21

Rien n'était jamais facile, se répétait Gillian après sa longue entrevue avec Otis et Brisbane. Les deux vieillards ne lui avaient fourni que des réponses évasives. Ils s'étaient montrés aimables, attentionnés même, mais terriblement obstinés. De toute évidence, bien qu'aucun des deux n'ait voulu l'admettre, ils savaient qui était Christen et où elle habitait. Toutefois, ils ne lui diraient rien tant qu'ils n'auraient pas obtenu la permission de l'intéressée. Ils lui avaient simplement confirmé que Christen vivait bien sur les terres des MacPherson. C'était peu, mais cela suffisait à lui redonner espoir.

Gillian était convaincue que sa sœur accourrait à sa rencontre dès qu'Otis et Brisbane l'auraient avertie de son arrivée. Aussi les implora-t-elle longuement de parler à Christen le plus vite possible, en leur expliquant qu'elle devait bientôt repartir en Angleterre et que le temps lui était compté.

Après le départ des deux vieillards, la jeune femme continua sa promenade. Au sommet d'une colline, elle s'assit par terre, à l'ombre d'un chêne majestueux. Elle remonta les genoux et ferma les yeux, goûtant la brise qui lui caressait le visage. Quand elle rouvrit les yeux, elle regarda attentivement autour d'elle. Le domaine de Ramsey était magnifique et paisible. Un peu partout, hommes et femmes vaquaient tranquillement à leurs occupations, tandis que les enfants s'amusaient.

Pendant quelques minutes, Gillian savoura la paix qui se dégageait de ce tableau idyllique. Mais son esprit ne resta pas longtemps en repos. Trop de questions la taraudaient. Sa sœur se souviendrait-elle d'elle ? Et que se diraient-elles, pour commencer ?

Une voix de femme la tira soudain de ses pensées. Gillian redressa la tête au moment où une jeune blonde escaladait la colline en courant, l'air courroucé. Gillian crut comprendre rapidement la raison de son irritation : une brute la poursuivait. Mais elle réalisa bientôt que la brute en question n'était qu'un adolescent maigre et dégingandé.

— Laisse-moi tranquille, Stewart, disait la jeune femme blonde. Si tu continues à m'embêter, je...

Elle s'interrompit en apercevant Gillian. Un sourire radieux illumina son visage. Puis, comme si elle avait déjà oublié l'importun qui la pourchassait, elle se précipita vers Gillian. Stewart s'arrêta à quelques mètres d'elles, pour écouter leur conversation.

— Bonjour, madame.

— Bonjour, répondit Gillian.

— Je m'appelle Bridgid, dit-elle d'un ton respectueux. Non, ne vous levez pas, ajouta-t-elle. Vous êtes la dame qui vient d'Angleterre, n'est-ce pas ?

— En effet. Mon nom est Gillian.

— Je vous ai cherchée partout. J'espérais que vous pourriez prendre quelques minutes pour répondre à mes questions sur l'Angleterre... Enfin, si cela ne vous dérange pas, bien sûr.

Gillian était à la fois surprise et enchantée.

— Je serai ravie de répondre à vos questions. Depuis que je suis en Écosse, vous êtes la première personne qui manifeste de l'intérêt pour mon pays. Aimez-vous l'Angleterre ?

— Je l'ignore encore, répondit Bridgid en riant. Mais j'ai envie d'en savoir plus pour me faire une opinion. Les hommes, ici, racontent des histoires incroyables. Mais il faut admettre qu'ils ont toujours tendance à exagérer.

— Je ne connais pas ces histoires, mais je peux vous jurer qu'elles sont fausses. Les Anglais sont de braves gens et je suis fière d'appartenir à leur peuple.

— C'est noble de votre part de défendre vos compatriotes.

— J'essaie seulement d'être honnête, corrigea Gillian.

— L'Angleterre est-elle aussi belle que l'Écosse ?

— Oh, oui ! C'est très différent, mais tout aussi joli.

Un autre garçon, au visage couvert de taches de rousseur, avait rejoint Stewart, et tous deux lorgnaient sans vergogne les deux jeunes femmes. Gillian les trouvait très impolis, mais puisque Bridgid les ignorait, elle décida d'en faire autant.

Bridgid s'assit à côté d'elle et elles discutèrent longuement. À la demande de sa compagne, Gillian évoqua son pays, son histoire, ses coutumes. Au bout d'un moment, Stewart et son ami, Donald, en eurent assez d'être tenus à l'écart. Ils voulurent s'approcher, pour « voler un baiser » aux deux jeunes femmes, comme l'expliqua Stewart. Gillian et Bridgid se relevèrent d'un même mouvement et, à la grande surprise des deux importuns, leur assenèrent à chacun un solide coup de pied dans le tibia qui les fit hurler de douleur. Puis les deux jeunes femmes prirent leurs jambes à leur cou pour leur fausser compagnie.

Mais, dans leur précipitation, elles trébuchèrent et dévalèrent la colline en roulant dans l'herbe, avec force éclats de rire.

Gillian se redressa la première. Sa robe était toute tachée de vert.

— Suis-je aussi affreuse que vous ? demanda Bridgid.

— Vous avez plus de feuilles que de cheveux sur la tête !

— Stop ! supplia Bridgid, qui hoquetait de rire. J'ai un point de côté.

Gillian lui tendit la main pour l'aider à se relever.

— Vous ne vous êtes pas fait mal ? s'inquiéta Bridgid.

— Non, mais j'ai perdu ma chaussure.

Elles rirent à nouveau. Après quelques minutes, Bridgid retrouva le soulier égaré. Tandis que Gillian se baissait pour le remettre, Bridgid lui murmura :

— Ne vous retournez pas.

— Pourquoi ?

— Un Buchanan nous observe. J'espère qu'il ne nous a pas vues dévaler la colline.

Gillian se redressa et tourna la tête.

— C'est Dylan, dit-elle. Venez, je vais vous le présenter. Il est très gentil.

Bridgid secoua la tête.

— Un Buchanan ne peut pas être gentil. Mais vous venez d'Angleterre. Vous ne savez pas…

— Quoi ?

— Que ce sont des brutes.

Gillian sourit.

— Des brutes ?

— C'est la pure vérité, insista Bridgid. Du reste, cela s'explique facilement. Ils suivent l'exemple de leur maître. Lord Buchanan est un personnage terrifiant. Et je sais de quoi je parle. Je pourrais vous raconter des histoires qui vous donneraient la chair de poule. J'ai rencontré des femmes qui avaient fondu en larmes simplement parce que lord Buchanan avait regardé dans leur direction.

Gillian rit encore.

— C'est absurde.

— Non, c'est vrai, répliqua Bridgid. J'étais au château, tout à l'heure, parce que lord Ramsey m'avait convoquée, et lord Buchanan était là.

— Il vous a fait pleurer ?

— Non. Je ne suis pas aussi faible que certaines femmes. Mais je n'ai quand même pas osé le regarder droit dans les yeux.

— Je vous assure qu'il n'est pas si terrible que cela.

Bridgid la gratifia d'un regard apitoyé. Elle semblait trouver Gillian bien naïve.

— Mon Dieu, il n'a pas bougé ! chuchota-t-elle, après avoir jeté un coup d'œil vers le guerrier. J'ai l'impression qu'il nous attend.

Gillian prit la main de Bridgid et l'entraîna à sa suite.

— Je vous promets que vous aimerez Dylan.

— J'en doute fort, marmonna Bridgid. Gillian, écoutez-moi. Puisque nous allons devenir amies, je voudrais vous conseiller de ne pas trop fréquenter les Buchanan, particulièrement leur seigneur. Il ne vous fera pas de mal, mais il pourrait vous terrifier.

— Je ne me laisse pas facilement impressionner.

— Ne cherchez pas à comprendre. Suivez mon conseil et ne vous approchez pas de lord Buchanan.

— Ce sera difficile.

— Pourquoi ?

— Parce que nous sommes fiancés.

Bridgid serait tombée si Gillian ne l'avait pas solidement tenue par la main. Quand elle eut retrouvé son équilibre, la jeune femme éclata de rire.

— Un instant, j'ai cru que vous parliez sérieusement, expliqua-t-elle. Tous les Anglais ont-ils votre sens de l'humour ?

— Je ne plaisantais pas, répondit Gillian. Et je vais vous le prouver.

— Comment cela ?

— Je vais poser la question à Dylan. Il vous répondra.

— Vous êtes folle.

— Vous voulez savoir quelque chose d'encore plus choquant ?

— Bien sûr.

— Je suis amoureuse de Brodick.

Bridgid écarquilla les yeux.

— Êtes-vous sûre de ne pas le confondre avec quelqu'un d'autre ? Toutes les femmes sont amoureuses de lord Sinclair, pas de Brodick.

— J'apprécie beaucoup Ramsey, mais c'est Brodick que j'aime. Et je compte bien l'épouser.

Bridgid s'esclaffa. Elle ne la croyait toujours pas, songea Gillian. Mais Dylan la convaincrait, lui.

Dylan les attendait, les bras croisés et les jambes bien campées sur le sol. Il avait l'air furieux et menaçant, surtout avec ses sourcils froncés, mais Gillian savait que ce n'était qu'une façade.

— Dylan, permettez-moi de vous présenter ma nouvelle amie, Bridgid. Bridgid, ce guerrier impressionnant n'est autre que Dylan. C'est lui qui commande les guerriers de lord Buchanan.

Bridgid s'inclina respectueusement devant lui.

— Enchantée de vous connaître, monsieur.

Dylan ne répondit rien. Il se contenta de hocher légèrement la tête en guise de salut.

— Lady Gillian, que vous est-il arrivé ? demanda-t-il en désignant sa robe tachée.

— Eh bien, c'est en voulant échap…

Affolée, Bridgid lui donna un coup de coude dans les côtes et l'interrompit.

— Nous avons glissé sur un talus, déclara-t-elle.

— C'est ça, renchérit Gillian avec force. Nous avons glissé sur un talus.

— Dois-je comprendre que vous refusez de me dire ce qui s'est passé ? s'enquit Dylan en esquissant un sourire.

— Exactement.

— Mais vous le direz à lord Buchanan ?

— Non, je n'en ai pas l'intention. Dylan, j'aimerais vous demander quelque chose, ajouta-t-elle.

— Je vous écoute, madame, répondit Dylan.

— J'ai expliqué à Bridgid que j'étais fiancée à Brodick, mais elle ne veut pas me croire. Pourriez-vous lui confirmer que… Pourquoi semblez-vous si surpris ?

— Vous pensez que vous êtes fiancée à…

— Brodick, termina Gillian à sa place, ne comprenant pas pourquoi il cherchait à cacher son amusement.

— Je savais que c'était une blague, intervint Bridgid. Elle a un sacré sens de l'humour, ajouta-t-elle à l'adresse de Dylan.

— Ce n'est pas une blague. Dites-lui, Dylan.

— À ma connaissance, madame, vous n'êtes pas fiancée à lord Buchanan.

— Non ?

— Non.

Gillian était devenue cramoisie.

— Je pensais que… Le prêtre était là… Je l'ai vu nous bénir…

Réalisant qu'elle s'était lourdement méprise, la jeune femme tenta de sauver la face.

— Eh bien, je me suis trompée, voilà tout, reprit-elle. Mais je vous serais reconnaissante de ne pas en parler à lord Buchanan, Dylan. C'était un malentendu, et je vous remercie de l'avoir dissipé.

— Mais, madame...

Elle secoua la main.

— Je ne veux plus en discuter.

— Comme il vous plaira, madame.

Gillian avait conscience de s'être humiliée lamentablement devant Dylan. Affichant un air détaché, elle remit un peu d'ordre dans sa toilette.

— Lord Buchanan désire vous parler, annonça Dylan, se rappelant soudain sa mission.

— Où est-il ?

— Dans la cour du château, avec Ramsey.

— Bridgid et moi avons besoin de nous changer. Nous ne pouvons pas nous montrer devant eux dans cet état.

— Brodick déteste attendre, répliqua Dylan. Et j'aimerais beaucoup qu'il vous voie dans cet état, précisa-t-il avec un sourire taquin.

— Très bien. Alors, nous y allons de ce pas.

Bridgid garda le silence jusqu'à ce que Dylan se soit éloigné.

— Ne faites pas cette tête, Gillian. Vous devriez être ravie.

— Je me sens tellement idiote ! J'étais vraiment persuadée que Brodick et moi étions fiancés. En tout cas, il m'a demandé de l'épouser. Je vous le jure. Enfin, plus exactement, il a dit qu'il m'épouserait.

— En tout cas, il n'y a pas de quoi en faire un drame.

Gillian haussa les épaules.

— Je ne sais plus quoi penser. Allons, venez. Brodick n'est pas très patient.

Les deux jeunes femmes reprirent en silence le chemin du château.

— Vous avez l'air tellement déçue ! dit finalement Bridgid.

— Je me sens surtout très honteuse.

— Comme je vous comprends ! Aujourd'hui, il m'est arrivé quelque chose de pas très agréable, à moi aussi. Figurez-vous que ma mère ne veut plus de moi sous son toit. Et le pire, c'est que lord Sinclair est au courant. Il m'a ordonné de déménager mes affaires au château, sous prétexte qu'il avait besoin de quelqu'un pour s'occuper de son petit frère, Michael. Mais la vérité, c'est que ma mère lui a demandé de la débarrasser de moi.

— Mais pourquoi aurait-elle fait cela ?

Bridgid lui exposa tous les détails de l'affaire. Quand elle eut terminé son récit, Gillian avait déjà oublié son embarras.

— Votre mère a eu tort d'agir ainsi, dit-elle.

Les deux jeunes femmes continuèrent à échanger des confidences, telles deux amies d'enfance. Ni l'une ni l'autre n'étaient pressées d'arriver au château.

— Vous voyez, je ne peux pas vraiment en vouloir à ma mère, conclut Bridgid. Après tout, puisque je refuse de me marier, elle a le droit de considérer que je suis une fille difficile. Mais je suis fatiguée de parler de moi. Aimez-vous réellement Brodick ?

— Oui.

— Vous le connaissez depuis longtemps ?

— Non, pas très longtemps.

— Tout s'explique ! s'exclama Bridgid. Quand vous le connaîtrez mieux, vous mesurerez votre erreur.

Gillian secoua la tête.

— Je n'ai pas choisi de tomber amoureuse de lui. Mais je l'aime de tout mon cœur et de toute mon âme, j'en suis sûre.

Bridgid soupira.

— Moi aussi, je suis amoureuse, avoua-t-elle.

Gillian se tourna vers elle.

— Ça n'a pas l'air de vous transporter de joie…

— En fait, je me sens stupide. Et je préférerais ne pas l'aimer.

— Pourquoi ?

— Parce qu'il ne m'aime pas.

— Vous en êtes certaine ?

— C'est un homme borné.

Gillian éclata de rire.

— Mais vous l'aimez quand même.

— Hélas, oui.

— Qui est-ce ?

— Un Sinclair.

— Connaît-il vos sentiments à son égard ?

— Non.

— Comptez-vous lui dire que vous l'aimez ?

— Je voudrais d'abord qu'il me remarque. J'ai essayé d'attirer son attention, mais sans succès.

— Je pense que vous devriez lui parler. Après tout, qu'avez-vous à perdre ?

— Ma fierté, ma dignité, mon…

— Bref, rien de bien grave. Oubliez tout cela.

— Vous avez sans doute raison. Je devrais lui parler. Si je continue à attendre, je deviendrai une vieille femme avant qu'il admette que je suis ce qui peut lui arriver de mieux. Personne ne l'aimera comme je l'aime. Je connais tous ses défauts – et ils sont nombreux – mais cela ne m'empêche pas de l'aimer.

— Quand allez-vous le lui avouer ?

— Je ne le lui avouerai pas.

— Mais vous venez juste de reconnaître…

— … que je devrais lui parler, précisa Bridgid. Mais je ne le ferai pas. J'ai trop peur qu'il ne me repousse. Je ne sais même pas s'il m'apprécie. Il n'arrête pas de répéter que je suis entêtée.

— C'est donc qu'il vous a remarquée.

— Oui, mais il me considère comme un fardeau. Alors, je préfère ne pas lui avouer ce que je ressens pour lui. À quel moment Brodick vous a-t-il dit qu'il vous aimait ?

Trois guerriers croisèrent leur chemin. Gillian attendit de les avoir dépassés pour répondre à son amie.

— Il ne me l'a pas vraiment dit. D'ailleurs, pour être tout à fait honnête, je ne suis pas certaine qu'il soit amoureux de moi. En revanche, je sais qu'il tient beaucoup à moi.

— Mais vous, vous lui avez dit que vous l'aimiez ?

— Oui.

Bridgid était visiblement impressionnée.

— Vous êtes plus courageuse que moi. J'ai tellement peur d'essuyer un échec que je n'ose rien tenter.

— En fait, c'est Brodick qui m'a forcée à lui avouer que je l'aimais.

Bridgid éclata de rire.

— Ça ne m'étonne pas ! Les hommes sont tous si arrogants !

— C'est vrai, approuva Gillian. Mais Brodick est aussi quelqu'un de très droit. Et quand il m'a interrogée, je n'ai pas voulu lui mentir.

— Puis-je vous poser une question personnelle… très personnelle, même ? Vous n'êtes pas obligée d'y répondre, si vous ne le souhaitez pas.

— Que désirez-vous savoir ?

— Brodick vous a-t-il embrassée ?

— Oui.

— Et alors ? C'était comment ?

Gillian sentit ses joues s'empourprer.

— Merveilleux, murmura-t-elle. Cet homme a le don de me faire frissonner rien qu'en me regardant, ajouta-t-elle avec un sourire.

Bridgid poussa un soupir désabusé.

— On m'a embrassée une fois, et ça ne m'a pas fait frissonner. Je me demande ce que je ressentirais si l'homme que j'aime m'embrassait.

— Vos jambes se déroberaient sous vous, votre pouls s'emballerait et vous auriez le souffle court. Mais ce ne serait pas tout.

— Ah ?

— Vous voudriez que le baiser ne s'arrête jamais.

Les deux jeunes femmes soupirèrent à l'unisson, puis rirent de bon cœur, s'amusant de leur côté fleur bleue.

— Je n'ai jamais compris pourquoi Brodick et Ramsey étaient si bons amis, reprit Bridgid, pour changer de sujet. Ils sont tellement différents !

— Au contraire, je crois qu'ils ont beaucoup de points communs.

— Lesquels, grands dieux ? Ramsey est généreux, aimable, pondéré…

— Brodick aussi, répondit Gillian. Il possède toutes ces qualités, mais il les cache sous des manières… un peu brusques. En tout cas, c'est l'homme de mes rêves, ajouta-t-elle.

Les deux jeunes femmes venaient de pénétrer dans la cour du château. Elles aperçurent Brodick et Ramsey au milieu d'un groupe de guerriers.

— Nous ne pouvons quand même pas nous présenter à eux dans cet état, dit Gillian, horrifiée.

— C'est trop tard, maintenant, répondit Bridgid.

En effet, Brodick s'avançait à leur rencontre.

— Que vous est-il arrivé, bon sang ? rugit-il d'une voix terrifiante.

— Bridgid, expliquez-vous, ordonna Ramsey.

— Et si on leur faisait le même coup qu'aux deux gamins de tout à l'heure ? murmura Gillian à son amie.

Bridgid se mordit la lèvre pour ne pas éclater de rire.

— Je vous ai posé une question, répéta Brodick. Que vous est-il arrivé ?

— Qu'est-ce qui vous fait croire qu'il nous est arrivé quelque chose ? demanda Gillian, du ton de la plus parfaite innocence.

Compte tenu de leur apparence, Ramsey trouva sa question plutôt comique. Mais Brodick ne partageait pas son amusement. Il vint se planter devant Gillian.

— Ta robe est déchirée et sale, tu as de la terre sur le visage et des feuilles plein les cheveux.

Tout en parlant, il lui nettoya, du pouce, le bout du nez et les joues. Gillian leva vers lui un regard si brillant qu'il sentit sa colère fondre comme neige au soleil.

— Que t'est-il arrivé ? demanda-t-il d'une voix plus douce.

— Rien, répondit Gillian, qui jugea plus prudent de passer sous silence leur rencontre avec Stewart et son compagnon. Avec Bridgid, ma nouvelle amie, nous avons voulu courir et nous avons malencontreusement dévalé une pente.

Elle posa une main sur son torse et se dressa sur la pointe des pieds, pour lui chuchoter à l'oreille :

— Je me suis bien amusée, mais vous m'avez manqué. Est-ce que je vous ai manqué aussi ?

— J'étais très occupé, répliqua Brodick d'une voix bourrue, pour masquer le plaisir que lui procurait cette preuve d'affection.

Il avait appris si jeune à cacher ses sentiments sous une carapace de froide indifférence que c'était devenu chez lui une seconde nature. Gillian, au contraire, était totalement spontanée. Brodick n'avait qu'à la regarder pour deviner ses pensées. Elle n'était ni calculatrice ni dissimulatrice. Tout en elle respirait la sincérité.

— Pourriez-vous m'accorder une minute en privé ? ajouta-t-elle, toujours à voix basse.

— Pour quoi faire ?

— Pour vous embrasser jusqu'à ce que vous en frissonniez.

Sur ces mots, elle déposa un baiser sur sa joue et se recula.

— Et tu penses réussir à accomplir ce prodige en moins d'une minute ?

— Oui.

— Quel prodige ? demanda Ramsey, qui avait tendu l'oreille.

Brodick lui sourit.

— Elle veut…

— Brodick ! coupa Gillian, scandalisée.

— Oui ?

— Ce que je vous ai dit était strictement privé.

Ramsey préféra ne pas insister.

— Gillian, tous les Sinclair seront réunis ici dans deux heures.

Gillian avait beaucoup de mal à se concentrer. La façon dont la regardait Brodick lui donnait la chair de poule.

— Excusez-moi, Ramsey. Vous disiez ?

— J'ai ordonné à tout le monde de se rassembler ici pour le coucher du soleil, répéta patiemment Ramsey.

— Hommes et femmes ?

— Oui.

— Parfait.

— Vous allez peut-être enfin retrouver votre sœur ! s'exclama Bridgid.

— Oui, acquiesça Ramsey en souriant. Brisbane et Otis vous ont-ils dit quelque chose ?

— Non. Ils m'ont juste confirmé que Christen vivait chez les MacPherson. Maintenant, si vous voulez bien nous excuser, Bridgid et moi avons besoin de nous laver et de nous changer.

— Pas tout de suite, intervint Brodick.

Sans rien ajouter, il prit Gillian par la main et l'entraîna vers le perron. La jeune femme fut presque obligée de courir pour s'accorder à son allure.

— Que faites-vous ?

Pour toute réponse, Brodick ouvrit la porte du château, poussa Gillian à l'intérieur et referma la porte derrière eux, plongeant le hall dans la pénombre. Puis, fermement mais avec une incroyable douceur, il plaqua la jeune femme contre le battant.

— C'est ta minute, Gillian. Tiens-tu toujours à gagner ton pari ?

Un moment décontenancée, la jeune femme oublia finalement sa timidité et noua les bras autour du cou de son compagnon, pour l'attirer plus près d'elle. Puis elle approcha ses lèvres des siennes et, délicatement, les obligea à s'entrouvrir. Alors, ses dernières inhibitions envolées, elle l'embrassa fougueusement.

Brodick eut l'impression que ses jambes se dérobaient sous lui.

Il ne put cependant demeurer passif bien longtemps. Enlaçant la jeune femme, il la serra contre lui et lui rendit son baiser avec une ferveur égale à la sienne.

Au bout de quelques minutes, ils s'interrompirent pour reprendre leur souffle.

— Ne me lâchez pas, murmura Gillian, persuadée qu'elle s'effondrerait s'il s'écartait.

Ce baiser lui avait ôté toute force, mais elle n'avait qu'une envie : recommencer à l'embrasser le plus vite possible.

— Je ne te lâcherai jamais, répondit-il.

Brodick la garda serrée contre lui et déposa dans son cou des petits baisers qui la firent soupirer de plaisir.

— Tu es une tentatrice, Gillian. Après m'avoir embrassé comme cela, tu ne peux pas espérer en rester là.

— Que voulez-vous dire ?

Seigneur, qu'elle était innocente !

— Je t'expliquerai ce soir, lui promit-il.

Il s'écarta enfin d'elle et lui rappela qu'elle devait rejoindre Bridgid pour se baigner dans le lac.

Gillian s'apprêta à ouvrir la porte, mais il la retint.

— Dylan m'a raconté qu'ils vous avaient aperçues, toutes les deux, aux prises avec deux guerriers Sinclair qui vous importunaient.

Gillian décida de nier en bloc.

— Il aura mal vu. Il n'y avait personne. Mais si un guerrier cherchait à m'importuner, je m'en débarrasserais très bien toute seule.

— Non. Tu viendrais m'avertir, et c'est moi qui t'en débarrasserais.

— Que lui feriez-vous ?

— Je le tuerais, répondit-il sans la moindre hésitation.

Son regard prouvait qu'il parlait sérieusement.

— Vous ne pouvez quand même pas tuer…

Brodick ne la laissa pas finir sa phrase.

— Tu m'appartiens, dit-il, et aucun autre homme n'a le droit de te toucher. Mais assez parlé de ça. J'ai quelque chose à te dire.

Gillian attendit qu'il poursuive, mais il resta muet.

— Brodick ?

— En Écosse, lorsque nous voulons quelque chose, nous le prenons, déclara-t-il.

— Ce n'est pas forcément bien.

— Peu importe de savoir si c'est bien ou pas. C'est comme ça, voilà tout.

— Mais si, c'est important ! Vous ne pouvez quand même pas prendre quelque chose qui ne vous appartient pas sans offenser l'Église !

— Ne discute pas avec moi.

— Je ne discute pas, je constate des faits.

Brodick posa ses mains sur les épaules de la jeune femme.

— Écoute ce que j'ai à te dire, chérie.

Surprise par son brusque changement de ton, Gillian capitula.

— D'accord, murmura-t-elle. Je vous écoute.

— Tu m'as avoué que tu m'aimais. Tu l'as bien dit, n'est-ce pas ? Tu ne peux pas renier tes paroles.

Émue, Gillian s'empressa de le rassurer.

— Je n'ai aucune intention de renier mes paroles. Je vous aime.

Il se détendit.

— Ce soir…

— Oui ?

— Je… Enfin, nous… Oh, zut !

— Brodick ! Que vous arrive-t-il ? Ça ne va pas ?

— Non, ça ne va pas, et c'est ta faute.

Gillian le repoussa brutalement.

— Je commence à me lasser de votre mauvaise humeur. J'ai plus important à faire que de vous écouter bafouiller un discours incompréhensible.

Sur ces mots, elle ouvrit la porte et sortit dans la cour.

Brodick renonça à insister pour le moment. Gillian n'était pas idiote. Elle finirait bien par comprendre… au moins ce soir, quand il la déshabillerait pour la porter dans son lit. Et si elle ne comprenait toujours pas, il lui expliquerait.

Ramsey pénétra dans le hall. En voyant Brodick, il devina aussitôt ce qui s'était passé.

— Tu ne lui as toujours rien dit, n'est-ce pas ?

— Non. Mais Dieu m'est témoin que j'ai essayé.

— C'est pourtant simple, Brodick.

— C'est très compliqué, au contraire.

— Je ne vois pas ce qu'il y a de compliqué à dire : « Au fait, Gillian, tu es mariée. »

— Je te répète que j'ai essayé, bon sang ! Si tu crois vraiment que c'est facile, va lui dire à ma place.

Ramsey éclata de rire.

— En fait, tu es terrifié à l'idée de lui annoncer la nouvelle.

— Pas du tout.

— Bien sûr que si. Parce que tu redoutes sa réaction.

Brodick ne chercha pas plus longtemps à donner le change.

— C'est vrai, j'ai peur. Elle risque de paniquer et de vouloir s'enfuir. Je n'aurais jamais dû la prendre au piège.

— Sans compter que tu as aussi dupé un prêtre.

— Oui, enfin… je m'inquiète davantage pour Gillian. J'ai vraiment eu tort de lui tendre un piège.

— Et pourtant, je parie que tu serais prêt à le refaire.

Brodick haussa les épaules, ce qui constituait un aveu suffisant.

— Je ne peux plus imaginer de vivre sans elle. Et si tu te moques de moi, je te promets que je t'envoie mon poing dans la figure.

Ramsey lui donna une tape sur l'épaule.

— Ne t'inquiète pas, va. Gillian paniquera sans doute quand elle apprendra que vous êtes mariés, mais elle ne s'enfuira pas.

— Tu crois ?

Ramsey hocha la tête.

— Je lui parlerai pendant le dîner, ajouta Brodick, qui avait tout à coup retrouvé son assurance.

Sur cette déclaration, il ouvrit la porte avec une telle force qu'elle manqua sortir de ses gonds.

22

Gillian ne tenait pas en place, tandis qu'elle s'habillait pour être présentée au clan des Sinclair. Dire qu'elle allait peut-être revoir sa sœur, après tant d'années !

Elle avait choisi une robe jaune toute simple, agrémentée d'un galon de broderie à l'ourlet et aux manches. Une servante l'aida ensuite à draper, par-dessus, le plaid des Buchanan, qu'elle retint avec une ceinture en cuir ouvragé.

Une fois sa toilette terminée, Gillian congédia la servante. Elle désirait rester seule quelques minutes, afin de répéter une dernière fois le petit discours qu'elle avait préparé pour fêter ses retrouvailles avec sa sœur.

Bridgid arriva sur ces entrefaites. En entrant dans la chambre, elle poussa un cri d'admiration.

— Gillian, tu es superbe ! s'exclama-t-elle, adoptant spontanément le tutoiement. Cette robe te va merveilleusement bien.

— Merci, mais je me trouve presque terne, à côté de toi.

Bridgid éclata de rire.

— On a l'air de deux gamines qui s'apprêtent à assister à leur premier bal et se félicitent mutuellement.

— Mais je suis sincère, Bridgid. Tu es radieuse. Ce sera bien le diable si l'homme que tu aimes ne s'en aperçoit pas ce soir.

Bridgid fit la moue.

— Je parie qu'il regardera à travers moi sans même me voir, comme d'habitude.

Elle soupira.

— Bah, tant pis ! Es-tu prête à descendre ?

Gillian prit une profonde inspiration.

— Oui. Mais je ne te cache pas que je suis très angoissée à l'idée de revoir ma sœur.

— Penses-tu la retrouver ce soir ?

— Je le sens. Et j'ai longuement répété ce que j'allais lui dire. Je voudrais que nos retrouvailles soient parfaites et qu'elle m'aime tout de suite... Mais tu dois me trouver idiote de m'inquiéter. Après tout, c'est ma sœur. Elle m'aimera forcément.

— Viens, dit Bridgid. Il ne faut pas faire attendre lord Sinclair. Brodick est avec lui, ainsi qu'Otis et Brisbane. Je te préviens, ils n'ont pas l'air de très bonne humeur. Quelque chose les tracasse, mais je n'ai pas réussi à savoir de quoi il s'agissait. Un problème avec les MacPherson, sans doute. Proster, l'un de leurs guerriers, cherche constamment à provoquer les Sinclair. Anthony et Foster ne cessent de se plaindre de lui.

— Qui sont Anthony et Foster ? demanda Gillian.

Tout en parlant, elle se pinça les joues pour leur donner un peu de couleur, puis suivit Bridgid dans le couloir.

— Les deux meilleurs amis de Jason, qui est lui-même...

— ... le bras droit de lord Sinclair. Je l'ai aperçu tout à l'heure, mais de loin.

— Tu en vois rarement un sans voir les deux autres. Ils sont inséparables.

Au moment où elles atteignaient le bas de l'escalier, un guerrier entra dans le hall.

— C'est Anthony, murmura Bridgid. Je vous présenterai plus tard, sinon lord Sinclair va s'impatienter.

Dans la grande salle, Brodick et Ramsey, debout, discutaient à voix basse, tandis qu'Otis et Brisbane, assis à la table, arboraient une mine d'enterrement. Comme les deux jeunes femmes pénétraient dans la pièce, Otis se leva et fit signe à son compagnon de l'imiter.

Gillian s'approcha en souriant. Mais, en voyant que Brodick semblait furieux, elle s'alarma brusquement.

— Ta sœur a refusé de te rencontrer, déclara-t-il sans préambule.

— Et pourquoi aurait-elle refusé ? répliqua Gillian, incrédule.

Brodick se tourna vers Brisbane, pour l'inviter à répondre à sa place. Le vieillard, très affecté, expliqua :

— Elle se sent une MacPherson et elle considère qu'elle ne doit rien à l'Angleterre.

— Mais sa famille ? protesta Gillian. N'éprouve-t-elle rien pour moi ?

— Sa famille est ici, insista Brisbane. Elle a une mère, un père et…

— Son père et sa mère sont enterrés en Angleterre, rétorqua Gillian.

Les épaules de Brisbane, déjà voûtées par l'âge, s'affaissèrent encore un peu plus.

— Et elle a un mari, ajouta-t-il. Elle est… heureuse.

— Heureuse ? Elle est heureuse ? répéta Gillian, hors d'elle.

Elle songeait à son oncle Morgan, dont la vie était en jeu, et se moquait bien de savoir si Christen était heureuse ou non.

— Essayez de comprendre, lady Gillian, supplia Brisbane.

— Je n'ai pas le temps de comprendre, répondit-elle. Il faut que je parle à ma sœur le plus tôt possible.

— Vous a-t-elle dit elle-même qu'elle ne voulait pas voir Gillian, ou est-ce son mari qui l'a décidé pour elle ? intervint Brodick.

La question dérouta Brisbane. Il réfléchit un moment, avant d'avouer :

— C'est son mari qui a parlé à sa place. Mais Christen était présente. Si elle n'avait pas été d'accord, elle aurait protesté.

— Lui avez-vous dit que je souhaitais seulement discuter avec elle ?

— Oui. Mais je pense que ni elle ni son mari ne m'ont cru. Souvenez-vous, lady Gillian, des Anglais ont déjà essayé de retrouver sa trace, autrefois. Elle doit craindre que vous ne la forciez à rentrer en Angleterre, ou que vous ne la dénonciez.

Gillian leva les yeux au plafond.

— Je ne ferais jamais une chose pareille ! s'exclama-t-elle, en cherchant désespérément un moyen de rassurer sa sœur.

— Ramsey, dit Brodick, comment comptes-tu nous aider ?

— Je lui donne vingt-quatre heures pour changer d'avis.

— Et si elle refuse ? demanda Brisbane.

— Alors, je la convoquerai au château. Au besoin, je n'hésiterai pas à recourir à la force. Mais je préférerais de loin qu'elle revienne de son plein gré sur sa décision.

— Son mari n'aimera pas ça, objecta Brisbane.

— Je m'en moque, répliqua Ramsey.

— C'est un fier MacPherson, précisa Otis.

— C'est un Sinclair, à présent, corrigea Ramsey. M'a-t-il juré allégeance, oui ou non ?

— Comme tous les MacPherson, admit Brisbane.

— La loyauté de nos guerriers vous est acquise, monseigneur, renchérit Otis. Mais puisque vous abordez ce sujet, je voudrais vous dire qu'un grand nombre d'entre eux nous ont exprimé leur amertume. Vos hommes, en particulier Jason, Anthony et Foster, ne cessent de les ridiculiser. Une insurrection finira par éclater si vous n'intervenez pas rapidement.

Ramsey garda son calme et ne répondit pas tout de suite à ce discours inattendu, mais Brodick connaissait assez son ami pour deviner qu'il était furieux.

— Il faudrait peut-être que Ramsey dorlote les guerriers MacPherson ? lança-t-il.

Otis secoua la tête.

— Je suggère simplement qu'on leur donne une véritable chance de prouver leur valeur.

— Demain, je me chargerai personnellement de l'entraînement, décréta Ramsey. Et dès que Jason sera rentré, je discuterai de cela avec lui. Êtes-vous satisfait ?

Otis semblait soulagé.

— Oui, merci.

Brisbane voulut se montrer aussi accommodant que Ramsey.

— Avec votre permission, monseigneur, je retournerai chez la sœur de lady Gillian demain matin, à la première heure, annonça-t-il. Et j'insisterai bien sur le fait que lady Gillian a déclaré qu'elle souhaitait seulement lui parler, précisa-t-il en se tournant vers la jeune femme.

— C'est uniquement ce que je désire, confirma Gillian.

Ramsey ayant approuvé la proposition du vieil homme, Brodick ajouta :

— Brisbane, avant de lui parler, assurez-vous que son mari ne soit pas dans les parages. Il pourrait influencer sa réponse.

— Pourquoi dites-vous cela ? demanda Gillian.

— Parce que c'est ce que je ferais à sa place.

— Pourquoi ? répéta Gillian.

— Le mari de ta sœur essaie probablement de la protéger.

Brisbane se frottait pensivement le menton.

— Maintenant que j'y repense, j'ai l'impression que c'est exactement ce qui s'est passé. Il ne l'a pas laissée s'exprimer.

Gillian se reprit à espérer. Elle s'accrocha à l'idée que c'était le mari de Christen qui refusait qu'elles se voient, et non sa sœur elle-même. Elle ne pouvait lui en vouloir, du reste. Comme Brodick l'avait suggéré, il ne cherchait sans doute qu'à protéger sa femme. Mais s'il lui permettait de discuter quelques minutes avec Christen, elle se faisait fort de dissiper ses craintes.

— Il va falloir que tu patientes un peu, lui dit Brodick.

— Je n'ai pas le temps de patienter.

Il l'embrassa sur le front et lui murmura :

— Cesse de t'inquiéter pour le moment. Nous en reparlerons demain. Ce soir, nous ne devons penser qu'à nous réjouir.

— Pourquoi ? Que se passe-t-il ?

Elle avait levé le visage vers lui, et Brodick ne put résister à la tentation de l'embrasser. Mais ils n'étaient pas seuls, aussi se contenta-t-il d'effleurer ses lèvres. Il avait beau savoir que Gillian serait bientôt complètement sienne, il bouillait d'impatience... une impatience mêlée d'inquiétude. Il se demandait vraiment comment elle réagirait en découvrant qu'ils étaient mariés. Cette incertitude le rendait fou de nervosité.

Il déglutit péniblement.

— Gillian, j'ai quelque chose à te dire.

Il s'éclaircit la gorge.

— Je voudrais que tu saches que...

— Oui ?

— Eh bien, c'est-à-dire... Tu sais que tu as de jolis yeux ?

Gillian ne comprenait pas ce qui arrivait à Brodick. Lui, d'ordinaire si maître de ses émotions, paraissait incroyablement nerveux.

— Vous voulez me dire quelque chose à propos de ce soir ?

— Oui, répondit-il, en essuyant d'un revers de manche la sueur qui perlait à son front. C'est au sujet de ce soir.

Il lui étreignit la main, avant de poursuivre :

— Il ne faut pas que tu le prennes mal. Ce qui est fait est fait. Tu n'as plus qu'à l'accepter.

— Accepter quoi ? demanda Gillian, qui ne comprenait décidément plus rien.

Il soupira.

— Bon sang, ce n'est vraiment pas facile à dire !

— Brodick ! Que va-t-il se passer ce soir ?

Brisbane et Otis tendaient l'oreille, mais Ramsey s'empressa de les entraîner vers le hall. Brodick et Gillian se retrouvèrent seuls. Cette intimité n'aida pourtant pas Brodick, qui décida finalement d'annoncer la nouvelle à Gillian au cours du dîner, comme il l'avait d'abord prévu.

— Je vous ai posé une question, lui rappela-t-elle. Que va-t-il se passer ce soir ?

— Tu vas me rendre le plus heureux des hommes.

Sa voix s'était changée en une sorte de murmure si sensuel que la jeune femme frissonna. Et comme il lui avait parlé en la regardant droit dans les yeux, elle se sentit si troublée qu'elle n'écouta pas vraiment ses paroles. Cependant, puisqu'il semblait attendre une réponse, elle dit :

— Tant mieux.

23

Pendant plus d'une heure, Gillian se tint sur le perron du château, Ramsey et Brodick à côté d'elle, tandis que les Sinclair défilaient, un à un, devant elle.

Comment réussirait-elle à reconnaître le traître, au milieu de tant de gens ? Cette tâche, tout à coup, lui paraissait irréalisable.

Le soleil déclinait rapidement. Sur les ordres de Ramsey, des guerriers allumèrent les torches fichées dans les murailles.

— Quelle raison leur avez-vous donnée pour justifier ce rassemblement ? demanda la jeune femme au maître des Sinclair.

— Aucune. Je leur ai ordonné de venir, c'est tout.

Son arrogance la fit sourire, mais Brodick, avec un de ses grognements dont il avait le secret, lui rappela qu'elle devait se concentrer sur sa mission.

L'épreuve se poursuivit. L'air avait fraîchi, et Gillian se rapprocha de Brodick pour profiter de sa chaleur.

Il y cut un moment comique, quand les deux garçons qui avaient essayé de leur voler des baisers, un peu plus tôt dans l'après-midi, se présentèrent à leur tour. En voyant Gillian serrée contre Brodick, ils devinrent livides.

— Bonsoir, Donald, dit-elle.

Le jeune guerrier trébucha, et son compagnon dut le rattraper par le bras.

— Tu connais ce garçon ? demanda Brodick.

Donald retint son souffle, attendant la réponse de Gillian. Bridgid, qui se tenait au pied du perron, éclata de rire.

— Oui, dit Gillian. Nous avons fait connaissance cet après-midi.

— Et l'autre ?

Stewart semblait sur le point de s'évanouir.

— Pareil.

— Où les as-tu rencontrés ? interrogea Brodick, la voix lourde de menaces.

— Donald et Stewart sont des amis de Bridgid, mentit Gillian. C'est elle qui nous a présentés.

— Gillian…

Elle prit la main de Brodick.

— Laissez tomber, murmura-t-elle.

Brodick n'insista pas. Le dernier groupe de guerriers était conduit par un jeune homme qui paraissait vouloir défier tout le monde du regard. Ses cheveux châtains lui retombaient sur le front. Il s'inclina rapidement devant Ramsey et s'éloigna aussitôt.

Ramsey l'arrêta.

— Proster, reviens ici.

Le guerrier se raidit, mais s'exécuta.

— Oui, monseigneur ?

— Demain, toi et tes amis vous vous entraînerez avec moi.

L'attitude du guerrier changea du tout au tout. On eût dit qu'il venait d'être touché par la grâce céleste.

— Tous mes amis ? Nous sommes huit.

— Tous.
— Pourrons-nous nous battre contre vous, monseigneur ?
— Bien sûr.
— Mais huit contre un, ce n'est pas très loyal.
— Pour toi ou pour vous ?
— Le nombre est en notre faveur, monseigneur.
Ramsey se tourna vers Brodick.
— Ça t'intéresse ?
— Et comment ! répondit Brodick.
Ramsey s'adressa de nouveau au jeune guerrier :
— Lord Buchanan se joindra à moi. Ne t'inquiète pas, Proster. Je veillerai à ce qu'il ne tue aucun de tes amis.
Le guerrier s'esclaffa.
— J'ai hâte de vous affronter, monseigneur. Comment souhaitez-vous combattre ?
— Vous pourrez tous utiliser des armes, si cela vous chante. Mais lord Buchanan et moi nous battrons à mains nues.
— Mais… monseigneur… si je vous bats, je veux que ce soit à la loyale.
Ramsey lui sourit.
— Je t'assure que ce sera à la loyale. Rendez-vous demain à l'aube.
Proster le salua, plus respectueusement que la première fois, puis s'empressa de s'esquiver avec ses compagnons, sans doute pour mettre au point leur plan d'action.
Bridgid, qui avait tout entendu, ne put s'empêcher d'intervenir.
— Monseigneur ?
— Oui, Bridgid ?
— Proster et ses amis se serviront de leurs épées. Comment comptez-vous vous défendre à mains nues ?

Gillian, elle, ne se faisait pas de souci pour ses compagnons. Elle se tourna vers Brodick.

— Ne vous avisez pas de blesser ces gamins.

— Tu ne t'inquiètes pas pour nous ?

— Je sais bien que Ramsey et vous les délesterez de leurs épées, avant même qu'ils les aient sorties de leurs fourreaux. J'insiste, Brodick. Ne faites pas de mal à ces gamins. Ils ne sont pas réellement méchants. Promettez-le-moi.

Il leva les yeux au ciel.

— Quand Ramsey et moi en aurons fini avec eux, leur arrogance aura disparu. Ça, je peux te le promettre.

Ramsey opina du chef.

— Il faut qu'ils apprennent l'humilité.

Ils s'interrompirent, car quelques retardataires arrivaient en courant pour se présenter à leur maître. Ramsey épia Gillian du coin de l'œil, plein d'espoir, mais elle secoua discrètement la tête.

— Je suis désolée, je ne le vois pas, murmura-t-elle d'une voix dépitée.

— En fait, j'avais pensé que vous désigneriez Proster ou l'un de ses comparses.

— Vous n'avez pas confiance en eux ?

— Ils s'opposaient à l'union entre nos deux clans. Cela dit, je suis content que ce ne soit pas eux. Ils sont jeunes, et je n'aurais pas aimé...

Il s'abstint de donner plus d'explication.

— Soupçonnes-tu quelqu'un ? intervint Brodick.

— Non, répondit Ramsey. Mais si ce n'est pas un MacPherson, ce pourrait être un Hamilton ou un Boswell. Leurs clans ont de bonnes raisons de vouloir que notre union avec les MacPherson échoue.

Il était temps de rentrer à l'intérieur. Les deux amis poursuivirent leur discussion en se dirigeant vers la table dressée pour le dîner. Gillian aurait aimé que

Bridgid se joigne à eux, mais la jeune femme avait disparu. Elle ne la revit qu'à la fin du repas, lorsque son amie pénétra dans la salle et lui fit signe de la rejoindre.

— J'ai entendu ta conversation avec Brisbane, commença Bridgid en l'entraînant dans un recoin discret. Je suis vraiment désolée. Tu dois être horriblement déçue.

— C'est vrai, mais j'ai bon espoir que Christen change d'avis. Le problème, c'est qu'il faut encore attendre.

— Si tu savais où vit ta sœur, que ferais-tu ?

Gillian n'hésita pas une seconde.

— Je me précipiterais immédiatement chez elle.

— Je peux peut-être t'aider, chuchota Bridgid. Anthony propose de suivre Brisbane demain matin, quand celui-ci retournera chez ta sœur.

— Ne risque-t-il pas d'avoir des ennuis, en me rendant ce service ?

— Il pense que c'est à moi qu'il rend service, expliqua Bridgid. De toute façon, Anthony est libre de ses mouvements. Dès qu'il saura où habite ta sœur, je viendrai te le dire. Comme ça, si lord Sinclair décide d'attendre encore avant de la convoquer, tu pourras prendre les choses en main.

— Pourquoi Ramsey attendrait-il ?

— Brisbane est le doyen des MacPherson, et lord Ramsey ne voudra pas le froisser. Il répugnera aussi à forcer la main à Christen, pour ne pas se mettre sa famille à dos.

— C'est moi, sa famille.

Bridgid lui tapota affectueusement la main.

— Je sais, Gillian.

— Accepterais tu de m'accompagner chez elle ?

— Quand ?

— Demain après-midi.

— Va pour demain après-midi.

Gillian jeta un coup d'œil en direction de Brodick, qui était toujours attablé avec Ramsey.

— Il faudra que je trouve un moyen d'échapper aux hommes de Brodick. Ils me suivent comme mon ombre.

— Si tu leur dis que tu veux te baigner, ils ne te suivront pas jusqu'au lac, n'est-ce pas ? suggéra Bridgid.

— Non.

— Alors, tu sais ce qu'il te reste à faire.

Gillian fit la moue.

— Ça m'embête de leur mentir. Ils sont tellement gentils avec moi…

— Mais si nous commençons par nous diriger vraiment vers le lac, ce ne sera qu'un demi-mensonge.

Gillian éclata de rire.

— Tu es redoutable !

— Que complotez-vous ? leur demanda Ramsey depuis son siège.

— Rien d'important, répondit Bridgid. Fiona a gentiment proposé de coudre de nouvelles robes pour Gillian, mais elle a besoin de prendre ses mesures. Pourrions-nous nous en occuper maintenant ? Ce ne sera pas long.

Dès qu'elles se furent esquivées à l'étage, Ramsey demanda à Brodick :

— Quand vas-tu soutirer à Gillian le nom de ces maudits Anglais ? Ian s'impatiente. Il veut partir là-bas leur régler leur compte. Et moi aussi.

— Cette nuit, promit Brodick.

— Les servantes ont préparé un cottage pour toi et Gillian. Mais peut-être préfères-tu utiliser une des chambres de l'étage ?

— Le cottage sera plus intime.

Ramsey approuva son choix, et les deux amis trinquèrent à la nuit de noces de Brodick. Quelques minutes après, le père Laggan arriva, comme il l'avait promis. Les domestiques s'empressèrent de lui servir son repas. Pendant qu'il mangeait, Brodick se leva et se mit à arpenter la salle en attendant Gillian.

Peu à peu, la pièce se remplissait de guerriers invités à faire la fête avec leurs maîtres après la fin du dîner. Au début, les Buchanan se mêlèrent peu aux Sinclair. Mais, la bière aidant, l'atmosphère devint rapidement plus cordiale.

Quand Gillian redescendit avec Bridgid, elle se crut revenue chez les Maitland, le soir de son arrivée. La foule était largement aussi dense et bruyante. Apercevant le père Laggan, elle se dirigea tout droit vers lui et entraîna Bridgid à sa suite. Le prêtre leur fit une place à ses côtés.

Ramsey donna un coup de coude à Brodick.

— Gillian est avec Laggan.

— Et zut !

— Tu devrais aller lui parler maintenant, avant que le prêtre ne mette les pieds dans le plat.

Brodick se fraya un chemin parmi la foule pour rejoindre la jeune femme, tandis que Ramsey s'installait dans un coin d'où il pourrait assister à la scène. Pour rien au monde il n'aurait voulu manquer la réaction de Gillian, quand celle-ci apprendrait qu'elle était mariée à Brodick.

Le prêtre était en train de sermonner Bridgid parce qu'elle n'était pas encore mariée.

— Votre devoir est de vous marier et d'avoir des enfants, lui disait-il. C'est la volonté de Dieu.

— Je suis toute disposée à me marier, mon père. Mais, jusqu'ici, aucun de mes prétendants ne m'a assez plu pour que j'accepte de l'épouser.

— Elle est amoureuse, expliqua Gillian. Et elle espère que l'homme qu'elle aime lui demandera de l'épouser.

Le prêtre but une gorgée de vin, avant de reprendre :

— Cet homme connaît-il vos sentiments ?

— Non, mon père. Il les ignore.

Bridgid, qui ne souhaitait pas poursuivre cette conversation, lança un regard suppliant à Gillian. Celle-ci décida de voler à son secours.

— Mon père, j'ai commis un gros impair, aujourd'hui.

Le prêtre s'esclaffa.

— C'est un peu tard pour vous en repentir, ma fille.

— Pardon ?

— Vous m'avez parfaitement entendu. Je vous ai pourtant demandé si vous étiez consentante et vous m'avez répondu... Enfin, non, c'est Brodick qui a répondu à votre place. Mais vous m'avez dit vous-même que vous l'aimiez.

— Ce n'était qu'un malentendu, mon père. Dylan m'a fait comprendre mon erreur.

Laggan haussa les sourcils.

— De quel malentendu parlez-vous ?

— Je me suis conduite comme une idiote, mon père, commença Gillian sur un ton d'excuse. Vous voyez, quand vous nous avez bénis, Brodick et moi, j'en ai déduit que nous étions fiancés. Je l'ai raconté à Bridgid, mais comme elle ne voulait pas me croire, j'ai demandé à Dylan de le lui confirmer.

Elle s'interrompit. Le prêtre semblait soudain bien nerveux, songea-t-elle, perplexe, tout en ajoutant à voix haute :

— Voilà le malentendu.

Le pauvre Laggan avait failli s'étrangler en entendant le mot « fiancés ». Espérant contre toute attente que ses oreilles lui avaient joué un tour, il demanda :

— Vous m'avez bien dit... que vous pensiez être fiancée à lord Buchanan ? C'est cela ?

Gillian aurait préféré qu'il ne crie pas, car il était en train d'attirer l'attention de toute la salle.

— C'est ce que j'ai cru, mon père, répondit-elle à mi-voix. Mais Dylan m'a éclairci les idées.

Le prêtre reposa son verre et joignit les mains.

— Et comment Dylan vous a-t-il éclairci les idées ?

Gillian ne comprenait vraiment pas la réaction du prêtre. On eût dit qu'elle venait de lui confesser un péché mortel.

— Il m'a expliqué que je n'étais pas fiancée.

— Et elle ne l'est pas, n'est-ce pas ? intervint Bridgid.

— Non, elle n'est pas fiancée, répliqua-t-il.

Puis, dans un murmure, il lâcha :

— Bonté divine…

— Pardon, mon père ?

Laggan serra la main de Gillian dans la sienne et la regarda avec compassion.

— Vous n'êtes pas fiancée, ma fille. Vous êtes mariée.

— Comment ?

— J'ai dit que vous étiez mariée, répéta-t-il en criant presque. C'est pour cela que je vous ai bénis. Vous avez prononcé vos vœux.

— J'ai prononcé mes vœux ?

— Mais oui, mon enfant. Je vous ai demandé si vous n'agissiez pas sous la contrainte et vous m'avez répondu que non. Et puis, il y avait des témoins.

— Des témoins ? fit Gillian, hébétée.

— Mais oui ! Vous ne vous rappelez donc pas ? Et lord Buchanan a pris votre main et…

— C'est impossible… murmura Gillian.

— Tout s'est fait dans les règles.

Gillian secoua frénétiquement la tête.

— Je ne peux pas être mariée. Enfin, je le saurais, si j'étais mariée !

— C'était donc une mascarade ! s'exclama le prêtre, soudain hors de lui. Dieu tout-puissant ! Lord Buchanan m'a dupé, moi, un homme d'Église !

Une servante passait près d'eux avec un plateau chargé de gobelets de vin. Bridgid en attrapa un et le tendit à Gillian. Mais, avant que la jeune femme ait eu le temps de le porter à ses lèvres, le prêtre le lui arracha des mains et le vida d'un trait. Comme Gillian en demandait un autre à la domestique, Brodick s'approcha d'elle, suivi de peu par Ramsey.

— Gillian...

Elle se tourna vers lui.

— Nous nous sommes mariés aujourd'hui ?

— Oui, répondit-il tranquillement, en lui retirant prudemment le gobelet des mains pour le tendre à Ramsey.

— Sur un cheval ? Je me suis mariée sur un cheval ?

Ramsey donna le gobelet à Bridgid.

— Nous devrions fêter ce grand événement, suggéra-t-il.

Il n'osa pas sourire. Gillian semblait pétrifiée, mais ses prunelles émeraude brillaient d'une rage telle qu'il ne put réprimer un frisson.

Brodick restait calme, mais le prêtre paraissait au bord de l'hystérie.

— Ce mariage sera annulé, décréta-t-il.

— Il n'en est pas question, répliqua Brodick.

— Ce qui est fait est fait, renchérit Ramsey.

Le prêtre le fusilla du regard.

— Ce mariage a-t-il déjà été consommé ?

Ramsey écarquilla les yeux.

— C'est à moi que vous demandez cela ?

Gillian était devenue cramoisie. Bridgid, pour la réconforter, lui offrit un autre gobelet de vin, mais

Brodick s'en empara une fois encore et le tendit à Ramsey.

— Tu ne boiras pas, dit-il à Gillian. Je veux que tu aies les idées claires, cette nuit.

Gillian était si furieuse que des larmes lui voilaient les yeux.

— Comment avez-vous pu ? murmura-t-elle.

Puis, criant sans retenue, elle répéta :

— Comment avez-vous pu ?

Ramsey avait du mal à réprimer son amusement. Brodick lui donna un coup de coude dans les côtes.

— Ce n'est pas drôle, bon sang, grommela-t-il.

— Occupe-toi plutôt de calmer ta femme, répliqua son ami.

— Je ne suis pas sa femme ! protesta Gillian.

— Écoute, chérie... commença Brodick, qui n'avait pas la moindre idée de ce qu'il devait dire pour la calmer. Il faudra t'y faire, voilà tout.

— Je refuse, déclara-t-elle.

Elle n'était manifestement pas d'humeur à écouter quoi que ce soit. Quand Brodick voulut la prendre dans ses bras, elle recula si vivement qu'elle faillit renverser le prêtre.

— J'ai posé une question et j'attends la réponse, intervint celui-ci. Ce mariage a-t-il été consommé ?

Comme il regardait Bridgid, celle-ci crut qu'elle devait répondre.

— Je l'ignore, mon père.

Laggan arracha le gobelet des mains de Ramsey et le but cul sec. Ramsey s'empressa d'en attraper un autre et le lui donna. Le prêtre, qui était trop en colère pour deviner le manège de son hôte, but sans réfléchir.

— De tout mon sacerdoce, je n'avais... C'est une honte... Lord Buchanan est l'unique coupable... bafouilla-t-il en se prenant les bras dans les manches de sa robe. Bonté divine ! Comment cela a-t-il pu arriver ?

— Sur un cheval, Brodick !

— À mon avis, c'est ce qui l'a le plus choquée, remarqua Ramsey, pince-sans-rire.

— Tu n'avais qu'à descendre de ta monture, objecta Brodick, qui tentait de garder la tête froide. Si tu voulais te marier les pieds sur terre, il fallait me le dire.

Gillian avait vraiment envie de l'étrangler.

— Mais je ne savais pas que j'étais en train de me marier !

— Gillian, c'est inutile de crier aussi fort. Je ne suis pas sourd.

Gillian se rappela soudain qu'ils n'étaient pas seuls dans la pièce. Les guerriers de Brodick avaient interrompu leurs libations pour suivre la scène. La jeune femme sentit que si un seul d'entre eux osait lui sourire, elle fondrait en larmes.

— Vous saviez ? leur demanda-t-elle.

Ils hochèrent la tête.

— J'étais donc la seule à ne pas être au courant, dit-elle à Brodick, plus furieuse que jamais. Vous m'avez bernée.

— Pas du tout. Je t'avais prévenue que je comptais t'épouser. Vrai ou faux ?

— Oui, mais...

— Et tu m'as dit que tu m'aimais. Vrai ou faux ?

— J'ai changé d'avis.

Il la fusilla du regard. Gillian n'eut pas le courage de continuer à mentir.

— Bon, d'accord, je vous aime toujours. Vous êtes content, maintenant ? Je vous aime, mais je me demande franchement pourquoi. Vous êtes l'homme le plus borné, le plus arrogant et le plus entêté que je connaisse.

Brodick ne parut pas le moins du monde impressionné par sa tirade.

— Nous sommes mariés, à présent, Gillian, répondit-il, d'une voix si calme que la jeune femme eut envie de lui arracher les cheveux.

— Pas pour longtemps, le menaça-t-elle.

Cette réponse ne lui plut pas du tout. Devinant qu'il s'apprêtait à l'embrasser pour la forcer à se taire, Gillian recula prestement.

— Restez où vous êtes, lui dit-elle. Quand vous me touchez, je suis incapable de réfléchir. Et j'ai besoin de garder les idées claires pour décider de ce que je dois faire.

Pendant ce temps, Ramsey continuait à abreuver le prêtre. Mais ce dernier, malgré l'alcool qui commençait à lui embrumer l'esprit, considérait toujours comme de son devoir de protéger la jeune femme.

— Ce mariage a-t-il été consommé ? demanda-t-il une nouvelle fois, haussant la voix sans s'en rendre compte.

Gillian était mortifiée.

— Êtes-vous obligé de me demander cela devant tout le monde ?

— Je dois savoir, répondit le prêtre, qui agitait la main pour s'éventer. Qu'il fait chaud, ici ! Alors, est-ce consommé, oui ou non ?

— Non, murmura Gillian.

— Dans ce cas, je peux encore annuler cette farce.

— Vous n'en ferez rien ! ordonna Brodick.

— Vous avez tendu un piège à cette pauvre enfant pour lui extorquer son consentement, accusa le prêtre.

Mais Brodick n'éprouvait visiblement aucun remords. Le prêtre se tourna vers Gillian pour la réconforter.

— Tenez-vous éloignée de lui jusqu'à ce que j'aie résolu le problème, mon enfant. Si vous souhaitez rompre cette union, vous ne devez pas le laisser vous toucher. Une fois qu'il… que vous aurez… enfin, vous voyez ce que je veux dire, il ne sera plus possible d'annuler quoi que ce soit. Vous m'avez bien compris ?

— Oui, mon père.

— Parfait. Maintenant, allez dormir tranquillement. Demain, nous réfléchirons à tête reposée. C'est la première fois que je me retrouve dans ce genre de situation, et je vous avoue être très choqué. Mais, d'une certaine manière, cela ne m'étonne pas. Ces Buchanan sont de vrais sauvages.

Il hocha la tête d'un air entendu et s'exclama :

— Berner un homme d'Église ! Attendez que mes supérieurs l'apprennent… Ils écriront au pape pour réclamer l'excommunication de ces crapules.

— Oh, mon père, ne faites pas cela ! Je ne voudrais pas que les Buchanan aient des problèmes avec l'Église.

Brodick n'avait pas perdu une miette du discours de Laggan, qui l'avait beaucoup amusé. Il se tourna vers Ramsey.

— Où est-ce ?

Son ami lui répondit discrètement.

De son côté, Gillian s'en prenait maintenant à Dylan.

— Pourquoi ne m'avez-vous rien dit ?

— Parce que vous ne me l'avez pas demandé, lady Buchanan.

— Je ne suis pas lady Buchanan ! s'écria Gillian.

— Vous ne voulez pas appartenir à notre clan, madame ? intervint Robert.

— Je ne veux appartenir à personne.

— Mais nous, nous aimerions vous garder parmi nous, madame, protesta Stephen. Et vous aimez notre seigneur. Vous l'avez dit.

— C'est vrai, confirma Liam.

Gillian sentit sa colère retomber, sans doute parce que l'affection que lui portaient tous ces hommes était sincère. Oui, elle aimait Brodick. Oui, elle désirait être sa femme. Pour le meilleur et pour le pire, aujourd'hui et pour toujours.

— Vous feriez mieux de verrouiller votre porte, ce soir, reprit Laggan. Vous me comprenez, mon enfant ?

— Gillian ?

— Oui, Brodick ?

— J'aimerais m'entretenir en privé avec toi. Tout de suite.

Elle n'eut même pas le temps de réfléchir à une réponse. Brodick lui avait déjà pris la main pour l'entraîner dehors.

Dès que la porte se fut refermée derrière eux, les guerriers poussèrent des vivats. Bridgid était perplexe. Que célébraient-ils ?

Le père Laggan avait assisté, impuissant, au départ du couple.

— Bonté divine ! A-t-elle bien compris ce que je lui ai dit, au moins ?

Ramsey suggéra de porter un toast. Bridgid crut qu'il avait perdu la tête.

— Monseigneur, je pense que vous devriez attendre le retour de Brodick et Gillian avant de porter un toast. D'ailleurs, à quoi boirions-nous ? Vous avez entendu le père Laggan : demain, à la première heure, il s'occupera de… Pourquoi souriez-vous ?

— Ah, Bridgid, je ne vous savais pas si naïve et si innocente, dit Ramsey.

— Je ne suis pas naïve.

— Vous attendez bien le retour de Gillian ?
Comme elle hochait la tête, il éclata de rire.
— Mais vous n'êtes pas naïve ?
— Non, je ne le suis pas, insista la jeune femme.
— Alors, vous avez dû comprendre.
— Comprendre quoi ?
Il rit à nouveau.
— Qu'ils ne vont pas revenir.
Le prêtre laissa échapper un soupir anéanti.
— Sainte Vierge ! Il l'a kidnappée !

24

Brodick souleva la jeune femme dans ses bras et l'emporta dans la nuit. Gillian s'agrippa à son cou et attendit patiemment qu'il lui dise où il l'emmenait. Elle s'était déjà résolue à l'inéluctable. Elle aimait cet homme de tout son cœur, et le reste n'avait pas d'importance.

Elle lui caressa la joue pour attirer son attention.

— Brodick ?

— Ne t'avise pas de discuter, lui ordonna-t-il. Tu vas dormir avec moi ce soir et tous les autres soirs pour le restant de tes jours. C'est compris ?

À sa grande surprise, elle ne protesta pas et ne fondit pas en larmes.

Après un silence, elle déclara :

— J'ai juste une question à vous poser.

— Laquelle ?

— Que vais-je dire à nos enfants ?

Il s'arrêta brusquement.

— Quoi ?

— Vous m'avez très bien entendue. Que vais-je dire à nos enfants ? Je refuse qu'ils sachent que j'ai épousé leur père sur un cheval. Mais peut-être voudrez-vous que j'accouche également en selle ?

Le regard de Brodick, tout à coup, s'emplit de tendresse.

— Je crois que nous devrions d'abord penser à faire des enfants, avant de nous inquiéter de ce que nous leur dirons.

Gillian l'embrassa dans le cou.

— Ça risque d'être difficile.

— Pourquoi ?

— J'ai toujours du mal à penser, quand je suis près de vous.

Il rit.

— Vous ne ferez pas toujours vos quatre volontés, Brodick.

— Bien sûr que si.

— Le mariage oblige à des compromis.

— Pas du tout.

Elle lui mordilla le lobe de l'oreille.

— Rien n'a changé, vous savez. Je retournerai quand même en Angleterre finir ce que j'ai commencé.

— Tout a changé, chérie.

Se conformant aux indications de Ramsey, Brodick marcha jusqu'à un cottage isolé et entouré de sapins. Il ouvrit la porte d'un coup de pied, son épouse toujours dans ses bras, puis referma la porte avec son talon et s'adossa au battant avec un soupir de satisfaction.

Le cottage était petit, mais mignon et propre. Des bûches crépitaient dans l'âtre, pour accueillir les futurs occupants. Brodick laissa glisser Gillian à terre et alla allumer les deux chandeliers posés sur la cheminée.

Gillian resta près de la porte. Tout à coup, elle se sentait nerveuse et très intimidée. Son regard était rivé sur le grand lit, qui paraissait occuper tout l'espace. Elle remarqua que son baluchon avait été déposé au pied de la table de chevet. Elle aurait voulu en retirer sa chemise de nuit, mais ne voyait pas comment se changer : Brodick n'était qu'à quelques mètres d'elle, et il n'y avait aucun paravent pour lui assurer un minimum d'intimité.

Soudain, elle eut l'impression de suffoquer. Les murs de la pièce semblaient se resserrer autour d'elle. Elle recula instinctivement contre la porte, sa main cherchant la poignée. « Calme-toi », s'ordonna-t-elle, tandis qu'elle essayait de contrôler sa respiration, de plus en plus haletante.

Brodick comprit qu'elle paniquait. Il revint vers la jeune femme et détacha doucement sa main de la poignée de la porte.

— Ça ne va pas fort, on dirait, chérie ?

La légèreté de son ton irrita Gillian.

— J'arrive à peine à respirer, dit-elle. Vous pourriez au moins prendre pitié de moi.

Cette fois, il rit franchement. Exaspérée par son attitude, Gillian en oublia sa panique.

— Mon angoisse vous amuse ?

— Oui. Mais tu m'aimes quand même, n'est-ce pas ?

Il l'enlaça, l'attira contre lui et approcha sa bouche de la sienne. Gillian s'était raidie, mais Brodick prit son temps et, après quelques minutes de délicate torture, pendant lesquelles il se contenta de promener ses lèvres sur celles de la jeune femme, il la sentit se détendre.

Il aurait voulu la conquérir avec de belles paroles qui auraient exprimé tout ce qu'elle représentait pour lui. Mais il ne savait pas quoi dire, car les mots n'étaient pas son arme habituelle. C'était un guerrier – et même un sauvage, comme l'avait dit le père Laggan. Pour la première fois de sa vie, Brodick regrettait de ne pas connaître le jargon poétique qui venait si facilement à Ramsey.

Gillian se sentait devenir folle. Pourquoi ne l'embrassait-il pas franchement ? Finalement, n'y tenant plus, elle noua ses bras autour de son cou et l'implora de ne plus la tourmenter. Avec un grognement amusé, Brodick s'empara de ses lèvres et l'embrassa avidement. Gillian, enivrée, s'agrippa à son cou pour ne pas s'écrouler sur le sol. Brodick, sans cesser de dévorer sa bouche, commença à la déshabiller, mais Gillian était si troublée par la magie de ce baiser qu'elle ne réalisa ce qu'il faisait qu'au moment où il s'attaqua à ses dessous.

Elle voulut le repousser et lui demander d'attendre qu'ils soient au moins sous les draps, mais comme Brodick ne quittait pas ses lèvres, elle fut incapable de dire quoi que ce soit. Et quand elle aurait enfin pu parler, il était trop tard, elle était déjà toute nue. Brodick avait réussi à la débarrasser de ses chaussures et de ses bas sans même qu'elle s'en aperçoive.

Lui aussi s'était déshabillé, comprit-elle en sentant ses seins se presser contre son torse nu. Et ses mains donnaient l'impression d'être partout à la fois, sur sa poitrine, dans son dos, sur ses hanches...

Leur baiser était devenu violent, presque sauvage. Quand leurs lèvres se séparèrent enfin, ils étaient tous les deux haletants.

— Tu m'embrases, lui murmura Brodick.

Gillian ne savait pas si c'était bien ou mal. D'ailleurs, elle s'en moquait. Elle le prit par la taille et, cette fois, ce fut elle qui l'embrassa, avec toute l'ardeur qu'il lui avait communiquée.

Brodick était émerveillé par la passion que manifestait sa jeune épouse.

— Il faut que nous nous calmions, lui chuchota-t-il.

— Pourquoi ?

— Parce que je veux que ce moment soit parfait pour toi.

— C'est déjà parfait. Conduisez-moi jusqu'au lit.

Ses jolies prunelles émeraude brillaient d'un désir égal au sien, qui remplit Brodick d'une satisfaction toute masculine. Il la souleva dans ses bras et la porta jusqu'au lit.

En chemin, Gillian l'embrassa encore. Les lèvres toujours scellées aux siennes, Brodick déposa la jeune femme sur le lit, avant de s'allonger à son tour pour la couvrir de son propre corps. Sa glorieuse chevelure s'était répandue sur l'oreiller, nimbant son visage d'une auréole d'ébène. La douceur de sa peau contre la sienne augmentait encore son désir et, une fois de plus, Brodick se rappela qu'il devait faire preuve de patience. Il lui mordilla le lobe de l'oreille, et elle frissonna aussitôt de plaisir.

— Dis-moi ce que tu aimes, lui demanda-t-il.

Avec un soupir, elle répondit :

— Toi. C'est toi que j'aime.

Brodick continua à explorer son corps. Gillian avait l'impression que des flammèches de plaisir s'allumaient partout où il laissait courir ses lèvres. Qu'un homme aussi fort puisse se révéler aussi tendre l'émerveillait.

Ses caresses, cependant, devenaient plus insistantes… et plus intimes. Quand il glissa une main entre ses cuisses, elle sursauta et tenta de le repousser. Sans mot dire, Brodick fit taire ses protestations d'un baiser, sans cesser ses caresses terriblement troublantes.

Elle l'agrippa aux épaules et lui rendit son baiser avec frénésie. Elle aurait aimé lui donner autant de plaisir qu'il lui en donnait, mais ne savait pas comment s'y prendre et n'avait pas l'audace de le lui demander.

Brodick avait de plus en plus de mal à refréner son désir. Il mourait d'envie de posséder Gillian, mais voulait attendre qu'elle soit totalement prête à le recevoir.

— Dis-moi tout ce qui te plaît, murmura-t-il.

Il lui caressa un sein, avant d'ajouter :

— Ça, par exemple ?

Sur ces mots, il embrassa un mamelon durci. Gillian sursauta.

— Oh, oui, j'aime ça... répondit-elle dans un souffle.

— Ce n'est que le début, lui promit Brodick.

Déjà, ses lèvres descendaient plus bas, sa langue traçait de petits cercles autour de son nombril, lui arrachant des gémissements de plaisir.

Jamais, même dans ses rêves les plus fous, Gillian n'avait imaginé que faire l'amour ressemblait à ce vertige. Quand Brodick approcha sa langue de son intimité, elle se cambra sous lui et cria son nom en enfonçant ses ongles dans son dos.

Brodick comprit qu'elle était prête à le recevoir. De toute façon, il n'avait plus la force de se retenir. Il lui écarta vivement les cuisses et la pénétra, étouffant son cri de douleur dans un baiser passionné. Puis il s'immobilisa, le visage enfoui dans le cou de Gillian, le temps qu'elle s'habitue à son intrusion.

Gillian respirait déjà mieux. La douleur lui avait coupé le souffle, mais s'était calmée presque instantanément. À présent, la jeune femme attendait confusément qu'il se passe quelque chose. Cependant, Brodick ne bougeait plus depuis qu'il s'était introduit en elle, et Gillian commençait à se demander si elle ne lui avait pas déplu d'une manière ou d'une autre.

— Brodick ? murmura-t-elle d'une voix angoissée.

— Chut, chérie. Tout va bien. Ne bouge pas et... Ah, tu as bougé !

Gillian avait à peine remué les hanches, mais elle ressentit aussitôt une brûlure de plaisir. Elle voulut s'immobiliser, mais l'incendie qui s'était déclaré dans son corps réclamait d'être alimenté. Elle bougea de nouveau et son plaisir s'intensifia.

Comprenant que Gillian l'appelait, Brodick s'enfonça au plus profond d'elle et ne songea plus à se retenir.

Gillian allait d'émerveillement en émerveillement. Instinctivement, elle noua ses jambes autour de la taille de Brodick pour encore mieux l'accueillir. Ses dernières inhibitions volaient en éclats. Elle criait son nom, s'agrippant désespérément à lui, comme si elle attendait qu'il éteigne enfin ce brasier qui la consumait.

Son plaisir explosa soudain, avec une violence qui la terrifia. Puis la tension retomba lentement, par à-coups, comme des vagues qui refluaient. Brodick, alors, céda à son tour à la jouissance.

Ils restèrent de longues minutes sans bouger. Gillian, encore bouleversée par ce qui venait de se passer, étreignait toujours Brodick, tout en essayant de reprendre son souffle.

Brodick l'embrassa dans le cou.

— Je savais que tu me donnerais du plaisir, Gillian, mais je ne pensais pas que ce serait à ce point.

— C'est vrai ? Tu es heureux ?

Il rit et releva la tête pour la regarder dans les yeux. Ses prunelles vertes brillaient encore de passion, et il songea que ce ne serait peut-être pas une mauvaise idée de lui refaire très vite l'amour.

— Oui, je suis très heureux.

Il déposa un petit baiser sur ses lèvres, puis roula sur le côté et la serra dans ses bras, savourant l'idée qu'elle était désormais sa femme et qu'elle lui appartenait pour toujours.

Gillian se blottit contre lui. Elle commençait à sombrer dans le sommeil quand elle rouvrit brusquement les yeux, alarmée.

— Brodick, que vais-je dire au père Laggan ?

Brodick lui résuma, en termes crus, ce qu'ils venaient de faire et l'engagea à le répéter, mot pour mot, au prêtre.

Gillian lui répondit qu'il n'en était pas question et, après avoir longuement tourné le problème dans sa tête, elle décida qu'elle ne dirait rien du tout.

— Je ne veux pas que le prêtre annule le sacrement, décréta-t-elle.

— Eh bien, dis-le-lui.

— Non, c'est à toi de le lui expliquer.

Brodick bâilla bruyamment.

— Bon, d'accord. Mais à une condition.

— Laquelle ?

— Redis-moi que tu m'aimes.

— Je t'aime.

Elle s'assoupit un peu plus tard, après avoir vainement attendu qu'il lui réponde qu'il l'aimait aussi.

25

Gillian ne dormit pas beaucoup cette nuit-là, n'étant pas habituée à avoir un homme dans son lit – un géant, qui plus est, qui prenait presque toute la place. Chaque fois qu'elle essayait de bouger, elle se cognait contre lui. Elle finit quand même par trouver le sommeil, une jambe à moitié écrasée sous la cuisse de Brodick.

Brodick n'était pas plus à l'aise. Au moelleux des matelas, il avait toujours préféré la rudesse de sa terre d'Écosse, avec les étoiles pour ciel de lit. Mais, ne voulant pas abandonner sa femme pour leur nuit de noces, il s'obligea à rester dans le lit. Il s'assoupit par intermittence, et refit l'amour à Gillian en se montrant le plus tendre possible, pour lui faire oublier la douleur de la première fois.

Aimer Brodick se révélait particulièrement exténuant. Quand son mari sortit enfin du lit, Gillian s'aperçut qu'elle était beaucoup plus fatiguée que la veille. Le soleil s'était déjà levé. Brodick, qui avait rendez-vous avec Ramsey sur le champ d'entraînement, était en retard. Après un petit baiser sur le front de sa jeune épouse, il lui remonta les couvertures jusqu'au menton et quitta le cottage.

L'entraînement se passa bien, mais Ramsey impressionna davantage les MacPherson que Brodick. Celui-ci était de trop bonne humeur pour avoir envie de blesser qui que ce soit. Lorsqu'il cassa accidentellement le nez d'un MacPherson, il s'empressa de le remettre en place avant que l'autre ait eu le temps de réagir. Puis il lui jura qu'il n'y paraîtrait rien, une fois que l'hémorragie serait stoppée. Ce n'était pas une excuse, mais cela y ressemblait presque, et Brodick commença à se demander si le mariage ne l'avait pas déjà dangereusement amolli.

Cela n'échappa pas à Ramsey, évidemment, qui ne manqua pas de taquiner son ami, en ajoutant quelques remarques perfides sur les ombres qui cernaient ses yeux et sur ses bâillements répétés. Brodick résista à l'envie de lui briser les os un à un et le laissa dire.

Au début de la séance, Proster voulut affronter Ramsey à mains nues. C'était courageux de sa part, mais aussi un peu inconscient. Bien que Proster fût beaucoup plus agile et plus fort que ses compagnons, il ne pouvait rivaliser avec Ramsey. Après que celui-ci l'eut mis deux fois au tapis, Proster se montrait déjà moins arrogant. Ses camarades sortirent leurs épées, convaincus qu'elles leur donneraient l'avantage. Seul Proster refusa obstinément d'employer une arme.

Brodick et Ramsey eurent tôt fait de désarmer les jeunes MacPherson et continuèrent à leur apprendre l'humilité. Quand les deux lords quittèrent le champ, il ne restait plus un seul MacPherson debout. Tous gisaient à terre et gémissaient comme des bébés.

Les deux amis allèrent ensuite au lac pour se laver. Sur le chemin du retour, ils croisèrent Bridgid. La jeune femme salua froidement Ramsey, sourit à Brodick et lui souhaita une bonne journée, avant de poursuivre sa route, la tête haute.

— Que lui arrive-t-il ? demanda Brodick. Elle semblait fâchée contre toi.

Ramsey pouffa.

— Le mot est faible. Je dirais plutôt qu'elle est furieuse. Mais comme je suis son seigneur, elle me doit le respect, ce qui la fait probablement encore plus enrager. Tu as vu le regard noir qu'elle m'a lancé ? Toi, par contre, tu as été plus gâté. Quand elle sourit comme ça, on a l'impression…

— Oui ? fit Brodick.

— Non, rien.

— Je me trompe, ou tu as envie d'elle ?

— Oui, j'ai envie d'elle, avoua Ramsey. C'est une très belle femme, et nombre de mes guerriers rêvent de l'avoir dans leur lit. Mais que Dieu vienne en aide à celui qu'elle choisira, car elle ne lui mènera pas une vie facile.

— Pourquoi t'en veut-elle ?

Ramsey soupira.

— Je l'ai embarrassée, la pauvre. Marion, une jeune veuve, avait décidé de me tenir chaud, cette nuit. Elle était entrée dans ma chambre et s'était déshabillée en m'attendant. Mais Bridgid l'avait vue se rendre chez moi. S'imaginant sans doute que Marion voulait me tendre un piège, elle est entrée à son tour dans ma chambre et a trouvé Marion toute nue, juste au moment où j'arrivais moi-même. S'il te plaît, arrête de rire !

— Excuse-moi, dit Brodick. Que s'est-il passé, ensuite ?

— Bridgid était hors d'elle. Une vraie furie, je te jure ! Elle a carrément jeté Marion hors de mon lit.

— Et ?

— Et alors, j'ai dormi tout seul.

Brodick rit à nouveau.

— À présent, je comprends pourquoi tu es de si mauvaise humeur.

— Il y a de quoi, non ? Bridgid pensait que je la remercierais de m'avoir débarrassé de Marion, mais elle se trompait.

— Lui as-tu au moins expliqué que tu avais invité Marion à partager ton lit ?

— Oui, mais ça n'a rien changé. Je ne comprendrai jamais rien aux femmes. Bridgid paraissait... blessée. Elle est tellement innocente et naïve !

— Ça ne t'empêche pas d'avoir envie d'elle.

— Oui. Mais je saurai me retenir. Je n'ai jamais couché avec une vierge et je ne veux pas déshonorer Bridgid.

— Dans ce cas, épouse-la.

— Ce n'est pas si simple, Brodick.

— Les MacPherson font toujours pression pour que tu épouses une de leurs femmes ?

— Meggan MacPherson, précisa Ramsey. Et je n'ai pas dit non. Cette union résoudrait bien des problèmes.

— À quoi ressemble-t-elle ?

— Oh, c'est une femme admirable ! Belle, intelligente, avec du caractère... Mais elle n'a pas...

— Oui ?

— Le tempérament de Bridgid.

— Quand prendras-tu ta décision ?

— Bientôt, assura Ramsey. Mais assez parlé de moi, ajouta-t-il. Passons aux choses sérieuses. Gillian t'a-t-elle donné le nom des Anglais ?

— Non.

— Et pourquoi, bon sang ?

— J'ai oublié de le lui demander, avoua piteusement Brodick.

Ramsey le dévisagea, incrédule.

— Comment as-tu pu oublier ?

— J'étais occupé.

— À quoi ? demanda Ramsey sans réfléchir, avant de réaliser qu'il venait de se montrer aussi naïf que Bridgid.

— À ton avis, à quoi pouvais-je être occupé ? répliqua Brodick.

— À ce que je ne faisais pas moi-même, répondit Ramsey en esquissant une grimace.

Ils poursuivirent leur chemin en silence, chacun perdu dans ses pensées. Brodick n'avait jamais eu de mal à se confier à son ami, mais cette fois, il hésitait à lui demander conseil.

— Le mariage change un homme, n'est-ce pas ?

— C'est à Ian que tu devrais poser cette question, pas à moi. Je n'ai jamais été marié.

— Mais Ian n'est pas là, et tu en sais plus que moi sur ces sujets.

— Tu veux parler des affaires de cœur ?

— Oui.

— Tu n'es marié que depuis vingt-quatre heures, observa Ramsey. Qu'est-ce qui t'inquiète ?

— Je ne m'inquiète pas.

— Si. Ça se voit. Dis-le-moi.

— Eh bien, je me sens…

— Tu te sens comment ? demanda Ramsey, irrité par les tergiversations de son ami.

— Heureux.

Ramsey éclata de rire. Brodick se rembrunit.

— Oublie ce que j'ai dit. Je ne suis pas habitué à parler de…

— C'est moi qui ai eu tort de rire, coupa Ramsey. Excuse-moi. À présent, raconte-moi ce qui t'arrive.

— Je te l'ai dit. Je me sens heureux. Joyeux. Enjoué…

— C'est inhabituel, en effet.

— Après seulement un jour de mariage, j'ai l'impression d'avoir déjà changé. J'avais envie de Gillian, mais je ne me serais pas douté qu'elle me rendrait aussi possessif.

— Tu étais déjà possessif avec elle avant de l'épouser.

— Oui, peut-être. Mais c'est pire maintenant.

— Elle est devenue ta femme. C'est sans doute une réaction naturelle.

— Non. C'est plus que cela. Je veux l'emmener chez moi et la…

Ramsey l'interrompit.

— Pas encore. Elle doit m'aider à trouver la crapule qui a failli enlever Michael.

— Je sais. Mais dès que je pourrai la ramener chez moi, je rêve de l'y garder sous clé, avoua Brodick, qui s'étonnait le premier de nourrir de telles pensées.

— Au moins, comme ça, elle sera en sécurité, plaisanta Ramsey. Prends garde à ne pas devenir trop jaloux.

— Je ne suis pas jaloux.

— Non, à peine ! Chaque fois qu'un homme regarde Gillian, on lit des envies de meurtre dans tes yeux. Mon vieux, tu es fou amoureux d'elle, tout simplement.

— Un homme amoureux est un homme faible.

— Uniquement s'il était déjà faible avant de tomber amoureux. Ian aime Judith. Oserais-tu dire qu'il est faible ?

— Bien sûr que non.

— Donc, cela prouve bien que l'amour n'enlève rien à un homme.

— Mais ça le rend plus vulnérable.

— Peut-être, admit Ramsey. D'ailleurs, je te sens très vulnérable, tout à coup.

— Je me demande ce qui me retient de te casser le nez.

— Obtiens d'abord les noms des Anglais. Mais sois diplomate. Les femmes détestent que leur mari leur ordonne quelque chose.

— Je connais Gillian, répondit Brodick en se rengorgeant. Elle ne peut rien me refuser. J'aurai les noms ce soir, avant le coucher du soleil.

26

Ce soir-là, Brodick fut très surpris que sa chère et tendre épouse qui-ne-pouvait-rien-lui-refuser refuse de lui donner les noms des Anglais.

— Comment ça, non ?

Assise tranquillement, les mains croisées sur ses genoux, Gillian ne semblait nullement impressionnée par son ton menaçant.

— Tu as oublié de m'embrasser en rentrant. Tu aurais dû.

— Quoi ?

— Tu as oublié de m'embrasser.

— Pour l'amour de…

Il la souleva de sa chaise, plaqua un baiser sur ses lèvres et la reposa aussitôt sur son siège.

— Maintenant, tu vas me donner les noms de ces satanés Anglais.

— Oui, acquiesça-t-elle. Enfin, peut-être.

— Que veux-tu dire ?

Au lieu de répondre, elle commença à se brosser les cheveux. Brodick en profita pour la contempler. Décidément, sa jeune épouse était ravissante. Elle portait une chemise de nuit bleue, qui mettait particulièrement en valeur ses courbes voluptueuses. Ses joues étaient colorées, ses yeux brillants, et un subtil parfum de rose émanait d'elle. Brodick coula un regard vers le lit, puis s'obligea à se reprendre. Ses pensées s'égaraient dangereusement.

Le soleil s'était déjà couché, et il n'avait toujours pas les noms. Mais maintenant, il était résolu à obtenir une réponse.

— Une bonne épouse doit obéir à son mari.

— Moi pas.

— Nom de nom, Gillian ! Ne m'énerve pas.

— Un bon mari ne doit jamais jurer devant son épouse.

— Moi si.

Elle ne parut pas apprécier sa réplique, car elle posa brutalement sa brosse sur la table, se leva et partit s'asseoir sur le lit.

Ramsey avait sans doute raison, songea Brodick. Certaines femmes n'aimaient pas recevoir d'ordres de leur mari, et Gillian appartenait de toute évidence à cette catégorie. La jeune femme semblait au bord des larmes. Il réalisa qu'il l'avait brusquée. Sapristi ! Le mariage se révélait plus compliqué qu'il ne l'avait imaginé.

— Ne fais pas ça.

— Quoi ?

— Pleurer.

— Ce n'était pas mon intention, répliqua-t-elle, avant de se glisser sous les couvertures.

Brodick souffla la chandelle. Il s'apprêtait à mettre le pare-feu devant la cheminée, quand elle lui demanda de rajouter une bûche.

— J'ai froid, expliqua-t-elle.

— Je vais te réchauffer.

Sur ces mots, il vint s'asseoir sur le lit pour ôter ses bottes.

— Regrettes-tu de m'avoir épousée ? murmura-t-elle.

Sa question le surprit, puis il comprit que Gillian s'inquiétait parce qu'il ne lui avait témoigné aucune tendresse depuis qu'il était rentré.

— C'est un peu tôt pour le dire.

Mais la jeune femme n'était pas d'humeur à plaisanter.

— Tu m'en veux ?

— Je t'en veux d'être une tête de mule. Mais je suis heureux de t'avoir épousée.

— Pourtant, tu n'as pas l'air très heureux.

— C'est parce que tu me tiens tête.

— Et tu n'y es pas habitué, n'est-ce pas ?

Il haussa les épaules.

— C'est exact.

— Brodick, je ne chercherai jamais à te contredire en public. Mais quand nous serons seuls, je te dirai toujours ce que je pense ou ce que j'ai sur le cœur.

Brodick médita un moment sa réponse, avant d'acquiescer.

— T'est-il arrivé quelque chose, aujourd'hui ?

— J'ai eu une journée pénible.

— Raconte-moi.

— Tu as vraiment envie de m'entendre me plaindre ? demanda-t-elle, étonnée.

Puis, encouragée par son hochement de tête, elle s'assit dans le lit et énuméra ses problèmes de la journée.

— D'abord, Ramsey m'a abandonnée une partie de la matinée dans le hall, pour que j'observe tous ses visiteurs. Comme je n'avais toujours pas reconnu le traître, il m'a obligée à arpenter ses terres pendant des heures, pour que je croise d'autres personnes. Il était trop préoccupé par cette question pour se soucier de parler à Christen. Par ailleurs, Brisbane m'a appris que ma sœur n'avait toujours pas changé d'avis. Je me suis déjà montrée trop patiente, Brodick. Je donne jusqu'à demain midi à Ramsey pour qu'il convoque Christen. S'il ne le fait pas, je prendrai moi-même les choses en main.

Elle inspira profondément, avant de poursuivre :

— Pour finir, je n'ai pas pu voir Bridgid avant la fin de l'après-midi. Et elle avait de mauvaises nouvelles.

— C'est-à-dire ?

— Elle avait demandé à un ami de suivre Brisbane jusque chez Christen. Mais son ami n'est toujours pas rentré. Bridgid pense qu'il a oublié sa mission.

Brodick se releva et s'étira, faisant jouer ses muscles sous sa chemise, puis il détacha son ceinturon et ôta ses vêtements. La jeune femme perdit le fil de ses pensées. Son mari était incroyablement beau et viril.

— Tu comptais te rendre chez Christen, quand tu aurais su où elle vivait ?

Gillian se sentit rougir.

— En effet, avoua-t-elle.

— Désormais, Christen fait partie du clan Sinclair, Gillian. Son seigneur est Ramsey, pas moi. Tu n'as pas à t'immiscer dans les affaires des Sinclair. Laisse Ramsey s'en occuper. Il t'a promis qu'il la convoquerait.

Après cette petite mise au point, Brodick s'écroula sur le lit. Il ne l'aurait jamais admis, mais il était exténué.

— Je lui donne jusqu'à demain midi, insista Gillian.

— Que t'est-il arrivé d'autre, aujourd'hui ? s'enquit Brodick pour changer de sujet.

— Je me suis cachée du père Laggan, confessa Gillian.

Elle attendit que Brodick ait fini de rire pour demander :

— As-tu eu l'occasion de lui parler ?

— Oui. Il tenait une sacrée gueule de bois.

— Ramsey l'a enivré délibérément, n'est-ce pas ?

— Laggan avait déjà bien commencé tout seul, mais c'est vrai que Ramsey l'a aidé.

— C'est un péché. Pourquoi a-t-il fait cela ?

— Parce qu'il est mon ami. Il savait que je voulais t'emmener dans mon lit.

Gillian posa une main sur son épaule. S'apercevant que ses muscles étaient tendus, elle se mit à lui masser le dos. Brodick poussa un grognement de satisfaction, et la jeune femme s'assit à califourchon sur ses hanches pour le masser plus à son aise.

— C'est agréable, dit-il.

Elle-même se sentait déjà plus détendue, après lui avoir raconté sa journée.

— Qu'as-tu fait, aujourd'hui ?

— Je suis allé chez moi.

— Mais je croyais que tes terres étaient loin d'ici ?

— J'ai galopé. Et je viens juste de rentrer.

— Pourquoi es-tu allé là-bas ?

— Pour régler quelques problèmes.

Soudain, Gillian se souvint qu'elle avait omis un détail, dans le récit de sa journée.

— Sais-tu ce que Bridgid m'a raconté ?

— Non, quoi ?

— Hier soir, une femme s'est introduite dans la chambre de Ramsey. Bridgid l'a suivie et elle l'a trouvée dans son lit, déjà déshabillée, prête à… enfin, tu devines.

— Non, je ne vois pas, répondit Brodick pour la taquincr. Explique-moi.

— Elle cherchait à séduire Ramsey, évidemment. Bridgid l'a flanquée à la porte. Mais Ramsey lui a dit ensuite qu'il avait invité cette femme à partager son lit. Bridgid était furieuse. S'il a l'intention de coucher avec une femme différente chaque soir, elle ne restera pas longtemps ici.

— Et où s'installerait-elle ?

— Nous en avons discuté en nous rendant à la chapelle. Nous voulions allumer un cierge pour le père de Jason et un autre pour l'âme de Ramsey. Bridgid est convaincue qu'il ira tout droit au purgatoire.

Le contact des cuisses de la jeune femme contre ses hanches commençait à empêcher Brodick de se concentrer.

— Pourquoi désirais-tu allumer un cierge pour le père de Jason ? Tu ne le connais pas.

— Parce que le pauvre homme a fait une rechute. C'est pour cela que Jason n'est pas encore rentré.

— Tu as bon cœur, tu sais.

— Allumerais-tu un cierge pour moi, si j'étais mourante ?

— Ne parle pas de choses pareilles, répliqua Brodick. D'abord, je ne te laisserais pas mourir, ajouta-t-il avec véhémence.

Gillian se pencha pour lui embrasser l'épaule.

— J'ai proposé à Bridgid de venir vivre chez les Buchanan. Elle n'a pas voulu me donner de réponse tout de suite, mais j'ai bien vu qu'elle était horrifiée à cette idée. C'est bizarre, non ?

— Non. Ce serait un grand choc, pour elle. Ramsey traite ses sujets comme des enfants. Moi, pas. Notre vie est plus rude.

— Je n'aurai pas ce choc, puisque je serai avec toi. Peu importe où je vis et comment je vis, du moment que tu es à mes côtés.

Brodick fut ému par la force et la sincérité de son amour.

— Maintenant que je suis marié, il faudra que je change certaines choses, dit-il.
— Lesquelles ?
— J'imagine que tu aimerais avoir une maison, non ?
— Tu n'as donc pas de maison ?
— Non.
— Où dors-tu, alors ? s'exclama Gillian.
— À la belle étoile.
— Mais quand il pleut ?
— Eh bien, je suis mouillé.
Gillian avait encore du mal à croire qu'il parlait sérieusement.
— Et tes sujets ? Ils dorment aussi à la belle étoile ?
— Quelques-uns, oui. Mais tous les hommes mariés vivent dans des cottages, avec leurs épouses.
— Alors, pourquoi pas leur seigneur ?
— Je n'ai jamais eu besoin d'un toit.
— Je refuse de dormir dehors, Brodick. Je veux une maison.
— Comme celle de Ramsey ?
— Non, ce n'est pas la peine. Un petit cottage comme celui-ci me suffirait.
Elle avait arrêté de le masser pour suivre, du doigt, la ligne d'une cicatrice qui lui barrait l'épaule droite.
— Comment t'es-tu fait ça ?
— Je ne me rappelle plus. C'est vieux.
— Tu as dû souffrir, en tout cas.
Elle embrassa la cicatrice, puis s'étendit de tout son long sur Brodick et posa sa tête sur son épaule.
— Tu me tues, Gillian, marmonna-t-il.
— Je suis trop lourde pour toi ?
— Ce n'est pas ce que je voulais dire. Si tu continues comme ça, je ne pourrai pas m'empêcher de te faire l'amour.

Il y eut un silence, puis Gillian demanda d'une voix hésitante :

— Brodick ?

— Oui, chérie ?

— Tu crois que nous... Enfin, est-ce que je...

Elle prit une profonde inspiration et rassembla son courage.

— Est-ce que je pourrais te faire l'amour, cette fois ?

— Oui, mais ça marchera mieux si tu me laisses me retourner.

Il roula sur le dos, l'enlaça et l'embrassa passionnément, tout en l'aidant à se débarrasser de sa chemise de nuit.

— Tu es si belle, murmura-t-il, avant de l'embrasser à nouveau.

Mais Gillian en voulait plus. Alors, Brodick la pénétra sans plus attendre. Il éprouva un tel plaisir qu'il ferma les yeux et émit un gémissement de pur ravissement.

— Ô mon Dieu...

Puis il commença à bouger les hanches, avec une lenteur savante, pour permettre à la jeune femme de sentir la jouissance monter par vagues successives. Enfin, lorsqu'elle commença à crier son nom, il cessa de se contrôler et s'enfonça en elle jusqu'à ce que leur plaisir culmine en même temps.

Ils restèrent ensuite de longues minutes dans les bras l'un de l'autre, pantelants.

— Tu m'as épuisé, murmura Brodick en roulant sur le côté.

Il attira Gillian contre son torse, dos à lui.

— Je n'aurais jamais imaginé que j'aimerais autant cela, avoua-t-elle.

— Moi, si. Je l'ai su dès notre premier baiser. Je me doutais que tu cachais un tempérament passionné.

— C'est parce que je t'aime. Je ne pense pas que je me montrerais aussi… libre avec un autre homme.

— Il n'est pas question que tu en fasses l'expérience. Aucun autre homme ne te touchera.

— De toute façon, je ne veux pas d'autre homme. Il n'y a que toi que j'aime.

Brodick lui embrassa le poignet.

— C'est encore douloureux ? demanda-t-il en touchant sa cicatrice.

— Non. Mais ce n'est pas très beau à voir, protesta-t-elle en tentant de retirer sa main.

Brodick lui embrassa l'oreille.

— Rien ne me déplaît, chez toi.

Sur ces mots, il entreprit d'embrasser chaque centimètre de sa cicatrice. Quand il arriva à son coude, Gillian frissonnait de plaisir.

— As-tu confiance en moi ? lui demanda-t-il soudain.

— Oui.

— Alors, donne-moi les noms des Anglais.

Elle tourna la tête pour le regarder droit dans les yeux.

— Promets-moi d'abord quelque chose.

— Quoi ?

Elle se redressa pour s'asseoir dans le lit et ramena les couvertures sur elle.

— Tu sais que je dois retourner en Angleterre. Tu le savais avant de m'épouser, du reste.

Brodick fronça les sourcils.

— Oui.

— Je ne te donnerai les noms que si tu me promets que ni toi, ni Ramsey, ni Ian ne chercherez à vous venger avant que j'aie pu sauver mon oncle. Tu es un homme d'honneur, Brodick. Jure-le-moi.

— Gillian, je refuse que tu retournes là-bas. Je suis sûr que c'est un piège et je ne…

— Tu ne peux quand même pas me l'interdire !

Il se redressa à son tour.

— Si, décréta-t-il d'une voix ferme.

— Mais je dois y aller !

— Non.

— Brodick, mon oncle est aussi ton oncle, désormais. Sa sécurité te concerne autant que moi.

— Je le retrouverai pour toi, Gillian. Et je veillerai à ce qu'il ne lui arrive rien.

— Tu ne sais même pas où on le retient prisonnier ! C'est à moi de le sauver.

Brodick tenta de la raisonner.

— Écoute, Gillian, le baron t'a ordonné de revenir avec ta sœur et le coffret d'Arianna. Or tu vas rentrer en Angleterre les mains vides. Comment, dans ces conditions, comptes-tu sauver ton oncle ?

— Le baron est surtout intéressé par le coffret. J'essaierai de lui faire croire que ma sœur est morte.

— Ça n'empêche pas que tu n'as pas non plus le coffret et que tu ignores où il se trouve.

— J'espère que ma sœur s'en souviendra.

— Et si elle ne s'en souvient pas ?

— Je ne sais pas ! cria-t-elle, exaspérée. Mais je dois retourner là-bas. La vie de mon oncle est en jeu. Tu ne comprends donc pas ?

— Je ne peux pas te permettre de t'exposer à un tel danger. S'il t'arrivait quoi que ce soit, je…

Sa voix s'était soudain brisée. Le simple fait d'imaginer Gillian blessée lui était insupportable.

— Je n'aimerais pas ça, marmonna-t-il, masquant son émotion.

— Donne-moi ta parole, Brodick.

— Non.

— Sois raisonnable, insista Gillian.

— C'est toi qui n'es pas raisonnable.

Gillian décida de changer de tactique.

— Et si tu me protégeais ?

Brodick garda le silence.

— Si toi, Ramsey et Ian venez avec moi, je ne courrai plus aucun danger, poursuivit Gillian. Et quand j'aurai sauvé mon oncle, vous pourrez vous venger du baron.

Brodick comprit qu'elle ne renoncerait pas. Et il avait impérativement besoin des noms.

— D'accord, acquiesça-t-il finalement. Tu nous accompagneras.

Sans laisser à Gillian le temps de se réjouir, il précisa :

— À la seule condition que ta sœur sache où se trouve le coffret. Il faut que tu aies les moyens de marchander avec le baron. Et tu dois aussi me jurer d'agir selon mes ordres.

— En échange, tu me promets d'attendre que mon oncle soit hors de danger pour vous venger ?

— Oui. Je t'en donne ma parole.

Gillian était si rassurée qu'elle l'embrassa avec effusion.

— Merci. Oh, merci !

Brodick se rembrunit.

— S'il t'arrivait quelque chose, je ne me le pardonnerais jamais, dit-il.

— Il ne m'arrivera rien, puisque tu seras là pour me protéger.

Brodick regrettait déjà sa promesse. Comment avait-il pu accepter de laisser la jeune femme revoir le baron ?

Gillian posa la tête sur son épaule.

— Ils sont trois, murmura-t-elle. Les trois sont des barons et des amis proches du roi. Le baron Alford de Lockmiere est le plus puissant. Mon oncle m'a raconté que c'était lui qui avait présenté Arianna à Jean, voilà des années. Ne serait-ce que pour cette raison, le roi le protégera toujours. Il faudra vous montrer très prudents, avant de vous en prendre à lui.

— C'est Alford qui a tué ton père et qui s'est emparé de ton héritage ?

— Oui. On l'a surnommé Alford le Rouge, à cause de la couleur de ses cheveux et de son tempérament sanguinaire. C'est lui qui a pactisé avec le traître écossais. Ses deux complices sont Hugh de Barlowe et Edwin de Bald. Ils suivent Alford comme son ombre.

— Où est Alford ?

— Il m'attend à Dunhanshire.

— Ton oncle se trouve aussi là-bas ?

— À priori, non. Alford prétend qu'il l'a enfermé dans son propre château, sous bonne garde.

— Il faut que tu te fasses à l'idée qu'Alford a peut-être déjà tué ton oncle.

— Non, répliqua Gillian. Oh, je me doute qu'Alford n'hésiterait pas une seconde à l'assassiner ! Mais il a besoin que mon oncle reste en vie pour obtenir ma coopération. Il sait qu'il ne pourra pas récupérer le coffret si je ne retrouve pas d'abord Morgan en bonne santé.

— Mais ensuite, il vous tuera tous les deux.

— Tu seras là pour l'en empêcher.

Pendant l'heure qui suivit, Brodick l'interrogea longuement, lui demandant de décrire en détail le château de Dunhanshire et celui de Morgan.

Il était plus de minuit quand il la laissa enfin en paix. Gillian s'endormit aussitôt, blottie entre ses bras. Mais Brodick resta encore un long moment éveillé. Lorsqu'il ferma enfin les yeux, ce fut pour rêver qu'il tuait le monstre qui avait osé frapper la femme qu'il aimait.

27

Gillian était furieuse contre Ramsey. Il était plus de midi et il n'avait toujours pas tenu sa promesse de parler à Christen. En fait, il avait carrément disparu. Une domestique avait appris à la jeune femme qu'il avait quitté le château de bon matin, avec Brodick et un groupe de guerriers. Mais la servante ignorait où ils étaient allés et quand ils reviendraient.

Gillian décida donc de chercher Brisbane pour lui demander de l'aider. Elle s'apprêtait à sortir quand Bridgid fit soudain irruption dans le hall et se précipita vers elle.

— Que dirais-tu d'une baignade dans le lac ? suggéra-t-elle d'une voix forte, de manière à être entendue des deux sentinelles qui montaient la garde à côté de la porte.

— Je n'ai pas envie de…

— Si, tu en as envie, chuchota Bridgid, en lui désignant les deux gardes du regard. Joue la comédie avec moi.

— Oh, oui, quelle bonne idée ! s'écria Gillian. Allons nager.

— J'ai pensé à emporter des arcs et des flèches, ajouta Bridgid, toujours à haute et intelligible voix.

Avec un peu de chance, nous arriverons peut-être à tuer un ou deux lapins.

Gillian glissa un carquois à son épaule, accepta l'arc que lui tendait son amie, et elles sortirent du château. Dès qu'elles eurent atteint un bosquet de sapins, Bridgid, très excitée, lui prit la main.

— Je sais où habite Christen. Anthony n'a pas oublié, finalement. Hier, il a bien suivi Brisbane, comme il l'avait promis. Malheureusement, sur le chemin du retour, il a reçu l'ordre de monter la garde à la limite de nos terres et n'a pas pu rentrer au château avant la nuit. Le pauvre s'est excusé de son retard. N'est-ce pas charmant ?

— Si, reconnut Gillian. Et tu comptes m'emmener chez Christen tout de suite ?

— Oui. Mais ralentis l'allure, Gillian, sinon les gens vont se douter de quelque chose. Anthony a caché deux chevaux, près du lac. Mais il ne faudra dire à personne qu'il nous a aidées.

— Je ne dirai rien, rassure-toi. Je ne voudrais pas lui attirer des ennuis.

— La chance est avec nous. Nous ne pouvions pas rêver meilleure occasion. Brodick et Ramsey sont partis régler un différend à l'autre bout des terres des Sinclair.

— Penses-tu que Ramsey sera furieux d'apprendre que je ne l'ai pas attendu pour parler à ma sœur ?

— Probablement. Mais il ne s'en plaindra qu'à Brodick.

— Je m'inquiète pour toi. J'ai peur que cette histoire ne te retombe dessus.

— À ta place, je redouterais plutôt la colère de Brodick.

— Il ne m'en voudra pas. Je lui ai déjà expliqué que je prendrais les choses en main si Ramsey ne tenait pas sa promesse. Et il ne l'a pas tenue.

— Il aura été retardé, objecta Bridgid, pour défendre son seigneur. Ramsey est un homme de parole.

— En tout cas, je ne sais pas ce que j'aurais fait sans ton aide. Mais j'étais disposée à frapper à chaque porte, jusqu'à ce que quelqu'un me dise où vivait Christen.

— Tu n'aurais pas réussi. Ta sœur vit dans un endroit très reculé, à la frontière des terres MacPherson. Moi-même, je ne suis jamais allée si loin au nord. D'après Anthony, il nous faudra au moins trois heures pour nous y rendre.

Elles trouvèrent sans peine les deux juments qu'Anthony avait cachées pour elles.

— La grise est pour toi, décréta Bridgid en montant sur la jument noisette.

Gillian attendit un instant, admirant les bêtes et leurs selles ouvragées.

— Elles sont magnifiques… Anthony les a empruntées à Ramsey ? demanda-t-elle avec appréhension.

— Il ne se rendra même pas compte de leur absence.

— Oui, mais si jamais…

— Cesse de t'inquiéter.

De toute façon, Gillian était trop près du but pour faire marche arrière. Elle monta en selle et suivit son amie à travers le vallon. En partant, elles aperçurent Proster au loin. Gillian crut qu'il épiait leur départ, mais Bridgid était persuadée qu'il ne les avait même pas remarquées.

C'était une belle journée pour chevaucher. Le soleil brillait généreusement, et aucun nuage n'assombrissait le ciel. Au sommet d'une colline, Gillian s'arrêta un moment pour contempler le paysage grandiose qui s'étendait à ses pieds. Voilà à quoi devait ressembler le paradis, songea-t-elle, émerveillée.

Mais, à mesure qu'elles montaient vers le nord, Bridgid devenait de plus en plus nerveuse. Elle ne cessait de regarder derrière elle pour s'assurer qu'on ne les avait pas suivies.

Gillian commençait à s'angoisser, elle aussi. Elle ne comprenait pas pourquoi Christen vivait dans une contrée aussi reculée, à l'écart des autres MacPherson. Cela n'avait pas de sens : elle aurait été beaucoup plus en sécurité au milieu d'autres gens.

Bridgid semblait partager ses pensées.

— Je n'aime pas ça, dit-elle, alors qu'elles s'enfonçaient dans la forêt.

Elle tira sur ses rênes pour immobiliser son cheval et attendit que Gillian l'imite.

— Non, je n'aime pas du tout cela, répéta-t-elle.

— Nous avons peut-être pris un mauvais chemin, suggéra Gillian.

— Je ne crois pas. J'ai bien mémorisé les instructions d'Anthony, et il a été très précis.

— Mais il y a quelque chose qui cloche, insista Gillian.

— Ça, je suis d'accord. Cette forêt est beaucoup trop inquiétante à mon goût. Nous ferions mieux de tourner bride et de rentrer.

— C'est aussi mon avis, acquiesça Gillian. De toute façon, depuis le temps que nous sommes parties, nous aurions déjà dû trouver le cottage de Christen.

— Si nous nous dépêchons, nous serons revenues au château avant le coucher du soleil. Tu n'es pas trop déçue ? Tu avais tellement envie de revoir ta sœur...

— Tant pis. Le plus urgent, pour l'instant, c'est de partir d'ici. Cet endroit ne me dit vraiment rien qui vaille.

Gillian prit la tête, et les deux amies rebroussèrent rapidement chemin. Leur instinct leur dictait de galoper, et toutes deux convinrent qu'elles avaient eu tort de s'aventurer si loin, à peine armées et sans escorte.

Elles sortaient de la forêt et s'apprêtaient à traverser un torrent à gué quand Gillian entendit quelqu'un crier sur sa droite. Elle se tourna et aperçut un cavalier qui arrivait dans leur direction, ventre à terre. Gillian reconnut, de loin, le plaid des MacPherson.

Bridgid mit sa main en visière.

— C'est Proster ! s'écria-t-elle. Il a dû nous suivre.

— Qu'est-ce qu'il fabrique ? s'inquiéta Gillian, en voyant l'Écossais bander son arc et chercher une flèche dans son carquois, le regard fixé sur un point derrière elles.

Soudain, Gillian entendit un bruit derrière elle. Elle se retournait quand une flèche passa à quelques centimètres de sa tête.

D'autres flèches suivirent presque aussitôt. Les deux jeunes femmes lancèrent leurs montures au galop, puis Gillian conseilla à Bridgid de se diriger vers Proster, tandis qu'elle-même repartirait du côté de la forêt. Ensemble, lui expliqua-t-elle, elles constitueraient une cible trop visible.

Elle avait presque atteint le couvert des arbres et se croyait déjà hors de danger lorsqu'une flèche l'atteignit en pleine cuisse. La douleur fut instantanée, et Gillian laissa échapper un cri. Instinctivement, elle voulut retirer la flèche, mais s'aperçut que celle-ci avait traversé sa cuisse de part en part et s'était fichée dans le cuir épais de la selle. Gillian comprit qu'elle était désormais clouée à sa monture.

Au lieu de paniquer, elle fut soudain saisie d'une rage aveugle. Au moment où elle se tournait vers ses assaillants, la voix de Bridgid déchira l'air. Gillian vit la jument de son amie trébucher sur un rocher, jetant sa cavalière à terre. Bridgid tomba brutalement et ne se releva pas.

— Non ! s'écria Gillian, en éperonnant sa monture pour se précipiter au secours de son amie.

Le carquois de Bridgid s'était vidé dans sa chute, répandant son contenu dans l'herbe. Gillian se rappela alors qu'elle était armée. Elle prenait une flèche dans son propre carquois, quand un cavalier surgit tout à coup de la forêt et galopa droit sur elle. Mais Proster, qui la rejoignait enfin, lui cria de s'écarter et décocha une flèche à l'assaillant, qui la reçut en pleine poitrine. L'homme s'écroula aussitôt à terre, se tortilla quelques secondes, puis s'immobilisa.

Un autre cavalier s'élançait déjà vers Gillian. Proster s'apprêtait à tirer à nouveau lorsqu'il reconnut l'assaillant. Il hésita une seconde et manqua sa cible. La situation devenait critique.

Fort heureusement, l'assaillant avait maintenant reporté son attention sur Proster. Gillian en profita. Elle banda son arc, visa un court instant et lança sa flèche. Elle atteignit l'homme au beau milieu du front. Le cavalier tomba de sa monture et mourut sur le coup.

Gillian, horrifiée, jeta son arc dans l'herbe et fondit en larmes. Que Dieu lui pardonne, mais elle venait de tuer un homme ! Elle savait qu'elle n'avait pas eu le choix, mais cette certitude ne suffisait pas à la consoler.

Cependant, Gillian s'empressa de sécher ses larmes. Ce n'était pas le moment de s'apitoyer sur elle-même. Bridgid était blessée et avait besoin d'elle.

Proster avait déjà mis pied à terre pour examiner la jeune femme. Il la retourna délicatement. Bridgid ne bougeait toujours pas, et un filet de sang coulait sur son front.

— Est-elle...

— Non, fit Proster. Elle respire normalement. Je pense qu'elle s'est simplement assommée en tombant un peu rudement sur ces cailloux.

Bridgid revenait déjà à elle. Gillian en éprouva un tel soulagement qu'elle se remit à pleurer.

— Dieu soit loué, tu es vivante ! Tu ne t'es rien cassé, au moins ?

Encore un peu hébétée, Bridgid médita longuement la question de son amie et se tâta partout, avant de répondre :

— Non, je crois que tout va bien. C'est vous qui nous avez sauvées, Proster ? ajouta-t-elle à l'adresse du guerrier qui la tenait dans ses bras.

Il sourit.

— Ça m'en a tout l'air.

— Vous nous avez suivies, n'est-ce pas ?

— Oui, avoua-t-il. J'étais intrigué de vous voir partir vers le nord. Au bout d'un moment, comme vous ne reveniez pas, j'ai décidé de vous rattraper pour m'assurer qu'il ne vous était rien arrivé.

— Eh bien, vous avez eu une riche idée, le félicita Gillian. Qui étaient ces hommes ? Les connaissiez-vous ?

— Oui. Il s'agit de Durston et Foster, deux Sinclair.

— Foster ? s'écria Bridgid. Mais c'est l'un des hommes de confiance de Ramsey !

— C'était, rectifia Proster. Lady Gillian l'a tué.

— Ils n'étaient que deux ? s'inquiéta soudain Bridgid.

— Oui, rassurez-vous.

Puis il se tourna vers Gillian.

— Ils vous ont tendu une embuscade. Et c'est après vous qu'ils en avaient, lady Buchanan.

— Comment pouvez-vous le savoir ? demanda Bridgid.

— Leurs flèches étaient toutes dirigées contre elle. Ils voulaient vous tuer, madame. Mais si Bridgid avait vu leurs visages, ils l'auraient tuée également. Ils étaient sans doute convaincus qu'ils n'avaient pas besoin d'être plus de deux pour tuer une femme, d'autant que la surprise jouait en leur faveur.

— Mais pourquoi auraient-ils voulu tuer Gillian ? insista Bridgid.

— En avez-vous une idée, madame ?

— Oui, répondit Gillian sans hésiter. Mais je ne peux rien vous dire sans la permission de Brodick et de Ramsey.

— Tout est ma faute, déclara Bridgid. Et je le dirai à Ramsey. Je ne...

— Non, c'est ma faute, coupa Gillian. Je n'aurais pas dû me lancer dans cette entreprise insensée. À cause de moi, vous avez failli mourir tous les deux, ajouta-t-elle, la voix brisée par la douleur.

Sa blessure à la cuisse la faisait atrocement souffrir.

— J'ai besoin d'aide, murmura-t-elle.

— Le danger est passé, maintenant, dit Bridgid, qui s'était relevée. Tu n'as plus à t'inquiéter.

Gillian secoua la tête. Proster vit alors la penne de la flèche qui dépassait de sa cuisse. Il se précipita vers la jeune femme pour la lui retirer.

— N'y touchez pas ! s'écria Gillian.

Proster comprit aussitôt le problème. Bridgid, remarquant le sang qui coulait le long de la jambe de son amie, pâlit.

— Ô mon Dieu ! Ça doit te faire affreusement mal.

— C'est supportable quand je ne bouge pas. Mais il faut me débarrasser de cette flèche.

Proster releva délicatement sa jupe. Gillian n'osa pas baisser les yeux pour regarder l'état de sa jambe.

— Attention, ça va faire mal, annonça-t-il, en passant les mains entre la selle et la cuisse de Gillian.

Le sang qui coulait de la blessure lui poissait les mains, rendant la manœuvre plus délicate. Le guerrier essaya à trois reprises de retirer la flèche de la selle, sans succès. Il jugea inutile de prolonger la torture de la jeune femme.

— Je n'y arriverai pas tout seul.

— Je vais vous aider, proposa Bridgid.

Proster secoua la tête.

— Il faudrait quelqu'un de plus fort.

— Ce n'est sans doute pas si grave que ça en a l'air, dit Bridgid pour rassurer son amie. La flèche ne semble pas avoir atteint l'os. C'est spectaculaire, mais tu devrais guérir vite.

— Je vais rester ici, décréta Gillian, et vous allez partir chercher de l'aide. Trouvez Brodick. Il saura quoi faire.

— Je refuse de vous abandonner.

— Proster, s'il vous plaît…

— Moi non plus, je ne partirai pas sans toi, déclara Bridgid.

— Dans ce cas, Proster n'a qu'à retourner seul au château.

— Je ne vous abandonnerai pas, madame, insista Proster, qui considérait de son devoir de veiller sur la jeune femme.

— Mais alors, que pouvons-nous faire ? demanda Bridgid.

— Peut-être qu'en nous y prenant lentement, j'arriverai à rentrer, suggéra Gillian.

— Essayons, approuva Proster. Bridgid, je vais récupérer votre monture. Vous sentez-vous en état de chevaucher ?

— Oui, parfaitement.

Pendant que Proster tentait de rattraper la jument noisette, Bridgid se rapprocha de son amie.

— J'ai un peu menti, avoua-t-elle. En fait, j'ai des vertiges. Et ce sera pire quand Ramsey apprendra ce que j'ai fait.

— Tu n'as rien à te reprocher, répliqua Gillian. C'est Anthony qui nous a envoyées sur cette route. Lui seul est à blâmer.

— Anthony n'est pas plus responsable que nous.

— Tu ne vois donc pas ce qui s'est passé, Bridgid ? Ces hommes nous attendaient. Nous sommes tombées dans une embuscade, et c'est Anthony qui nous y a conduites.

— Mais pourquoi aurait-il fait ça ?

Elle soupira et ajouta :

— Ouh, j'ai la tête qui tourne !

— Si tu allais te rafraîchir un peu dans le torrent ?

Bridgid trouva l'idée judicieuse. Elle descendit vers le cours d'eau et s'accroupit sur la rive pour s'asperger le visage. Gillian en profita pour retourner vers les deux cadavres, en prenant soin d'avancer au pas pour ménager sa jambe. Elle avait déjà rencontré Foster, mais ne se souvenait pas d'avoir été présentée à un guerrier du nom de Durston. Elle contempla brièvement son visage. Ce n'était pas le traître.

Entre-temps, Proster était revenu avec la jument de Bridgid et aidait la jeune femme à monter en selle. Gillian les rejoignit.

Proster examina le soleil, à l'horizon, pour estimer l'heure.

— Avec un peu de chance, nous n'aurons pas à aller loin avant qu'on nous retrouve, dit-il.

— Vous pensez qu'ils nous cherchent déjà ?

— Je l'espère.

Ils chevauchèrent lentement, mais au bout d'un moment, Gillian dut s'arrêter. Finalement, elle prit son courage à deux mains et osa regarder sa blessure de plus près. À son grand soulagement, le spectacle n'était pas aussi horrible qu'elle l'avait imaginé. Bridgid avait raison : la flèche avait traversé la cuisse sans atteindre l'os. Ce n'était qu'un peu de chair déchirée, qui cicatriserait vite. Maintenant qu'elle savait que sa blessure n'était pas très grave, Gillian avait déjà l'impression d'avoir moins mal. Mais quand elle essaya une nouvelle fois de tirer sur la flèche, la douleur lui fit presque perdre connaissance.

Bridgid commençait à s'inquiéter sérieusement pour son amie.

— Vous pensez vraiment qu'ils nous cherchent, Proster ? demanda-t-elle.

— Alan et Ker m'ont vu partir. Je leur ai dit que je vous suivais.

Bridgid blêmit et chuchota à l'oreille de Gillian :

— Ils risquent de le dire à Anthony, qui est leur supérieur, et celui-ci enverra d'autres tueurs…

— Ça m'étonnerait, répondit Gillian sur le même ton. Il ne sait pas que ses hommes ont échoué.

Le soleil déclinait rapidement à l'horizon. Les cimes des sapins étaient noyées dans la brume.

— Personne ne nous trouvera dans ce brouillard, gémit Gillian, paniquée.

— Donc Anthony ne nous trouvera pas non plus, dit Bridgid pour la rassurer.

Proster, ignorant qu'Anthony était responsable de l'embuscade, se méprit sur le sens de sa remarque.

— Alan et Ker ne diront pas à Anthony que je vous ai suivies.

— Pourquoi ? s'étonna Bridgid. En l'absence de Jason, il est leur supérieur.

— Certes. Mais ils n'ont pas beaucoup de respect pour lui. Anthony méprise les MacPherson et il a plusieurs fois humilié Alan et Ker. Ils ne lui diront rien.

— Mais quand on s'apercevra de notre disparition, Anthony lancera bien des guerriers à notre recherche ?

— Oui. Mais je doute qu'il ait l'idée de les envoyer si loin vers le nord. Pourquoi avez-vous pris cette route, d'ailleurs ? Vous vous êtes perdues ?

— Non, répondit Gillian.

— Oui, répondit Bridgid en même temps.

— En réalité, nous pensions que ma sœur vivait par ici, avoua Gillian, mais nous nous sommes visiblement trompées.

Proster devina que la jeune femme était au bord des larmes.

— Il ne faut pas désespérer, madame. Alan et Ker parleront à lord Sinclair. Et je suis sûr que votre mari vous cherche déjà.

— Mais si…

Proster lui sourit.

— Madame, maintenant que vous êtes une Buchanan, je suis prêt à parier que Brodick et ses hommes retourneront toute la contrée pour vous retrouver. Ne vous inquiétez pas. Votre mari arrivera bientôt.

28

Ramsey et Brodick rentraient au manoir. Ils venaient de mettre pied à terre quand Jason traversa la cour pour se précipiter à leur rencontre. À en juger par sa mine, il s'apprêtait à leur annoncer une mauvaise nouvelle.

— Que se passe-t-il ? demanda Ramsey.

— Lady Buchanan et Bridgid KirkConnell ont disparu ! Nous les avons cherchées partout, mais elles demeurent introuvables.

— Comment ça, introuvables ? rugit Brodick.

— Quand les a-t-on vues pour la dernière fois ? interrogea Ramsey.

Jason eut un geste d'impuissance.

— Je l'ignore. Quand je suis revenu de chez mon père, Anthony avait déjà quitté le château avec des guerriers, pour se lancer à leur recherche. J'étais sur le point de les rejoindre.

— Elles n'ont pas pu aller bien loin, dit Ramsey à Brodick. Mais le soleil est presque couché. Il va falloir se dépêcher, si nous voulons les retrouver avant la nuit noire. Dans quelle direction Anthony est-il parti ?

— Le sud, répondit Jason. Monseigneur, je prends toute la responsabilité de cette affaire sur moi. Si j'avais été là…

Ramsey l'interrompit.

— Ton père avait besoin de toi. Personne ne les a vues s'en aller ?

Jason secoua la tête.

— C'est incroyable ! s'écria Ramsey. Elles n'ont quand même pas filé en cachette !

— Nous perdons du temps, grommela Brodick, qui remontait déjà en selle. Je m'occupe de l'ouest, Jason de l'est, et toi, Ramsey, tu files vers le nord.

— C'est inutile de monter au nord. Il n'y a rien, que des forêts et des landes sauvages. Bridgid le sait. Il vaut mieux que j'accompagne Jason.

Pendant ce temps, à quelques centaines de mètres de là, deux jeunes soldats MacPherson observaient avec inquiétude le château. Ils virent Ramsey, Jason et une troupe de guerriers partir vers l'est, puis Brodick et ses hommes se diriger vers l'ouest.

— Toi, tu vas le dire à lord Buchanan, murmura Alan.

Ker secoua la tête.

— Non, c'est toi. Je n'ai pas envie qu'il me casse le nez une deuxième fois. Moi, je vais le dire à Ramsey.

Brodick et Robert ouvraient la marche, Dylan, Liam et Aaron derrière eux. Ils venaient à peine de quitter le château qu'ils entendirent quelqu'un les héler. Dylan se retourna et aperçut un jeune guerrier MacPherson qui courait dans leur direction. Il s'arrêta pour l'attendre, tandis que les autres continuaient leur route.

— Pros… Proster… bafouilla Alan, hors d'haleine. Il a suivi les dames. Elles sont parties vers le nord.

Dylan siffla entre ses doigts. Aussitôt, Brodick et les autres firent demi-tour et encerclèrent le messager.

— Proster a suivi ma femme ?

Le regard de Brodick effrayait tellement le pauvre Alan que les mots lui échappaient.

— Proster... a vu votre femme et Bridgid Kirk-Connell... qui se dirigeaient vers le nord.

— Y avait-il des guerriers pour les escorter ?

— Non. Elles étaient seules. C'est pourquoi Proster les a suivies. Il trouvait cela dangereux et voulait les ramener au château.

— Alors, pourquoi ne l'a-t-il pas fait ? demanda Liam.

— Je l'ignore, avoua Alan. Il a dû se passer quelque chose.

— Si tu nous as menti, je te promets qu'il t'en cuira, le menaça Robert.

— Dieu m'est témoin que je vous dis la vérité. Je le jure sur la tombe de ma défunte mère. Mon ami... Ker... est parti prévenir lord Ramsey.

— Prenons-le avec nous, ordonna Brodick, qui lançait déjà son cheval au galop en direction du nord.

Il s'efforçait de ne pas paniquer, mais en vain. Pourquoi Gillian s'était-elle aventurée dans ces terres sauvages sans escorte ? Un malheur était arrivé, il en était sûr, sinon Proster serait déjà revenu avec les deux jeunes femmes.

Pour la première fois de sa vie, Brodick se surprit à prier. « Dieu tout-puissant, faites que je retrouve Gillian saine et sauve, songea-t-il, désespéré. J'ai besoin d'elle. »

29

Gillian était à bout. Elle n'avait plus la force d'avancer. De toute façon, leur progression devenait difficile, avec le brouillard qui ne cessait de s'épaissir. Comme ils approchaient d'un torrent, ils entendirent un bruit de cavalcade dans le lointain.

Proster dégaina son épée et Bridgid banda son arc, tandis que Gillian se rapprochait de son amie.

— C'est peut-être Alan et Ker, murmura Bridgid, pleine d'espoir.

— Non. Il y a trop de chevaux, répliqua Proster, qui s'était placé devant les deux jeunes femmes pour les protéger.

Quelques secondes plus tard, Brodick émergeait du brouillard. Dès qu'il aperçut sa femme, apparemment saine et sauve, il faillit crier de joie et sauta à terre en ralentissant à peine l'allure de son cheval.

Ses guerriers le suivaient. Ils mirent également pied à terre et firent cercle autour de Proster. Le pauvre garçon semblait terrifié.

— Lâche ton épée, lui ordonna Dylan.

Brodick, lui, s'était précipité vers sa femme.

— Ça va, Gillian ?

Il attendait qu'elle lui réponde avant de lui faire une scène. Comment avait-elle osé s'exposer ainsi au danger ? Il était si furieux qu'il comptait bien l'obliger à lui demander pardon de l'avoir rendu fou d'inquiétude.

Gillian était si heureuse de revoir Brodick qu'elle ne remarqua pas sa colère.

— Non, Brodick, ça ne va pas. Mais je suis bien contente que tu sois là.

Proster avait lâché son épée et mettait pied à terre, quand il vit que Brodick s'apprêtait à prendre Gillian dans ses bras pour la faire descendre de cheval.

— Ne la touchez pas ! lui cria-t-il.

Brodick réagit à la vitesse de l'éclair. Proster eut à peine le temps de poser son deuxième pied sur le sol qu'un coup de poing l'envoya à terre.

— Ce blanc-bec a un sacré culot, marmonna Brodick en revenant vers Gillian.

Dylan attrapa le jeune MacPherson par la peau du cou pour le relever.

— Tu te permets de donner des ordres à mon seigneur ? rugit-il.

— Elle est clouée à la selle ! cria Proster. Une flèche...

Dylan comprit aussitôt et le relâcha. Au même moment, Brodick aperçut la flèche et s'approcha pour regarder de plus près.

Gillian posa une main sur sa joue.

— Je suis tellement heureuse de te retrouver, murmura-t-elle.

— Moi aussi, dit-il. Maintenant, laisse-moi voir ce que tu t'es fait.

La jeune femme se raidit.

— Je n'ai rien fait, sinon échapper à une embuscade. Sans Proster, Bridgid et moi serions mortes, à l'heure qu'il est.

Soudain, tous trois se mirent à parler en même temps pour tenter d'expliquer ce qui s'était passé.

— C'étaient des Sinclair, annonça Proster.

— Ils en avaient après Gillian, précisa Bridgid.

— Ils t'auraient tuée aussi, renchérit Gillian.

— Proster en a tué un.

— C'était Durston, ajouta Proster. Et l'autre assaillant était Foster.

Brodick était abasourdi.

— Foster a essayé de vous tuer ?

— Oui, confirma Bridgid. Ils nous attendaient.

— C'était une embuscade, répéta Gillian.

— Et Foster, où est-il ? Il s'est sauvé ?

— Non, répondit Proster. Votre femme l'a tué.

Brodick écarquilla les yeux.

— Je n'avais pas le choix, murmura Gillian.

— Avec une seule flèche, monseigneur, précisa Proster. Elle l'a touché en plein milieu du front.

Brodick avait passé une main sous la cuisse de sa femme pour empoigner la flèche. Mais, comme Gillian grimaçait de douleur, il retira prestement sa main.

— Proster a déjà tenté de me débarrasser de cette maudite flèche, mais il n'y est pas arrivé.

Brodick prit sa dague et déchira les jupes de Gillian jusqu'à la taille. Les guerriers s'étaient rapprochés de leur maître. Gillian, qui voulait conserver un minimum de décence, s'empressa de laisser retomber son plaid sur sa jambe.

— Ce n'est pas le moment d'être pudique, dit Brodick d'un ton sévère.

Elle comprit qu'il était bouleversé.

— Ce n'est pas aussi méchant que ça en a l'air.

— Ne me raconte pas d'histoires.

— Il faudrait peut-être l'endormir, suggéra Robert. On pourrait l'assommer.

Gillian était médusée par sa proposition.

— Personne ne m'assommera. Est-ce bien clair ?

— Mais, madame…

— Ça suffit, Robert. Je n'arrive pas à croire que vous ayez pu suggérer une chose pareille.

— Une petite tape à l'arrière du crâne suffirait, intervint Aaron. Vous ne sentiriez presque rien.

— Nous n'aimons pas vous voir souffrir, madame, précisa Liam.

— Eh bien, fermez les yeux, répliqua la jeune femme.

— Comment comptez-vous vous y prendre ? demanda Robert à Brodick.

En guise de réponse, Brodick dégaina son épée.

— Dylan, maintiens la flèche bien droite. Liam, attrape les rênes.

Dylan empoigna des deux mains l'extrémité de la flèche, tandis qu'Aaron écartait Bridgid, horrifiée, et que Liam immobilisait la monture de Gillian. Robert, lui, se précipita de l'autre côté du cheval et pria Gillian de se pencher vers lui.

— Avez-vous toujours l'intention de m'assommer ? lui demanda-t-elle, soupçonneuse.

— Non, madame. Pas sans votre permission.

Gillian décida de lui faire confiance. Elle se pencha et posa ses deux mains sur ses épaules. De cette manière, sa cuisse droite se souleva un peu de la selle.

— Brodick ?

— Oui, chérie ?

— Ne manque pas ton coup.

Sur ces mots, la jeune femme ferma les yeux.

Elle entendit un sifflement déchirer l'air, puis sentit une petite morsure quand la lame trancha la flèche, et ce fut tout. Quand elle rouvrit les yeux, elle vit que la flèche avait été coupée à ras de la selle. Alors, elle comprit ce qui l'attendait et frissonna.

Brodick tendait les bras vers elle.

— Mets tes mains sur mes épaules, lui dit-il.

— Une minute.

— Que se passe-t-il ?

— Je ne veux pas retourner chez Annie Drummond. C'est clair ? Je ne veux plus jamais y retourner de ma vie.

Brodick haussa les sourcils.

— Je croyais que tu aimais son cottage ?

Bridgid s'approcha.

— À mon avis, ça irait tout de suite mieux si tu pleurais, conseilla-t-elle à son amie. Ça te soulagerait.

Brodick regarda sa femme droit dans les yeux et devina les larmes qui montaient dans sa gorge.

— Elle ne pleurera pas, déclara-t-il.

Gillian réagit exactement comme il l'espérait.

— C'est à moi de savoir si j'ai envie d'être courageuse ! Pas à toi !

Elle ne cria pas. À peine émit-elle un petit gémissement plaintif quand Brodick retira le morceau de flèche de sa cuisse. Mais après, la jeune femme noua les bras autour du cou de son mari, enfouit son visage au creux de son épaule et laissa libre cours à ses larmes.

Brodick n'aurait su dire lequel d'entre eux tremblait le plus. Sans un mot, il porta Gillian jusqu'au bord du torrent. Bridgid voulut les suivre, pour aider Brodick à nettoyer la blessure de son amie, mais Dylan la retint par le bras.

— C'est terminé, maintenant, chuchota Brodick.

Il serrait très fort Gillian contre lui, comme s'il refusait de la lâcher. La jeune femme sanglotait toujours, et il lui embrassa le front en lui murmurant des paroles de réconfort.

Finalement, Gillian essuya ses larmes avec l'extrémité de son plaid.

— Tu dois m'en vouloir, n'est-ce pas ?

— Oui. Mais comme je suis magnanime, j'attendrai que tu sois un peu rétablie avant de te passer un savon.

— C'est effectivement très généreux de ta part, plaisanta Gillian, qui avait du mal à le croire.

Elle ne se trompait pas. Brodick ne tarda pas à exploser.

— Enfin, bon sang, Gillian ! Quelle mouche t'a piquée de partir sans... Tu aurais pu te faire tuer !

Il continua à la sermonner pendant qu'il aspergeait sa cuisse d'eau fraîche. Il se calma un instant, le temps d'admettre que sa blessure n'était pas aussi dramatique qu'il l'avait pensé au début. Puis il reprit de plus belle sa diatribe, tandis qu'il déchirait un morceau de sa chemise pour en faire un bandage. Sans cesser de parler, il noua le pansement autour de la cuisse de la jeune femme pour stopper l'hémorragie.

— Dès que nous serons à la maison, je te promets d'installer deux gardes devant toi et deux derrière, conclut Brodick en la soulevant dans ses bras pour la ramener vers les chevaux. Tu n'auras plus jamais l'occasion de me donner des frayeurs pareilles.

Gillian laissa courir ses doigts le long de sa joue. Cette simple caresse suffit à le calmer. Mais la jeune femme eut le tort, ensuite, de tenter de se justifier.

— Je n'ai pas quitté le château dans l'intention délibérée de me faire attaquer.

— Mais tu as quitté le château ! C'était déjà une erreur. Et sans escorte. Deuxième erreur.

— Ça ne sert à rien de me crier dessus.

— Si. Ça me libère, avoua Brodick.

S'il avait perdu Gillian, il ne s'en serait pas remis. Mais cette constatation le plongeait dans une colère noire. Il ne supportait pas de se sentir si vulnérable.

Gillian n'osa pas sourire, de crainte qu'il ne se vexe et ne devienne encore plus furieux. Elle lui demanda de la reposer par terre et fit quelques pas pour lui prouver qu'elle pouvait déjà remarcher.

— Tu vois ? dit-elle. Tout est bien qui finit bien.

Brodick leva les yeux au ciel.

— Je te rappelle qu'en m'épousant, tu as passé un marché avec moi.

— Quel marché ?

— Tu m'as épousé pour bénéficier de ma protection.

— Je t'ai épousé parce que je t'aimais. Si nous avons, comme tu le dis, passé un marché, pourquoi m'as-tu épousée, toi ?

Il ne répondit rien, mais Gillian ne renonça pas.

— M'as-tu épousée parce que tu m'aimais ?

— L'amour affaiblit les hommes. Et je ne suis pas un faible.

Ses paroles blessèrent tellement Gillian qu'elle baissa les yeux pour ne pas lui montrer sa peine.

— Je sais que tu m'as épousée pour préserver ma réputation. C'est ce que tu as dit, du moins. Mais je pensais… j'espérais… que tu tenais à moi.

— Je me sentais une responsabilité envers toi, Gillian, voilà tout.

— Mais tu tiens à moi. J'en suis sûre.

Il détourna la tête. Il réagissait comme un animal pris au piège, songea Gillian. Bonté divine, lui était-il donc si difficile d'avouer ce qu'il avait dans le cœur ?

— Alors, pourquoi m'as-tu épousée ? répéta-t-elle.

Il refusa une nouvelle fois de répondre.

— Ramsey est arrivé. Je te ramène là-bas. Tu nous expliqueras en détail ce qui s'est passé.

— Je peux marcher. Pars devant. Je vous rejoins dans une minute.

— Tu viens avec moi tout de suite, répliqua-t-il.

Sans tenir compte de ses protestations, il la souleva dans ses bras et retourna près des chevaux.

Un guerrier avait allumé un feu au milieu d'un carré d'herbe, et tous les Buchanan s'étaient assis autour des flammes. Proster, Ker et Alan se tenaient un peu à l'écart, près des guerriers Sinclair. Gillian aperçut Bridgid en grande discussion avec Ramsey. À en juger par sa mine contrite, son amie subissait les remontrances de son seigneur.

Brodick installa Gillian sur la couverture que Dylan avait étalée sur le sol. Mais dès que son mari eut le dos tourné, la jeune femme se releva et s'approcha de Bridgid.

— Ramsey, ne blâmez pas Bridgid. Ce n'est pas elle, la coupable.

— Vous voulez dire que Bridgid aurait été contrainte de quitter le château ?

À sa voix mielleuse, Gillian comprit qu'il était hors de lui.

— Non, je n'ai pas dit ça.

— J'assume l'entière responsabilité de mes actes, déclara Bridgid.

— S'il y a un responsable, c'est d'abord vous, Ramsey, objecta Gillian.

Comme il semblait stupéfait, elle insista :

— Oui, vous. Si vous aviez tenu votre promesse, cet incident aurait pu être évité.

— Quelle promesse ?

— Vous l'avez oubliée ? Ça n'avait donc vraiment aucune importance pour vous ?

Brodick arrivait. Décontenancé, Ramsey se tourna vers lui

— Ta femme pense que je suis responsable de ce qui s'est passé.

— Elle a tort.

Gillian croisa les bras et les défia tous deux du regard.

— Je t'avais prévenu, Brodick, que si Ramsey n'avait pas convoqué Christen à midi, je prendrais les choses en main. C'est ce que j'ai fait. Et Bridgid a eu la gentillesse de m'aider.

Ramsey comprenait tout, à présent.

— Je n'ai tout simplement pas eu le temps de parler à votre sœur. Mais votre impatience a failli vous coûter la vie.

Pour apaiser la colère de son seigneur, Bridgid essaya de lui faire voir les choses sous un autre angle.

— Sans cette aventure, vous n'auriez jamais su que Foster et Durston projetaient de tuer Gillian. Vous devriez presque nous remercier.

Ramsey serra les poings.

— Bridgid, je présume que votre chute vous a quelque peu dérangé l'esprit. Sinon, vous n'oseriez pas vous adresser à moi sur ce ton.

— Ne lui en voulez pas, intervint Gillian. Tout est ma faute. Comme vous l'avez dit, j'ai eu tort de me montrer impatiente.

— C'est moi qui ai eu l'idée de suivre Brisbane, protesta Bridgid.

— Mais non ! s'écria Gillian. Tu m'as expliqué que c'était Anthony qui te l'avait proposé !

Ramsey était perdu, aussi les deux amies reprirent-elles le récit de leur aventure depuis le début. Quand elles eurent terminé, Ramsey bouillait de rage.

— Malheur à Anthony ! Je tuerai ce porc de mes propres mains.

— Il n'en est pas question, objecta Brodick. Il a voulu assassiner ma femme. C'est à moi de lui régler son compte.

— Nous nous en chargerons tous les deux, concéda Ramsey. Comme ça, il souffrira deux fois plus.

30

Il était plus de minuit. Bridgid et Gillian étaient si épuisées par leurs épreuves de la journée qu'elles peinaient à garder les yeux ouverts. Cependant, assises l'une à côté de l'autre au pied d'un sapin, les deux amies tendaient l'oreille pour tenter d'entendre ce que se disaient Ramsey et Brodick.

Tous les guerriers s'étaient couchés. Enroulés dans leurs plaids, ils dormaient à côté du torrent. Ramsey et Brodick, en revanche, étaient restés devant le feu et discutaient à voix basse. Ramsey ne cessait de retourner les braises avec un bâton, comme pour chercher quelque chose qu'il aurait perdu. Brodick fixait un point invisible, à l'horizon, et opinait régulièrement du chef.

— Je ne comprends pas, chuchota Bridgid. Ramsey a l'air de penser qu'il a commis une grave injustice envers les MacPherson parce qu'il s'imaginait que l'un d'eux avait enlevé Alec Maitland. Qu'est-ce que cela signifie ?

— Je t'expliquerai plus tard. Continuons à écouter.

— D'accord.

Mais, une minute plus tard, Bridgid reprit :

— Pourquoi dit-il qu'il a eu tort de garder en place ceux qui commandaient pendant la maladie de son père ?

— Chut !

Une autre minute passa, avant que Bridgid n'intervienne à nouveau :

— Maintenant, il dit qu'il ne veut plus faire traîner les choses et que… Oh !

— Quoi ? demanda Gillian, alertée par l'expression atterrée de son amie.

— Tu as entendu ? Il va épouser Meggan MacPherson, répondit-elle d'une voix blanche.

Gillian comprit en un éclair.

— Ô mon Dieu, Bridgid ! C'est lui, n'est-ce pas ? Tu aimes Ramsey ?

La jeune femme essuya une larme qui coulait sur sa joue.

— Oui, avoua-t-elle. Je l'aime. Et depuis longtemps.

Gillian lui étreignit la main.

— Je suis désolée…

Bridgid renifla bruyamment.

— Les hommes sont des idiots.

— Oui, c'est vrai. Entends-tu ce que dit Brodick ?

— Il conseille à Ramsey de réfléchir encore un peu, avant de s'engager.

— Comme s'il avait réfléchi, lui ! Et maintenant, il est furieux contre moi.

— Ça m'en a tout l'air, approuva Bridgid. Il vient de dire à Ramsey que le mariage était un sacrifice.

Quelques secondes plus tard, elle reprit :

— Mais pourquoi Ramsey lui a-t-il répondu que, dans son cas, le sacrifice en valait la peine, puisqu'il avait obtenu le nom des Anglais en échange ? Sais-tu à quoi ils font allusion ?

— Oui, marmonna Gillian, furieuse que Ramsey puisse penser que Brodick l'avait épousée pour cette seule raison. Je t'expliquerai plus tard.

— En tout cas, Brodick semble d'accord avec lui.

Gillian ferma les yeux.

— Je ne veux pas écouter ces horreurs plus longtemps.

— Qu'est-ce qui ne va pas ? murmura Bridgid. Tu peux te confier à moi. Je suis ta meilleure amie, non ?

— Tu es ma seule amie. Je n'arrive pas à croire que Brodick m'a épousée uniquement pour obtenir les noms des Anglais... Non, c'est impossible, ajouta-t-elle. Personne ne se marierait pour une raison semblable. Ce serait un péché.

Bridgid réfléchit un instant, avant de demander :

— Ces Anglais les ont-ils offensés ?

— Offensés ? Oh, Bridgid, ils ont fait bien pire !

— Alors, il faut que tu saches quelque chose. Les hommes des Highlands sont particulièrement rancuniers. Ils ne pardonnent jamais à ceux qui les ont attaqués et n'hésitent pas à recourir à tous les moyens pour se venger.

— Le mariage est un lien sacré, et Brodick n'aurait pas... non, il n'aurait pas pu faire une chose pareille. Il a dit ça parce qu'il est encore sous le coup de la colère.

— T'avait-il demandé les noms de ces Anglais avant de t'épouser ?

— Oui.

— Mais tu ne les lui avais pas donnés ?

— Non. Et après notre mariage, il m'a juré qu'il ne se vengerait pas tant que je n'aurais pas accompli ma mission. Je ne lui ai donné les noms qu'après lui avoir extorqué cette promesse. Je sais qu'il respectera sa parole. Il tient à moi. Il est simplement trop entêté pour l'admettre.

— Bien sûr, qu'il tient à toi.

— Brodick arrivera peut-être à dissuader Ramsey d'épouser Meggan MacPherson.

— Ça m'étonnerait, soupira Bridgid. J'ai l'impression que Ramsey a déjà pris sa décision. Il a toujours fait passer les intérêts de son clan avant les siens. En l'occurrence, il semble convaincu qu'il est de son devoir d'accepter ce mariage. Mais je ne pense pas que je pourrai supporter de le voir avec elle. Je vais m'arranger pour partir le plus vite possible du château.

— Et où iras-tu ?

Bridgid haussa les épaules.

— Je n'en sais rien.

— Ta mère acceptera peut-être de te reprendre ?

— Non, répondit-elle sans hésiter. Elle m'a clairement fait comprendre qu'elle ne voulait plus de moi. Apparemment, personne ne veut de moi, ajouta-t-elle avec amertume.

Peu après, les deux jeunes femmes s'allongèrent. Avant de s'endormir, Gillian médita longuement une des remarques de son amie et finit par décider que Bridgid avait raison. Décidément, les hommes étaient des idiots.

31

Les premiers rayons du soleil perçaient à l'horizon lorsque Brodick réveilla Gillian. Elle s'aperçut qu'elle avait dormi dans ses bras, bien qu'elle ne se rappelât pas avoir été déplacée pendant la nuit.

— Non, répliqua-t-elle d'une voix ensommeillée.

Bridgid, elle, avait été transportée près du feu. Ramsey se pencha sur elle. Elle dormait si paisiblement qu'il eut des scrupules à la réveiller. Elle était vraiment ravissante, songea-t-il, remarquant pour la première fois la grâce de ses longs cils soyeux, la fraîcheur de sa peau et la forme parfaite de son visage. Sans même réfléchir à ce qu'il faisait, Ramsey se surprit à promener son pouce sur ses lèvres.

La jeune femme repoussa sa main d'un geste machinal, comme pour écarter un moustique, et grommela quelque chose dans son sommeil. Ramsey crut entendre le mot « idiot ».

— Ouvrez les yeux, Bridgid. Il est temps de partir.

— Laissez-moi tranquille, marmonna-t-elle.

Brodick, de son côté, n'avait pas plus de chance avec Gillian. La jeune femme refusait toujours de se lever.

— On devrait peut-être les balancer dans le torrent, suggéra Ramsey. Ça les réveillerait.

Bridgid prit la menace au sérieux et se redressa sur les coudes. Elle se sentait affreuse, avec ses cheveux en bataille, alors que Ramsey était aussi beau qu'à son habitude. Comment faisait-il pour être parfait, même à une heure aussi matinale ?

Brodick aida Gillian à se mettre debout et ne la lâcha pas avant de s'être assuré qu'elle pouvait marcher. La jeune femme boitait légèrement, mais elle souffrit en silence. Elle savait que Brodick profiterait de la moindre plainte pour lui reprocher à nouveau son imprudence.

— Es-tu toujours furieux contre moi ?

— Oui.

— Parfait, dit-elle. Parce que je suis furieuse contre toi, moi aussi.

Sur ces mots, elle voulut s'éloigner vers le torrent, la tête haute, mais sa jambe se déroba sous elle. Gillian se serait écroulée si Brodick ne l'avait pas rattrapée par le bras.

— Tu ne peux pas marcher.

— Si, je peux, répliqua-t-elle sèchement. Lâche-moi, il faut que j'aille me laver.

Brodick la suivit à bonne distance, pour être prêt à intervenir au cas où elle trébucherait. Peu après, Bridgid rejoignit elle aussi le torrent. Brodick put abandonner sa surveillance quand il constata que la jeune femme proposait son aide à son épouse.

Les deux amies prirent leur temps. Gillian défit même son bandage pour inspecter sa blessure. Elle fut vite rassurée en voyant que la plaie avait déjà commencé à cicatriser. Quand elles revinrent au campement, elles avaient toutes deux bien meilleur moral, et Gillian ne boitait pratiquement plus.

La petite troupe partit aussitôt. Gillian insista pour monter sa jument, et Brodick lui accorda cette faveur à contrecœur.

Le retour se passa sans encombre. Mais lorsqu'ils arrivèrent en vue du château, Gillian aperçut un guerrier qui se faufilait sur le chemin de ronde. Son cœur manqua un battement.

— Brodick ! cria-t-elle en immobilisant sa monture.

Brodick et Ramsey se retournèrent immédiatement.

— Qu'y a-t-il ? demanda Ramsey.

— Pourquoi t'es-tu arrêtée ? renchérit Brodick.

— Avez-vous vu l'homme sur le chemin de ronde ?

— Je l'ai vu, répondit Brodick. Il doit se préparer à ouvrir les portes pour accueillir son maître. C'est Jason. Tu l'as rencontré le jour de ton arrivée. Tu ne te souviens pas ?

Gillian secoua frénétiquement la tête.

— Non, Brodick. Je ne l'ai jamais rencontré.

— Mais si, insista Ramsey.

— Je vous dis que non ! s'écria Gillian. Mais je l'ai reconnu. C'est lui, le traître.

32

L'heure de la confrontation avait sonné. Dès qu'il eut franchi les murailles de son château, Ramsey ordonna à ses guerriers de bloquer toutes les issues. Jusqu'à nouvel ordre, plus personne ne pourrait entrer ni sortir.

Tous les hommes en âge de porter les armes s'étaient rassemblés dans la cour. Pour la première fois depuis que les MacPherson avaient rejoint les Sinclair, les deux clans faisaient cause commune, sans préjugés ni rivalités. Ils attendaient patiemment que le combat commence, prêts à protéger Ramsey s'il le fallait.

Jason attendait, lui aussi. Il se tenait au centre de la cour, entouré du carré de ses fidèles, une dizaine d'hommes, pas plus, tous des Sinclair, qui avaient juré fidélité à celui qu'ils considéraient comme leur véritable seigneur. Jason était confiant. Il espérait ce moment depuis longtemps et était impatient d'en finir. Une fois qu'il aurait tué Ramsey, il était convaincu que le clan entier se rangerait derrière lui.

Brodick ordonna à Liam et à Aaron d'accompagner les deux jeunes femmes à l'intérieur, mais Gillian refusa.

— Nous pouvons nous débrouiller toutes seules, dit-elle aux deux guerriers. Restez ici pour défendre votre maître.

Brodick donna son accord. Gillian voulut ensuite recommander à son mari de ne pas prendre de risques inutiles, mais il s'était déjà concentré sur la bataille à venir. Elle jugea plus prudent de ne pas le distraire et préféra s'en remettre à Dieu, le suppliant de garder Brodick et Ramsey en vie. Voyant que Bridgid esquissait un signe de croix, Gillian comprit que son amie avait eu le même réflexe.

Ramsey et Brodick dégainèrent leur épée, puis marchèrent tranquillement vers Jason et ses hommes.

Jason s'avança lui aussi et se planta fièrement devant Ramsey.

— J'exige le commandement des Sinclair, dit-il. Et je vous défie de me le contester. Je suis le seul à mériter d'être leur chef.

Ramsey éclata de rire.

— Que crois-tu mériter ? Un lâche qui ose s'attaquer aux enfants innocents ne mérite même pas le nom d'homme.

— J'ai fait ce que j'ai estimé nécessaire pour le bien des Sinclair. Michael et vous devez mourir. Je ne suis pas un faible comme vous, Ramsey. Quand je pense que vous vous êtes abaissé à partager notre terre avec les MacPherson ! Comment pouvez-vous les considérer comme nos égaux ? Dès que j'en aurai fini avec vous, je les chasserai.

— Eh bien, viens, Jason. Montre-moi ta force.

Jason brandit son épée et chargea en poussant un grand cri de rage. Scs comparses le suivirent. De toute évidence, ils avaient l'intention d'encercler les deux lords. Mais Brodick, rejoint par Dylan, anéantit leur plan en tuant deux assaillants coup sur coup. Un guerrier Sinclair et deux guerriers MacPherson, plus intrépides que les autres, se jetèrent dans la bataille pour les épauler. Brodick se précipita alors sur Anthony, qu'il jugeait le plus dangereux. L'autre, effrayé, voulut reculer, mais Dylan l'en empêcha. Brodick chargea sans hésiter et lui trancha la gorge. Anthony s'écroula à terre, et Brodick cracha sur son cadavre, avant de regarder où en était Ramsey.

Il vit son ami donner à Jason un terrifiant coup d'épée qui le coupa pratiquement en deux, depuis l'épaule jusqu'à la taille. Le traître tomba à genoux dans la poussière, une expression incrédule sur le visage. D'un coup de botte, Ramsey le renversa sur le dos et vint se placer juste au-dessus de lui.

— Tu as perdu, dit-il.

Puis, avec toute la force dont il était capable, il planta son épée dans le cœur du traître.

Ramsey resta un moment immobile, à contempler le cadavre de Jason. Un silence de mort s'était abattu dans la cour. Enfin, Ramsey retira son épée d'un coup sec et toisa le cercle des guerriers.

— Quelqu'un d'autre veut-il me défier ?

— Non ! cria un guerrier dans la foule. Notre loyauté vous est acquise, lord Sinclair.

Des vivats saluèrent aussitôt ces paroles, mais Ramsey y prêta à peine attention.

— Débarrassez-moi de leurs corps, ordonna-t-il à ses guerriers. Et jetez-les en pâture aux vautours.

Il s'aperçut alors que ses bras et ses jambes, comme ceux de Brodick, étaient maculés du sang des traîtres.

— Il faut que je me lave, lâcha-t-il, écœuré.

Puis, sans un regard en arrière, il partit vers le lac. Brodick lui emboîta aussitôt le pas.

Quand ils furent à bonne distance du château, Ramsey se tourna vers son ami.

— Demain, nous partons pour l'Angleterre.

— À la première heure, approuva Brodick.

33

Ce fut Proster qui raconta à Bridgid et à Gillian l'issue du combat. Emporté par son enthousiasme, il ne songea même pas à épargner aux deux jeunes femmes les détails les plus sanglants. Lorsqu'il eut terminé son récit, les deux amies étaient aussi vertes l'une que l'autre.

— Vous êtes certain que ni Brodick ni Ramsey n'ont été blessés ? demanda Gillian.

— Ils n'ont même pas une égratignure, madame. Ils étaient couverts de sang, mais ce n'était pas le leur, et ils sont allés au lac pour se laver.

— Je ne veux plus rien entendre à ce sujet, décréta Bridgid.

Elle congédia Proster et ouvrit la porte.

— Je vais sortir avec vous, annonça-t-elle. Je dois aller chercher des herbes médicinales pour la blessure de Gillian.

— Vous devriez attendre, lui conseilla Proster. La cour est encore tout ensanglantée, et je suppose qu'ils n'ont pas encore eu le temps d'enlever tous les cadavres.

— Je passerai par le quartier des domestiques, répliqua Bridgid.

Après leur départ, Gillian se laissa tomber dans un fauteuil et attendit Brodick, persuadée qu'il allait rapidement la rejoindre. Mais une heure passa, et il n'était toujours pas là. Après une autre demi-heure, elle décida de partir à sa recherche. Un MacPherson lui apprit que son mari avait quitté le château avec Ramsey. Tout le monde pensait qu'ils s'étaient rendus chez Ian Maitland pour lui annoncer les dernières nouvelles.

Gillian rentra chez elle et se prépara à attendre durant de longues heures. Mais comme sa blessure la fatiguait encore et qu'elle avait très peu dormi la nuit précédente, elle s'endormit dès le début de la soirée.

Brodick revint en pleine nuit et la réveilla aussitôt pour lui faire l'amour. Ses gestes étaient brusques, et Gillian sentit au fond de lui un désespoir violent. Au lieu de le repousser, elle l'embrassa et le caressa tendrement pour tenter de l'apaiser. Puis, quand tout fut terminé, elle resta blottie dans ses bras et lui répéta plusieurs fois qu'elle l'aimait.

Brodick ne se lassait pas de l'entendre, car il savait que l'amour de Gillian serait bientôt mis à rude épreuve. Demain soir, à la même heure, elle le détesterait sûrement.

Brisbane et Otis frappèrent à la porte de Gillian le lendemain matin. La jeune femme venait juste de s'habiller et de prendre son petit-déjeuner.

— Nous avons reçu l'ordre de vous conduire à votre sœur, annonça Brisbane.

— A-t-elle finalement accepté de me rencontrer ?

Otis secoua la tête.

— Elle a été contrainte d'accepter.

Gillian essaya de masquer sa déception. Pourquoi Christen refusait-elle de la voir ? Elle accompagna les deux vieillards jusqu'aux écuries, où l'on avait sellé des chevaux pour eux. Sans mot dire, Brisbane partit en tête. Ni lui ni Otis ne parlèrent durant tout le trajet.

Soudain, Gillian s'alarma. Elle avait commencé à se résigner à l'idée, si pénible et humiliante fût-elle, que Christen n'éprouvait plus rien pour elle. Mais si sa sœur ignorait ce qu'était devenu le coffret d'Arianna, tout était perdu, et son oncle Morgan était condamné.

— Mon Dieu, faites qu'elle s'en souvienne ! implora la jeune femme à voix haute, alors qu'ils mettaient pied à terre devant un petit cottage.

— Nous vous attendrons dehors, dit Brisbane.

— Vous n'avez pas besoin de m'attendre. Je saurai retrouver mon chemin.

La porte s'ouvrit soudain. Une jeune femme, qui ne ressemblait en rien à l'image que Gillian avait gardée de sa sœur, apparut sur le seuil. Son mari, grand et décharné, se tenait derrière elle, l'air hostile.

Christen dépassait Gillian d'une bonne tête. Ses cheveux étaient châtains, alors que Lisa lui avait raconté que Christen, enfant, avait des boucles blondes. Gillian ne voyait aucun détail à quoi se raccrocher. Elle avait l'impression de se trouver face à une parfaite étrangère. En outre, Christen était enceinte, ce que personne n'avait songé à lui dire.

Cependant, si Christen n'avait pas eu l'air si renfrognée, Gillian n'aurait pas hésité à la serrer dans ses bras. Mais toutes deux restèrent immobiles, à se dévisager, avant que Gillian ne se décide enfin à rompre le silence.

— C'est bien toi, Christen ?

— Oui. Enfin, c'était moi. Mes parents m'ont donné un autre nom. Je m'appelle Kate, à présent.

Gillian ne put réprimer sa colère.

— Tes parents sont morts et enterrés en Angleterre.

— Je ne me souviens pas d'eux.

Gillian n'était pas convaincue.

— Je suis sûre que tu te souviens de notre père.

— Qu'attends-tu de moi ? demanda sa sœur, d'une voix où perçait la méfiance.

Gillian eut soudain envie de pleurer.

— Tu es ma sœur. Je voulais te revoir.

Le mari de Christen intervint :

— Mais vous n'êtes pas venue seulement pour ça, n'est-ce pas ?

Christen s'empressa de présenter son époux à Gillian. Celle-ci déclara qu'elle était enchantée de faire la connaissance du dénommé Manus, puis elle lui répondit :

— Vous avez raison. J'ai besoin de quelque chose.

Christen se raidit.

— Je refuse de retourner en Angleterre. Ma vie est ici, désormais.

— C'est de cela que tu as peur ? Tu crois que je t'obligerais à retourner là-bas ? Oh, Christen, je ne ferais jamais une chose pareille !

Sa sincérité dut convaincre Christen, car la jeune femme hocha la tête et murmura quelques mots à l'oreille de son mari. Manus sembla acquiescer à contrecœur, mais il disparut un instant à l'intérieur du cottage. Peu après, il revint avec deux chaises qu'il posa devant la porte, puis il rentra dans la maison et ferma la porte derrière lui. Les deux jeunes femmes se retrouvèrent seules. Christen s'assit et invita Gillian à l'imiter.

— Es-tu heureuse ? demanda Gillian, désireuse de mettre sa sœur à l'aise.

— Très heureuse, répondit Christen. Manus et moi sommes mariés depuis cinq ans, maintenant. Et nous allons bientôt avoir notre premier enfant.

Elle marqua une pause, avant d'ajouter :

— Comment m'as-tu retrouvée ?

— Un des Sinclair a découvert ta véritable identité et t'a dénoncée au baron Alford. Te souviens-tu de lui ?

Elle hocha la tête.

— Le baron avait déjà envoyé d'autres hommes à ma recherche, autrefois. Le roi aussi. Comment ce guerrier a-t-il su qui j'étais ?

— Je l'ignore.

— Ça me fait tout drôle de parler de cela. Mes parents m'avaient encouragée à tout oublier.

— Mais moi, j'ai besoin que tu te souviennes.

— Pourquoi ?

— La vie de notre oncle Morgan est en jeu.

Christen haussa les épaules. De toute évidence, ce nom ne lui évoquait rien. Gillian poursuivit :

— Christen, je te jure qu'à mon retour en Angleterre, je convaincrai Alford et le roi que tu es morte. Tu as ma parole d'honneur. Ils ne te chercheront plus.

Christen semblait sceptique.

— Comment comptes-tu t'y prendre pour les convaincre ?

— Je trouverai un moyen, assura Gillian. Pour l'instant, j'aimerais que nous parlions de cette fameuse nuit où notre père a été tué.

— Je ne me rappelle rien, voyons. J'étais beaucoup trop jeune.

— Tu avais presque trois ans de plus que moi, observa Gillian. Or, moi-même, j'ai gardé des souvenirs.

— Je ne veux pas parler de cette nuit. J'ai passé des années à essayer de l'oublier.

Gillian tenta par tous les moyens de persuader sa sœur de l'aider, mais en vain. Christen s'entêtait dans son refus. Quand Manus rouvrit la porte pour dire que sa femme avait besoin de repos et que Gillian devait partir, Christen parut incroyablement soulagée, ce qui acheva de démoraliser Gillian.

Elle se releva et s'éloigna sur le chemin, terrassée par la déception et les regrets. Elle pensa à son oncle et fondit en larmes. Qu'elle avait été naïve de croire qu'elle pourrait le sauver !

Soudain ulcérée par l'attitude de sa sœur, elle se retourna brusquement pour lui crier :

— Christen, depuis quand es-tu lâche ? Tu fais honte à la mémoire de notre père, et je remercie Dieu qu'il ne soit plus là pour voir ce qu'est devenue sa fille !

Le dédain de Gillian produisit sur Christen l'effet d'un coup de poignard en plein cœur. Tout à coup, elle éclata en sanglots.

— Attends ! Ne pars pas !

Abandonnant son mari, elle courut vers Gillian.

— Je t'en supplie, pardonne-moi !

Alors, Gillian reconnut sa sœur sous le visage de cette étrangère. Elles se jetèrent dans les bras l'une de l'autre.

— Je ne t'ai jamais oubliée, murmura Christen en séchant ses larmes d'un revers de main. Je n'ai jamais oublié ma petite sœur adorée. Me pardonnes-tu ? Pendant tant d'années, j'ai vécu avec cette culpabilité…

— Tu n'étais coupable de rien, Christen.

— Sauf que j'ai réussi à m'échapper, et pas toi.

— Oh, Christen, tu n'as pas à te le reprocher ! Tu n'étais qu'une fillette. Tu n'aurais rien pu y changer.

— Je me souviens de cette nuit comme si c'était hier. Dieu m'est pourtant témoin que j'ai tout fait pour l'oublier ! Je me souviens de notre père nous disant adieu. Je me souviens même du contact de sa barbe sur mes joues.

— Et Lisa, tu te souviens d'elle ?

— Bien sûr, répondit Christen en souriant pour la première fois.

— C'est Lisa qui a entretenu ma mémoire, expliqua Gillian. Elle m'a souvent parlé de tes merveilleuses boucles dorées.

Christen rit.

— C'est vrai. J'étais toute blonde, à l'époque. Et puis, en grandissant, mes cheveux ont foncé.

— Christen, raconte-moi tout ce qui s'est passé cette nuit-là.

Sa sœur essaya de rassembler ses souvenirs.

— Les soldats d'Alford attaquaient le château. Papa nous a réveillées, puis il m'a confié une boîte. Tu étais furieuse, parce qu'il ne t'avait rien donné.

— C'était le coffret d'Arianna, Christen. Un trésor qui appartenait au roi. Qu'en as-tu fait ? L'as-tu caché ?

Christen secoua la tête.

— Non. J'ignore totalement ce qu'il est devenu.

Gillian ne put cacher sa déception.

— Je… j'avais espéré…

La matinée était chaude et ensoleillée, mais Christen se frictionnait les bras, comme si l'évocation de cette nuit tragique l'avait glacée.

— Je suis navrée, Gillian. Je ne sais pas où est passé ce trésor.

Gillian ne répondit rien. Elle tentait de dominer son désespoir. Comment allait-elle sauver son oncle, maintenant ?

— Papa est mort cette nuit-là, n'est-ce pas ?

— Oui, répondit Gillian.

— Et tu étais là ?

— Oui, répéta Gillian d'une voix défaite.

— Je me souviens que papa avait enveloppé le coffret dans une de ses tuniques.

— Qui était dans la chambre, à ce moment-là ?

Christen compta sur ses doigts.

— Il y avait quatre soldats. Tom et Lawrence s'occupaient de moi. Deux autres hommes se chargeaient de toi, mais je ne me rappelle pas leurs noms.

— William et Spencer. Lisa m'a raconté comment ils s'étaient fait tuer en voulant me protéger. J'ai longtemps prié pour le repos de leurs âmes.

— J'ignore ce que sont devenus mes deux anges gardiens. Ils me confièrent à un parent de Tom, en m'assurant que papa reviendrait un jour me chercher. Ensuite, ils sont partis. J'ai pensé qu'ils étaient allés rejoindre papa. Je ne les ai jamais revus.

— Avais-tu toujours le coffret avec toi, à ce moment-là ?

— Non.

— Alors, quand a-t-il disparu ? demanda Gillian, s'agrippant au bras de sa sœur. Dis-moi exactement tout ce qui s'est passé après que papa t'a eu confié le coffret.

— Je l'ai laissé tomber et j'avais peur de l'avoir abîmé. Mais le mari de Lisa l'a ramassé et me l'a rendu. Puis nous sommes partis.

— Hector était avec nous ? s'étonna Gillian.

— Oui. Mais il n'est pas resté longtemps dans la chambre. Je suppose qu'il est mort pendant l'attaque du château.

— Non, mais il a sombré dans la folie. Il me terrifiait. Il vivait comme une bête, dans un coin de l'écurie, et ne se séparait jamais d'une besace remplie de cailloux. Lisa prétendait que c'était sa lâcheté qui lui avait ôté la raison. Elle n'a pas versé une larme le jour où elle a appris qu'il était enfin mort.

— Et Lisa ? Qu'est-elle devenue ?

— Elle vivait avec moi et oncle Morgan. Je pense qu'elle était heureuse. Elle est morte dans son sommeil, l'année dernière. Elle n'a pas souffert.

— Je me rappelle aussi que nous avons quitté la chambre de papa en empruntant le passage dérobé, reprit Christen.

— Oui. Et nous sommes tous tombés dans l'escalier, tellement les marches étaient glissantes.

— Non. Nous ne sommes pas tombés accidentellement. Quelqu'un nous a poussés. Je m'en souviens parfaitement, assura Christen. Tu étais derrière moi et tu essayais de me prendre le coffret. Lorsque je me suis retournée pour te dire d'arrêter, j'ai vu la silhouette d'un homme sortir de l'ombre et nous pousser pour nous faire dévaler les marches. Je suppose que c'est cet homme qui s'est emparé du coffret. J'ai perdu connaissance en tombant et je me suis réveillée dans les bras de Lawrence, à l'air libre. Mais je n'avais plus le coffret.

Gillian se remémora ses cauchemars d'enfant.

— Dans mes rêves, il y avait toujours des monstres qui nous pourchassaient dans l'escalier pour nous faire tomber. J'ai dû voir cet homme, moi aussi.

— Son visage était dans l'ombre. Je n'ai pas pu le reconnaître. Mais je suis sûre que c'est lui qui a volé le trésor.

— Alors, comment le retrouver, maintenant ? Ô mon Dieu, je ne sais plus quoi faire…

— Reste ici, suggéra Christen. Tu n'as pas besoin de retourner en Angleterre. Tu as épousé lord Buchanan et ta vie est en Écosse, désormais.

Christen, pourrais-tu tourner le dos à la famille qui t'a recueillie et aimée ?

— Non, bien sûr que non.

— Eh bien, c'est pareil pour moi avec oncle Morgan. Il a besoin de mon aide. Je dois retourner là-bas pour le sauver.

— J'aimerais t'aider, mais je ne vois pas comment. Peut-être qu'en réfléchissant, j'arriverai à me souvenir d'un détail important.

Elles continuèrent à discuter en évoquant le passé, jusqu'à ce que Gillian prenne conscience de la fatigue de sa sœur. Elle l'embrassa sur les deux joues et lui promit de revenir.

— Je ne te demanderai plus rien, Christen. Tu as ma parole. Maintenant que je t'ai retrouvée, je n'ai pas envie de te perdre une deuxième fois.

Christen baissa les yeux, embarrassée.

— Écoute, Gillian, je me souviens bien de toi quand tu étais petite fille, mais aujourd'hui, nous sommes deux étrangères et nous n'avons pas grand-chose en commun. Je préfère être honnête avec toi. Nos retrouvailles ont ravivé des souvenirs que j'espérais enfouis à jamais au fond de ma mémoire. Pour l'instant, je pense qu'il vaut mieux que nos chemins se séparent. En revanche, je te jure que si je me rappelais quelque chose d'important, je t'en avertirais aussitôt.

Gillian était effondrée, mais elle s'efforça de n'en rien montrer.

— Comme tu voudras, murmura-t-elle, avant de tourner les talons.

Elle s'éloigna sans un regard en arrière.

34

Gillian avait désespérément besoin que Brodick la réconforte. Elle était impatiente qu'il la serre dans ses bras – preuve, songea-t-elle, que le mariage l'avait déjà changée. Car, avant de rencontrer Brodick et de tomber amoureuse de lui, elle avait toujours pensé qu'elle devait affronter ses problèmes toute seule. Mais à présent, elle souhaitait tout partager avec son mari, ses joies comme ses peines. Pour le moment, elle ne se souciait plus de savoir pourquoi il ne lui avait toujours pas avoué ses sentiments. De toute façon, au fond de son cœur, elle était convaincue que Brodick l'aimait et qu'il ne l'avait pas épousée par intérêt. Aucun homme ne se serait engagé pour la vie dans le seul but d'obtenir les noms de ses ennemis. Ramsey avait simplement mal deviné, et Brodick, n'osant pas admettre qu'il était amoureux de sa femme, n'avait pas voulu le contredire.

Cependant, bien qu'il refusât de lui ouvrir son cœur, Gillian ne pouvait s'empêcher d'aimer Brodick plus que jamais. Et elle désirait lui confier son chagrin. Pourquoi Christen s'était-elle montrée si froide et insensible ? Pendant des années, Gillian avait rêvé de ces retrouvailles avec sa sœur, mais pas un seul instant elle n'avait imaginé que celle-ci la rejetterait. Gillian se sentait honteuse et humiliée, sans bien comprendre pourquoi.

Elle laissa sa monture à l'écurie et courut vers le château, dans l'espoir de trouver Brodick à l'intérieur.

Ce fut Proster qui l'accueillit pour l'informer des derniers événements.

— Votre mari est parti, madame. Ils sont tous partis.

— Qui ça, tous ?

— Lord Buchanan, lord Sinclair et lord Maitland, expliqua Proster.

— Lord Maitland était là ?

— Oui. Il est arrivé tôt dans la matinée.

— Et où sont-ils allés ?

— Ils ont rassemblé leurs guerriers sur une colline.

— Où se trouve cette colline ?

— Dans le sud. Assez loin d'ici.

— Ils ne rentreront donc pas avant ce soir ?

— Madame, ils ne rentreront pas avant plusieurs jours.

Comme Gillian semblait déroutée, Proster se hâta de préciser :

— Ils sont partis pour l'Angleterre. J'imagine que vous connaissez leurs motifs.

— Je sais qu'ils projetaient de se rendre en Angleterre, mais vous devez vous tromper, Proster. Ils n'avaient pas prévu de partir maintenant. Je vais aller attendre dans mon cottage le retour de mon mari.

— Il vous faudra attendre longtemps, répliqua Proster. Lord Brodick ne reviendra pas de sitôt. Et demain, vous partirez.

Gillian haussa les sourcils.

— Où suis-je censée me rendre ?

— Chez vous, chez les Buchanan. J'ai entendu votre mari donner ses ordres. Deux de ses guerriers, Graham et Lochlan, ont été chargés de vous escorter jusqu'à votre nouvelle demeure.

— Je vois, murmura Gillian.

— Ça ne va pas, madame ? Vous êtes toute pâle…

— Proster, vous avez dû mal comprendre, insista Gillian, ignorant sa question. Le jour où ils partiront en Angleterre, ils m'emmèneront avec eux. Brodick me l'a promis. Il ne renierait pas sa parole… Ils savent tous que si les Anglais les voient arriver, ils tueront mon oncle. Non, vous avez forcément mal compris. Brodick va bientôt rentrer.

Sa détresse bouleversait Proster. Il aurait voulu lui mentir, lui dire que oui, il avait mal compris, mais le plus raisonnable était sans doute de l'aider à accepter la vérité. Il s'arma de courage, en priant pour que la jeune femme ne s'évanouisse pas sous ses yeux.

— Que Dieu me soit témoin, je les ai clairement entendus. Ils sont en route pour l'Angleterre, et on vous emmènera chez les Buchanan demain. Votre mari s'inquiétait à cause de votre blessure, aussi a-t-il décidé d'attendre un jour de plus, avant de vous faire entreprendre cette longue chevauchée. Reconnaissez que c'est gentil de sa part, non ?

Gillian ne répondit rien. Elle tourna les talons et s'éloigna, mais s'arrêta au bout de quelques pas.

— Merci de m'avoir appris la nouvelle, Proster.

— Madame, si vous ne me croyez toujours pas, parlez à Graham et Lochlan. Ils vous répéteront ce que jc viens de vous dire.

— Ce ne sera pas nécessaire. Je vous crois. Maintenant, excusez-moi, je retourne à mon cottage.

— Avec votre permission, madame, je souhaiterais vous accompagner. Vous n'avez pas l'air dans votre assiette. Votre jambe vous fait-elle souffrir ?

— Non, répondit Gillian d'une voix éteinte.

Elle resta silencieuse jusqu'à ce qu'ils aient atteint le cottage. Proster la salua devant sa porte. Il s'apprêtait à repartir quand elle le rappela :

— Proster, savez-vous où habitent Kevin et Annie Drummond ?

— Bien sûr. Tous les guerriers des Highlands le savent. Annie nous a presque tous soignés, un jour ou l'autre. Pourquoi me demandez-vous cela ?

— Oh, par simple curiosité ! mentit Gillian. Tout à l'heure, j'aimerais retourner chez ma sœur. Accepteriez-vous de venir avec moi ?

Honoré que la femme de lord Buchanan le choisisse pour l'escorter, Proster redressa fièrement les épaules.

— J'en serais enchanté, madame. Mais je croyais que vous rentriez justement de chez votre sœur ?

— Oui, mais j'ai oublié de lui donner les cadeaux que je lui avais apportés d'Angleterre. Dès que je serai prête à partir, je vous appellerai.

— Vos désirs sont des ordres, madame.

Gillian ferma la porte du cottage, alla s'asseoir sur le lit et éclata en sanglots.

35

Gillian se reprit bien vite et décida d'agir. Elle enleva le plaid des Buchanan, remit la robe qu'elle portait en arrivant en Écosse et réunit les effets dont elle aurait besoin pendant son voyage.

Elle était en pleins préparatifs quand Bridgid frappa à la porte. Gillian lui cria qu'elle ne se sentait pas bien et qu'elle préférait rester seule, mais Bridgid, décrétant qu'elle voulait la réconforter, entra malgré tout.

— Pourquoi as-tu mis cette robe ? s'étonna-t-elle. Ton mari n'aimerait pas ça. Tu dois porter les couleurs des Buchanan, désormais.

Gillian lui tournait le dos. Elle fourra sa brosse dans son baluchon et le ferma. Lorsqu'elle se retourna, Bridgid réprima un cri de surprise. Son amie avait les yeux rougis et le teint blême.

— Que se passe-t-il, Gillian ? Explique-moi. Je peux peut-être t'aider.

— Je pars.

— Oui, je suis au courant. Mais seulement demain matin. C'est Brodick qui l'a ordonné. C'est ça qui te bouleverse ? Tu n'as donc pas envie de connaître l'endroit où tu vas vivre ?

— Je retourne en Angleterre.

— Quoi ? Tu ne parles pas sérieusement…

— Et je ne porterai plus jamais le plaid des Buchanan. Jamais ! s'écria Gillian. Brodick m'a trahie, et je ne le lui pardonnerai pas, ajouta-t-elle, avant de se laisser tomber sur le lit. Il m'avait donné sa parole que lui, Ramsey et Ian attendraient…

Bridgid vint s'asseoir à côté d'elle.

— Ils sont tous partis pour l'Angleterre.

— Je sais. Proster me l'a annoncé tout à l'heure. Brodick m'avait juré de m'emmener avec lui. Je le lui avais fait promettre, avant de lui donner les noms des Anglais qui avaient retenu Alec Maitland prisonnier.

— Pourquoi ces Anglais séquestraient-ils Alec ?

— Ce n'était pas lui qui les intéressait. Ils croyaient détenir le frère de Ramsey, Michael.

Bridgid était déroutée.

— Reprenons depuis le début. Si tu m'expliquais toute l'histoire, je trouverais peut-être un moyen de t'aider.

— Tu ne peux pas m'aider. Personne ne peut m'aider, murmura Gillian. Comment vais-je sauver mon oncle, à présent ? J'ai tellement peur que…

Sa voix se brisa dans un sanglot.

Bridgid lui étreignit la main et la pria une nouvelle fois de s'expliquer. Gillian se décida alors à tout lui raconter, depuis la nuit où son père avait été tué. Quand elle eut terminé son récit, elle jugea sa situation encore plus désespérée.

— Peu importe que j'aie le coffret ou non, maintenant. Dès que Brodick et les autres vont se lancer à l'attaque, Alford tuera mon oncle.

— Qu'est-ce qui te fait penser qu'il est toujours en vie ? Tu m'as dit qu'Alford ne tenait jamais parole.

— Mais Alford sait que je ne lui rendrai pas le coffret si mon oncle n'est pas sain et sauf.

Bridgid s'était relevée et arpentait la pièce.

— Le problème, c'est que tu n'as pas le coffret.

— Malheureusement non, soupira Gillian. J'avais espéré que ma sœur se souviendrait de ce qu'il était devenu...

— Oui, mais elle ne se souvient de rien, coupa Bridgid, qui essayait de reconstituer le puzzle. Récapitulons. Qui était dans la chambre de ton père, au moment où celui-ci a donné le coffret à ta sœur ?

— Je te l'ai déjà dit. Ma sœur, moi, mon père, les quatre soldats chargés de notre protection, et Hector. Mais il s'est contenté de passer en coup de vent, le temps de délivrer un message à mon père, d'après ce que m'a raconté Christen.

— Les deux soldats qui veillaient sur toi sont bien morts, n'est-ce pas ?

— Oui.

— Mais ta sœur ignore ce qu'ont fait les deux autres. Elle suppose seulement qu'ils sont revenus au château de ton père, après l'avoir confiée au parent de l'un d'eux. C'est bien cela ?

— Oui, mais...

— Donc, le voleur pourrait être l'un des deux.

— C'est impossible, objecta Gillian. Mon père avait toute confiance en leur loyauté.

— Peut-être avait-il mal placé sa confiance. En tout cas, si ce n'est pas eux, c'est Hector.

— Impossible. Il était fou, répondit Gillian en se dirigeant vers la porte.

— Que fais-tu ?

— Je vais chercher Proster. Je lui ai demandé de m'accompagner chez ma sœur.

— Mais tu viens de me dire que Christen ne souhaitait pas te revoir.

— C'est vrai, mais...

— Alors, pourquoi désires-tu retourner chez elle ?

Gillian soupira.

— En fait, je n'ai pas l'intention de me rendre là-bas. Proster sait où vivent Kevin et Annie Drummond. Pendant le trajet, je tenterai de le persuader de m'escorter jusqu'à leur cottage.

— Mais pourquoi ?

— Parce qu'une fois chez eux, je serai capable de retrouver ma route pour rentrer en Angleterre.

Bridgid était stupéfaite.

— Bonté divine ! Alors, tu comptes vraiment retourner chez toi !

— Oui, confirma Gillian.

Comme Bridgid se précipitait pour la serrer dans ses bras, elle ajouta :

— Je veux que tu saches que ton amitié m'a été très précieuse. Tu vas beaucoup me manquer.

— Mais tu reviendras en Écosse, n'est-ce pas ?

— Non, je ne reviendrai pas.

— Et Brodick ? Tu l'aimes, non ?

— Mais lui ne m'aime pas, Bridgid. Il s'est servi de moi pour obtenir ces fichus noms. Je représente si peu pour lui qu'il n'a...

Gillian n'eut pas la force de terminer sa phrase. Elle s'écarta de son amie.

— Je dois partir, maintenant.

— Attends, dit Bridgid.

Gillian, qui avait déjà la main sur la poignée de la porte, s'immobilisa.

— C'est moi qui vais aller chercher Proster, pendant que tu te changeras.

— Non. Je refuse de porter les couleurs des Buchanan.

— Sois raisonnable, Gillian. Tout le monde se doutera que tu mijotes quelque chose, si on te voit dans cette robe.

Gillian réalisa que son amie avait raison.

— Je n'avais pas pensé à ça, c'est vrai.

— Attends-moi bien sagement ici, le temps que je le trouve.

— D'accord, promit Gillian. Mais n'oublie pas : il s'imagine qu'il doit simplement me conduire chez ma sœur.

— Je sais.

Bridgid ouvrit la porte et sortit. Mais, avant qu'elle n'ait refermé le battant derrière elle, une idée lui traversa l'esprit.

— J'ai encore une question.

— Laquelle ?

— Tu m'as dit qu'Hector était fou, mais sans donner de précisions. Était-il seulement un peu dérangé, ou vraiment fou à lier ?

— Fou à lier, répondit Gillian. Maintenant, dépêche-toi, Bridgid. Je voudrais partir le plus vite possible.

— Oui, mais il y a un détail que je ne m'explique pas. Pourquoi ton père aurait-il gardé un fou parmi ses soldats ?

— Hector n'a pas toujours été fou. Lisa m'a raconté qu'il s'était caché pendant la bataille et que sa couardise l'avait rendu fou. Après l'attaque du château, il n'était plus le même homme.

Bridgid referma finalement la porte. Gillian allait remettre le plaid des Buchanan quand elle eut une illumination.

— Mon Dieu, mais c'est bien sûr !

Bridgid resta absente près d'une heure. Quand elle revint enfin au cottage, Gillian commençait sérieusement à s'impatienter.

— Pourquoi as-tu autant tardé ? s'exclama-t-elle, dès que son amie eut franchi le seuil.

— J'avais quelques affaires à régler, expliqua Bridgid. Proster est ici, mais il n'est pas seul. Alan et Ker l'accompagnent. À les entendre, ils s'apprêtent à escorter une princesse. Et ils sont très fiers que tu aies demandé ce service à un MacPherson.

— Ils sont jeunes, tout simplement.

— J'ai réfléchi à ton plan, Gillian. Je ne pense pas que ce soit une bonne idée de te rendre chez les Drummond, parce que ça t'obligerait à faire un détour. Demande plutôt à Proster de te conduire directement à la frontière avec l'Angleterre.

— Connaîtra-t-il le chemin ?

— Tous les guerriers le connaissent.

— Mais je ne vois pas comment le convaincre de m'emmener jusqu'à la frontière. Il me semblait plus facile de lui faire croire que j'avais besoin des soins d'Annie Drummond pour ma jambe.

— Alors, commençons par lui dire ça. En chemin, nous expliquerons à Proster que nous avons une autre idée en tête.

— Nous ? Bridgid, tu ne...

Son amie l'interrompit.

— Je viens avec toi. J'ai déjà préparé mon baluchon et je l'ai attaché à ma selle. C'est ce qui m'a retardée.

Bridgid avait parlé d'un ton posé et déterminé. Voyant que Gillian s'apprêtait à rejeter sa proposition, elle s'empressa d'ajouter :

— Plus rien ne me retient ici. Même ma mère ne veut plus de moi. Et je n'ai pas envie de rester pour assister au mariage de Ramsey avec une MacPherson.

Je ne le supporterais pas. Mais je n'ai aucun endroit où aller. Je t'en prie, Gillian, laisse-moi venir avec toi. J'ai toujours eu envie de connaître l'Angleterre. Et tu m'as dit tellement de bien de ton oncle Morgan que je suis sûre qu'il acceptera de m'héberger quelque temps avant que je…

— Je refuse de t'emmener avec moi, Bridgid. Ce serait trop dangereux. Je ne pourrais pas te protéger du baron. Tu n'as pas l'air d'avoir réalisé que c'était un monstre.

— Et toi, comment comptes-tu te protéger ? Il t'avait ordonné de lui ramener ta sœur et le coffret, et tu rentres sans rien. Si quelqu'un doit s'effrayer, c'est bien toi.

— La différence, c'est que moi, je n'ai pas le choix. Il faut que je retourne là-bas.

— S'il te plaît, Gillian ! J'accepte d'avance le danger. Je serai la seule à blâmer s'il m'arrive quelque chose.

— S'il t'arrivait quoi que ce soit, je ne me le pardonnerais jamais.

— Dans ce cas, laisse-moi au moins t'accompagner un bout de chemin. Je suis persuadée que j'arriverai plus facilement que toi à convaincre Proster de te conduire à la frontière.

— Mais après, tu reviendras ici ?

— Oui, promit Bridgid.

Elle s'en voulut aussitôt d'avoir menti à sa meilleure amie. Mais elle avait échafaudé un plan et était résolue à aider Gillian, avec ou sans sa permission.

— Alors, allons-y, dit Gillian. Et que Dieu nous protège.

36

Ce fut une course effrénée contre la montre. Gillian savait qu'elle atteindrait Dunhanshire avant la date limite imposée par Alford, mais elle redoutait que Brodick et les autres ne la devancent. Or, bien qu'elle fût fâchée contre son mari et déterminée à ne jamais retourner dans les Highlands, Gillian ne pouvait s'empêcher de s'inquiéter pour Brodick. Il avait beau lui avoir brisé le cœur en rompant sa promesse, elle l'aimait toujours. S'ils arrivaient chez Alford avant elle, ce serait la guerre, et tous périraient.

Alford pouvait compter sur plusieurs centaines de soldats dévoués. Tous le craignaient. Alford était un tyran qui contrôlait ses troupes d'une main de fer, n'hésitant pas, au besoin, à recourir à la torture pour châtier ceux qui osaient lui désobéir.

Gillian était encore à une bonne journée de cheval de Dunhanshire, et sa fatigue l'avait obligée à ralentir l'allure. Depuis son départ, elle n'avait pratiquement pas pris le temps de manger, ni de dormir.

Proster, Alan, Ker et Bridgid étaient toujours à ses côtés. En dépit de tous ses efforts, Gillian n'avait pu les persuader de rentrer en Écosse. Bridgid lui avait expliqué qu'elle avait un plan, sans lui donner plus de précisions, et elle avait refusé d'entendre raison. Les jeunes guerriers MacPherson s'étaient révélés tout aussi entêtés et inconscients. Puisque Gillian ne voulait pas retourner au château de lord Sinclair, Proster avait déclaré que ses amis et lui l'accompagneraient jusqu'au bout, pour la protéger du mieux possible.

Comme le soir tombait, Bridgid suggéra qu'ils s'arrêtent pour la nuit. Gillian, apercevant une ferme, proposa de demander à son propriétaire de les héberger dans sa grange. Proster trouva son idée risquée, mais Gillian s'obstina et mit pied à terre devant la petite ferme.

Une famille de cinq personnes habitait là. Le père, un homme déjà âgé, se montra d'abord hostile en voyant les Écossais. Mais dès que Gillian se fut présentée et eut exposé sa requête, il se radoucit.

— Mon nom est Randall, madame, et ma femme s'appelle Sarah. Cette terre ne nous appartient pas. Nous la cultivons pour le compte du baron Hardington, mais je suis convaincu qu'il vous accorderait bien volontiers l'hospitalité. J'ai connu votre père, madame. C'était un homme plein de bonté, et je suis très honoré de pouvoir rendre service à sa fille. Vous et vos amis êtes les bienvenus dans cette maison. Entrez donc vous réchauffer devant le feu, pendant que mes fils s'occupent de vos chevaux.

Bien que les Randall ne possédassent pas grand-chose, ils insistèrent pour que Gillian, Bridgid et les MacPherson dînent avec eux. Le repas terminé, Sarah alla chercher des couvertures dans sa chambre.

— Les nuits sont fraîches, par ici, dit-elle à Gillian. Vous n'aurez qu'à les laisser dans la grange, demain matin.

— Pouvons-nous faire autre chose pour vous, madame ? demanda son mari.

Gillian prit Randall à part.

— J'aimerais vous confier un message de la plus grande importance, murmura-t-elle.

— Vous pouvez me le confier sans crainte, madame, assura l'homme sur le même ton.

— Voilà, il vous suffira de dire ces simples mots : « Lady Gillian a retrouvé le trésor d'Arianna. »

Randall répéta le message, mot pour mot, puis demanda :

— À qui dois-je le délivrer, madame ?

Gillian lui chuchota le nom à l'oreille. Randall blêmit aussitôt.

— Vous êtes... sûre, madame ?

— Sûre et certaine. Il vous faudra beaucoup de courage pour accomplir cette mission, j'en ai conscience. Vous en sentez-vous capable ?

Randall hocha lentement la tête.

— Oui, madame. Je partirai demain, à l'aube.

37

Dunhanshire fourmillait de soldats qui passaient et repassaient sur le chemin de ronde. C'était une nuit sans lune, mais le château brillait de mille feux, car des torches avaient été disposées tout le long des remparts.

Gillian et ses compagnons s'étaient cachés dans un bosquet de sapins. Ils virent le pont-levis s'abaisser pour laisser entrer un nouveau détachement de soldats.

— On dirait qu'ils se jettent dans les flammes de l'enfer, murmura Ker.

— Ce déploiement de soldats est étrange, commenta Proster. Le baron se prépare sûrement à livrer bataille. Depuis que nous sommes là, j'ai compté plus d'une centaine de guerriers.

— Le baron a dû apprendre que nos seigneurs étaient en route, supposa Alan.

Gillian secoua la tête.

— Alford s'entoure toujours d'une petite armée. Il a trop peur d'une attaque surprise.

— Lord Brodick et les autres ne tarderont plus, maintenant, dit Proster.

— Prions Dieu que nous en ayons fini avant leur arrivée.

— Penses-tu que ton oncle soit là ? demanda Bridgid.

— Je n'en sais rien. Mais je le découvrirai bien demain. Pour l'instant, reposons-nous.

Elle déroula la couverture attachée à sa selle et l'étendit au pied d'un arbre. Bridgid l'imita et s'assit à côté d'elle.

— Nous n'irons pas plus loin ensemble, lui dit Gillian.

— Tu sais très bien que Proster ne te laissera pas pénétrer dans le château sans escorte.

— Il faudra que tu m'aides à lui faire comprendre que c'est nécessaire. Aussi longtemps qu'Alford s'imaginera que j'ai ce qu'il désire, je ne craindrai rien. Mais si Proster m'accompagne, je suis convaincue qu'il s'en servira comme d'une arme contre moi.

Proster rejoignit les deux jeunes femmes.

— Nous avons parlé, annonça-t-il en désignant ses deux compagnons du regard. Et nous avons décidé que vous devriez attendre ici l'arrivée de votre mari. Une fois qu'il sera là, nous rentrerons tous ensemble à l'intérieur.

— Je veux bien patienter jusqu'à midi, concéda Gillian. Le baron se réveille rarement plus tôt. Mais je n'attendrai pas davantage.

— Soit vous attendez votre mari, soit j'y vais avec vous, décréta Proster.

— Remettons cette discussion à demain, proposa Gillian.

Et elle ferma les yeux pour décourager le guerrier d'argumenter plus longtemps.

Bridgid s'endormit presque immédiatement, mais Gillian ne fit que somnoler et se réveilla bien avant l'aube. Les guerriers s'étaient couchés à quelques mètres d'elle, leurs mains serrées sur le pommeau de leur épée.

Aucun ne l'entendit partir.

Avant qu'elle ait eu le temps de sortir de la forêt qui la séparait du château, Gillian fut encerclée par les soldats d'Alford, qui l'escortèrent à l'intérieur. Elle fut conduite dans la grande salle, où on lui demanda d'attendre.

Deux soldats gardaient la porte. La jeune femme resta debout, à faire les cent pas devant la cheminée. Quand une jeune servante lui apporta un petit-déjeuner et une carafe d'eau fraîche, elle s'installa à table. Elle n'avait pas vraiment d'appétit, mais elle s'obligea à manger, car elle savait qu'elle avait besoin de reprendre des forces avant sa confrontation avec Alford.

Un soldat interrompit son repas.

— Le baron Alford dort, expliqua-t-il. Lui et ses compagnons, le baron Hugh et le baron Edwin, se sont couchés très tard, hier soir.

— De toute façon, je n'ai rien à dire à Alford tant que je n'ai pas vu mon oncle Morgan. Est-il là ?

— Non. Mais vous avez de la chance. Lundi dernier, le baron a donné l'ordre de le transférer ici. Il devrait être là d'une minute à l'autre.

Ensuite, il emmena Gillian à l'étage, dans la chambre qu'elle avait occupée avec Alec la nuit où ils s'étaient enfuis. Mais le soldat lui apprit, avec un sourire sournois, que le passage dérobé avait été muré depuis.

L'attente se poursuivit jusqu'au début de l'après-midi. Gillian passa son temps à prier pour Brodick et ses amis. Elle espérait en avoir fini avec Alford avant qu'ils n'attaquent le château.

Finalement, un soldat vint lui annoncer que le baron était prêt à la recevoir.

— Votre oncle est arrivé, ajouta-t-il.

Gillian aurait voulu lui demander si Morgan était en bonne santé, mais elle devinait qu'il ne lui répondrait pas. Elle s'empressa donc de le suivre au rez-de-chaussée.

Edwin se trouvait dans le hall. Gillian ne lui accorda même pas un regard et se dirigea tout droit vers la grande salle. Alford et Hugh étaient attablés côte à côte. À en juger par leurs traits bouffis, ils s'étaient encore enivrés la nuit précédente.

— Où est mon oncle ? demanda Gillian.

Alford se massait le front, visiblement en proie à la migraine.

— Il va venir, répondit-il. Alors, Gillian, avez-vous réussi votre mission ?

— Je ne vous dirai rien tant que je n'aurai pas revu mon oncle.

— Votre sœur sera peut-être plus disposée à parler. Fais-la entrer, Edwin, appela-t-il.

Consciente qu'Alford la dévisageait attentivement, Gillian s'obligea à masquer sa surprise.

— Ah, la voilà ! s'exclama Alford.

Gillian se retourna et faillit s'évanouir en voyant Bridgid pénétrer dans la salle. Les soldats avaient dû découvrir leur cachette, en conclut-elle. Mais alors, qu'était-il arrivé aux jeunes guerriers MacPherson ?

La jeune femme commençait à paniquer, mais Bridgid lui sourit et demanda, assez fort pour être entendue de tout le monde :

— Lequel de ces porcs est Alford ?

Le baron se redressa, les deux mains appuyées sur la table.

— Surveillez votre langue, vipère. Sinon, je pourrais bien vous la couper.

Bridgid ne parut nullement impressionnée par cette menace.

— Essayez donc, répliqua-t-elle.

Gillian lui jeta un coup d'œil discret pour l'inciter à plus de modération.

— Où est mon oncle, Alford ?

Le baron balaya sa question d'un revers de main méprisant.

— Je suis ravi de voir ce qu'est devenue Christen, intervint Hugh. Elle est plus que charmante.

Edwin rejoignit ses deux amis à table.

— Elles n'ont pas du tout l'air d'être sœurs, commenta-t-il.

Alford examina les deux jeunes femmes.

— Enfants, elles ne se ressemblaient pas non plus. Christen a toujours été plus jolie. Mais il faut avouer que Gillian s'est arrangée, en grandissant.

— Je la veux pour moi, Alford, décréta Hugh.

Le baron ignora sa requête.

— Dans quel clan vivez-vous ? demanda-t-il à Bridgid.

— Chez les MacPherson.

— Avez-vous gardé votre nom de baptême, ou vous ont-ils appelée autrement ?

Gillian sentit son cœur s'affoler, car elle ne se rappelait pas avoir mentionné le nouveau prénom de sa sœur devant Bridgid.

— Je me nomme Kate, désormais, répondit Bridgid. Et ça me plaît plus que Christen.

— En tout cas, elle est aussi acerbe que Gillian, remarqua Hugh. Pour ce qui est du caractère, elles sont bien sœurs.

— Oui, acquiesça Alford.

Cependant, il ne semblait pas encore totalement convaincu. Il se leva et contourna la table.

— Avez-vous apporté mon trésor, Christen ?

Son regard était si menaçant que Bridgid en avait la chair de poule. Mais elle était déterminée à lui tenir tête.

— Je pensais que le trésor appartenait à votre roi ?

— Mon roi ?

Bridgid s'empressa de corriger sa bévue.

— Je suis une MacPherson, désormais, expliqua-t-elle. Et je vis dans les Highlands depuis si longtemps que je ne considère plus l'Angleterre comme ma patrie. Mon roi est le roi d'Écosse.

— Et votre oncle Morgan ? Vous ne le considérez plus comme votre parent ?

Bridgid haussa les épaules.

— Je ne me souviens plus de lui.

Alford plissa les yeux.

— Avez-vous le coffret avec vous ? répéta-t-il.

Edwin se leva à son tour et gratta son triple menton.

— Elle a déjà dû être fouillée avant d'être amenée ici.

— Fouille-la encore, Edwin, suggéra Hugh. Emmène-la dans une chambre et inspecte-la sous toutes les coutures.

Gillian décida d'intervenir avant qu'il ne soit trop tard.

— Ma sœur n'a pas le coffret, et elle ignore où il se trouve.

Edwin voulut se précipiter vers Bridgid, mais Alford le retint par le bras.

— Tu l'auras plus tard, lui promit-il.

Puis, s'approchant de Gillian, il demanda :

— Avez-vous le trésor ?

— Non.

— Tu peux monter Christen dans une chambre, maintenant, dit-il à Edwin. Amuse-toi bien. Hugh, joins-toi à eux, si le cœur t'en dit.

Hugh reposa son verre et se leva.

— Pour sûr, que ça me dit.

Tout en parlant, Alford avait observé Gillian. Elle n'avait manifesté aucune émotion, mais quand Edwin prit Bridgid par le bras, elle se rua sur lui pour le repousser. Fou de rage, celui-ci la gifla si violemment qu'elle serait tombée à la renverse si Bridgid ne l'avait pas rattrapée.

— Si vous la touchez encore, je vous tue ! s'écria Bridgid.

Alford leva la main, pour faire signe à Edwin d'attendre.

— Va t'asseoir, s'il te plaît, dit Gillian à son amie.

Bridgid s'exécuta sans protester. Son cœur battait la chamade. Elle réalisait qu'au lieu d'aider Gillian elle lui mettait des bâtons dans les roues. Son amie avait eu raison d'interdire à Proster de la suivre, en expliquant qu'Alford se servirait de lui comme d'une arme contre elle. C'était exactement ce qui se passait avec elle.

— Cette affaire doit se régler entre vous et moi, Alford, reprit Gillian. Je sais où le trésor est caché et je vous le révélerai dès que mon oncle et ma sœur auront pu quitter les lieux. Je vous suggère donc de faire venir mon oncle le plus vite possible, car je ne vous dirai rien de plus tant que je n'aurai pas constaté qu'il est en bonne santé. Est-ce clair ?

— As-tu remarqué, Edwin, qu'elle n'a pas réclamé la liberté pour elle-même ?

Edwin hocha la tête. Comprenant qu'il lui faudrait encore patienter avant de pouvoir se divertir avec Bridgid, il retourna s'asseoir à côté de Hugh.

— Et pourquoi ? demanda-t-il.

— Parce qu'elle sait que je ne la laisserai jamais repartir, répliqua tranquillement Alford, avant de faire un pas vers la jeune femme. Vous me défiez depuis des années, Gillian. Mais cela ne durera pas éternellement. Un jour viendra où vous apprendrez à me respecter et à vous humilier devant moi. Je...

Deux soldats pénétrèrent soudain dans la salle, interrompant son discours.

— J'avais interdit qu'on me dérange, Horace ! glapit le baron à l'adresse du premier soldat.

— Nous avons une bonne raison, monseigneur, expliqua celui-ci.

Il se tourna vers son comparse et ajouta :

— Dis-lui, Arthur.

Le dénommé Arthur déglutit péniblement.

— Nous nous sommes rendus chez le baron Morgan Chapman, comme vous nous l'aviez ordonné, afin de le ramener ici, mais quand...

— Où est Morgan ? coupa Alford. Amenez-le-moi immédiatement.

— C'est impossible, monseigneur. J'essayais justement de vous l'expliquer. Quand nous sommes arrivés à son château, il était... vide. Ils étaient tous partis.

— Que me chantes-tu là ? Qui était parti ?

— Vos soldats, répondit Arthur, tout tremblant.

Le soldat était terrifié, car il savait que le baron, lorsqu'il recevait de mauvaises nouvelles, s'en prenait souvent au messager. Reculant d'un pas, il précisa :

— Le château était entièrement vide, et vos soldats avaient disparu.

— Comment ça, disparus ? rugit Alford.

Arthur était devenu livide.

— C'est la vérité, monseigneur. Tout était désert, mais rien n'indiquait qu'il y ait eu une bagarre. Les meubles n'étaient pas renversés, les pièces étaient en ordre, et nous n'avons trouvé de traces de sang nulle part.

— Où est mon oncle ? intervint Gillian.

— Taisez-vous ! hurla Alford. Et qu'ont dit les domestiques, Arthur ?

— Il n'y avait plus de domestiques, monseigneur. Comme je vous l'ai expliqué, le château était entièrement désert. Nous nous sommes demandé si vous n'aviez pas donné l'ordre aux soldats de venir ici avec les domestiques.

— Je n'ai donné aucun ordre de ce genre, gronda Alford. Si ces abrutis ont abandonné leur poste, ils vont le payer cher.

Il se tourna brusquement vers Gillian.

— Que signifie tout ceci ?

— Je n'en sais pas plus que ce que je viens d'entendre.

Alford ne la crut pas. Il tira sa dague de sa ceinture et en menaça la jeune femme.

— Je n'hésiterai pas à vous trancher la gorge si vous ne me dites pas la vérité, petite garce. Où sont mes hommes ?

— Je l'ignore, répondit calmement Gillian.

Alford la toisa du regard, puis il ordonna aux deux soldats :

— Emparez-vous d'elle !

Bridgid voulut se porter au secours de son amie, mais Horace la repoussa sans ménagement, avant d'attraper Gillian par le bras.

— Je sais ce qui est arrivé à vos hommes ! s'écria Bridgid.

Alford la regarda, visiblement surpris.

— Eh bien, dites-le-moi.

— Ils sont morts, répondit la jeune femme. Tous. Pensiez-vous pouvoir kidnapper le fils d'un lord écossais sans en subir les conséquences ?

Elle éclata de rire.

— Vous êtes les prochains sur la liste, vous et vos amis.

Edwin gloussa.

— Ils n'oseront pas venir jusqu'ici, en plein cœur de l'Angleterre.

— Détrompez-vous, intervint Gillian. Ils veulent votre peau et ils ne s'arrêteront pas avant de vous avoir tués tous les trois.

— Elle bluffe, protesta Horace. Les Écossais ne sont que des sauvages. Nos soldats leur sont bien supérieurs.

Gillian rit à son tour.

— Dans ce cas, expliquez-moi où ils sont passés.

— Nous devrions peut-être renforcer la garde, suggéra Edwin.

Hugh acquiesça avec véhémence, mais Alford ne semblait pas partager leur inquiétude.

— Je peux doubler la garde, si cela vous chante. Occupe-toi de ça, Horace, ordonna-t-il au soldat, qui s'exécuta aussitôt. De toute façon, personne ne pénétrera dans ce château sans mon autorisation. J'ai veillé à ce que la place soit imprenable.

— Nous pouvons mobiliser plus de deux cents hommes, renchérit Arthur.

Alford se tourna vers Edwin.

— Tu vois ? Il n'y a rien à craindre.

Sur ces entrefaites, Horace revint, très agité.

— Monseigneur, vous avez de la visite.

— Grands dieux ! s'exclama Edwin. Les sauvages sont déjà là ?

— Non, il ne s'agit pas des Écossais. C'est le roi lui-même, escorté d'un détachement de son armée. Nous avons abaissé le pont-levis.

Alford était médusé.

— Jean est là ? Le roi d'Angleterre est à ma porte ?

— En personne, monseigneur.

— Et combien de soldats l'accompagnent ?

— Une bonne soixantaine, à mon avis.

Alford convoqua ses domestiques et leur ordonna de préparer une collation pour son royal invité, puis Hugh et Edwin montèrent dans leurs chambres pour se changer. Après leur départ, Alford prit Gillian par le bras.

— Écoutez-moi bien, lui dit-il. Vous allez garder le silence à propos du trésor, compris ? Ne dites pas à Jean que vous savez où se trouve le coffret d'Arianna. Je vous promets de tuer votre oncle et votre sœur si vous me désobéissez. C'est clair ?

— Très clair.

Il la relâcha.

— Asseyez-vous dans un coin. Avec un peu de chance, le roi ne remarquera même pas votre présence.

Bridgid vint s'installer à côté de son amie.

— J'ai bien peur de t'avoir compliqué les choses, murmura-t-elle.

— Pas du tout. Ne t'inquiète pas. Tout sera bientôt terminé.

— Tu n'as donc pas peur ?

— Si, un peu.

Les deux amies se turent dès que Hugh et Edwin réapparurent, vêtus de tuniques propres. Ils rejoignirent Alford, occupé à nettoyer une tache qu'il venait de découvrir sur sa manche.

Les domestiques s'activaient pour accueillir le roi. Des bûches furent rajoutées dans la cheminée. La table fut nettoyée et recouverte d'une nappe brodée, sur laquelle on disposa des candélabres en argent.

Pendant ce temps, Alford et ses deux comparses s'interrogeaient sur la raison de cette visite surprise.

— Peut-être le roi a-t-il appris que vos soldats avaient quitté le château de Morgan, suggéra Edwin.

— Ils ont déserté, corrigea Hugh. Ces couards n'ont même pas eu le cran de livrer bataille. Ils devront être châtiés.

— Le roi ne peut pas déjà être au courant, intervint Alford.

— Alors, pourquoi débarque-t-il maintenant ? demanda Edwin.

— Je suppose qu'il a une bonne raison, répliqua Alford. La rumeur prétend qu'il a l'intention d'aller en France. Sans doute souhaite-t-il que je me joigne à lui.

Bridgid se pencha vers Gillian.

— As-tu vu la réaction d'Alford quand on lui a annoncé que ses soldats s'étaient volatilisés ? J'ai bien cru qu'il allait avoir une attaque.

— Bridgid, quand le roi sera là, ne lui mens surtout pas. S'il te demande comment tu t'appelles, dis-lui ton vrai nom.

— Mais Alford saura alors que je ne suis pas ta sœur !

— Tu ne peux pas mentir au roi d'Angleterre.

Bridgid renonça à argumenter et se rangea à l'avis de Gillian.

— En tout cas, ça tombe mal que Jean ait précisément choisi ce moment pour rendre visite au baron. Pourquoi vient-il, à ton avis ?

— Parce que je l'ai envoyé chercher, répondit tranquillement Gillian.

38

L'heure du règlement de comptes était enfin arrivée.

Jean fit une entrée en grande pompe dans le château d'Alford. Il était suivi d'une vingtaine d'officiers de sa garde personnelle. Dès que leur souverain eut pénétré dans la grande salle, les soldats se rangèrent le long des murs, leurs armes bien en vue, prêts à intervenir à la moindre menace.

Gillian et Bridgid mirent un genou à terre, baissèrent respectueusement la tête et attendirent que le roi les autorise à se redresser.

Gillian, cependant, osa jeter un coup d'œil vers lui. Elle était curieuse de voir à quoi ressemblait celui qu'on présentait parfois comme la réincarnation du diable. Finalement, elle fut presque surprise de constater qu'il n'arborait pas deux cornes sur le front. En fait, Jean était d'apparence tout à fait ordinaire. Il avait des cheveux bruns, une barbe poivre et sel, et paraissait à peine plus grand qu'elle.

Les trois barons s'étaient inclinés, eux aussi. Dès que Jean leur eut donné la permission de se relever, Alford s'exclama, tout sourires :

— Quelle merveilleuse surprise, sire !

— N'est-ce pas ? répliqua Jean, visiblement amusé.

— Que me vaut l'honneur de votre visite, sire ?

— Ce n'est pas toi que je viens voir, répondit Jean, avant de lui tourner délibérément le dos.

Gillian et Bridgid se retrouvèrent soudain nez à nez avec une paire de bottes parfaitement cirées.

— Relevez-vous, leur ordonna Jean.

Elles s'exécutèrent aussitôt. Bridgid regarda le roi dans les yeux puis, remarquant que Gillian gardait la tête baissée, elle s'empressa de l'imiter.

— Laquelle de vous deux est lady Gillian ?

— C'est moi, sire.

Alford s'approcha.

— Puis-je vous demander, sire, ce que vous voulez à ma pupille ?

— Ta pupille, Alford ? Je ne me rappelle pas t'avoir nommé son tuteur.

Gillian releva la tête. Le roi fut si surpris par l'intensité de ses prunelles émeraude et la perfection de ses traits qu'il en resta bouche bée.

— Elle est magnifique ! s'exclama-t-il. Pourquoi n'a-t-elle pas été présentée à ma cour ?

— J'ai pensé que vous n'aimeriez pas avoir la fille d'un assassin à votre cour, répondit Alford. Comme vous le savez, je suis convaincu que le père de Gillian était impliqué dans le complot destiné à tuer Arianna et à vous voler le coffret. Voilà pourquoi j'ai préféré la tenir éloignée de votre palais.

Jean plissa les yeux.

— Oui, bien sûr. Tu as toujours été un ami attentionné.

Le baron inclina respectueusement la tête.

— Gillian vivait chez son oncle Morgan Chapman, reprit-il. Elle vient juste de revenir à Dunhanshire. Je vais l'expédier dans sa chambre, pour que vous n'ayez plus à souffrir sa présence.

— Non. Retourne t'asseoir avec Hugh et Edwin, pendant que je m'entretiens en privé avec ces deux jeunes femmes.

Alford n'osa pas discuter l'ordre de son souverain, mais il gratifia Gillian d'un regard menaçant, avant de rejoindre ses comparses. Trop agité pour s'asseoir, il resta debout entre Hugh et Edwin et tendit l'oreille, pour tenter d'entendre ce que Jean disait à Gillian et à sa sœur.

— Où est-il ? demanda le roi à Gillian. Avez-vous apporté le coffret avec vous ?

— Non, sire. Mais je crois savoir où il est caché.

— Vous croyez ? répéta-t-il en criant presque. Vous n'en êtes donc pas sûre ? Si j'ai fait ce voyage pour rien, je vous promets que vous le regretterez.

Il s'était violemment empourpré. Gillian s'empressa de le rassurer, avant qu'il ne perde tout à fait son calme.

— Je n'ai pas encore eu le temps de le chercher, mais je suis certaine qu'il est caché ici, à Dunhanshire. Si vous voulez bien m'accompagner, je vous conduirai à l'endroit où il doit se trouver.

Son explication avait déjà apaisé Jean.

— Si vous dites vrai, cela prouvera sans l'ombre d'un doute que votre père était effectivement impliqué dans le meurtre d'Arianna. Vous en avez conscience ?

Gillian savait qu'il était risqué de contredire le roi, mais elle ne put s'empêcher de défendre la mémoire de son père.

— J'ai toujours entendu dire que mon père était un homme d'honneur. Et les hommes d'honneur n'égorgent pas des jeunes femmes innocentes.

— Moi aussi, je pensais que votre père était un sujet loyal, répliqua Jean. Jusqu'à ce qu'il me trahisse.

— Je refuse de croire qu'il vous a trahi. À l'époque, ma mère venait de mourir et mon père la pleurait encore. Ici même, à Dunhanshire.

— Certes, il n'était pas au palais le jour de l'assassinat d'Arianna, mais Alford est persuadé qu'il avait des complices. Et l'assassin aura confié le coffret à votre père. Si nous le retrouvons ici, la théorie d'Alford sera confirmée.

— Je ne sais plus quoi dire pour vous convaincre de l'innocence de mon père, avoua Gillian.

— Nous serons bientôt fixés, grâce à vous. Qu'est-ce qui vous a décidée à me faire appeler ?

— Alford a séquestré mon oncle Morgan et m'a menacé de le tuer si je n'allais pas en Écosse chercher ma sœur. Il pensait qu'elle détenait le coffret et voulait que je le lui rapporte.

Jean coula un regard vers Bridgid, mais ne lui adressa pas la parole.

— Alford a toujours manifesté beaucoup de zèle pour m'aider à retrouver le coffret d'Arianna, expliqua-t-il. Je ne peux pas lui reprocher d'avoir recouru à des procédés... extrêmes. La fin justifie les moyens.

Il eut un sourire indulgent et ajouta :

— Mais Alford a aussi ses petits défauts. La cupidité, par exemple. J'imagine qu'il projetait de vous prendre le coffret et d'empocher seul la récompense. J'aurais fait pareil à sa place. Et vous aussi, apparemment.

— Sire, je n'attends aucune récompense.

— Alors, que voulez-vous ?

— Que vous protégiez mon oncle.

— C'est tout ? Vous ne désirez rien d'autre ?

— Rien, sire.

Le roi changea brusquement d'humeur. Il devint soudain charmant et attentionné. Mais Gillian préféra rester sur ses gardes.

— Je viens juste de parler avec Morgan, annonça-t-il.

Gillian se sentit pâlir.

— Est-ce qu'il va bien, sire ?

— Il est fatigué, mais il va bien, oui. Vous le verrez bientôt.

Gillian avait les yeux embués de larmes.

— Merci, sire, murmura-t-elle. Je devine que vous êtes impatient de vérifier que le trésor est bien là, mais si vous me le permettez, j'aimerais vous demander…

— Oui ?

— Si je me suis trompée et que le coffret n'est pas ici, je vous supplie de ne pas vous venger sur mon oncle. Il est totalement étranger à cette histoire. Moi seule suis responsable.

Jean soupira.

— Voilà quinze ans que j'attends de revoir ce coffret. Une nouvelle déception m'attristerait affreusement, mais je vous donne ma parole que votre oncle sera de toute façon sous ma protection. Et vous aussi, Gillian. Même si le trésor n'est pas ici. Me prendriez-vous pour un monstre ? Je ne vais quand même pas vous faire payer les crimes de votre père.

Gillian savait qu'à ce moment précis, il était sincère. Mais elle savait aussi qu'il pouvait très bien changer d'avis sur une impulsion. Aussi n'accorda-t-elle qu'un crédit tout relatif à sa parole.

— C'est très aimable à vous, sire, murmura-t-elle.

— Mais je ne manque jamais d'être aimable avec les jolies femmes, répliqua-t-il avec un sourire arrogant. Dites-moi, Gillian…

— Oui, sire ?

— Êtes-vous mariée à ce géant aux cheveux blonds nommé lord Buchanan ?

Gillian acquiesça.

— Oui, sire. Je suis sa femme. Est-il là ? L'avez-vous vu ?

— Oui, il est là, confirma Jean en riant presque. Et ses amis aussi. Avec une petite armée en prime. En fait, on dirait que la moitié des guerriers des Highlands assiègent Dunhanshire.

Bridgid laissa échapper un cri de surprise qui attira l'attention du roi.

— Je vous ai ignorée trop longtemps, ma chère. Pardonnez mon impolitesse.

— C'est ma meilleure amie, expliqua Gillian. Elle s'appelle Bridgid KirkConnell.

Bridgid sourit au roi.

— Est-ce pour vous qu'est venu lord Sinclair ? demanda Jean en lui rendant son sourire.

— J'appartiens à son clan, sire, répondit Bridgid, intimidée. Mais il n'aurait pas accompli tout ce périple uniquement pour moi.

Jean s'esclaffa.

— Détrompez-vous. Je dois avouer que ces Écossais sont assez intimidants, au premier abord. J'ai rencontré les trois lords, tout à l'heure. Apparemment, ils venaient d'apprendre que vous étiez toutes les deux ici et ils paraissaient pour le moins... nerveux. Notamment lord Sinclair, à qui il a pratiquement fallu que je promette que je ne vous ferais aucun mal, Bridgid. Mais, dites-moi, pourquoi avez-vous suivi Gillian ?

La jeune femme se tourna vers son amie et implora son aide du regard.

— Le baron Alford croit qu'elle est ma sœur, expliqua Gillian.

— Mais c'est faux, n'est-ce pas ?

— En effet, sire.

— Nous avons menti au baron, déclara Bridgid. Mais Gillian m'a demandé de ne pas vous mentir, à vous.

Le roi sembla amusé par son honnêteté.

— Elle a eu raison. Qu'est devenue votre vraie sœur ? ajouta-t-il à l'adresse de Gillian.

Celle-ci baissa les yeux.

— Hélas, sire, elle est perdue à tout jamais.

Jean hocha la tête, tout disposé à la croire. Alford tenta alors de s'immiscer dans la conversation en proposant des rafraîchissements au roi.

— Je trinquerai avec toi à mon retour.

— À votre retour, sire ?

— Oui. Lady Gillian va me montrer l'endroit où elle pense pouvoir retrouver le coffret d'Arianna. Nous y allons de ce pas.

Alford fit signe à Horace de s'approcher, tandis que Jean souriait à Gillian.

— Je vous suis, dit-il en lui offrant galamment son bras.

La jeune femme s'exécuta, un peu tremblante. Le roi, devinant son appréhension, lui tapota affectueusement la main.

— Vous m'êtes loyale, n'est-ce pas ?

— Oui, sire.

— Dans ce cas, vous n'avez rien à craindre de moi.

D'une voix mélancolique, il reprit :

— Par certains côtés, vous me la rappelez, vous savez.

— Vous voulez parler d'Arianna, sire ?

— Oui, Arianna. Je l'aimais comme je n'ai jamais aimé aucune autre femme. Elle était… parfaite. Je me suis souvent demandé quel cours aurait suivi mon existence si elle avait vécu. Elle me rendait différent… meilleur.

Jean s'interrompit en constatant qu'Alford s'entretenait avec un de ses soldats.

— Que lui dis-tu de si important pour justifier ton insolence ? Je te rappelle qu'aucune conversation ne doit se tenir en ma présence, si je n'y participe pas.

Alford s'empressa de s'excuser.

— Horace est l'un de mes plus fidèles soldats, expliqua-t-il. Je pensais que vous pourriez lui accorder l'honneur de vous escorter, avec trois autres hommes, vous et lady Gillian.

Le roi accepta avec un haussement d'épaules.

— Nous n'allons pas bien loin, fit-il.

Puis il se tourna vers ses hommes et leur ordonna :

— Ne bougez pas d'ici. Personne ne doit quitter cette pièce en mon absence. Bridgid, ma chère, vous voulez bien m'attendre, vous aussi ?

— Oui, sire.

Alford intervint encore :

— Puis-je vous accompagner, sire ?

— Non. Tu restes ici.

Alford réitéra cependant sa requête.

— Il n'en est pas question, répliqua sèchement Jean, que l'attitude du baron commençait à irriter. Et je te conseille de te tenir éloigné des fenêtres.

Comme Alford semblait dérouté par sa remarque, Jean s'esclaffa.

— Aurais-je oublié de préciser que Dunhanshire était cerné par les Écossais ? Oui, je vois à ton expression que j'avais omis ce détail. J'espère que tu ne m'en veux pas.

— Les sauvages sont ici ? s'exclama Alford, incapable de dissimuler sa panique.

— C'est ce que je viens de t'expliquer. Je suppose que tu as deviné la raison de leur venue ?

Alford feignit l'ignorance.

— Non, sire. Pourquoi le saurais-je ?

De toute évidence, l'embarras de son ami amusait Jean. Alford avait mis beaucoup trop d'ardeur à récupérer le coffret d'Arianna. Il s'était aliéné de puissants seigneurs écossais. Par ailleurs, Jean n'avait pas envie de se fâcher avec Morgan, très écouté dans la noblesse, et qui lui avait toujours été loyal. Oui, Alford méritait une bonne punition, avant que Jean ne décide de lui pardonner.

— Dans ce cas, désires-tu que je te l'explique ?

— Comme il vous plaira, sire.

— Ils veulent te tuer. Attends que je me rappelle leurs paroles exactes... Ah, oui, j'y suis ! Le plus grand, lord Maitland, projette de t'arracher le cœur à mains nues avant de te l'enfoncer dans la gorge. N'est-ce pas amusant ?

Alford se força à sourire.

— Oui, c'est amusant.

— Ils ont également proféré des menaces contre vous deux, reprit Jean à l'intention de Hugh et d'Edwin. Lord Buchanan est persuadé que l'un d'entre vous a frappé sa femme et il veut trancher la main du coupable.

— Vous devriez les faire exécuter, pour avoir osé menacer vos amis ! répliqua Alford, soudain hors de lui. J'ai toujours été à vos côtés, sire, même dans les moments les plus difficiles. Tuez-les !

— Non ! s'écria Gillian.

Jean lui tapota le bras.

— Tu n'as pas honte d'effrayer cette pauvre petite, Alford ? Venez, Gillian. Nous reprendrons cette conversation à mon retour. Mais je vous promets que je n'ai aucune intention de tuer vos amis. J'ai déjà assez de soucis comme cela dans mon royaume pour ne pas me mettre, en plus, toute l'Écosse à dos.

On leur ouvrit la lourde porte du château. En arrivant sur le perron, Gillian se figea. Ian, Ramsey et Brodick se tenaient au centre de la cour, leur épée à la main, l'air sévère.

Jean se tourna vers la jeune femme.

— L'avez-vous épousé de votre plein gré ? demanda-t-il, faisant allusion à Brodick.

— Oui, sire. Je l'aime.

— Alors, ce qu'on dit est sûrement vrai : l'amour est aveugle.

Ne sachant pas s'il plaisantait ou non, Gillian ne répondit rien.

Comme ils descendaient les marches du perron, Brodick avança d'un pas.

— Sire, mon mari peut-il nous accompagner ? demanda Gillian. Je ne l'ai pas vu depuis un moment et sa présence me ferait plaisir.

— Vraiment ? s'étonna Jean. Pourtant, lui n'a pas l'air très content de vous revoir. Pour tout vous avouer, il ressemble à un mari qui s'apprête à battre sa femme.

— Oh, il ne ferait jamais une chose pareille ! s'écria Gillian.

Jean s'arrêta devant Brodick et le regarda droit dans les yeux.

— Votre épouse souhaite que vous nous teniez compagnie durant notre petite promenade.

Brodick ne dit pas un mot, mais il s'effaça pour laisser passer le roi et Gillian devant lui. Il en profita pour effleurer la main de la jeune femme, à qui cette simple caresse donna des frissons.

Gillian éprouvait des sentiments contradictoires. Elle aurait voulu se jeter dans ses bras et lui dire qu'elle était désolée de l'avoir obligé à courir un tel danger, mais elle ne lui avait toujours pas pardonné d'avoir brisé sa promesse.

Comme l'avait ordonné Jean, ses soldats ne bougèrent pas tandis qu'il traversait la cour, Gillian à son bras. Brodick les suivait, Horace et les trois autres hommes d'Alford derrière lui.

— Où m'emmenez-vous ? demanda Jean.

— Dans l'ancienne écurie, sire. Elle a été conservée et se trouve derrière le nouveau bâtiment construit par Alford.

— Pourquoi ne pas l'avoir détruite ?

— Par superstition, sire.

— Expliquez-vous, lady Gillian. Et, par la même occasion, dites-moi ce qui vous fait penser que le coffret pourrait se trouver là.

Gillian commença par lui parler de la nuit où son père avait été tué. Elle terminait son récit quand ils atteignirent l'écurie en ruine.

Jean réclama une torche, qu'un des hommes d'Alford s'empressa d'aller chercher. Pendant qu'ils l'attendaient, Jean demanda à Gillian :

— Alors, quelle est cette superstition ?

— La folie d'Hector effrayait tout le monde. Chaque personne qui le rencontrait s'empressait de faire le signe de croix dans son dos. Les gens s'imaginaient qu'Hector était possédé par le diable et qu'il avait le pouvoir de contaminer tout ce qu'il touchait. Voilà pourquoi personne n'a osé détruire l'écurie. C'est là qu'il a dormi jusqu'à sa mort.

— À vous entendre, tous mes sujets sont ignorants et superstitieux. Mais si votre hypothèse est confirmée, leurs craintes auront protégé mon trésor à travers toutes ces années.

Le soldat revint avec la torche, et Jean lui fit signe de pénétrer le premier à l'intérieur. Gillian se sentit soudain si nerveuse qu'elle craignit que ses jambes ne se dérobent sous elle.

Soudain, la main de Brodick se posa furtivement sur son épaule. Cette caresse ne dura pas plus d'une seconde, mais elle lui prodigua tout le réconfort dont elle avait besoin pour trouver la force de suivre le roi dans l'écurie.

Quelques rais de soleil filtraient par les ouvertures, mais la torche se révéla bien utile pour percer la pénombre qui baignait le bâtiment. L'air sentait une odeur de moisi et de renfermé, qui devenait plus forte à mesure qu'ils avançaient.

Le roi s'arrêta au milieu de l'allée et demanda à Gillian de les guider.

— C'est là-bas, dans le coin, expliqua-t-elle.

Arrivée devant la dernière stalle, elle poussa un petit cri. La besace d'Hector était toujours là, accrochée à son clou.

— Allons-nous enfin retrouver le coffret ? murmura Jean.

Il s'approcha, Gillian à ses côtés, prit la besace et s'agenouilla.

— Le trésor est là-dedans, sire ? lui demanda Horace dans son dos.

Le roi ne répondit pas.

— Voyez-vous comme mes mains tremblent ? chuchota-t-il à Gillian, tandis qu'il ouvrait la besace pour en répandre le contenu sur le sol.

Quelques cailloux en sortirent d'abord, puis deux ou trois petits morceaux de bois, et enfin, un objet plus lourd, enveloppé dans un morceau de tissu à moitié mangé par les mites. Le roi retint son souffle et dégagea l'objet de l'étoffe. Soudain, le coffret apparut en pleine lumière, avec ses joyaux dont le temps n'avait même pas terni l'éclat.

Le roi avait les larmes aux yeux. Perdu dans ses souvenirs, il pleurait une seconde fois la mort de sa chère Arianna.

— Sire, le trésor est là ? insista Horace.

Le roi était trop bouleversé pour remarquer son insolence ou s'en offusquer.

Brodick, cependant, commençait à se douter de quelque chose. Il tourna le dos au roi et à Gillian et surprit Horace en train de faire un signe à ses compagnons. Les quatre soldats formèrent alors un demi-cercle autour de Brodick, le dernier obstacle entre eux et le roi.

Il avait deviné leur plan.

— Votre roi n'est pas armé, leur dit-il.

Jean, toujours agenouillé, leva la tête et vit les soldats dégainer leurs épées. S'imaginant qu'ils cherchaient à le protéger de quelque chose, il demanda :

— Où est le danger ?

Les soldats restèrent muets.

— Gillian, explique à ton roi que ces hommes ont l'intention de le tuer, intervint Brodick.

Horace esquissa un sourire.

— C'est exact. Nous allons vous tuer, Jean. Et l'Écossais et sa femme du même coup.

S'adressant à Brodick, il ajouta :

— Naturellement, c'est vous qui serez accusé. Nous déclarerons que nous n'avons pas pu intervenir à temps.

Jean se redressa.

— Un cri de moi, et mes hommes envahissent le bâtiment.

Horace ricana.

— Vous serez mort avant qu'ils aient franchi la porte.

Brodick secoua la tête.

— Je ne vous laisserai pas assassiner votre roi, parce que cela révolterait ma femme. Et il est encore moins question que vous touchiez à un seul de ses cheveux à elle. Me suis-je bien fait comprendre ?

Ils se ruèrent sur lui en même temps. Cette erreur tactique donna l'avantage à Brodick, car, dans leur précipitation, ils se cognèrent les uns aux autres.

Réagissant avec l'agilité d'un fauve, Brodick les combattit avec une adresse stupéfiante. Son épée lançait des éclairs en tournoyant dans l'air. Il ne lui fallut que quelques secondes pour venir à bout des deux premiers Anglais.

Gillian avait tiré le roi par la manche, pour l'écarter de la bataille, mais Jean, en galant homme, refusa de reculer. Il abrita Gillian derrière lui, se servant de son corps comme bouclier.

Entre-temps, tout était déjà fini. Brodick avait occis les deux derniers assaillants. Il essuya son épée au pourpoint d'un des cadavres, pour la nettoyer du sang des traîtres qui en souillait la lame, avant de la ranger dans son fourreau. Puis il se retourna, triomphant, et constata avec surprise que le roi protégeait sa femme.

Jean observait les cadavres, médusé.

— Quatre contre un… C'est impressionnant.

Brodick haussa les épaules.

— Vous vous laissez facilement impressionner.

Le roi se baissa pour ramasser son trésor. Ensuite, avec mille précautions, il fit jouer le mécanisme secret qui déclenchait l'ouverture du coffret. Pendant de longues secondes, il se contenta d'en contempler fixement le contenu.

Puis, brusquement, un son s'échappa de sa gorge. Ce fut d'abord un murmure torturé, tout droit surgi des profondeurs du passé, mais qui se changea bientôt en un rugissement féroce.

Gillian frissonna. Tout à coup, elle sentit qu'elle allait craquer. Elle redevint soudain la petite fille qui courait dans l'escalier humide du château, terrifiée par les dragons qu'elle croyait voir rôder alentour, tendant en vain la main dans l'espoir que son père viendrait la sauver…

Mais ce fut Brodick qui apparut devant elle.

— Gillian, regarde-moi…

La tendresse de sa voix et la caresse de sa main sur sa joue tirèrent la jeune femme de son cauchemar éveillé. Elle se jeta dans ses bras.

— Je veux rentrer à la maison, dit-elle en sanglotant.

— Nous rentrerons bientôt, lui promit Brodick. Pour l'instant, abrite-toi derrière moi.

Gillian s'empressa d'obtempérer. Les soldats du roi, probablement alertés par le bruit de la bagarre, s'engouffraient dans l'écurie. Quand ils apercevraient les cadavres des traîtres, ils s'en prendraient sans doute à Brodick, comprit-elle.

Jean, pendant ce temps, avait refermé le coffret. Il le rangea dans la vieille besace d'Hector et se releva en essuyant une larme.

D'un geste de la main, il ordonna à ses soldats de s'écarter de son chemin.

— Cet homme est avec moi, dit-il en désignant Brodick, avant de s'éloigner vers la sortie.

Gillian et Brodick le suivirent. De retour dans la cour du château, ils virent Dylan et Robert se diriger vers eux à cheval.

— Sors-la d'ici, ordonna Brodick à Dylan. Toi, Robert, viens avec moi. Tu te chargeras de Bridgid.

Gillian n'eut même pas le temps de discuter. Dylan se pencha, la souleva dans ses bras, l'assit sur sa selle et repartit au galop.

Ensuite, Jean invita Ian et Ramsey à pénétrer avec lui, Brodick et Robert dans le château.

À peine Ramsey fut-il entré dans la grande salle qu'il repéra Bridgid. Il se précipita vers elle et la tira de sa chaise.

La jeune femme était terrifiée. Elle ne l'avait jamais vu aussi en colère. Mais Ramsey ne lui dit pas un mot, se contentant de la confier à Robert, qui l'entraîna aussitôt dehors.

Pendant ce temps, le roi discutait à voix basse avec Ian. Ramsey les rejoignit au moment où Ian expliquait à Jean que son fils, Alec, avait été retenu prisonnier par Alford.

— Me permettez-vous de vous emprunter votre épée ? demanda soudain le roi.

Ian hésita, puis lui donna son arme. Alors, Jean, l'épée dans une main, la besace dans l'autre, s'avança vers la table, d'où Alford n'avait pas bougé depuis son départ.

Le baron voulut se lever, mais le roi lui ordonna de rester assis.

— Cette journée m'aura apporté une grosse déception, dit-il d'une voix glaciale.

— Vous n'avez pas retrouvé le trésor ? demanda Alford, sans pouvoir réprimer une ébauche de sourire.

Comme Jean ne répondait pas, il en conclut qu'il avait vu juste.

— Doit-on tolérer la présence des Écossais dans cette pièce, sire ?

— Te font-ils peur ?

Alford n'était pas vraiment inquiet. Il savait que si les Écossais devenaient menaçants, sa garde et celle du roi sauraient facilement les maîtriser.

— Non, sire, ils ne me font pas peur. Mais ce sont des sauvages.

— J'aimerais que tu te montres un peu plus hospitalier.

Sur ces mots, le roi commença à faire le tour de la table, sans quitter les trois barons des yeux.

— Cette visite à Dunhanshire a ravivé mon chagrin, dit-il. Je n'ai jamais vraiment aimé qu'une seule femme, et c'était Arianna. Mon meilleur ami, Alford, me l'avait présentée, et j'ai tout de suite eu le coup de foudre pour elle. Je crois qu'elle m'aimait aussi. Et si elle avait vécu, je l'aurais épousée.

Il s'immobilisa et jeta la besace sur la table, juste devant Alford.

— Ouvre-la ! lui ordonna-t-il.

Alford ouvrit la besace et en tira le coffret.

Jean lui expliqua ce qu'il contenait.

— Au fond, il y a ma dague. Je l'avais confiée, avec le coffret, à mon écuyer, pour qu'Arianna coupe une mèche de ses cheveux. Tu t'en souviens, Alford ?

Avant que le baron ait pu répondre, Jean poursuivit :

— Sur ma dague est effectivement posée une mèche de cheveux blonds, qui n'a pu appartenir qu'à ma tendre Arianna. Mais au-dessus de la mèche, devine ce que j'ai trouvé, Alford ?

— Je… je ne sais pas, bafouilla le baron.

— Si, tu le sais. Ta dague.

— Non ! Ce n'est pas la mienne ! s'écria Alford.

Jean haussa les sourcils.

— Non ? Pourtant, ce sont tes armoiries qui sont gravées sur le manche.

— Quelqu'un… quelqu'un m'aura volé ma dague. Le père de Gillian a dû…

— Le père de Gillian n'était pas à la cour, ce jour-là, lui rappela Jean. Mais toi, tu y étais. Et c'est toi qui l'as tuée.

— Non. Je n'ai pas…

Jean tapa du poing sur la table.

— Si tu veux rester en vie, je te conseille de me dire la vérité.

— Si je veux rester en vie ? répéta Alford, paniqué.

— Je ne te tuerai pas si tu me dis la vérité, lui promit Jean. Mais j'ai besoin de savoir ce qui s'est exactement passé. L'as-tu assassinée, oui ou non ?

— Elle s'apprêtait à vous trahir. Elle pensait avoir acquis assez de pouvoir sur vous pour vous influencer. J'ai agi pour protéger mon roi.

— Raconte-moi ce qui s'est exactement passé, répéta Jean.

— Je m'étais rendu dans sa chambre pour la raisonner, mais elle s'est moquée de moi, sire. Pendant que j'étais là, votre écuyer a monté le coffret et l'a posé sur un guéridon. Le coffret était ouvert et votre dague se trouvait à l'intérieur. L'écuyer ne m'a pas vu. Après son départ, Arianna a pris votre dague pour se couper une mèche de cheveux. Puis elle a reposé la dague dans le coffret et mis sa mèche dessus.

— Et tu as recommencé à discuter avec elle ?

— Oui. Mais elle refusait d'entendre raison. Elle prétendait que désormais, plus personne ne s'interposerait entre vous et elle et qu'elle pourrait vous dicter ses quatre volontés. Pour finir, elle s'est jetée sur moi et j'ai dû me défendre.

— Tu lui as tranché la gorge.

— C'était un accident. J'admets avoir paniqué. Sans réfléchir, j'ai jeté ma dague dans le coffret et je l'ai refermé.

— Et comme tu possédais une clé de sa chambre, tu as pu t'échapper sans te faire remarquer, conclut le roi à sa place. Tu as refermé derrière toi et tu es parti avec le coffret. C'est bien cela ?

— Oui.

— Ensuite, tu es venu me consoler – en bon ami que tu étais – quand j'ai découvert le corps de ma pauvre Arianna.

— Je voulais tout vous avouer, mais vous étiez si bouleversé que j'ai préféré attendre.

— Non. Tu as décidé de faire porter les soupçons sur le baron de Dunhanshire.

— C'est vrai, convint Alford avec une mine contrite. Le lendemain, le père de Gillian a débarqué chez moi à l'improviste, pour parler affaires. Il a aperçu le coffret et, dès que j'ai eu le dos tourné, il me l'a volé. Il voulait le garder pour lui.

— Tu sais bien que ce n'est pas vrai, objecta le roi, qui avait recommencé à tourner autour de la table. Tu avais compris que Ranulf me rendrait le coffret. Et c'est pour cela que tu t'es emparé de son château et que tu l'as tué. Pour le réduire au silence.

— Il fallait que je tue Arianna, s'entêta Alford. Elle vous aurait détruit.

Le roi jugea qu'il en avait assez entendu. Il se trouvait à présent derrière Alford. Lentement, il brandit l'épée de Ian à bout de bras.

— Que le diable t'emporte, dit-il en enfonçant la lame de l'épée dans le dos du baron.

Alford se raidit brutalement et tomba de son siège. Jean se recula, le souffle court. Un silence de mort s'était abattu dans la pièce. Puis le roi récupéra son coffret et partit vers la porte.

— Votre fils a été vengé, dit-il à Ian Maitland, avant de lui rendre son épée.

— Sire ! Sire ! appela Hugh en se levant de table. Edwin et moi n'avons joué aucun rôle dans les crimes d'Alford.

Jean l'ignora. Avant de sortir, il se tourna une dernière fois vers les trois lords écossais.

— Ils sont à vous, leur dit-il.

Et la porte se referma sur lui.

39

Ramsey et Brodick n'étaient pas facilement intimidables. Mais quand le baron Morgan Chapman eut terminé de leur faire la leçon, ils étaient dans leurs petits souliers.

Le baron les avait accueillis dans la salle de réception de sa demeure, bras croisés, comme s'il s'apprêtait à réprimander ses fils. C'était terriblement humiliant, mais Brodick et Ramsey, qui avaient appris à respecter leurs aînés, ne s'étaient pas rebellés.

— Voilà maintenant deux jours, commença le baron, que j'endure les pleurs et les jérémiades de deux jeunes femmes très en colère contre vous. Vous avez si bien brisé le cœur de ma petite Gillian qu'elle ne veut plus jamais vous revoir, ajouta-t-il à l'adresse de Brodick.

— Dans ce cas, elle n'aura qu'à fermer les yeux. Mais je vous jure qu'elle rentrera chez moi.

— Vous l'avez épousée à la hâte.

— Quand je désire quelque chose, je le prends. Je n'ai pas besoin de réfléchir des années.

— Quelque chose ? Nous parlons de ma nièce, lui rappela le baron d'un ton sévère.

— Oui, monsieur.
— Elle m'assure que vous avez rompu un serment.
— C'est vrai.
— Elle pense que vous l'avez manipulée.
— C'est encore vrai.
— Bon sang, vous pourriez au moins tenter de vous justifier !
— Je ne voulais pas prendre le risque de l'exposer au danger. Si quelqu'un doit être en colère, c'est bien moi. Car elle m'a quand même suivi.
Morgan se passa la main dans les cheveux.
— Elle est convaincue que vous ne l'aimez pas et a insisté pour revenir vivre ici avec moi.
Sans laisser à Brodick l'occasion de se défendre, le baron se tourna vers Ramsey et poursuivit :
— Bridgid a également demandé à s'installer ici. Elle me jure qu'elle adore déjà l'Angleterre.
— Elle va rentrer avec moi, répliqua tranquillement Ramsey.
— Et pourquoi, s'il vous plaît ?
Ramsey parut étonné par sa question.
— Mais parce que c'est une Sinclair.
— Ce n'est pas une raison suffisante. Elle m'a dit que vous cherchiez à la marier pour vous débarrasser d'elle. Et que sa mère l'avait jetée dehors. Est-ce vrai ?
Ramsey soupira.
— Oui, c'est vrai.
— Et la harcelez-vous pour qu'elle se marie ?
— Non, pas du tout. Bridgid m'a avoué qu'elle était amoureuse, mais elle a refusé de me dire de qui.
Morgan, exaspéré, leva les yeux au plafond.
— Vous a-t-elle dit que c'était un homme idiot et borné ?
— En gros, oui.
Le baron soupira.

— Êtes-vous réellement stupide, mon garçon ? À votre avis, de qui Bridgid peut-elle bien être amoureuse ? Réfléchissez un tantinet, et je suis sûr que vous trouverez.

La lumière se fit enfin dans l'esprit de Ramsey, et un sourire se dessina lentement sur ses lèvres.

Le baron hocha la tête, visiblement soulagé.

— Je vois que vous avez compris. Ça n'a pas été trop long, heureusement. Car je pense que j'aurais difficilement survécu à une autre description de tous vos charmes. À présent, j'espère que vous renoncerez à cette idée idiote d'épouser une MacPherson uniquement pour sauvegarder la paix dans votre clan.

Ramsey ne put s'empêcher de sourire.

— Elle vous a parlé de Meggan ?

— Mon garçon, je ne crois pas qu'il y ait quelque chose à votre sujet dont elle ne m'ait pas parlé. Allez-vous enfin arrêter de vous conduire comme un idiot ?

Ramsey ne se sentit pas offensé.

— J'essaierai, en tout cas.

— C'est une fille formidable.

— J'en ai parfaitement conscience.

Le baron se redressa.

— Maintenant, écoutez bien ce que je vais vous dire, vous deux, car je ne le répéterai pas deux fois.

Brodick et Ramsey avaient plus que jamais l'impression d'être deux gamins pris en flagrant délit de chapardage.

Le baron s'adressa d'abord à Brodick :

— Je lis dans vos yeux que vous aimez Gillian. Alors, je vous conseille de le lui avouer, et vite, car elle est persuadée que vous ne tenez pas à elle.

— C'est ma femme. Bien sûr que je tiens à elle.

— Ne jouez pas avec les mots. Gillian n'est pas idiote.

— Je n'ai pas dit cela !

— Je l'espère bien. Gillian n'est ni idiote ni faible. Elle sait se défendre. Mais elle a développé de tendres sentiments pour vous.

— Où voulez-vous en venir, monsieur ?

— J'y venais, précisément. Ne m'interrompez pas. J'aime énormément ma nièce…

Il se tourna vers Ramsey et ajouta :

— Et je me suis également pris d'affection pour Bridgid. Si elle désire rester ici, elle restera. Mais…

— Oui ? fit Ramsey, voyant qu'il hésitait.

— Je voudrais que vous les persuadiez, l'une et l'autre, de rentrer avec vous. En termes choisis. Maintenant que vous avez brisé leurs cœurs, essayez de les recoller.

Après ce conseil, qui sonnait plutôt comme un ordre, Morgan quitta la pièce pour aller chercher les deux jeunes femmes. Brodick et Ramsey attendirent en faisant les cent pas.

— Le baron me rappelle quelqu'un, mais je n'arrive pas à savoir qui, dit Ramsey.

— En tout cas, même mon propre père ne m'avait jamais parlé sur ce ton. L'oncle de Gillian a un peu exagéré.

— Ton père est mort quand tu étais tout petit. Tu n'as pas eu le temps de bien le connaître.

— Bon sang, quelle humiliation ! Qu'est-ce que Gillian a donc bien pu raconter à ce vieux barbon de…

Soudain, Ramsey éclata de rire.

— Toi, dit-il. C'est toi !

— Quoi ?

— Morgan me fait penser à toi. Bonté divine ! Gillian a épousé un homme qui ressemble à son oncle. Regarde bien le baron et tu te verras dans trente ans.

— Insinuerais-tu que je vais devenir comme lui ?

— Tu es déjà comme lui. Je comprends, maintenant, pourquoi Gillian est tombée folle amoureuse de toi.

— Je ne suis pas d'humeur à rire.

Ramsey retrouva son sérieux.

— Bridgid ne peut pas raisonnablement croire qu'elle va rester ici, dit-il.

— Quant à ma femme, j'ai la ferme intention de la ramener avec moi, quoi qu'elle en dise. S'il le faut, je n'hésiterai pas à utiliser la force.

— Vous parliez de moi, monseigneur ?

En entendant la voix de Bridgid, les deux hommes se retournèrent.

— Où est ma femme ? demanda Brodick.

— À l'étage.

— Peux-tu nous laisser seuls un moment ? demanda Ramsey à son ami.

Dès que Brodick se fut éloigné, Ramsey s'assit sur la table, croisa les bras et sourit à Bridgid. Mais celle-ci ne lui rendit pas son sourire. Elle avait baissé humblement la tête, comme une jeune fille timide. Cela ne manqua pas de l'étonner : d'ordinaire, Bridgid était tout sauf timide. À quoi jouait-elle, cette fois ?

— Le baron Morgan m'a dit que vous souhaitiez me parler ?

— Oui. J'ai quelque chose d'important à vous dire. Mais d'abord, je voudrais que vous m'expliquiez comment vous avez réussi votre coup.

— Quel coup, monseigneur ?

— Bridgid, regardez-moi.

— Oui, monseigneur.

S'armant de courage, la jeune femme leva les yeux vers lui. Son cœur battait la chamade. Si jamais Ramsey l'embrassait, elle s'évanouirait à coup sûr.

Mais cette éventualité lui parut soudain si improbable qu'elle se calma.

— Bridgid, reprit Ramsey, j'aimerais savoir comment vous êtes parvenue à traverser la moitié de l'Angleterre sans vous faire tuer.

— J'ai rusé, monseigneur, avoua la jeune femme. J'ai fait croire à Proster que Gillian avait besoin des soins d'Annie Drummond. En chemin, je lui ai dit la vérité. Alan, Ker et lui ont refusé de nous abandonner.

— Mais pourquoi avez-vous déjoué la surveillance de Proster pour rejoindre Gillian à l'intérieur de Dunhanshire ?

— Je pensais pouvoir l'aider en me faisant passer pour sa sœur. En réalité, je me suis vite rendu compte que je la gênais. Monseigneur, m'autorisez-vous à vous poser une question ?

— Oui ?

— Comptez-vous bientôt rentrer chez vous ?

— Oui.

Elle hocha la tête.

— Dans ce cas, je vous souhaite un bon voyage, monseigneur.

Sur ces mots, elle s'apprêta à tourner les talons.

— Nous n'avons pas encore terminé, Bridgid.

— Que voulez-vous savoir de plus, monseigneur ?

— Approchez-vous, Bridgid.

— Je suis bien où je suis, monseigneur.

— Approchez-vous, répéta Ramsey d'un ton autoritaire.

Bridgid refusa de capituler. Elle fit deux pas en avant et s'immobilisa, raide comme un soldat au garde-à-vous.

— Ça vous va, comme ça ?

— Plus près.

Cette fois, elle vint carrément se planter entre ses cuisses.

— Et là, c'est bon ?

— Pour le moment, oui.

Bridgid eut soudain honte de son audace, mais Ramsey semblait s'amuser de son embarras. Il jouait avec elle et ne pouvait pas imaginer la torture qu'elle endurait. Si seulement elle n'était pas tombée folle amoureuse de lui... La vie était parfois bien cruelle ! L'idée que Ramsey allait bientôt repartir lui déchirait le cœur. Mais elle s'était juré de mourir plutôt que de verser une seule larme en sa présence.

— Oncle Morgan m'a expliqué que vous vouliez me dire quelque chose, insista-t-elle. De quoi s'agit-il ?

— Vous l'appelez « oncle Morgan », maintenant ? Depuis quand est-il votre parent ?

La jeune femme releva fièrement le menton.

— Nous sommes devenus très proches.

Ramsey eut un regard réprobateur.

— Vous ne resterez pas ici. Voilà ce que je voulais vous annoncer.

— Mais...

— Il n'en est pas question, coupa Ramsey. Vous rentrez avec moi.

Bridgid ne put réprimer sa colère.

— Non, je ne rentre pas. Je reste ici. Oncle Morgan est d'accord. Et j'aime déjà l'Angleterre, figurez-vous. Ce n'est pas du tout ce pays horrible qu'on imagine en Écosse. Les paysages sont largement aussi beaux que les nôtres. Et leurs habitants nous ressemblent. Savez-vous combien d'Anglais nous ont aidées, Gillian et moi, dans notre périple ? Des dizaines ! mentit-elle. J'aime ce pays et j'aime l'oncle de Gillian. C'est un homme bon, charmant et généreux.

Ramsey n'aurait pas vraiment décrit Morgan comme quelqu'un de charmant, mais là n'était pas la question.

— Vous êtes une Sinclair, rappela-t-il à Bridgid.

— Personne ne m'attend, là-bas.

— Pas même cet homme dont vous m'avez dit être amoureuse ?

Elle recula d'un pas, mais Ramsey la prit par le bras pour la rapprocher de lui. Bridgid évita ostensiblement de croiser son regard.

— Je ne l'aime plus, déclara-t-elle.

— Comment ça, vous ne l'aimez plus ? Vous êtes bien inconstante !

— Certainement pas. Je l'ai aimé en secret pendant des années. Mais j'ai fini par comprendre qu'il ne me convenait pas du tout.

Ramsey ne fut pas particulièrement ravi de cette réponse.

— Qu'entendez-vous par là ?

— Oh, beaucoup de choses ! Il est arrogant, entêté et, par-dessus le marché, complètement idiot. Sans compter que c'est un coureur de jupons. Or je veux épouser un mari fidèle. Désormais, je refuse de perdre mon temps avec lui. De toute façon, comme il a déjà toutes les femmes à ses pieds, il ne m'a même pas remarquée.

— Vous le croyez vraiment, Bridgid ?

— J'en suis sûre. C'est à peine s'il sait que j'existe.

Ramsey lui sourit.

— Non seulement il sait que vous existez, mais il pense aussi beaucoup à vous.

Bridgid voulut le repousser, mais Ramsey l'attira encore plus près de lui.

— Que faites-vous ?

— Ce que j'avais envie de faire depuis longtemps.

Bridgid ne pouvait plus bouger, ni même respirer. Et encore moins penser.

— Allez-vous… m'étrangler ?

Il rit. Et il riait encore quand il l'embrassa. Les lèvres de Bridgid étaient d'une douceur exquise, et Ramsey éprouva un plaisir indicible à serrer la jeune femme dans ses bras, tandis qu'il s'emparait de sa bouche. Et plus leur baiser durait, plus il sentait son désir monter, irrésistible.

Il trouva cependant la force de s'arrêter, lorsqu'il réalisa qu'il était en train de basculer Bridgid sur la table, prêt à lui faire l'amour sur-le-champ. Quand il la relâcha enfin, ils mirent plusieurs secondes à reprendre leur souffle.

— Pourquoi m'avez-vous embrassée ?

— Parce que j'en avais envie, répondit Ramsey d'une voix odieusement sensuelle.

— Était-ce… un baiser d'adieu ?

Il rit.

— Pas du tout. Vous allez rentrer à la maison avec moi.

— Je reste ici. J'ai l'intention d'épouser un Anglais.

— Il n'en est pas question ! rugit Ramsey, qui fut le premier étonné par son brusque accès de colère.

Aucune femme n'avait encore provoqué chez lui une telle jalousie, mais le simple fait d'imaginer Bridgid dans les bras d'un autre homme le mettait hors de lui.

— Vous êtes une Sinclair et vous appartenez à notre clan.

— Pourquoi voulez-vous que je rentre ?

Pour la première fois de sa vie, Ramsey se sentit vulnérable. Leurs regards se croisèrent un long moment, tandis qu'il rassemblait son courage pour lui ouvrir son cœur.

— Vous rendez mon existence plus joyeuse. Je ne peux plus imaginer la vie sans vous.

Elle secoua la tête.

— Vous essayez seulement de m'obliger à épouser un...

— Attendez-vous en effet à recevoir une nouvelle demande en mariage, coupa Ramsey.

— Qui est-ce ?

Ramsey se pencha vers elle.

— Ne vous avisez plus de m'embrasser ! ordonna la jeune femme. En ce qui concerne cette proposition, je la refuse.

— Vous n'avez pas envie de savoir de qui il s'agit ?

— Dites-moi son nom, alors, que je puisse le repousser.

— Il paraît que c'est quelqu'un d'arrogant, d'entêté et de très idiot. Mais je crois qu'il a réalisé à quel point il avait été stupide.

— Mais... mais... balbutia Bridgid, qui commençait à comprendre. C'est exactement ce que j'ai dit de vous.

— Je vous aime, Bridgid. Voulez-vous m'épouser ?

Brodick ne savait pas quoi faire. Il n'osait pas froisser le baron Morgan en retournant tout le château pour trouver Gillian et l'emmener de force avec lui. Par ailleurs, il n'était pas exclu que sa femme refuse de lui pardonner d'avoir renié sa parole. Mais imaginer la vie sans elle lui était tout simplement impossible.

Ramsey, bien sûr, aurait pu l'aider à démêler l'écheveau. Après tout, c'était lui, le diplomate. Mais son ami était trop préoccupé par Bridgid pour penser à autre chose. Du reste, il était déjà reparti avec elle, aussitôt après l'avoir convaincue de l'épouser. Ian, quant à lui, n'était plus là. Impatient de retrouver Judith, il avait décidé de reprendre la route dès qu'Alford avait été éliminé.

Brodick se retrouvait donc seul, face à Gillian et à son oncle intraitable.

Pour l'heure, Brodick n'avait que la compagnie de l'oncle. Les deux hommes déjeunaient ensemble, et Morgan constata avec amusement que l'Écossais ne touchait pratiquement pas à son assiette. Juste au moment où il commençait à prendre pitié de lui, le vieil homme aperçut Gillian qui descendait l'escalier.

Brodick tournait le dos à la porte. Il ne pouvait pas avoir vu sa femme.

— Mon garçon, lui dit Morgan, vous auriez dû mieux connaître le caractère de ma nièce avant de l'épouser. Gillian est très têtue. Il suffit de passer cinq minutes avec elle pour s'en rendre compte.

— Je le savais, qu'elle était têtue. Mais je ne considère pas cela comme un défaut.

— Je pense que vous devriez rentrer chez vous et la laisser ici. Ce serait mieux pour vous.

— Comment pouvez-vous me suggérer de la quitter ? s'exclama Brodick, outré. Ma vie est avec elle, désormais.

— Mais pourquoi ne pas avoir tenu parole, alors ?

— Je vous l'ai expliqué. Je ne voulais pas l'exposer au danger. J'avais trop peur de la perdre.

— En tout cas, ne t'avise plus jamais de me mentir, à l'avenir.

Le son de la voix de Gillian causa un tel émoi à Brodick qu'il faillit bondir de joie. Cependant, il réussit à se contenir. Il se retourna et répondit calmement :

— Et toi, ne t'avise plus jamais de m'infliger tous ces tourments.

— Promets-moi d'abord de ne plus me mentir.

— Pas avant que tu m'aies promis de ne plus prendre de risques inconsidérés. Quand Proster m'a appris que tu étais entrée seule à Dunhanshire, pour te jeter dans la gueule du loup, j'ai bien cru que… Bon sang, Gillian ! Je n'ai jamais eu aussi peur de ma vie.

— Tu m'as blessée.

— Je sais.

— Et c'est tout ce que ça t'inspire ? Dans ce cas, je reste ici, Brodick. Tu peux rentrer chez toi.

— Bon, d'accord.

Il se leva de table, s'inclina devant Morgan et quitta la pièce. Gillian attendit qu'il ait refermé la porte derrière lui avant d'éclater en sanglots.

— Il me quitte ! gémit-elle.

— C'est toi qui lui as dit de partir, observa son oncle.

— Il va rentrer sans moi.

— Parce que tu le lui as demandé, insista Morgan.

— Oui, mais d'habitude, il ne fait jamais ce que je lui dis. Mon Dieu ! Comment vais-je faire pour vivre sans lui ?

Morgan lui tapota affectueusement la main.

— Ça passera, tu verras.

— Je l'aime tellement…

— Mais n'oublie pas qu'il t'a menti.

— Ça partait d'une bonne intention. Il voulait me protéger.

— Alors, pourquoi ne lui pardonnes-tu pas ?

— J'étais sur le point de lui pardonner, répondit Gillian, qui sanglotait toujours. Je ne peux pas vivre sans lui. Pourquoi me quitte-t-il ?

— Écoute, tu commences à me donner la migraine, ma chérie. Assieds-toi et calme-toi. Pendant ce temps, je vais aller regarder par la fenêtre, pour voir s'il part déjà.

— Je n'arrive pas à croire qu'il m'abandonne comme cela.

Morgan leva les yeux au plafond et s'arma de patience. Sa nièce était-elle donc aveugle ? Ne comprenait-elle pas que son mari l'aimait comme un fou ?

Depuis la fenêtre qui donnait sur la cour, il vit Brodick descendre de cheval et ordonner à ses hommes de l'attendre. Comme l'Écossais revenait sur ses pas, Morgan décida de s'éclipser dans sa chambre, pour laisser un peu d'intimité à Gillian et à son mari.

— Je m'absente deux minutes, dit-il à sa nièce. Reste ici, je reviens.

Une fois sur le seuil, il s'arrêta.

— Tu sais que je t'aime, n'est-ce pas, ma chérie ?

— Oui, mon oncle. Moi aussi, je vous aime.

Morgan s'apprêtait à monter l'escalier, quand il entendit s'ouvrir la porte d'entrée.

— Je compte sur vous pour bien la traiter, dit-il sans se retourner.

— Vous pouvez, monsieur.

— Je me demande si vous la méritez.

— Je me le demande aussi. Mais je vais quand même l'emmener avec moi.

— C'est étrange, mon garçon. Vous me rappelez quelqu'un, mais je n'arrive pas à savoir qui.

Il haussa les épaules et ajouta :

— Tant pis, ça me reviendra une autre fois. En attendant, vous feriez mieux d'aller la rejoindre, avant qu'elle n'inonde mon carrelage avec ses larmes.

En entendant rire son oncle, Gillian se tourna vers la porte, juste au moment où Brodick entrait. Elle se leva d'un bond.

— Tu es revenu…

— Je ne suis pas parti.

Ils se jetèrent dans les bras l'un de l'autre. Mais Brodick n'osa pas l'embrasser, car il craignait d'être incapable de s'arrêter. Or il souhaitait d'abord s'excuser de lui avoir causé tant de peine. Tout à coup, lui dire ce qu'il avait dans le cœur ne lui semblait plus si terrible, et il se reprochait presque sa bêtise passée. L'amour n'affaiblissait pas un homme. Au contraire, il lui donnait le sentiment d'être invincible.

— J'ai vraiment cru que tu étais déjà reparti.

— Comment as-tu pu penser que je rentrerais sans toi ? J'attendais depuis si longtemps une femme comme toi, Gillian ! Il n'est plus question que je te quitte une seule seconde. Je vivrai là où tu voudras vivre, dit-il en lui caressant la joue. Comprends-tu ? Je t'aime et je désire me réveiller à tes côtés chaque matin jusqu'à la fin de mes jours. Et si je dois habiter en Angleterre pour rester avec toi… eh bien, je m'installerai en Angleterre.

Des larmes de bonheur embuaient les yeux de Gillian. Elle était d'autant plus bouleversée par l'aveu de Brodick qu'elle savait ce qu'il lui avait coûté. Cette fois, il l'avait dit et bien dit.

— Redis-le encore, murmura-t-elle.

— Je m'installerai en Angleterre, si c'est ce que tu souhaites.

Gillian mourait d'envie de l'embrasser, mais elle ne put résister à la tentation de le taquiner un peu.

— Serais-tu heureux de vivre ici ?

Son malheureux mari s'obligea à faire contre mauvaise fortune bon cœur.

— Tout ce que je veux, c'est être à tes côtés. Peu importe l'endroit.

Gillian éclata de rire.

— Ne te rends pas malade. Je n'ai aucune envie de vivre en Angleterre. Maintenant, je suis une Buchanan. Rentrons à la maison.

AVENTURES & PASSIONS

4 novembre

Julie Garwood

La musique des sombres passions

Inédit

Gabrielle de Saint-Biel, fille d'un baron anglais, est connue pour son exquise beauté. Pour le roi d'Angleterre, elle est le moyen idéal de rétablir la paix dans les Highlands en la mariant avec un laird écossais. La veille des noces, son fiancé est tué et Gabrielle devient l'enjeu d'intrigues entre les clans. Elle croise la route de Colm MacHugh, l'homme le plus redouté d'Écosse. Désormais, ni le corps de Gabrielle ni son cœur ne sont à l'abri.

✦

Eloisa James

Les duchesses - 5 - Jemma de Beaumont

Inédit

À peine Jemma a-t-elle épousé Elijah, duc de Beaumont, qu'elle fait une découverte qui la pousse à fuir à Paris, loin de son mari. Elle y passera neuf ans, à papillonner de fête en fête et, selon la rumeur, d'aventure en aventure. Mais Elijah exige le retour de son épouse pour avoir un héritier.

✦

Loretta Chase

Lady Scandale

James Cordier est un agent des Services secrets britanniques. Sa mission ? Se rendre à Venise, afin de mettre la main sur des lettres qui prouveraient la trahison de lord Elphick envers son pays. Or ces lettres sont détenues par Francesca, l'ex-femme d'Elphick, devenue une célèbre courtisane. Un jeu de séduction sans merci s'engage alors entre les deux adversaires.

✦

Sahara Kelly

Madame Charlie

Inédit

Après la mort de son mari, Charlotte hérite d'une maison : Le Crescent. Sous le pseudonyme de « Madame Charlie », elle le transforme en un établissement de luxe et se donne pour règle de ne pas coucher avec les clients. Mais, lorsqu'elle rencontre le colonel Jordan Lyndhurst elle a du mal à tenir sa résolution. Ébloui par sa beauté, il est décidé à la séduire et à découvrir les secrets qu'elle dissimule.

18 novembre

Katharine Ashe

Trois sœurs et un prince - 3 - J'ai aimé le prince des rebelles

Inédit

L'aînée des sœurs Caulfield, Eleonor, s'est longtemps occupée de leur père adoptif. Depuis son remariage, il est temps pour elle de partir à l'aventure ! Et quoi de plus excitant que de découvrir la vérité sur leurs vrais parents ? Mais voilà que se présente pour l'aider dans sa quête le seul homme qu'Eleonor voulait oublier : Taliesin Wolfe, qu'elle aimait et qui l'a abandonnée il y a dix ans.

✦

Brenda Joyce

Une enquête de Francesca Cahill - 9 - Au pied du mur

Inédit

Le portrait de Francesca risque d'être dévoilé au public, menaçant la réputation de la jeune détective. En attendant, c'est son mariage avec Calder qui est en ruine. Dévastée, victime d'un maître chanteur, elle se tourne vers Rick Bragg, la seule personne qui peut l'aider. Entre ses sentiments pour Rick, la menace d'un tueur, elle a fort à faire pour regagner le cœur de Calder. Mais peut-être est-il déjà trop tard ?

✦

Sabrina Jeffries

Les demoiselles de Swan Park - 2 - Séduisant et sans scrupule

Lady Clara Stanbourne dirige un foyer d'accueil pour les jeunes pickpockets. Elle ne voit donc pas d'un bon œil l'installation d'un receleur, le capitaine Pryce, près de son établissement. C'est une tentation trop grande pour ses protégés ! Or l'homme refuse de partir. L'affaire se complique davantage, lorsque Clara se rend compte qu'elle n'est pas insensible au charme du capitaine.

Passion intense

4 novembre

Madeline Sheehan

Hell's Horsemen - 3 - Inaccessible

Inédit

Jeune fille au tempérament de feu, Tegen côtoie Cage depuis l'enfance. Fils du président des Horsemen, ce dernier est un véritable séducteur. En dépit du bon sens, c'est à lui que Tegen a offert son cœur et son corps. Pourtant, elle veut à tout prix se défaire de son emprise, aussi part-elle à San Francisco pour étudier. Mais un jour, alors qu'elle rend visite à sa famille, elle croise Cage de nouveau. Son désir pour lui est toujours aussi fou, et Tegen ne peut s'empêcher de le provoquer... à ses risques et périls.

CRÉPUSCULE

18 novembre

Bec McMaster

Londres la ténébreuse - 2 - La Bête de l'ombre

Inédit

Dans une Londres victorienne où règnent les vampires de l'Échelon, personne ne soupçonne la charmante Lena Todd. Pourtant, elle a embrassé la cause humaniste et a été choisie pour espionner les maîtres de la ville. Alors qu'elle se retrouve en difficulté, elle envoie un message codé au loup-garou Will Carver, qu'elle aime secrètement, pour qu'il lui vienne en aide. Mais le danger ne semble pas venir simplement des sang bleu. Peut-être Lena doit-elle également se méfier des siens et de son amour pour Will...

Romantic Suspense

18 novembre

Lisa Renee Jones

Sombre, divin et mortel - 3 - Secret fatal

Inédit

Julie Harrison se considère comme une jeune femme indépendante. Pourtant, cette avocate de renom n'arrive pas à tirer un trait sur le séduisant Luke Walker, un ex-SEAL. Décidée à l'oublier, Julie l'est, mais à l'occasion du mariage de sa meilleure amie, voilà qu'elle se retrouve face à lui. L'attirance entre eux est extrême et Luke semble déterminé à la séduire. Pourtant, quand Julie évoque le dossier qui l'occupe et qui prend une tournure inquiétante, Luke décide avant tout de la protéger contre les menaces qui pèsent sur elle…

PROMESSES

18 novembre

Lisa Kleypas

La saga des Travis - 4 - La couleur de tes yeux

Après la rupture de ses fiançailles, Avery Crosslin a quitté New York qu'elle adore pour monter une agence d'événementiel avec sa demi-sœur Sofia. Lors d'un mariage prestigieux organisé par son équipe, elle rencontre Joe, le benjamin du richissime clan Travis. C'est le coup de foudre. Après une nuit magique Avery s'affole et refuse de répondre aux appels de Joe, persuadée qu'il finira par lui briser le cœur s'ils nouent une relation. Mais c'est sans connaître la ténacité de Joe et la puissance de l'amour, le vrai.

5782

Composition
FACOMPO

Achevé d'imprimer en Italie
par GRAFICA VENETA
le 21 septembre 2015.

Dépôt légal : septembre 2015.
EAN 9782290117354
OTP L21EPSN001497N001
1er dépôt légal dans la collection : janvier 2001

ÉDITIONS J'AI LU
87, quai Panhard-et-Levassor, 75013 Paris

Diffusion France et étranger : Flammarion